Dostoevsky
and the Affirmation of Life

陀思妥耶夫斯基
肯定生活

[美]普里德里格·奇乔瓦茨基 Predrag Cicovacki 著
赵 翔 译

华夏出版社
HUAXIA PUBLISHING HOUSE

丢勒,原作无题名
陀思妥耶夫斯基将其命名为《一次见证》(*A Witness*)

拉斐尔，《西斯廷圣母像》(*Sistine Madonna*)

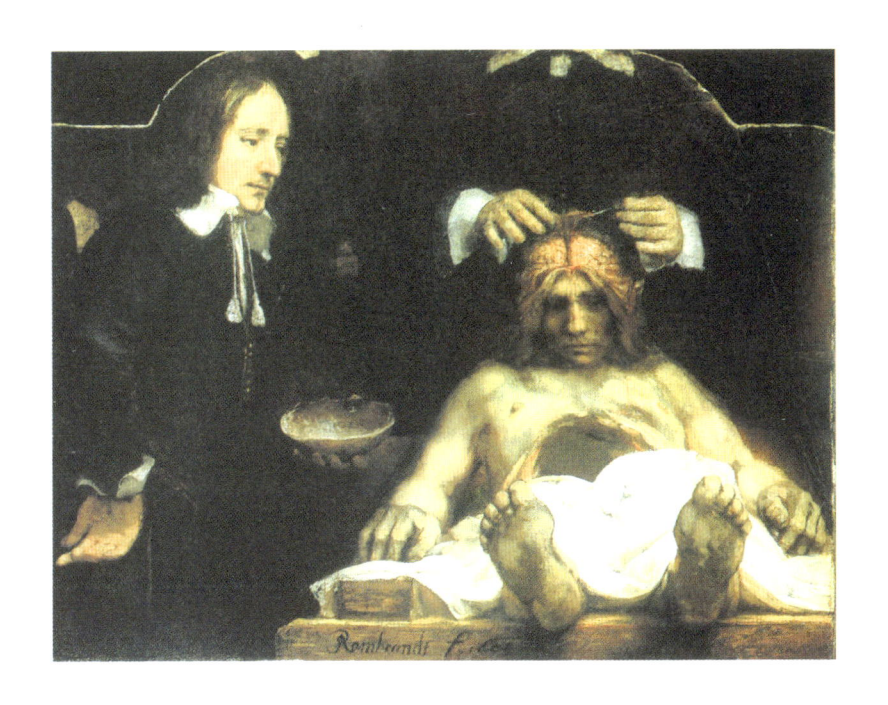

伦勃朗,《琼·德曼医生的解剖课》
(*The Anatomy Lesson of Dr. Joan Deyman*)

洛兰，《阿喀斯和伽拉忒亚》（*Landscape with Acis and Galatea*）

小荷尔拜因，《墓中基督》(*Christ in the Tomb*)

毕加索，《静坐的蓝袍女子》（*Femme assise, robe bleue*）

小荷尔拜因，《达姆斯塔特圣母像》（*Darmstadt Madonna*）

罗丹,《上帝之手》(*The Hand of God*)

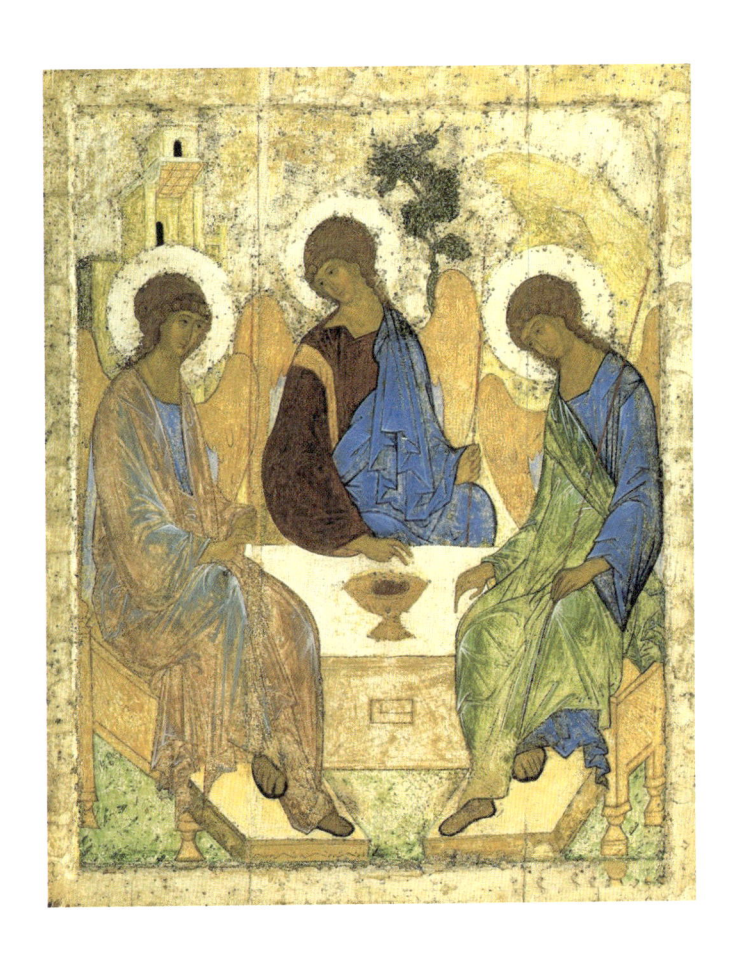

卢布廖夫，《三位一体》（The Holy Trinity）

克拉姆斯科伊，《沉思者》（*The Contemplator*）

阿历山德罗斯
《米洛的维纳斯》
(Venus de Milo)

《弗拉基米尔圣母像》(*Vladimir Icon*)

伦勃朗，《浪子回头》（*The Prodigal Son*）

伦勃朗，《与萨斯基亚的自画像》
(*Self-portrait with Saskia*)

中译本作者序

转向陀思妥耶夫斯基,是我在上个世纪九十年代做出的决定。彼时,我已过而立之年,在美国一所颇有声望的大学,刚刚完成了有关康德《纯粹理性批判》的博士论文,随后又在波士顿附近一所规模不大但力量雄厚的文理学院谋得教职,教授我的老本行——哲学。我的前途似乎异常明朗:一个研究康德的学者,在今后的几十年一帆风顺的职业道路。我已经迈入婚姻殿堂,有一个女儿,第二个孩子即将出世,随后还有第三个女儿的降生……为了这个欣欣向荣的家,我们购买了敞阔的房子,散步即可到达工作之地。一切看来如此美好,至少是表面上。

然而,在美好的表面之下,潜藏着家庭与事业的忧虑,并且两者相互关联。任教满七年时,我迎来了一次例行评估,其结果将决定我是在此长期任教,还是另谋高就。如果没有通过评估,得不到这个"终身教职"(按照美国这边的说法),我该何去何从?我是否有能力支撑整个家庭,有能力还完银行的房贷?

更令我揪心乃至无法入眠的消息从故土南斯拉夫传来。1991年,斯洛文尼亚与克罗地亚纷纷宣布独立,内战由此爆发。战争的双方主要是塞尔维亚(我出生的地方)和克罗地亚,而1992年波斯尼亚独立则令冲突进一步升级。对杜布罗夫尼克、武科瓦尔和萨拉热窝等城市无差别的轰炸持续数月之久。数千名无辜者被炸死,伤者不计其数,还有大量平民流离失所。国际社会一边倒地谴责塞尔维亚一方，经济制裁、文化和政治孤立接踵而至，令这个欧洲小国不堪重负。接下来，通货膨胀一发而不可收拾，让更多人陷入绝望。① 我至今清楚地记得，在 1993 与 1994 年之交的那个冬天，身在塞尔维亚的妹妹在我们互道新年祝福的电话中失声痛哭的场景。后来她解释了自己当时悲惨的处境：就在几天前，她把自己一个月的薪金装进麻袋，前往黑市给两个儿子挑选礼物——因为经济制裁，在正规的商店里已经没有什么可买。然而，黑市上的一个女商贩告诉她，凭她这一麻袋的钱，现在只能买到一个半橙子。我妹妹看着女商贩，脱口而出：我有两个孩子，我该给谁一整个橙子，又给谁一半？这样的话语让妹妹和商贩都更加意识到当前的绝望，以至于两人都泪流满面。待情绪平复后，女商贩拿出两个橙子送给我妹妹，并拒绝收钱。这就是他们所面临的困境，而一个像我妹妹这样的普通人对此困境完全无能为力。同样无能为力的，还有远在美国的我。

后来的科索沃战争让我的故乡更加混乱；1999 年上半年，十九个北约国家对塞尔维亚和科索沃发动了持续十一个周的空袭。（这就是所谓的"人道主义干预"——官方甚至称之为"仁慈天使"——1999 年 5 月 7 日，此行动还"误炸"了中国位于贝尔格莱德的大使馆。）

我试着跟美国的邻居与朋友们说明，这样的"人道主义干预"是虚伪的，它非但不能解决问题，还会导致更多的苦难、毁灭和牺牲——可这种说明并不奏效，他们甚至说我是一个"塞尔维亚民族主义者"。我同样试着跟塞尔维亚的亲戚朋友们说明，

---

① 据一个网站上提供的数据，1992 年和 1993 年间在塞尔维亚发生了严重的通货膨胀，通胀率高得惊人。1994 年 1 月（该地区货币体系于此时彻底崩溃），通胀率竟达到百分之 116.5 万亿；参见 https: //en. wikipedia. org/wiki/Hyperinflation_ in_ the_ Federal_ Republic_ of_ Yugoslavia.

塞尔维亚人确实对邻居做了很不好的事情（包括设立集中营以及驱逐近千名无辜的平民）——可他们回答说，冲突的另一方对塞尔维亚平民做了同样的事情，并且指责我"替敌人说情"，背叛了自己的祖国与人民。

如此这般的灾难持续了整个二十世纪的最后十年。

但现实绝非一直如此。在南斯拉夫的共产主义时期，我有过一段相对无忧无虑的幸福童年。我的父母任教于初级中学，而我们当时就住在他们的学校里。（因此，中国电影《我的父亲母亲》也会让我想起自己的童年。）那时候我们并不富有，但懂得享受这简单清贫的生活。凭借学术上的天分，我获得了在南斯拉夫最好的大学深造的机会。后来又得到一份奖学金的资助而攻读博士学位，师从世界上最好的康德学者。然而，连续十四年对康德哲学的深耕细究，终于让我醒悟：这种哲学无法平息我存在的焦虑。这样的醒悟就发生在上个世纪九十年代。醒悟的实质是，我认识到心灵的二律背反要优先于"纯粹理性的二律背反"。

于是，我开始寻找康德和学院派哲学的替代者。当然，我仍然敬重康德，并继续教授康德哲学；但同时，我的心正渴望一些完全不同的东西。我阅读了圣雄甘地的相关著作，远赴印度考察了非暴力运动的历史，还成了我们学院和平与冲突研究室的负责人。我学习了道家与儒家学说，并数次前往中国。我还涉猎了施韦泽（Albert Schweitzer）的生平与工作，并到非洲参观了他在五十年前创立的医院。同样，我开始重读陀思妥耶夫斯基的作品，去了几趟俄罗斯。

为何最终吸引我的是陀思妥耶夫斯基？

他是一个无比成功的作家，但不幸仍将他的人生侵蚀殆尽。还未成年，他的双亲便纷纷离世，而他也染上了难以医治的癫痫——这病魔伴随作家终身。后来，因为反抗沙皇的革命行动，他第一次被处以死刑；在被押往行刑现场、即将见到死神的最后关头，他才得以赦免，改判为西伯利亚十年的流放。这期间他走进了婚姻殿堂，可惜妻子后来死于结核病，留给他一个已经成年的儿子——父子之间并没有太多交往。流放结束后，陀氏又染上了赌瘾，常常在经济上陷入窘境，甚至让全家人忍饥挨饿。第二次婚姻也在这段时间完成。作家看似终于找到了幸福的归宿，然而天有不测风云：四个相继出生的孩子有两个早早夭亡，作家自己也在60岁生日之后便撒手人寰。突然的离世让作家最后的愿望成为泡影，他再也无法完成《卡拉马佐夫兄弟》这部巨作的续篇，也就是有关阿辽沙·卡拉马佐夫的故事了。而陀氏所钟爱的俄罗斯，此时仍挣扎在封建与落后的境地，摇摆在西化和极端民族主义两极之间。陀氏在生命中经历了无尽的苦难，一次比一次强烈；他也认识到，这世界上横行的罪恶有多么深广。尽管如此，他从未放弃希望，从未放弃追寻更好的生活与更光明的未来。

陀思妥耶夫斯基以现实和诚恳的态度，为我们描绘了人类的生活以及生活中的种种试炼。他笔下的一些人物（如《群魔》中的斯塔夫罗金和《卡拉马佐夫兄弟》中的费尧多尔·卡拉马佐夫）几乎达到了糟糕透顶的极限。然而，他们仍是人类之一员，通过这些人物，陀氏提出了那个艰深而扰人的问题：生活在此生此世，如何才能不失去信仰、陷入绝望？这些人物承受着种种折磨，也在奋力地挣扎；在他们的挣扎与折磨中，我们能认清自己，认清内心的犹疑与不安。陀氏的小说彻底地暴露了真实的现实与真实的心灵，但从不会否弃这一切。

存在着某些罕见的时刻，作家本人会进行某种意义上的"布道"——这往往发生于小说中最为柔软的部分，比如在《卡拉马佐夫兄弟》的结尾，一群孩子因为同伴的死而伤心欲绝之时，陀氏就站出来保证：在另一种生活和另一个世界，他们终究会跟同伴重聚。而更多的时候，作家怀着拳拳之心描摹人性的脆弱与缺陷，但并不轻易许诺什么，也不提供虚假的希望。

对我来说，没有任何其他作家（也包括哲人、智者）能如此清晰地点明生活的问题所在，也没有任何人能像陀翁一样，不用握手拥抱，不用具体指导，就能激励我继续生活下去，奋斗下去。他所做的，只是肯定如此这般的生活，哪怕面对着恶；他的肯定激发我们去行动——用我们自己的方式，在我们自己的生活里。这就是我在人生的至暗时刻转向陀思妥耶夫斯基的原因。如今，距本书初版已经十二年，这位作家仍旧在生活的逆旅中抚慰着我的心，如一位不离不弃的密友。

普里德里格·奇乔瓦茨基

2024 年 1 月

目 录

序 言 ······ 1

第一部 无意义的生活

引 言 ······ 19
第一章 痛苦与不义:一个浸染罪恶的世界? ······ 25
第二章 《地下室手记》:恶发端于恨? ······ 53
第三章 《罪与罚》:施害者还是受害者? ······ 83
第四章 《群魔》:神圣性的丧失 ······ 125

第二部 重拾生活的意义

引 言 ······ 171
第五章 《白痴》:基督献身的意义 ······ 181
第六章 《卡拉马佐夫兄弟》(上):生活的馈赠 ······ 232
第七章 《卡拉马佐夫兄弟》(下):无意义的苦难 ······ 286
第八章 不曾写就的作品:悔罪者归来 ······ 347

后 记 ······ 374
致 谢 ······ 379
参考书目 ······ 381
译后记 ······ 394

序 言

"罪与罚"三个字,可以用来命名陀思妥耶夫斯基所有的小说——这是普鲁斯特曾下过的断言。① 考虑到这位伟大的法国作家对陀翁的仰慕,以及两人文学主题的相似性,我们必须认真对待该论断。普鲁斯特揭示的秘密究竟是什么?"罪与罚"这一公式,真的是陀氏小说与哲学理念的终极特质吗?

在俄语里,"罪"这个词写为 *prestuplenie*②,其字面含义为"越界"③。犯下一桩罪,意味着越过了法律所规定的界限。一旦有人越过这些界限,罪行就会形成,对应的惩罚也随之而来。

"越过界限"这一词组,的确是陀思妥耶夫斯基小说的核心意象。不过需要补充的是,与普鲁斯特所提及的"罪"相比,"越过界限"的内涵显然更为丰富。④ 界限的类别繁多:合法与

---

① 出自普鲁斯特《陀思妥耶夫斯基》一文,见《艺术与文学评论》(*On Art and Literature*),第381页。

② [译注] prestuplenie 为俄语原文的拉丁转写,后文出现俄语词汇时,本书作者均采用拉丁转写。

③ [译注] 此词原文为 transgression,一般翻译为"越界"。有时也根据文意翻译为"侵犯"等。

④ "越过界限"一词在陀氏那里的重要性,已经有很多论者提出过,参见茨威格(Stefan Zweig)《三大师:巴尔扎克,狄更斯,陀思妥耶夫斯基》(*Three Masters*:*Balzac*,*Dickens*,*Dostoeffsky*),第 172、202 - 205 页。([译注] 中译本参见申文林译,人民文学出版社,2001年。)亦可参见穆

非法，个人与社会，空间与时间，人为与自然——这些概念对子里，很多跟"罪"本身并无关联。也就是说，与"罪"不同，"越界"一词并不必然有负面性，被许可的越界行为同样为人所熟悉。比如我们都知道人行横道的存在，这正是一种被许可的越界（随意横穿马路则另当别论）。必须承认，人们的确倾向于将"越界"与罪行或恶行联系起来，但仔细想想，若没有对既有界限的逾越或取消，所有善行也无从发生。界限有可能不公正，也有可能压迫人性，而去除这一类界限就是进步的要求。没有越界行为，可能会少一些受害者，但也同样会遏制英雄的涌现。总之，越界行为可能产生恶，也可能产生善。

或许，普鲁斯特并非不明了以上道理，他只是想提醒读者注意，"罪与罚"这个题目，很可能隐藏着这位俄罗斯作家的特别之处。在歌德时期的欧洲，流行过一种叫作"成长小说"的小说门类，这类小说偏重于讲述成长故事以及主人公的成熟过程。小说的叙事往往是线性发展，并且包含一个完整的生物学循环，涵盖主角的出生、成长以及最终的死亡。成长小说的影响力也延伸到俄罗斯文学中。我们甚至可以把托尔斯泰的皇皇巨著《战争与和平》看作对主人公彼埃尔·别祖霍夫漫长的成长过程的描述。

可尼克（Helen Muchnic）《俄罗斯作家：笔记与散文》（*Russian Writers：Notes and Essays*），第 143–150 页；瓦西奥列克（Edward Wasiolek）《陀思妥耶夫斯基的主要小说》（*Dostoevsky：The Major Fiction*），第 83 页；弗兰克（Joseph Frank）《陀思妥耶夫斯基：文学的巅峰》（*Dostoevsky：The Mantle of the Prophet*，1871–1881。[译注]中译本将书名由《先知的衣钵》改为《文学的巅峰》，戴大洪译，广西师范大学出版社，2022 年），第 727 页；伊万诺维奇（Vyacheslav Ivanov）《自由与悲剧生活：陀思妥耶夫斯基研究》（*Freedom and the Tragic Life：A Study in Dostoevsky*），第 14 页；琼斯（Malcolm V. Jones）《陀思妥耶夫斯基小说中的不和谐》（*Dostoyevsky：The Novel of Discord*），第 9–54 页。

然而，陀思妥耶夫斯基几乎完全无视这一传统的写作模式。在他的作品中，主人公的成长过程付之阙如。陀氏常常在一个比较有限的时间范围内描写人物，这使得人物无法经历耗时巨大的成长过程。对于人物的变化过程，陀氏并不在意。他关注的是个体命运攸关的重大转变。罪行，或曰越界行为——后者是我们之前提及的更宽泛的说法，即对关键界限的僭越——是陀氏探究意义的出发点。他将自己笔下的人物置于细致入微的放大镜之下。陀思妥耶夫斯基尤为关心的是考察人物的内在生活。因此，相较于传奇小说或成长小说，哲学的或心理学的分析方法在这里更为恰切。我们知道，从尼采到弗洛伊德，对人类灵魂的探寻吸引着无数哲人与心理学家的目光。在这些思想家的推助下，该主题渐渐成为二十世纪小说的焦点。

这一叙事模式的转换，在陀思妥耶夫斯基的小说中留下了鲜明的印记：他往往从事件的半中腰开始讲述。如若读者仍抱有线性时间与线性的情节发展观念，将更会对其小说的怪异特质感到头疼。读者早晚会发现——这一发现凭借的是直觉而非深思熟虑——在陀思妥耶夫斯基的小说里，存在着一种循环的时间观念。而陀氏希望展现的，正是时间之圆圈上的转捩之处。线性时间观中的关键词——出生，成长与死亡——在循环时间观中不再重要，取而代之的，是象征性的死亡，以及随之而来的象征性重生。通常，讲故事的人喜欢营造一种清白而宁静的起始状态，一种适合"发生一些什么"的起点。接下来，他就可以驾轻就熟地为听众展现各种波折、失落，展现起初那种清白状态的丧失。而罪恶，正是这一丧失的重要载体。罪恶是对纯洁之物的玷污，也意味着仁慈与美好的堕落。普鲁斯特想告诉我们的，或许是陀氏小说理念中的独特之处：他更关注丧失与堕落之后所发生的事情，而不是丧失与堕落的过程或原因。一个典型的例子来自长篇小说《罪与罚》。小说的第一章描写了主人公拉斯柯尔尼科夫杀害两位女性的过程，但很快，小说的舞台就交给了这位大学生的内心世界：他与自己的良知对抗，他充满痛苦地承认自己的恶行并接受罪责的过程，他自我强加的惩罚与灵魂转化的结局。

在陀思妥耶夫斯基那里，对惯有叙事方式的革命，实际上有着深刻的内在逻辑。稍后我们将了解到，是他对人类天性的深刻洞察造就了如此的诗学转变。不过，此处不妨做一个小小的说明。当一场罪行发生，人们就会将罪犯投入监牢。犯人的自由被剥夺，人格尊严也被贬损。罪大恶极者甚至会被剥夺生命权。这一系列惩罚的理由在于，犯下罪行的人违背了人性，因为他们在拥有自由意志的前提下，践踏了法律与道德的边界。然而，在陀氏那里，并不能以罪行本身否认罪犯的人性，更不能凭此而对人性绝望。德国文学巨匠歌德曾说过，他无法想象任何一个自己绝无可能犯下的罪行。陀氏显然也秉承了同样的态度，这跟他在西伯利亚的经历有关。在那个冰天雪地的所在，他与整个俄罗斯最糟糕的罪犯共度了四年的光阴。四年的切肤感受让他确信，虽然人们的罪行往往如恶魔般可怕，但犯罪者依然属于真正的人类，而绝非魔鬼。最为引人瞩目的是，陀思妥耶夫斯基可以在罪人身上看到潜藏着的圣洁。"天堂与地狱的联姻"，英国诗人威廉·布莱克的这句名言，在陀氏看来，其实是一种无比真实的描述。不难想象，正是由于西伯利亚的亲身经历，作家才会在《死屋手记》中表露这样的观点：罪恶恰恰是人性最恰切的表现。陀思妥耶夫斯基并不是在混淆善与恶，他的理论建立在对罪恶的特殊理解之上：罪行是对界限的跨越，而越界行为是每个人必经的路途。几乎每一天，我们都在各种存在的界限之间漂移着。这种不安分的状态，首先源于我们对非我所有的渴望，以及对我之所有的厌弃。另外，人们似乎都察觉到了某种裂痕，它横亘在实然的世界（即世界现实中的样子）、可然的世界（即世界可能成为的样子）与应然的世界（世界应当成为的样子）之间。越界行为的棘手之处,并不在于跨越界限这个行动本身——因为这毕竟是我们内心所愿。其最大的困境在于,主体无法提前确知,究竟怎样的越界才算合理。并且,很多情形下,人们不是在善与恶之间选择,而是被迫在两个善行,甚至两个恶行之间进行艰难的抉择。陀思妥耶夫斯基认识到,与越界行为本身相比,越界后该怎么做,或者说如何在失序后重整乾坤,才是至关重要的事情。普鲁斯特在用"罪与罚"概括陀氏诗学的中心问题时,想必也思及这一层面。

普鲁斯特对陀氏文学特征的概括,还有一个需要留意的细微之处。看到"罪与罚"三个字时,读者不仅仅应该想到陀氏的同名小说,更应该意识到这是一个非常普遍的表达。罪行与惩罚总是相伴而生,如同日与夜,男与女,善与恶。同样理所当然的是,人们相信,在罪行及其惩罚之间有一个明确的界限,如此一来,罪与罚才能相继发生——这种类似于因果报应的观点,成为人们心目中的世界底层逻辑。或者说,我们希望生活在一个邪恶得以铲除,美德得以传扬的世界。

然而在陀氏的小说世界,罪与罚之间所谓的必然关联却不一定实现。陀氏和你我一样,在生活中看到了种种相反的情况:圣洁者承受着不义,有德者亦无人匡扶。从地下室人到伊万·卡拉马佐夫——如果在陀氏小说中列出一系列有着反抗型人格的人物谱系,此二人正好位居首尾两端——陀氏笔下的人物总在反复向读者宣告:醒醒吧!命运之神非但没有井井有条的逻辑,而且远比我们想象的要武断。原本应高高飘扬的正义旗帜垂落着,原本应由仁慈、全知而公正的上帝掌管的世界,似乎也落进了偶然性的湍急河水之中,水面上遍布着无数不可预知的漩涡。

在陀思妥耶夫斯基的人物群像中,还有一类有着受害者标记的角色。陀氏着意为他们发声。这些人物的私人界限遭受了严重侵犯,但不义的侵犯行为却丝毫得不到报应。众所周知,徒徒受苦是人们最不愿遇到的处境。当无辜者无缘无故地备受折磨，谈论生活的意义就是可笑的。相反，倘若痛苦有其合理因由，倘若苦难之后会迎来可见的善果，人们就能一直忍辱负重地生活。天真的理性常常以为，生活就像一门需要学习的课程，经验与思考就是该课程的指导老师——在其循循善诱之下我们不断进步终至完成学业。可是，如果并没有老师来指导你呢？甚至，根本就没有什么课程？

在《卡拉马佐夫兄弟》中，伊万·卡拉马佐夫以最让人震惊的方式表达了类似的观点。甚至可以说，他所提出的诘责，在整个西方哲学、文学与神学历史中都罕有其匹。本书的相关章节将更具体地分析这一诘责。此处不妨先睹为快，看看它的一个简化版本。伊万的诘责，以及它所带来的困扰与不安，主要蕴藏在下面这个难题之中：

> 生活的意义，或对生活的肯定——究竟何者优先？

伊万讲述了一个可怕的故事，他想迫使自己的弟弟阿辽沙承认：正确的目的不能为错误的手段辩护，就像故事里那个受尽折磨而死的天真男孩，任何结果都不能证明其所承受苦难的合理性。伊万其实在暗中挑战传统神正论的理论：即使上帝的内心有着完善的计划，创世的行为也无法得到辩护，原因在于，上帝所创造的世界产生了无穷的苦难。什么样的计划与目标，都抵不过如此高昂的代价。伊万进而对上帝本身提出诘难：面对着这样一个糟糕的世界，是否可以说，上帝还不如将一切归于虚无，还不如从未创造过世间万物？同样棘手的诘难也向所有世人提出：为何要生存在一个苦难的世道里面，如果苦难没有任何意义？

本书更感兴趣的，是以上诘难中蕴含的、与我们自身最为相关的命题：在这样一个我们被抛入的世界上，究竟该如何确定自我的位置？不可否认，人类也有着动物一般强烈的求生本能。伊万自己就声称，他对生命有着"狂热的、或许有失体统的渴望"。[1] 如果生活毫无意义，又该如何对待此一"粗鲁的渴望"？眼见着种种不公而盲目的苦难，眼见着整个人生为无意义的过程所充斥，我们又如何肯定这样的生活？为什么不去自杀？为什么不干脆侵越所有的界限？

善于思考的伊万不可能对以上问题无动于衷。面对不公与苦难，怎样才能证明，死亡并非合理的归宿？伊万大声呼告，希望谁能站出来证明这一点——当然，他没有找到能够说服自己的证明，生活本身也不会对任何人做出担保。伊万唯一能确认的是，倘若肯定生活，他就将容忍自己依附于一个庞大的体制。这个体制本质上邪恶无比，无辜者在其中备受折磨，而他自己也势必成为同谋。于是，伊万得到结论，他将反抗自己对生命的"有失体统的渴望"。他甚至声称，自己将要"恭而敬之地把入场券还给他（上帝）"（第290页）。

回到普鲁斯特对陀氏文学作品的评价。以"罪与罚"来囊括其小说的总体基调，似乎难以包含上面那个关键性的问题，即有关伊万的反叛。普鲁斯特并未述及伊万的反叛，但他的同代人，法国存在主义哲学家加缪以及许多提及该问题的陀氏崇拜者与俄罗斯小说研究者已经在关注这个问题了。他们认为，伊万的反叛就是陀氏小说的终极谜团。虽然在《卡拉马佐夫兄弟》小说世界的厅堂之中，存在着一桩可怕的罪行，以及随之而来的惩罚，但"罪与罚"三字，依然没有触碰到这部小说的本质。因此，普鲁

---

[1] ［译注］《卡拉马佐夫兄弟》（荣如德译，上海译文出版社，2004年），第五卷，第273页。后文引用本书时将随文附注。另外，全书所有援引陀氏小说原著之处都只标注中译本页码，并在首次援引时注明中文版本信息。

斯特的评论虽有见地,但仍需大幅修正。本质上,陀思妥耶夫斯基并非仅仅聚焦于罪恶问题。他面向的是一个更加宏大的难题,即在罪恶横行的背景之下,如何确知生活的意义,如何能够去肯定生活。那种犯罪后所应得的法律制裁,并不是陀氏的兴趣所在;他希望倾听的是个体内在的声音,这声音往往会将他引向越界的主题:那是对善与恶之界限的跨越,以及随后与之相当的回应。

对这一回应的理解,才是打开陀思妥耶夫斯基整个思想体系的钥匙。应该说,理解越界行为并不困难,它展示了人们的自由和好奇心,是我们从自己的需要出发,进而改变世界的渴望。前面已经提到,并非所有越界都是犯罪,那么,随之而来的回应也绝非都是惩罚。回应也许是私密的,直抵内心世界,它包含着想要恢复内心秩序的渴望,也包含着对过度自由的抑制,并准备着接受自己为自己的行为所应担负的责任——听起来像是某种良知的召唤,然而陀思妥耶夫斯基并未将如此的召唤与惩罚关联起来,因为他认为,上帝才是这一召唤的源头。为想明这一点,就必须要说明,陀氏心目中的上帝并不是喜欢施加惩罚的上帝,不是旧约里那个审判一切并令人惧怕的耶和华。他的上帝来自新约,那是一位有着无限的仁爱,并在世上广施恩泽的神明。陀氏的上帝爱世人,但又不限制任何人,他就像圣经故事中那个时刻欢迎浪子回头的父亲。①

让我们再看看普鲁斯特评论中所关注的那本小说吧。《罪与罚》的主人公虽然是一个凶手(拉斯柯尔尼科夫),但从全书来

---

① [译注] 参见《新约·路加福音》15:11-24。在这个故事里,父亲迎接在外面浪荡而耗尽家产的儿子重新归家,并说道:"把那上好的袍子快拿出来给他穿,把戒指戴在他指头上,把鞋穿在他脚上,把那肥牛犊牵来宰了,我们可以吃喝快乐。因为我这个儿子是死而复活,失而又得的。"

讲，它聚焦的人既有施害者，又有受害者。其中，作为受害者的典型就是年轻妓女索尼雅。她不单单独自承受了个人与家庭两个层面的不幸，还将信仰与勇气传递给了拉斯柯尔尼科夫，促使后者担当了他为自己的犯罪行为所应负的责任，并终于获得重生。也就是说，在陀氏小说中，受害者的声音占据重要的位置，但普鲁斯特的评价中并没有倾听这一声音。

另外，仅仅盯着"罪与罚"这一词组，还有可能让我们疏忽一个并非不重要的事实：陀思妥耶夫斯基的文学世界中，其实蕴涵着成为英雄的可能性。陀翁以如此晦暗的笔触描述了他所生活的现实，呼吸过此间阴冷气息的读者，几乎都会很有把握地得出结论：这里没有产生诚挚善行与真正英雄的空间。有一些陀氏小说的评论者，比如俄罗斯思想家舍斯托夫和法国哲人让-保罗·萨特，都将地下室人当成了陀氏自身哲学的代言人。作为两个有着悲观主义倾向的思想者，他们指出，英雄主义只是人类赖以生存的众多幻觉之一；假若有一天，这一幻觉被彻底清除，人类将会减少绝大多数的轻信行为。伊万·卡拉马佐夫同样将英雄理想看成一种危险而不负责任的想法，他认为那些昏了头的人最容易受到此类想法的诱惑。在伊万看来，就连"上帝之子"于十字架上的受难，也绝非英雄的事迹。也许，唯一有理由得到伊万授予的"英雄"头衔的，是《卡拉马佐夫兄弟》中的宗教大法官。

让我们倾听陀思妥耶夫斯基灵魂深处的低语：如果在某个世界，只有宗教大法官这样的角色才堪称英雄的话，那里想必令人胆寒。但话说回来，在陀氏小说的世界，还有谁能当得上英雄的名号？此问题将在本书第二部分得到详细解答；在那里，我们将集中讨论陀氏最具有"建构性"的两本小说，《白痴》和《卡拉马佐夫兄弟》。此处不妨略作讨论。虽然陀氏的小说里缺乏为了理想坚定战斗的勇士，但仍有很多人在努力趋近崇高与纯洁的境界。这些人物常常不会佩戴上英雄的勋章，但在陀氏眼中，那些在坠入失败的谷底后依然爬起来的人,那些亲历了惨无人道的恶行仍不放弃信仰的人,都是值得敬仰的。平凡的人物也有可能擎起英雄的火炬,如果他们至死都不放弃自我提升的机会,如果他们在苦难中不断净化着自己的灵魂,他们就可能作为英雄而重生。在疼痛与受难中洗涤罪过、赎回灵魂,是陀氏始终执着的主题之一。

下面,我要提醒大家注意陀思妥耶夫斯基的乐观主义基因,这是其诗学方法的显著特质之一。正是由于这一基因的存在,我们才能说,在他以一以贯之的暗淡世界观所建造的大厦之上,英雄与英雄主义才有空间去展现。可以想见,普鲁斯特并没有考虑到这一基因。陀思妥耶夫斯基的乐观主义,一个乍看起来不太协调的词组,其实值得进行更为深入的研究。陀氏最喜欢的圣经故事是《约伯记》,其原因不难猜测。他的人生与约伯在很多方面有着类似之处:难以计数的苦难、无法医治的病痛,以及至爱之人的丧失。我们知道,后来的存在主义小说家群英,包括卡夫卡、加缪与福克纳,都以自己作品中极端无助而绝望的气氛,来回应约伯般的处境。然而,陀氏似乎已经预料到了此类作家的出现,所以在自己的小说中,他特地为读者保留了一丝丝微弱但恒久的希望之光。前面曾提到,希望有时是幼稚的、无根据的,就像一些盲目的人毫无根据地美化着厄运,反复念叨着造物主的"美意"与"计划",在它降下各种人间悲剧之时。陀氏不会用这些观点来麻醉自己,他坚决拒斥着以下妄念:"这世间发生的一切都有其缘由。"他提醒我们,毫无来由的罪恶一直都是世界的组成部分。即便如此,读者终究会在他的小说里辨认出那道微光,其所象征的希望也绝非自欺。

陀思妥耶夫斯基认为,邪恶并非可以医治的疾病或可以擦除的污渍,哪怕我们在正确理论的指导下重新构建整个社会。实际上,邪恶内嵌于人类的固有境况,它同样也推动着崇高与英雄主义的出现，推动着超越固有界限并打开新空间的行为。当然，对此类行为必须施加限制，但如果限制得过度，就很可能在保护无辜者的同时，也将自由限制了（所谓自由当然也包括选择恶的自由）。

伊万所宣讲的"宗教大法官传说"，其核心正是通过对软弱而昏盲的大众的"圈养"，来实现对自由的拒绝。不过，这绝非陀思妥耶夫斯基对此论题的最终陈词。别忘了，《卡拉马佐夫兄弟》里还有一个佐西马长老，这个人物也揭示了约伯发现已久的真理：仅仅避免恶行的存在是有失偏颇的。人性的本质，当是不断朝向希望与美好的努力，哪怕努力注定屡屡失败。陀氏借以点燃人类希望的火种，并非信徒般的狂热，也不是对宗教中"黄金时代"之来临的顽固断言。在此，我们应采纳伊万的清醒态度，质疑并拒斥形形色色的神正论或宏伟的末世论预言。同时又要鼓起勇气在恶之中生活，不丧失希望，永不停息地寻找一个更人道的世界。

说到上述人道主义①的理想，在陀氏小说中可以发现两种会将该理想彻底扼杀的毒素：首先是无视现实的盲目希望与理想，其次则是完全丧失希望与理想的状态。他以前者告诫人们，千万不要在真实的世界面前闭上双眼；又用后者鼓励大家保持希望，这和保持身体健康一样重要。清醒的现实主义与顽强的乐观主义，两种世界观的奇妙混合，恐怕是陀氏最深邃难解的理论，也是他最显著的精神气质。陀氏小说中的乐观主义倾向之所以缺乏探讨，是由于连他本人也从未阐明，如此生机勃勃的乐观精神究竟何以产生，又如何能与他冷酷的现实主义共存。在其小说里，乐观精神的存在当然无可置疑；读者欣喜于此，就像在阴冷的冬

---

① ［译注］humanism 在该书中会根据语境翻译为"人本主义"（强调人的价值与尊严、把人作为万物尺度、以人类为中心的现代思潮）或"人道主义"（强调人的基本权利的日常词汇）等。

天里欣喜于突然闪耀的阳光。(在长篇小说《被侮辱与被损害的人》开篇部分,叙述者就曾提到:"一道阳光居然能对人的心胸起这么大的作用!"①)而在纪实写作里,陀思妥耶夫斯基对自己最内在的宗教情怀与哲学信念的描述,却常常看起来武断而狭隘,甚至有点民族主义的味道。那种在《白痴》或《卡拉马佐夫兄弟》中所能直觉到的生命力与纯真感,在他的非虚构写作中则显得更像是一种不可挽回的堕落与迷失。

想要更为合理地阐释这种现实主义与乐观主义的混合,我们必须先解决陀氏小说中的两个问题:(1)作家对生活的肯定建立在怎样的基础之上;(2)此种肯定怎样能与大量涌现的罪恶保持协调。前文中我们进行过零散的讨论,此处可以完成一份比较精确的总结了。正义常常在生命中缺席,而生活本身又如此难以逆料并毫无意义,所以伊万的逻辑序列如下:肯定生活必须在证明生活之意义后才有可能;然而,无辜者的受难让所有证明人生意义的方法失效。陀思妥耶夫斯基,也许还有包括笔者在内的读者,会反对伊万的序列,并给出不同的观点。苦难常常无根无据,难以进行系统化的论证——这一点伊万是对的。然而,为数众多的例子表明,紧随苦难之后的,或许是灵魂的净化与升华。我们将伊万的次序翻转过来:先要肯定生活,生活才会具备真正的意义。只不过,从这一路径所达致的对生活的肯定,以及随之而来的意义,必须进行多个方面的限制,它们必须:

(1) 不否认现实中的恶;
(2) 不作自我欺瞒,拒绝承认一切苦难都有意义;
(3) 不沦陷于绝望与无助的状态之中;
(4) 不建立在动物般的求生本能基础上。

---

① [译注] 参见《被侮辱与被损害的人》(臧仲伦译,译林出版社,1999年),第3页。

陀思妥耶夫斯基鼓励我们接受现实中恶的大量存在，学会在这样的现实中生活，同时又肯定并热爱生活。生活的目的，是在此生此世找到精神家园，但这家园不能建立在无视现实的行为之上，也不能满足于对"美丽新世界"空幻的乌托邦承诺。陀氏坚称，恰当的乐观主义不仅仅是可能的，事实上，对人们精神的平衡与健康来说，也是不可或缺的。本书将详细分析五部小说：《地下室手记》《罪与罚》《白痴》《群魔》与《卡拉马佐夫兄弟》。本书的首要任务是通过分析这些展现陀氏核心思想的作品，审查这一乐观主义是否可能以及如何可能。

我们为自己定下的目标，其实完成起来难度颇大。一方面是由于，作为思想家，陀思妥耶夫斯基极为不同寻常。他可以为伊万的诘责创作出精彩至极的演讲词，却无法为伊万思想的对手写出能与之抗衡的文字——这个对手其实就是陀氏自己，是他在书信与日记中不断捍卫的思想。跟伊万的演讲相比，其对手（即佐西马长老）的宣讲显得说服力不够。另一方面，更严重的障碍在于，陀氏所捍卫的这种混合了现实主义与乐观主义的理念，似乎包含着难以破解的悖论。常人通常有如下的稳固心理机制：如果个体接受了罪恶在世间的横行，则不可避免地会导向怀疑主义、相对主义，会产生无力感、抑郁感，最终彻彻底底地成为一个悲观主义者。如果要为陀氏的奇特混合辩护，就需要先设法对抗该心理机制，逆之而行。这是否可能？当着罪恶的可怕嘴脸，有任何符合理性的希望能残存吗？人们通常所谓的乐观主义，不正是一种转过脸去、不接受丑陋现实的行为吗？甚至对大多数读者来说，乐观的心态几乎必然建立在幻觉与自欺的基础上。面对恶的问题，喜欢道德说教的人，通常或者干脆否认这个世界上罪恶的横行，或者绝望地否认有任何对抗罪恶的方式。

在悖论的冰面上，陀思妥耶夫斯基有着高超的滑行技巧，他会抓住那些在他人眼中完全错误的矛盾思想，并对之作出精彩的描述。不仅如此,他甚至确信,"没有什么比现实更荒诞的了"。① 陀氏不仅在文学创作中贯彻了这一洞察,还将之当成了自己成为作家的根本原因。在其作品中,陀氏运用悖论戏弄了矛盾律、充足理由律、排中律等等;我们有理由相信,他有意识且有计划地违背着这些逻辑基本规律,跨越着它们设定的界限。理智与理性,在陀氏看来,只是某些哲学家的心头之好——在人类的天性中,这两个概念并不占据重要位置。事实上,陀氏也跟很多思想家一样,认为对理性的过度自信是当代的根本问题之一。陀氏指出,"浮士德迷梦"是西方文明中反复出现的母题。该迷梦指的是,那些受过良好教育的人,渴求对所有经验现象的系统化解释,渴求一个能解答一切的终极理论。换句话说,西方文明中一直有着两股势力的潜在较量:一边是直觉与审美,一边是抽象与推理。但如果要总结西方文明中对待生命的最大特点,我们不能简单地说是以上两股势力的紧张状态,因为这一状态普遍存在于所有文明样式之中;而需要进一步指出,在西方文化体系内,直觉与审美总是占据次一等的位置,甚至要扮演抽象与理性的忠实奴仆。②

直觉因素(需要一种即刻的理性力量)与抽象思维(需要以直觉对现实世界进行确认)这一对既紧张又统一的矛盾,也被陀

---

① 转引自莫楚尔斯基(Konstantin Mochulsky)《陀思妥耶夫斯基的生活与创作》(*Dostoevsky*: *His Life and Work*),第 27 页。[译注]比陀思妥耶夫斯基稍早一些的美国作家爱伦·坡在其小说中经常重复一句类似的话:"真实比虚构更奇特。"并且据此制定了一条写作原则:"一定程度上的夸张对描绘真实而言至关重要……倘若我们意在精确地复制自然,那么被复制的物件必会显得不自然。"

② 对该问题更进一步的讨论,参见诺斯罗普(F. S. C. Northrop)《东西方的交汇:理解世界的诘问》(*The Meeting of East and West*: *An Inquiry concerning World Understanding*),尤其是第 300 – 311 页与第 440 – 496 页。

思妥耶夫斯基编织进了自己的小说。比如，伊万就要求对"生活值得经历"这一命题进行（理论化的）证明。阿辽沙以及佐西马长老则提供了其审美的对立面：如果你能开放自己去体验生活，如果你能真正面向人类存在中的审美维度，你也许就能真正欣悦于生活中"美"的一面，并且发觉，伊万所要求的证明是不可能的，也是不必要的。对审美维度的欣悦情感，将敲开通往肯定与热爱生活之路的大门。这条路也将修复我们对人类存在价值的认可——通过信仰与希望。

陀思妥耶夫斯基对理性主义的批判，也源于他对人性中内在矛盾的觉察。或者从更普遍的角度说，整个生命都是一种悖论般的存在。生活并不会按照合情合理的线性轨迹朝前发展——这种进步史观是启蒙主义的辩护者所构建的理论。陀思妥耶夫斯基不仅仅否认末世论（eschatological，又称终末论，该预言宣称历史将会终结，上帝之国将在大地上建立）的预言，同样也否认现代思想中所包含的类似进步观念。人类命运的演化轨迹并不是线性的，而是一个圆，即（象征性的）死亡与重生交替出现的循环道路。到此为止，我们可以将陀氏整个人生观的驱动因素更恰切地概括为"越界与重生"，以取代普鲁斯特所说的"罪与罚"。

本书的主要任务之一，是展现与审视陀氏从审美的维度对生活的肯定。笔者相信，这一方式就建立在越界与重生的循环之上。而作家笔下的人物伊万则宣称，如果生活没有意义，那么肯定生活就无比荒谬，生活本身同样只是徒劳。在这个厌世主义与相对主义横行的时代，伊万的怀疑引发了强烈而深广的共鸣，因此，本书的核心议题也由此浮现：作为作者的陀思妥耶夫斯基，能超越他笔下的非凡人物所宣扬的怀疑主义吗？

第一部
无意义的生活

引　言

当我们四处寻找生活的意义时，我们到底在寻找什么？

小说家会说，此中真意，其实是某种效力强大的黏合剂，它能整合生活这个大漩涡，黏合漩涡中碎片化的个体与事件。这个漩涡，其实就是人们称为现实的宏大戏剧。每个人都参与其中，每个人都亟需某种叫作"意义"的事物，以便让过去、当下与未来都合乎情理。

跟小说家相比，哲学家往往追求表达的精准，他们会声称：人们搜寻的是生活的目标。当生活有了目标，它自然就会具有意义。目标给人以方向感，会帮助人们在这出宏大戏剧里找到自己的位置。作为界定概念的高手，哲学家会热心地帮助我们区分两种类型的"目标"。古典意义上，有目标的生活意味着，个体被征用，成为实现某个理想的手段。现代意义上的目标则大为不同，它意味着个体作出了选择，而这个选择将影响他所有的努力与行动，乃至他的一生。

两种意义的区别，取决于黏合剂的出处：它是来自某种外在的、超越性的源头，还是源于个体自身或其所在的社群？赐予我们生活以意义的目标究竟来自何方？

以上区别反映了两种类型的生活观念，其对应的生活意义也有所不同。古典的意义理论离不开宗教性与超自然性。它宣称，生活的意义也好，生活之诸般元素的黏合剂也罢，总是要仰仗造物主的恩赐——就算不说造物主这个词，也应当有一个独立并高于人类世界的力量存在。而按照现代人的理解，人类站立在围绕着自己的现世之中，必须亲自创造意义，这个过程闪耀着人本主义的色彩与世俗的智慧。

除了信仰与理性，现代社会中还潜藏着第三条寻找生活意义的道路。它是西方文明内部某种摧毁性的力量，并不甘心总是涌动于暗处——它随时等待着爆发的机会，等待着占领时代舞台的中央。也许在当下，这样的机会正在向它招手。这股暗流，正是对待生活的怀疑与厌世的态度；极端的虚无主义也是这一态度的典型体现。

以上三条道路之间有怎样的关联？对于我们理解陀思妥耶夫斯基而言又有着何等的重要性？不难理解，超自然的、宗教的道路存在的时间最久，对当下的影响也仍旧显著。这绝非偶然。对存在的深刻焦虑常常支配着人们，而该道路正是缓解焦虑的强效剂。它让我们栖息于这一信仰之下：仁慈而智慧的造物主，正用他的巨手托举着你，永不止息地庇护着你的灵魂。

然而，在每个人都要面对的严酷现实里，该道路的实现，需要艰难的信仰之跃。这是朝向不可知与神秘的跳跃，也是一种确信：造物主具有超越全部生活的伟大力量。真实的生活经验提醒人们，个体总是无法窥见造物主的整个计划。宗教的道路试图使人相信，存在不仅仅只是活着，而应该具有某种神圣的意义——现实中的"意义"总是藏在晦暗不明的未知里。人类无法理解自身的存在，他成了一本自己无法弄懂的晦涩书籍——反复阅读，依然充满疑惑。

启蒙运动正是滥觞于这样的疑惑之上。陀思妥耶夫斯基的同代人、俄国哲学家赫尔岑曾在自己的书信体著作《来自彼岸》中如此描述人类的处境："人类的历史不存在剧本，演员必须即兴表现自己的角色。"① 赫尔岑向我们表明,超越性并不是价值与规范之源头,内在性才是。在觉醒的个体与整个世界的对抗中,前者能依靠的,无论是不屈的意志还是批判的理性,都来源于自我。

在持续几个世纪的沿革过程中,欧洲启蒙主义思潮伴随着一对孪生子一般的现象:上帝之死与理性封神。上帝之死并没有让人类成为孤儿,相反,人类愈发摆出了主人的架子,甚至成为潜在的袖珍神明。正如陀思妥耶夫斯基《群魔》中的人物基里洛夫所宣称的,我们已经由神-人进化为人-神。②

如今,启蒙时代的热情早已坠入尘埃,人类也以种种表现印证了自己绝非了不起的神明。人类为自己所设想的雄伟蓝图,业已转变为可怕的诅咒。演员脱离剧本后的即兴发挥,让人类历史不断陷入混乱而残酷的噩梦。除了自我,我们不能依赖任何外在的力量,这是启蒙主义曾经秉持的信念。经历了个体与群体的种种失败,这一信念在当今之世日渐淡漠。甚至早在陀思妥耶夫斯基所生活的十九世纪里,怀疑与厌世的言辞就已经从最睿智的人嘴里说出。虚无主义的气氛自此弥漫。在以赛亚·伯林看来,那个时代对整个西方传统的激烈批判,肇始于人类所蒙受的三重屈辱。第一重屈辱,是认识到人类并非创世的目的,地球也不是宇宙的中心。第二重屈辱则来自进化论:人类并非按照神的形象创造出来的,而是形成于自然的演化中,与其他动物有着共同的

---

① 赫尔岑的话转引自以赛亚·伯林《扭曲的人性之材》(*The Crooked Timber of Humanity*,[译注] 中文译本见岳秀坤译,译林出版社,2009 年。赫尔岑《来自彼岸》见刘敦健译,商务印书馆,2018 年),第 201 页。对于内在性作为价值与规范之源的更进一步讨论参见 Yermiyahu Yovel, *Spinoza and Other Heretics, vol. 2: The Adventures of Immanence*。

② 参见《群魔》(*The Possessed*),第二部第一章。[译注] 神-人依然是人,人-神则已经把自己当成上帝一般的存在了。

起源。精神分析等心理学理论——这一理论针对的不是古老宗教，而是时兴的人本主义信念——又为我们带来第三重屈辱，它揭示了，人类的理性并不如想象中的自主而冷静，毋宁说，理性不过是激情与潜意识欲望的奴隶。

这三重屈辱描绘了一幅怎样的人性图景？想想看，人类不但不能掌控世界的命运，甚至也无法控制自己的每个念头、每个决定。人，一个糊涂的可怜虫，一种多余的创造物，仅此而已。

终其一生，陀思妥耶夫斯基都在与以上观念抗争。对陀氏而言，关于生活意义的三条道路都不能化约为抽象理论。任何理论，我们都可以采用也可以抛弃，而三条意义之路则来源于人类灵魂的深处，很可能内在于人，是一种存在主义的抉择。① 在理性化的考量中，三条道路似乎可以截然分开，然而事实上，三者在个体的内在性中常常混融为一，又每每浮现于性命攸关的生活节点之上。我们不断地摇摆于三者之间，每一条道路都可能在某个时间段里显现为终极真理。

可终极真理存在吗？或者退一步，存在着真正客观的真理吗？

陀思妥耶夫斯基试图说服他的读者，这样的摇摆和选择是危险的。当然，毫无疑问，陀氏自己也听到了怀疑主义那充满诱惑的声音。"上帝折磨了我一辈子。"基里洛夫如此抱怨着（《群魔》第一卷第三章）。随后出现的人物伊万，也将自己满腔的忧愁归咎于类似的原因："基督愚蠢地点燃了我们渴求不朽的心火，这成了所有罪恶的源泉。"尽管如此，陀氏也有着截然不同的面相，比如《少年》中的人物马卡尔·伊万诺维奇·多尔戈鲁基就曾说："没有上帝，生活无异于一场酷刑……一个人总得崇拜点

---

① ［译注］存在主义的抉择，大概指的是，对人类而言，三条道路中并没有哪一条是"本质的"。

什么；没有这种崇拜，人就完全无法承受自我的重担。"(《少年》第三卷第二章）以上两种声音实际上都内在于陀氏自身，正如他向朋友斯特拉霍夫（Strakhov）承认的那样："信仰基督并遵从其教诲，并非我孩童时代的本能；在怀疑之火的净化下，我才发出了'和散那'的呼喊。"① 正是经过"怀疑"这座思想熔炉的净化，陀氏笔下的伊万才能说出如此雄辩的言论。可以说，陀氏灵魂深处与怀疑主义有着深刻的共鸣——这是他本人最为痛恶却无法否认的事实。

除了怀疑主义，陀思妥耶夫斯基对另外两条道路也颇为熟稔。在其写作生涯之初，人本主义的理想曾牢牢占据了他年轻的心灵，直到他被流放到西伯利亚才有所松动。这并非意味着，青年陀思妥耶夫斯基完全放弃了宗教的信念，脱离了童年时代围绕着他的信仰气氛，只是这些宗教因素暂时退居次席。然而，西伯利亚漫长而艰苦的岁月，以及对圣彼得堡上流知识分子圈子的远离，让作家的内心悄然巨变。此后的人生，宗教信仰支配了他的思想。这种支配有着极为明显的表现：写于西伯利亚时期之后的小说，无论是《地下室手记》《罪与罚》，还是《群魔》的某些部分，都充满着对人本主义信念的猛烈乃至偏执的抨击。陀氏似乎将人本主义思潮当成了一种危险，因该思潮引诱人类偏信理性与所谓的道德自治能力。如果说，宗教与超自然信念的错误之处，在于其将现实当成人类想象力的创造物，那么，人本主义的信念则将人类存在的若干层面凌驾于整个现实之上。比如，有些

---

① 这句话最早的出处是斯特拉霍夫所撰写的陀思妥耶夫斯基传记，此处转引自《陀思妥耶夫斯基批评文选》（*Dostoevsky: A Collection of Critical Essays*），韦勒克（R. Wellek）编辑，第 130 页。亦可参见陀氏写给迈科夫（Maikov）的信件（Dostoevsky's letter to A. N. Maikov of March 25, 1870）。[译注] 和散那（hosanna），为耶稣骑驴进入耶路撒冷时，众百姓的欢呼语。有求助的意思，后引申为赞美、称颂之声。

人本主义者会宣称，放弃人类的中心地位，将使世界陷入匮乏与混乱。

在本书的第二部分，我们将深入讨论陀思妥耶夫斯基的宗教与超自然理念，以及它与一般宗教的差别。人们普遍认为，生活的意义与目标、计划等类似词语密切相关——陀氏挑战了这种俗常观点。对这一挑战进行深入的考察之后，我们将不得不承认，陀氏成功提出了一种原创而可行的理论。而且，与其他陀氏研究者不同，笔者并不认为该理论完全从属于东正教传统。

本书第一部分将为上述讨论提供必要的基础。第一章里，笔者将完整描述陀思妥耶夫斯基对现实的态度，并探讨他对现代社会发展趋向的评估。在第二到第四章中，此一评估将得到发展、挑战以及重新审视，笔者也将分析陀氏对人本主义与虚无主义道路的批判。对伊万这个人物而言，两条道路并不能截然分开：人本主义先是给人们以巨大的期望，而期望落空就会带来绝望与虚无的气氛。对陀氏本人而言，人本主义所依赖的黏合剂并不牢固，并且很可能是一种谬误。

为何陀氏如此否定人本主义与悲观主义的观念？这种态度的起因与影响分别是什么？现代人所感受到的失去家园的状态，是由客观发生的历史事件导致的吗？抑或是，人本主义精神的日渐衰落，只是源自人们对待生命所采取的不适当的主观态度？对以上问题的探求，将成为本书第一部分的中心。

第一章
痛苦与不义：一个浸染罪恶的世界？

陀思妥耶夫斯基的现实主义

在瑞士第二大城市日内瓦，有个小型墓地，当地人称之为国王公墓。① 公墓一侧是美丽的老城区，可以望见气势恢宏的大教堂；另一侧，宁静而宽阔的罗纳河在缓缓流淌。修缮之后的国王公墓，就在这里等待着偶尔走入的行人。你若是踏进公墓，沿着左侧第一排走到尽头，就会发现一座毫不起眼的小墓碑。那里埋葬着的孩子，出生于 1868 年 2 月 22 日，死于同一年的 5 月 12 日。

对于当时年满 47 岁的陀思妥耶夫斯基以及比他年轻很多的第二任妻子来说，这个头生子的诞生带来的欢乐有多大，其夭亡的打击就有多沉重。在一场极为简单的葬礼的几天之后，陀氏终于在给友人迈科夫（Maikov）的信中，将内心的苦痛彻底倾吐：

> ……我的索尼雅死了，三天前已经埋葬。在她死前的两小时，我还不知道她会死。医生在她死前的三小时还说她已

---

① ［译注］Cimetière de Pleinpalais, 也被称为 Citmetery of the Kings, 靠近日内瓦的老城区，包括阿根廷作家博尔赫斯等在内的名人埋葬于此。

好了一些,能活下去。她只病了一个星期,死于肺炎。啊,阿波隆·尼古拉耶维奇,就算我对第一个孩子的爱很可笑,就算我对祝贺我的人在许多信里谈到她时也讲得很可笑,对于他们来说,可笑的只是我一个人,但我不怕对您讲。这个三个月的小人儿是那样的可怜,那样纤弱,但对于我来说,她已经是一个人物和性格了。她开始认出了我,喜欢我。当我走近她的时候她便露出笑脸。她喜欢听我用可笑的嗓音歌唱。在我吻她的时候,她不哭,也不皱眉。我一走近,她便不哭了。而现在别人安慰我说,以后我还会有孩子的。可是索尼雅在哪儿呢?这一个幼小的人儿在哪儿?我现在敢于申明,只要她能活着,我愿意为她承受最大的苦难。①

我们应该信赖作家最后一句话中所传达的信息,也许很少有人比他更懂得"最大的苦难"意味着什么。陀氏的生命仿佛由接连不断的噩梦拼凑而成:先是他父母早早离世,然后是他第一任妻子,他敬爱的兄弟米哈伊尔(Michael),他的两个孩子(先是索菲娅,后来还有他三岁的儿子阿列克谢);与这一系列死亡相伴随的,还有他面对行刑队时的战栗、在西伯利亚多年的苦役、严重的赌瘾以及极端的贫困、经常发作的癫痫……数不清的苦难与折磨成了陀氏人生的底色。

如同一次绵延不绝的长祷,在陀思妥耶夫斯基的人生里,他见惯了无法挽回的丧失,见惯了折磨与罪恶——这些词汇对别人来说也许仅仅是抽象概念,但对他而言就是极端真实的体验。在陀氏看来,恶的问题甚至是其日常生活中最为常见的冲突。他多

---

① 给迈科夫的信,1868 年 5 月 18 日。索尼雅是索菲娅的俄语昵称。[译注] 译文出自《陀思妥耶夫斯基选集·书信选》,冯增义、徐振亚译,人民文学出版社,1993 年,第 202 页。中译本标注的写信时间为 1868 年 5 月 30 日。

年的合作者斯特拉霍夫也曾用"呕心沥血"来形容陀氏的创作过程。在这些心血的浇灌下，名垂文学史的人物形象一个接一个诞生：地下室人和拉斯柯尔尼科夫，基里洛夫和斯塔夫罗金（《群魔》的主人公之一），德米特里（《卡拉马佐夫兄弟》中的人物）和伊万。每个人物，都是作家自身多重苦难的某个回响，他们会代表作家的灵魂发声，比如伊万等人物所发出的拷问：一个不断有无辜的孩子横死的世界，真的有正义可言吗？

受到前辈作家果戈理的影响，陀思妥耶夫斯基早期的创作聚焦于记录俄罗斯社会中的不义，尤其是对弱小者和无助者所犯下的罪行，以及他们悲惨的生活状况。"我们（这一代作家）全都是从果戈理的外套里钻出来的。"陀氏本人如此形容道。果戈理小说《外套》中的主人公阿卡基·阿卡基耶维奇是一位贫穷的下层公务员。与此类似，陀氏处女作《穷人》中的主人公玛卡尔·杰符什金也是一个恭顺而卑微的小公务员。杰符什金爱着瓦莲卡，她是他生活里唯一的亮色。然而，瓦莲卡却要嫁给一个粗俗而蛮横的年轻地主。为了帮助所爱之人，他甚至参与了婚礼的筹备。对这个小人物来说，只要能在自己最爱之人的生活里保留哪怕一丁点儿位置，他就甘愿忍受所有屈辱。但残酷的命运并没有满足他这个卑微的愿望。

玛卡尔代表着陀思妥耶夫斯基笔下一类典型的人物形象，用屠格涅夫发明的词汇来说，就是"多余人"。[①] 他们感受不到任何来自别人的需要，他们的生命无足轻重、可有可无，他们毫无个性特点，他们的存在除了给世界增加负担之外毫无意义——所以，结论似乎是：他们还不如死掉了好。这些忍受着贫穷、匮乏与无助的受压迫者如何理解罪恶，又怎么看待生活的意义？

---

① 屠格涅夫出版于 1850 年的小说 *Dnevnik lishnega cheloveka* 后来就以《多余人日记》来命名。

多余人，或者说"被侮辱与被损害"的人，一直在陀思妥耶夫斯基的小说世界里占据一席之地。不过以西伯利亚的苦役生涯为转折，陀氏的关注点转向了另一类人物：这类人会被"多余人"的不幸激发，试图越过社会所许可的界限。残暴凶杀，奸淫幼童，这些令人发指的罪孽与违反禁忌的恶行，纷纷浮现在陀氏小说的字里行间，成了他笔下众多主人公的噩梦。小说的焦点游移在压抑的社会状态与对压抑的跨越之间，游移在受害者的视角与施害者的视角之间，它们共同提出以下尖锐的问题：对于施害者来说，恶行意味着什么？一个犯下可怕罪行的个体如何看待自身的恶？无论是《罪与罚》中的拉斯柯尔尼科夫与斯维德利盖洛夫，还是《群魔》里的斯塔夫罗金与彼得，抑或《卡拉马佐夫兄弟》中的伊万和斯乜尔加科夫，陀氏想要表达的，是一个他从直觉上早就确认了的真相：存在于人们心中的道德挣扎，比发生在人与人之间的道德纷争更为剧烈。

可以想象，在陀思妥耶夫斯基的读者和评论者中间，常常会浮现出如下的疑惑：作家对人类灵魂阴暗面的卓越描述，以及他对种种骇人罪恶的痴迷，是否有着特别的原因？很多人将之归因于陀翁本人的病痛与精神问题，也有人说他是个施虐狂或受虐狂，甚至说他曾犯下猥亵儿童或其他严重的罪过；这罪过难以启齿，却暗中侵蚀着他的心。托马斯·曼曾表示，他敬佩陀氏为艺术献祭自身的决绝——这种决绝是歌德、托尔斯泰等作家做不到的，他们善于将自我隔离于罪恶之外。[1] 托马斯·曼将歌德和托尔斯泰看作"健全"作家与健康个体的典范，他还特意将自己的

---

[1] 参见托马斯·曼《歌德与托尔斯泰》，选自 *Essays of Three Decades*，第 108 页；以及《托尔斯泰》，选自 *Past Masters and Other Papers*，第 157 – 160 页。关于陀思妥耶夫斯基与托尔斯泰的比较亦可参见乔治·斯坦纳（George Steiner）《托尔斯泰或陀思妥耶夫斯基：一篇老式批评》（*Tolstoy or Dostoevsky: An Essay in the Old Criticism*），尤其是第 231 – 348 页。

一篇论文命名为：*Dostoevsky - mit Massen*（陀思妥耶夫斯基——一个温和的版本）。即使是从陀氏那里受益颇多的普鲁斯特，也不惮于指认："在他（陀思妥耶夫斯基）的生活里一定存在着某样罪行。"① 此指认是否为真，也许永远无法确知。将时间耗费在对所谓真相的探求上，也会令我们的思考迷失方向——要明白，让陀氏卓然独立于其他作家之上的，是他塑造某类人物的伟大才华，这类人物的典型正是伊万·卡拉马佐夫。陀氏一向强调，罪恶不仅仅是社会现象。罪的发生有着深刻的渊源：精神上的，超自然的，以及宗教的。叔本华对此问题有类似的认知，不过这位德国哲人之所以对人类整体上的邪恶、贪婪或虚荣如此关注，是为了论证他自己的哲学体系，即世界的无意义与无价值。陀氏也并非另一个萨德侯爵，因为后者的重心是展示人类固有的最肮脏丑恶的一面。在陀思妥耶夫斯基看来，自己在西伯利亚遇见的那些囚徒，绝非全然的恶人或堕落者——《死屋手记》里，作家更喜欢将犯人称为"不幸的家伙"。

贫穷、压迫与罪恶只是繁复世界的一个维度，但陀氏敏锐地感受到，这些词语背后所包含的严重危机，足以震撼当时的俄国乃至整个欧洲。在一段相当长的时间里，他没有能力准确把握这场危机的脉搏。直到生命的最后十五年，他才形成了对该问题的清晰洞见。在此洞见的基础上，陀氏开始在小说中探索某种性质的"越界行为"。勒内·基拉尔将此类行为称为对象征性的至高

---

① "罪与罚三个字，可以当作陀思妥耶夫斯基所有小说的共用名……然而他已暗中将这两个面相拆分开来，而非将之集中于同一个人。在他的生活里一定存在着某样罪行，也存在着责罚（虽然罪与罚之间不一定有关联）。陀氏倾向于将两者分开处理。比如他会将惩罚施加于自己（《死屋手记》），而将罪行安排到其他人身上。"——普鲁斯特《陀思妥耶夫斯基》。见《艺术与文学评论》，第 381 页。

权威的反抗，因其挑战的对象是整个社会与文化秩序的基础。①这一洞见最早在《罪与罚》中得到初步展现，并在《白痴》《群魔》与《少年》中愈发凸显，最终在他最后的小说《卡拉马佐夫兄弟》中奏出了最强音。在拉斯柯尔尼科夫这个人物身上，父亲的缺失这一设定，能够引导我们触碰到小说的核心。《白痴》里的梅诗金公爵同样失去了父亲，甚至失去了所有与父亲相关的记忆。《群魔》中，斯捷潘·韦尔霍文斯基是小说里若干主角的生父或精神上的父亲；但最后，他本人被证明为一个失败的父亲，一个需要别人来引导其精神的迷失者。到了《卡拉马佐夫兄弟》，费尧多尔·卡拉马佐夫成了徒有其表的父权代言人，其权威早已丧失殆尽。作为父亲，费尧多尔对孩子们异常冷血，再加上他的自私、贪婪、好色与卑鄙，如果他真的代表了天父（神明就是人类位于天堂的父亲）——作家有不少暗示支持这一判断——那他无疑是一个堕落的神。这部长篇小说本质上是个弑父故事：作为天父之子的人类，怎样阴谋杀死父亲，又怎样面对一个失去至高权威的混乱世界。伊万质疑道，如果神圣性不过是种假象，还有什么样的规范是有效的？如果天父或上帝已死，难道不是一切皆可为吗？

在小说《少年》里，陀思妥耶夫斯基为读者勾勒出一幅完整的画卷，去展现这些失去父亲的孩子们将会面对的一切。小说主人公多尔戈鲁基——其实是后来佐西马长老（一个充满智慧的老者，没有子嗣）的雏形——曾如此断言：

> 一个人总得崇拜点什么；没有这种崇拜，人就完全

---

① 参见勒内·基拉尔的一系列著作，比如《暴力与神圣》（*Violence and the Sacred*），第 48 – 49 页。[译注] 勒内·基拉尔（René Girard, 1923 – 2015），法国哲学家、人类学家，法兰西学士院院士。代表作有《浪漫的谎言与小说的真实》《替罪羊》《暴力与神圣》等。

无法承受自我的重担。每个人都是这样的。倘若有人拒绝了上帝,他就不得不崇拜另一个偶像,无论它是由木头、黄金或是思想铸造出来的。因此,认为自己不再需要上帝的人,其实私下里都是偶像崇拜者。(《少年》第二卷第二章)

摆脱偶像崇拜而独立生活,实际上就是一种跨越边界的实践。它深深吸引着这位伟大的小说家:一种可能性,一种人类试图取代上帝的可能性,让陀氏的内心因恐惧而颤动。① 洞见到现代性的可怕后果,对陀氏而言是一个漫长的过程:先是早期对被侮辱与被损害者的同情,再是后来对人类偶像崇拜症的觉察,最后则是意识到,人们甚至幻想着自己与上帝毫无区别。陀氏相信,自己可以通过写作揭示世界背后的若干真相——如果不是全部真相的话——这是个充满欺凌与压迫的世界,是从巨大的希望开始却又坠入绝望的世界。这其中,关键的转换在于从神性中心主义过渡到了人类中心主义:我们以神-人的身份开始上升,却以人-神的自大跌倒在半途。

作为一个进入小说世界中的读者,无论是否接受作家的理念,都会强烈地感受到某种宿命的氛围:人注定要与不义和罪恶遭遇。其实陀氏并没有给罪恶下定义,也没有发展出关于罪恶的理论——他声称,自己只是忠实地记录现实。在作家大量的私人

---

① 根据陀氏的传记撰写者弗兰克(Joseph Frank)在《陀思妥耶夫斯基:反叛的种子,1821—1849》(Dostoevsky: The Seeds of Revolt, 1821—1849。[译注] 中译本见戴大洪译,广西师范大学出版社,2014年)中的说法:"对于渎神这一诱惑,他(陀氏)既为之着迷又为之恐惧,他所有伟大的小说都是在以不同的形式处理这个主题。"弗兰克在后文中还表示,早在1838年,也就是仅仅17岁时,"陀思妥耶夫斯基就展现出了对渎神主题的交织着恐惧的迷恋:一个人试图废黜上帝并取而代之……"。

信件中,他称自己的写作为现实主义。当然,这不是寻常意义上的现实主义:

> 我对现实(艺术中的)有自己独特的看法,而且被大多数人称为几乎是荒诞的和特殊的事物,对于我来说,有时构成了现实的本质。事物的平凡性和对它的陈腐看法,依我看来,还不能算现实主义,甚至恰好相反。在每一期的报纸上您可以读到许多实际发生的奇怪的事实。对于我们的作家来说,这些事实是荒诞的,而且也不被他们注意;可是它们却是现实,因为它们是事实。谁来指出它们,给予解释并记录下来呢?它们每时每刻每天都有,并不特殊。①

从没有哪一个文学批判的概念,能像"现实主义"一般,得到人们如此频繁的使用或攻击。对艺术的普遍期望是,它能够反映真实世界的样子;每个作家都希望能忠于现实和生活。但问题在于:真实与虚假的界限在哪儿?难道存在一种批评的尺度,我们能借之判断哪些作品是合格的,哪些是残次品?当我们宣称要忠于真实、忠于生活时,我们想的到底是什么?

对该问题,陀思妥耶夫斯基从反面进行了论证。首先,文学上的现实主义绝不是对现实的模仿;现实主义不等同于自然主义或摄影上的照相写实主义(photographic naturalism),后两者追求的是复制日常生活的表象,追求一种平均化了的"真

---

① 对陀思妥耶夫斯基的现实主义的进一步讨论,参见弗兰克《陀思妥耶夫斯基:非凡的年代,1865—1871》(*Dostoevsky: The Miraculous Years, 1865 - 1871*。[译注] 中译本见戴大洪译,广西师范大学出版社,2020年),第308 - 315页。此处引文译文出自《陀思妥耶夫斯基选集·书信选》,第222 - 223页。

实"；现实主义也不是对俗世常情、路人甲乙或市井街道的再现。想要成就对现实的真实表达，我们需要的，也许不是冷静而客观的写作。

对现实的每一次体验，都包含着主观拣选的过程。比如在陀思妥耶夫斯基的主观体验里，会筛除掉俗常之物，为的是聚焦于不同寻常的一切，他称后者为异象。日常事务并不能让人明了现实的真实面貌；让人们醒悟的，往往是冲击边界的极端事件。就如同斯蒂芬·茨威格所指出的：

> 他（陀思妥耶夫斯基）笔下的人物只有在亢奋时，只有在充溢着激情或千钧一发的紧张状态里，才能直面生活。当其他作家忙着摹写人物的外在状态，企图借此表现心灵真实的时候，陀氏却另辟蹊径，通过刻画灵魂来构建肉身……甚至可以说，没有灵魂，肉身就如梦幻泡影不具形体；没有激情，一切形象就是没有焦点的虚无光线。[①]

此处，对于目前的讨论极有启发的是，现实主义的核心并不是人们的言行与相貌，而是其行为的内在动机。与之相应，作家的职责也不是对笔下人物下判断——无论他是否喜欢这个人物——而是将他们的灵魂活生生地展现在读者面前。这些人物就是作家心魂的一部分，揭示作家隐而不宣的内在状态。

就此来看，陀思妥耶夫斯基的观点有点像二十世纪的存在主义，而不是他所生活的时代里占据主流的历史主义——后者主要

[①] 斯蒂芬·茨威格《三大师：巴尔扎克，狄更斯，陀思妥耶夫斯基》，第170页。

受了黑格尔和德国浪漫派的影响。① 历史主义处理现实，喜欢将之放置在历史事件前后更替的动态过程中。该过程体现为一连串的事件，作家的任务就是将之黏合为小说的完整情节。在历史主义的小说里，情节当然集中在主人公身上，而其高峰则是主人公的成功或失败。

陀思妥耶夫斯基发现，在历史主义思潮影响下，小说家所谓的构思情节，就是希望让前后相继的过程看起来更有整体感。普通读者大多喜欢情节明晰的小说，因为它制造出一种幻觉：在小说中，生活显得有结构，有秩序，同时有着确定性。陀氏不需要这样的幻觉，也不屑于去制造幻觉。他希望和自己的读者一道，摆脱这样的虚假承诺。（陀氏的《地下室手记》就没有明显的情节，因此这本书深深影响了后来的存在主义者。）他更注重于表现生活之真：那是一种不可预判的流动状态，事件之间经常互不相关。陀氏的小说世界，与小说中人物的生活，仍会具有某种整体性，但将它们黏合在一起的不是情节，而是主人公在极端境况与动荡场景下所展现的灵魂。

在为陀思妥耶夫斯基撰写的传记中，斯特拉霍夫复述了作家对周遭误解的抱怨："他们称我为心理学家——真是大错特错。我是一个最高意义上的现实主义者，这意味着，我描绘的是人类灵魂的深度真实。"② 对评论者而言，陀氏的现实主义看上去颇为古怪，因为他总是执拗地想进入灵魂的深处、更深处，而不愿停留在表面。如若我们将形而上学理解为"一种发现表象之下的真

---

① 参见考夫曼（Walter Kaufmann）《存在主义：从陀斯妥也夫斯基到沙特》（*Existentialism from Dostoevsky to Sartre*, 12–14。[译注] 中译本见陈鼓应、孟祥森译，商务印书馆，1987 年）。

② 转引自塞基林（Peter Sekirin）主编的《陀思妥耶夫斯基档案》（*The Dostoevsky Archive*），第 169 页。

实秩序的动力"，① 那么，就可以将陀氏的立场恰切地命名为"形而上学现实主义"。作家相信，这是唯一有价值的现实主义：揭示老生常谈的生活之下隐藏的暗流——通过对灵魂的挖掘，对反常与极端事件的关注。

现实主义，并不需要显得像是现实。陀思妥耶夫斯基早已洞察到现实本身的荒诞特质。他甚至将这一洞察当作自己踏上写作之路的原因。据此，我们也可以理解，为何他将塞万提斯的《堂吉诃德》当作最典型的现实主义作品。如果说拉伯雷的《巨人传》(Gargantua and Pantagruel) 极致地展现了人类肉身的面貌与其所承载的粗陋快乐，《堂吉诃德》则表现了肉身之下的灵魂。在塞万提斯和莎士比亚之前，作家记录他们笔下的英雄所经历的外在事件，却毫不知晓其内在。塞万提斯与其同代人莎士比亚一样（莎士比亚也是陀氏所崇拜的对象），终于让读者看到了英雄的灵魂。

《堂吉诃德》中存在大量夸张的描写，所以将之归类为现实主义肯定会让读者感到困惑。"所有的艺术，"陀思妥耶夫斯基表示，"都包含着某种程度的夸张，只要……艺术家能把握好度。"② 在《卡拉马佐夫兄弟》的作者前言中，我们也找到了类似表述："怪人不仅'并不总是'个别和特殊的现象，而且相反，在某些情况下，他身上也许还具有整体的内核，倒是其余和他同时代的人全都像遭到狂风袭击似的，不知为何一时间纷纷脱离了他。"（第1页。）陀氏认为，在怪异与本质、异象与现实之间，《堂吉诃德》精确地找到了平衡，因此这部著作配得上最高的赞

---

① 这是苏珊·内曼 (Susan Neiman) 在其著作中对形而上学所做的定义。参见其作品《现代思想中的罪恶：另类哲学史》(*Evil in Modern Thought: An Alternative History of Philosophy*)，第203页。

② 转引自范杰 (Donald Fanger)《陀思妥耶夫斯基与浪漫派现实主义》(*Dostoevsky and Romantic Realism*)，第216页。

誉:"寻遍整个世界,还有什么比《堂吉诃德》更深刻、更有力的文字呢?并且,它还是对人类思想的最高表达,是最为辛辣的反讽文学。"①

塞万提斯究竟有何深刻之处?所谓"最为辛辣的反讽"究竟有何含义?与陀氏的作品类似,在《堂吉诃德》中,最关键的问题是区分表象与真实。表面上看,主人公堂吉诃德似乎完全没能力区分这些概念间的不同。然而要注意,他在小说中的任务绝不是去与风车战斗,而是持续与习惯和俗见斗争。为了将周遭世界从谬见中唤醒,他需要不断发明新的表达,不断对价值进行重估。这当然是无法实现的事业,是难以获胜的战斗。经过无数次光荣但终归失败的历险,这位来自德·拉·曼却的高贵骑士被迫接受了现实。他承认自己无法掌控自身命运,更不要说根据他的理想改变整个世界。

英国作家康拉德(Joseph Conrad)也关注过类似主题。他声称,语言艺术应该以最大的明晰性来展现对象,情感上或文体上的变形都尽量要少。语言的作用,应是"让读者去倾听、去感受——最终,是让读者去看。这一点几乎意味着一切"。② 陀思妥耶夫斯基想必会赞同最后一点,他本人也说过,重要的事情"并

---

① 转引自西蒙斯(Ernest J. Simmons)《俄国现实主义引论》(*Introduction to Russian Realism*),第6页。关于《堂吉诃德》的更多讨论,参见陀思妥耶夫斯基的散文《谎言拯救谎言》,出自《作家日记》(*A Writer's Diary*, September 1877, 1127 – 1131)。[译注]关于《堂吉诃德》,陀氏在《作家日记》里还说过一段著名的话:"假如大地的生命结束,您随便在哪一个地方问问人们:'您是不是理解了您在世上的生活,您认为生活得怎样?'这个人可能默默地递给您一本《堂吉诃德》:'这就是我对生活的看法,您会因为这种看法而指责我吗?'"(中译本见张羽、张有福译,河北教育出版社,2010年。)

② 转引自西蒙斯《俄国现实主义引论》,第6页。亦可参见默多克(Iris Murdoch)《善的主权》(*The Sovereignty of Good*),第61 – 65页。

不在观看的对象上,而在于观看本身:只要人有眼睛,他就能够发现对象;倘若其双眼昏聩,任何对象都将化为空无"。① 由此可知,陀氏现实主义的基本特征,是引导人们看到灵魂的秘密生活。他笔下的人物更关乎眼睛而非智力。陀氏希望他的读者不要满足于解释某件事,而是要看到寻常见解之下的隐秘。

提及眼睛和视觉,我们往往将其与空间相联系。但陀思妥耶夫斯基更关注时间,更希望把握极小时空跨度内的复杂体验。《罪与罚》处理的就是短短两周内发生的事件(除了最后的尾声);《少年》的跨度更是只有七天;《卡拉马佐夫兄弟》中的核心事件也集中在六天时间里;在《白痴》中,陀氏更是以如椽之笔,将主人公癫痫病发作之前的瞬间刻画得如此辉煌壮丽,仿佛整个宇宙的过去、现在与未来都在那一瞬间显现于读者眼前。《白痴》中,梅诗金公爵还谈到一个死刑犯所经历的神奇时刻:当断头台的铡刀即将落下时,生命中的所有场景都急速地浮现于脑海。在小说《涅朵奇卡·涅茨瓦诺娃》中,陀氏这么总结道:"有这么一些瞬间,一个人在精神上的经历比整整一年都多。"②

陀思妥耶夫斯基的小说就着力于此类瞬间。它们并不围绕情节来组织,也不试图表述某种理论观点。他的小说世界,毋宁说是由一连串可视可感的经历与画面构成。想想《死屋手记》中囚犯带着铁链洗澡的场景,③ 那画面似乎直接来源于但丁的《炼

---

① 转引自范杰《陀思妥耶夫斯基与浪漫派现实主义》,第217页。
② [译注] 中译本参见《涅朵奇卡·涅茨瓦诺娃》,陈林、沈序译,上海文艺出版社,1959年。
③ [译注] 蒸浴床上约有五十把浴帚同时举起又落下;人人都在如醉如痴地抽打着自己。蒸汽时时刻刻都在加热。这已不是热气;这是地狱之火。这一切在发出刺耳、嘈杂的声音,混合着在地板上拖动的一百条铁链的响声……有些人想走过去,却绊在别人的铁链上,而自己又撞在坐着的人的脑袋上,于是跌倒、谩骂,还把别人拖带得歪歪倒倒的。污水横流。大家都

狱》。也可以回忆一下《白痴》中,梅诗金公爵与罗果仁如何躺倒在娜斯塔霞·菲立波夫娜的尸体旁,苍蝇如何围着他们嗡嗡狂飞(《白痴》第四卷第十一章)。如是的时刻,人物外在与内在的双重生活似乎都交融于这么一个点上,其明晰与强烈让人不由得为之着迷,为之震撼。 一旦感受到这奇异的形而上的现实,读者便会沉醉于陀氏的小说世界中无法自拔。

陀思妥耶夫斯基经常谈及绘画(以及其他图像艺术),这并非偶然。他是德累斯顿、佛罗伦萨等地画廊的常客;一幅拉斐尔的《西斯廷圣母像》(Sistine Madonna)的复制品装饰着他书房的墙面,一直到他去世。后面我将讨论陀氏在小说中引用过的几幅画作,但在此处,我们只关注他如何利用德国画家丢勒的一幅素描来阐释自己的现实主义。陀氏应该是在德累斯顿的历代大师画廊(Gemälde Galerie)欣赏到了丢勒的部分作品。我们要说的这一幅是丢勒早期作品;此作无题名,也没有时间落款(它如今收藏于埃尔兰根[Erlangen]大学的图书馆,编号 B 155v.)。

如果让你给此素描命名,你会怎么称呼它?陀思妥耶夫斯基将之命名为"一次见证",并声称,这幅画展现出他所赞赏的现实主义的两大鲜明烙印。其一,它聚焦于现实的某些方面而完全

处于一种心醉神迷、极度亢奋的状态;处处响起尖叫声和吵闹声。……偶尔从窗口或半开的门外探进一名士兵的胡子拉碴的脸,他手里拿着枪,在窥探有没有越轨的行动。囚犯们剃了半边的脑袋和被蒸汽蒸得通红的身躯显得更加畸形了。在蒸得通红的背上,曾经受过鞭刑和棒刑的伤疤自然会鲜明地显露出来,以致现在看起来,他们的脊背仿佛又被打得鲜血淋漓。可怕的伤疤啊!……我不禁在想,如果哪一天我们这些人都下了地狱,地狱一定很像这个地方。我忍不住把这个猜想告诉了彼得罗夫。他只是朝四周看了看,不置可否。(参见《死屋手记》第一卷第九章,曾宪博、王健夫译,人民文学出版社,2011 年。)

无视其余。其二，它符合陀氏最核心的兴趣，即精神层面的表现力。

画面上，人物的面孔与右手被描摹得最为精细，而头发与服饰显然是草草勾勒而成。一些特征被展示在放大镜之下，另一些则悄然隐没。画家也有意省略了人物所处的背景，就像陀思妥耶夫斯基很少特意描写自然风景一般。从心理学上讲，进入意识层面需要一定的阈值，并非所有感知到的信息都能达到此阈值。通过在给定环境中拣选自己所需要的部分，丢勒创作了他的绘画，陀氏创作了他的小说——他们突出的都是现实世界中的痛苦与折磨，如果换一个人，以机械复制的方式来记录现实，这些因素恐怕会变得异常模糊。

在陀氏的小说中，人物的性征并不突出；作家绕过性别这一表层，进入了人性的深处。同样，在丢勒这幅素描里，我们很难判断人物的性别：嘴唇与长发看起来像是女性，而右手却仿佛属于男人。（一些艺术批评家认为这是丢勒的自画像。）其面部表情，尤其是惊惶的眼神，可以属于任何一种性别。这是一双属于见证者的眼睛，他正目睹的事情必然超乎了想象。他希望能得到一个解释，希望有人能告诉自己发生了什么，以及，面对这一切，自己该有怎样的反应。

除了见证者，这双眼睛是否有可能属于一个受害者？梅诗金公爵——我们将在第五章讨论到他相面的本事——会这样为我们分析一番：受害者的脸大多低垂着，因为对既已发生之事的巨大悲痛，也因为羞愧；而见证者的眼睛往往直接打量着眼前难以理解的现实，急切希望与之重新建立连接。

西方文明的一大标志，是其对现实中可视部分的偏重。作为这种文明形态的第一次辉煌，在古希腊文化中，视觉元素对于建立生命的意义而言起着关键作用。一些具有重大意义的画面与形象，长久以来引导着人们去感悟真理——这些形象往往是被缚的：从柏拉图的洞穴到基督教十字架上的耶稣，再到每个人都会面对的墓穴中的死者（比如本章开头提到的陀氏三个月大的孩子）。这些活生生的画面将影响我们对世界之整体的认知，对自己在现实中所扮演之角色的认知，直至对生命意义的认知。

　　眼睛有双重的作用：它同时作为主体和客体存在。我们自己的双眼作为感知世界的窗子，是视觉画面进入意识厅堂的通道。同时，他人的眼睛是一种敞开，我们经由它进入另一位个体幽深的内在性之中。眼睛是一种界限，它一边设置分隔，一边沟通连接。它就像大教堂的门槛，这座教堂构建了外在与内在、世俗与神圣的分界——在这个门槛之上，不同空间、不同个体之间的交互从未断绝。

　　但是，无论就字面还是象征意义而言，眼睛都无法帮助你把握完整的现实。观看者会受到某个现实画面的冲击，但眼睛不能觉察真相，它不会告诉你：为何冲击内心的是如此这般的画面？视觉的这种先天不足，让古希腊人坚称，必然存在着肉身之眼与心灵之眼的区别。孤立地看，陀思妥耶夫斯基的现实主义也一样不完整：作家并没有展示自己对整个现实的观感。他将现实描述为悲伤浸润的深谷，恐怕没有人能在这样的深谷中生存下去。但事实上，悲伤并不是我们对世界唯一的感受。同理，我们不能忽略或否认，这是一个纵容罪恶长期存在的世界；然而，现实绝不止这一个层面。陀氏的现实主义就像丢勒素描中的那双眼睛：它提醒我们注意到灵魂的敞开，而灵魂之深则呼唤进一步的体验。

无家可归的时代

　　通过一个无辜孩童受难的例子（那个孩子"没有吃分辨善恶树上的苹果，也没有任何罪孽"，见《卡拉马佐夫兄弟》），伊万建立起自己虚无主义的论证。面对这个有缺憾的世界，伊万大声呼吁正义。常言说，Fiat iustitia, ruat caelum（即使天崩地裂，也要实现正义），但如果实现正义的主体是人类自己，如果正义指的是造物者必须超然于其所创造的世界之上，让人类自己来匡正世界的不义，那伊万的呼吁当然不会得到回应。

陀思妥耶夫斯基笔下还有一些人物与伊万不同：他们并不要求正义降临，而是寄望于恩典。可恩典是如此稀缺。当无辜孩童遭受不义，含冤而死，我们想知道：这样的不幸是谁的恩典？《卡拉马佐夫兄弟》的结尾，小男孩伊柳沙死后，他的父母不但没有得到任何恩典，还在悲痛中发了疯。当陀氏夫妇失去了自己三个月大的索尼雅，又在十年后失去了三岁的儿子阿辽沙时，他们同样也陷入了绝望的深渊。

作家笔下的很多人物都曾在巨大的苦难面前哀叹过，他们忍受着孤独与背叛而无能为力。"尊贵的先生，所谓走投无路究竟是什么味道，您明白吗？"醉鬼玛尔美拉朵夫对第一次见面的拉斯柯尔尼科夫说道，"不，这种味道您不能明白。"（第18页）①

玛尔美拉朵夫相信，对个体来说，所谓活着，就是在一桩不知情的罪恶中充当受害者。虽然没有犯下任何罪责，我们却注定沉沦，注定成为世界的孤儿。对人类无家可归之状况、对现代人至深的孤独与迷茫的描述，并非陀氏小说的最大特色，但陀氏是最早捕捉到此种情绪的作家之一。对现代人心理危机更为充分的展示，还是要等到二十世纪。

为何，人类会陷入如此绝望的田地？

马丁·布伯（Martin Buber）为这一危机提供了独特的解释。他将人类的精神史分为两大阶段："安居时代"与"无根时代"。②

---

① ［译注］《罪与罚》中译本见汝龙译，安徽文艺出版社，1999年。后文引用该中文版将只随文附注页码。

② 马丁·布伯（Martin Buber）的论文《什么是人？》（What is Man），选自《人与人》（in Between Man and Man，第150页。［译注］中译本见张健、韦海英译，作家出版社，1992年）。

在"安居时代",人类生活在这片大地上,以世界为家。而到了"无根时代",大地突然成了陌异的空间,人们甚至寻不到立锥之地。前一个阶段,人类学的思考经常有着宇宙论的宏大背景。而在后一阶段里,人们对自我的认知与对宇宙的探索已毫无交集。

布伯还将"安居时代"分为三个时期,每个时期的代表人物分别为亚里士多德、阿奎那和黑格尔。古希腊人惊奇于万物的井然有序,因此在古希腊语中,宇宙(kosmos)的原意即"秩序"。在柏拉图与亚里士多德这样的哲人看来,有序的宇宙是个奇迹,而人类的重大思想就在这个奇迹中孕育。希腊思想最隐秘的冲动,正是试图理性地阐释宇宙这座巍峨的殿堂——当然,古希腊人也尤其关注人在其中的地位。一旦某个词语的含义与"无边""无限""无定"沾边,它在古希腊语中就包含着贬义。在希腊人看来,秩序不单单是混乱的反义词,也和任何不受限制的想法无关。[1]

想象一个受限的、有界的、决定论的宇宙(kosmos),就必然会涉及另一个意向:kentron(中心)。形象地讲,万事万物围绕其旋转的就是中心。中心必然是一切的焦点,是重中之重。而与中心相对应的边缘则毫不起眼,甚至可有可无。

正是由于将视觉凌驾于其他知觉之上,古希腊人的日常思维与哲学思想统统奠基于可视的图像。柏拉图的理念世界,是一个能被心灵之眼直观到的可见世界。而对亚里士多德而言,作为可见图像的宇宙,正是在物质这一概念朗照之下所展现出的明晰

---

[1] 加缪在散文《海伦的流放》中对希腊思想特质有非常精准的把握(*The Myth of Sisyphus*,第134 – 138页)。[译注]"承认自己的无知,不狂热。承认世界和人类有其局限,有可爱的面孔以及承认美的存在,这便是我们的基地,从这里出发,我们便能够追上希腊人。"——加缪《海伦的流放》(该文中译本见《反与正·婚礼集·夏》,丁世中等译,上海译文出版社,2013年。)

性。按照布伯的说法，在亚里士多德那里，

> 人类解决自我困境的途径，源自一种自我审察。或者说，想要自我认知，需要人们跳出自我局限，以他人的眼光打量自己，把自己看成"他"而非"我"。宇宙可以独自达到完善的境界，而人类却绝无可能独立地认识自己，他们必须把自己放进宏大的宇宙体系之中去理解。或者说，人类在宇宙之中并不享有尊宠的地位。希腊人倾向于将世界理解为一个自我限制的空间，在其中人类有着固定的位置而不可越权——这一倾向在亚里士多德的宇宙结构中得到了完美展现。①

亚里士多德指出，人类作为一个有理性的存在，在宇宙中有自己的独特定位。这个位置并不是柏拉图洞穴寓言中所设想的底层，也非奥林匹亚众神所居住的高处，而是位居体面的中间（中庸）。

布伯认为，相较于"什么是人"而言，"我是谁"才是一个真正的人类学问题——第一个如此提问的人是奥古斯丁（布伯没有提及苏格拉底）。数个世纪后，亚里士多德这样的哲学家所设想的圆融和谐的世界观崩塌了。奥古斯丁比较了两个相互对立的王国：光明之国与黑暗之国，它们分别对应于上帝之城与世人之城。人类是灵与肉的结合体，这决定了他们会被引向两个方向，也就是两个王国。在这种不复和谐的图景之下，人们各有归宿：该隐最终在世人之城受罚，而他所杀害的亚伯则为荣耀的上帝之城所接纳。

在奥古斯丁那里，光明与黑暗完全不可调和，然而它们竟同时存在于人类身上。世人被定义为分裂的、无根的造物。作为以

---

① 马丁·布伯《什么是人?》，第 150–151 页。

驯化人类为目标的理论,该思想在基督教神学中继续发展,到阿奎那的《神学大全》与但丁的《神曲》中达致高峰。布伯这样概括道:

> 一个自我封闭的宇宙再次产生,一个允许人们定居的空间再次出现。这个宇宙甚至比亚里士多德所设想的要更为有限,在这里,有限的时间观被赋予了异乎寻常的重要性——虽然这是一种变了形的、来源于《圣经》的有限时间观。此观念下的宇宙,最形象地体现于十字架之上:十字架的直梁,是从天堂到地狱的有限空间,世人正居于这一空间的中央;十字架的横梁则代表从创世到末日的有限时间——时间的中央则是基督之死这一事件。时间之中与空间之中的交织,意味着基督之死赎回了世人所有的罪。中世纪所有的宇宙图像都与以上内容相关。这一观念的整体框架由托马斯·阿奎那搭建,但丁也据此来描绘人类及其死后灵魂的生活。①

阿奎那与但丁极大地减轻了奥古斯丁那里灵与肉的剧烈冲突。人类灵魂是最低级的灵,而人的肉身则是最高级的物。在整个自然,人类恰好是灵性与物质世界的分野。人是世界之客观秩序的一个有机体现:在神圣的大和谐(cosmos)中,天堂在我头顶,地狱在我脚下。当然,上帝依然是这幅宇宙图景的核心,他无比完美,与其余不完美的造物判然有别。人类是按照神的形象塑造的,他们居住的星球也处在宇宙物质层面的中心。六天的创世结束后,上帝就将舞台中心交给了人类,自己则退居幕后,仅

---

① 马丁·布伯《什么是人?》,第 153-154 页。对于但丁、阿奎那的人类概念与陀思妥耶夫斯基之理论的比较,参见贝尔代耶夫(Nicholas Berdyaev)《陀思妥耶夫斯基》(*Dostoevsky*),第 46-48 页。

仅观察并评判人之所为。也就是说，除了历史开启的时刻之外，上帝对人类而言都是一个完全的隐遁者，他的意图只通过代言人表达：早期的代言人是先知，后来则变成了教会。

对宇宙秩序的热望在古典时期与中世纪达到顶点，① 接下来则是一场前所未有的转变——现代性就从这样的转变中诞生。上帝原本享有全知、全能、全善的名号，但他老人家既然选择了成为这个世界的冷眼旁观者，就应该料到人们对他与日俱增的不解和背叛。就算上帝真的存在，他也是不可见的，隐藏在所有空间与时间之外，超越于人类所有的意义框架之外。

现代性从两个方面与古老的观念对抗。借用康德的术语，我们可以称之为"自然形而上学"和"道德形而上学"（代替基督教观念中灵与肉的概念）。"自然形而上学"处于附属的位置，它对人类事务已没有任何直接的影响。在现代心灵的理解中，自然不再是一种活生生的和谐（kosmos），也不再属于天堂与地狱这一系列层级之中。自然成了一个笨重的、没有灵魂的机器，在自身规律的支配下毫无意义地盲目运转着。

头顶辉煌的天空固然有着神圣的源头，但内心的道德律则更为玄奥。② 在现代世界，人性像一匹脱缰之马，摆脱了所有外在的束缚。现代人体验着自由，又因无比的自由而感到困惑。我们并不理解，何以在这个机械的、决定论的世界里，自己竟然拥有

---

① ［译注］此处古典时期指欧洲中世纪之前的历史阶段。

② ［译注］有两样东西，我对它们的思考越是深沉和持久，它们在我心灵中唤起的惊奇和敬畏就会越来越历久弥新：我们头顶上浩瀚的星空和我们心中的道德律令。……前面那个无数世界堆积的景象仿佛取消了我作为一个动物性被造物的重要性。……反之，后面这一景象则把我作为一个理智者的价值通过我的人格无限地提升了，在这种人格中道德律向我展示了一种不依赖于动物性，甚至不依赖于整个感性世界的生活。——康德《实践理性批判》。

着自由；我们更不懂该如何运用这自由。康德曾指出，人性并不是给定的（如同上帝的礼物一般），而是一个需要不断实践的动态任务——与之相比，其他的任务，包括对整个有形世界的认知，都是次要的。没有任何家园可供人类继承，作为这个全新世界的立法者，我们必须自己动手建造属于自己的家。康德和奥古斯丁一样，为"什么是人"这一问题提供了一个开放的答案。然而，面对同样的问题，黑格尔显得更为自信。布伯写道：

> 黑格尔的体系，是捍卫西方思想的第三次伟大的尝试……普遍理性在历史中勇往直前，并认识到人类的一切认识，甚至可以说，人类的认识正是它的目的和归宿——这是一种真理的自我认知，它正是在认知的过程中找到了自我。这一系列过程的发生遵循绝对的秩序：辩证法。在辩证法里，命题（thesis）被其反题（antithesis）所否定，反题又被其合题（synthesis）所再次否定，并达到统一和超越。想象一个人在一栋宏伟坚固的大厦，从下到上，一层又一层精确地穿行——黑格尔的全知之人也穿行在世界这栋大厦之中，他知晓历史的全部意义。①

如果说，在亚里士多德和阿奎那看来，人类应知晓自己身在家园的话，黑格尔则将之更正为：人类有能力且有意愿身在家园。人类与其所生存的世界天生是一体的，在这个整体中，合理性的法则暗中支配了存在的所有面相：所有存在之物，必然有充足的理由存在。根据黑格尔的理论，康德的自然形而上学与道德形而上学必须重新联姻，因为，无论是理解世界还是在世界之中行动，都以承认世界的可理解性为前提。现代思想在自然与道德之间、"实然"与"应然"之间所划出的界线并无必要，就如中

---

① 马丁·布伯《什么是人?》，第 165 – 166 页。

世纪思想在人类与神圣之间的划分没有必要一样。这些分界并非天然存在，而是人造产品，是历史进程的负面效应，或人类文明发展的短暂阶段。抛弃了亚里士多德的球体世界与阿奎那的十字架图景（两者都将中心与边缘截然分开），黑格尔提出的理念充满上升与进步的必然性。他鼓励我们在世界的偶然性面前重拾信心。应以恰当的哲学思考来应对现实与理性，这可以帮助我们排除旁门左道，并为人类揭示历史必然性的伟大征途。

当上帝的创世被降格为一种需要理性阐释的事件时，最自然的反应，当然就是详细展示其发展的所有阶段。黑格尔并没有提供新的世界图景，也没有重新划分中心与边缘。他认识到，既然无限而开放的宇宙无法通过直观来把握，唯一的办法，就是将之概念化。概念化不依赖空间，它需要的是时间这一维度，需要经由历史的进程来清晰地展现其意义。人类新居的完工，生命意义的确证，体现了黑格尔的乐观主义。作为其乐观主义的必然产物，我们将不得不接受一种末世论的未来图景：在历史终结的时刻，所有历史发展中的进程与阶段才能最终得到回溯性的证明与认可。

黑格尔固然自信满满，但他那试图统一现实与理性的魔法公式，并不能填平"实然"与"应然"之间巨大的鸿沟。该鸿沟既无法忽略，又难以轻易跨越。黑格尔试图创立一个新的"安居时代"，但他并没有消弭人们对世界的不信任感——这是一个渗透着罪和恶的世界，是注定充满无家可归感的异乡。无论是生活的意义还是自我在现实中的位置与角色，人类存在的困惑都依然如故。布伯甚至宣称，在现代，人类自身认同的危机从未如此之深。

陀思妥耶夫斯基对以上判断体会尤深。在其著作里，现代人的无根性有着两个方面的展现，它们彼此关联：一方面是小说人物所对抗的混乱现状，一方面则是不可避免的玷污。

混乱是空间中的现象，它会打破人们对生存空间的所有期待，所以混乱主宰之地会成为虚无之所，或象征意义上的荒原。那些尝试过在地上为人们建立家园的人，对于混乱一定深有体会——其可怕之处在于秩序的丧失，中心或权威的阙如。不过，相对于混乱，陀思妥耶夫斯基更关注玷污这一主题。如同杜德利·杨（Dudley Young）在其著作《神圣的起源》中强调的，混乱是囿于空间的概念，是静态的；而玷污则是动态的过程：它是发生于时间之中的大事件。① 正如混乱表现为秩序与权威的缺失，玷污则主要表现为丑与血迹。比如在《罪与罚》里，陀氏时刻引导读者去观看彼得堡那污秽遍地的街头与肮脏不堪的楼道。又比如《群魔》中经常出现的，那些昏暗油污的背街巷子。陀氏还从不忘记为读者描画其笔下"英雄"的恶劣穿着（例如拉斯柯尔尼科夫或玛尔美拉朵夫）。《卡拉马佐夫兄弟》中的德米特里在接受审讯时，仍会为自己肮脏的衬衣与袜子而羞愧。

在陀思妥耶夫斯基所描绘的充满罪恶的世界，在现代人徒劳地希望建立起家园的世界，血迹扮演了重要的角色。拉斯柯尔尼科夫与德米特里的手上都沾满同胞的血。罗果仁杀死了自己最爱的人。陀氏通过下面这个细节展现了罗果仁彻底的疯狂：在娜斯塔霞的尸体旁，他竟久久惊异于鲜血的稀少……疯狂的世界同样玷污了梅诗金公爵纯真的灵魂。整整一晚上，他与罗果仁一起躺在娜斯塔霞身旁，那个气息全无的肉身仿佛在宣告黑暗的统治。充满怜悯的梅诗金在此生此世永远失去了皈依，不得不再次躲进精神病院。于是，混乱与玷污大获全胜。

---

① 参见杜德利·杨《神圣的起源：对爱和战争的狂喜》（*The Origins of the Sacred: The Ecstasies of Love and War*），第 xix，212，233–235，263–265，446–419 页。另参见道格拉斯（Mary Douglas）《纯洁与危险：对玷污与禁忌的分析》（*Purity and Danger: An Analysis of the Concepts of Pollution and Taboo*）。

在所有神话与宗教之中，流血的意象都蕴含着重大的象征性含义，它指向每个时代共同的精神之殇：如何制止无辜的鲜血白白流逝？污浊之物可以拿水清洗，比如在陀氏小说中经常出现的江河与暴雨。然而，血痕及其背后的伤痛，谁能洗得净？基督徒所谓的眼泪与哀悼可以吗？

对此，陀氏小说中的人物伊万给予了坚决否认。在他看来，流泪是徒劳的；对无辜孩童的折磨与杀戮（玷污），都证明了正义已彻彻底底地遭到颠覆（混乱），同样也间接地说明：生活毫无意义（无家可归）。

至此，陀思妥耶夫斯基独特的现实主义必将导致如下的悖论：既然世上充满痛苦与不义，既然罪恶似乎弥漫于所有空间，我们如何还能在此世求得归宿？一旦得到以下三个结论，无根状态几乎就不可能解决了：其一，认识到世界绝非为我们而创造；其二，失去了对上帝神秘意图的信赖；其三，失去了对人本主义力量的信仰——无论是理论上还是实践上，这一思潮似乎都无法解决现实问题。有鉴于此，我们还有必要继续满世界寻找家园吗？或者还不如干脆放弃这种古老的探寻？

C. S. 路易斯（C. S. Lewis）如此回应这一问题：为了从根本上捍卫古老的宗教与形而上传统，我们必须大方承认上述状况。他建议我们认清现实："掌控整个宇宙的力量暂时落到了我们敌人的手里。"[1]

---

[1] 转引自尼克利（Armand M. Nicholi）《上帝之谜：C. S. 路易斯与弗洛伊德纵论上帝、爱、性与生命的意义》，(*The Question of God: C. S. Lewis and Sigmund Freud Debate God, Love, Sex and the Meaning of Life*)，第206页。[译注] C. S. 路易斯（1898—1963），英国二十世纪著名的文学家，学者，杰出的批评家，也是公认的二十世纪最重要的基督教作者之一。作品涵盖文学与哲学各个领域，主要有小说《纳尼亚传奇》系列、散文《返璞归真》《四种爱》等。

在人本主义思潮下成长起来的知识分子，对此建议视而不见。弗洛姆（Erich Fromm）就争辩说，正义在神圣之域的缺席，并不意味着人类只能忍受现状——相反，这给了我们更急迫的理由，去在人间树立起正义的旗帜。

对于路易斯与弗洛姆的建议，弗洛伊德统统表示拒绝。首先，路易斯所谓"掌控宇宙的力量"这一想法完全是脱离现实的臆想，宇宙背后并没有惩恶扬善的神力。其次，至于弗洛姆的观点，若论铲除邪恶的效果，跟子虚乌有的神力相比，人类的力量也并没有表现得更好一些。弗洛伊德声称，欧洲知识分子延续几个世纪的争论，其实建立在错误的基础上——也就是说，源自一种混乱的观念与语言构建。他们无休无止地辩论着，试图通过某种办法让自然与道德和谐交融。他们没有认识到两者之间有着无法跨越的鸿沟，而且，就连"自然""道德"这样的词语也充满歧义。他找到了代替"自然"这个模糊名词的表达："id"，这个词意指某种本能的力量。① 在其学术生涯的后期，他又提出了快乐原则这一人类精神的驱动力。另外，道德集中处理的是正义与不义的问题，而弗洛伊德则集中于恐惧这一情绪：对死亡的恐惧，对混乱的恐惧，对失去父母保护的恐惧。而有人用"海洋感"（oceanic feeling，指一种对无边无际的、海洋一般广阔之物的体验）形容宗教情感，其实也源自受惊吓的孩子（即早期人类）对安全、关爱与快乐的渴望。②

弗洛伊德批判的刀锋继续毫不留情地深入着。在《文明及其不满》一书中，他也分析了现代人的无家可归感。在他看来，对

---

① ［译注］弗洛伊德认为人格由本我（id）、自我（ego）和超我（superego）构成。

② 参见弗洛伊德（Sigmund Freud）《文明及其不满》（*Civilization and Its Discontents*），第1页。［译注］中文版见《一种幻想的未来、文明及其不满》，严志军、张沫译，河北教育出版社，2003年，第58页。

家园的渴望与对正义的期待，恰恰暴露了人类的幼稚。更成熟的人类（如果有的话）应该抛弃这类希望，因为它不值得珍视。对家园的强烈渴望，应该是源自孩童时期的害怕与无助。当然，童年并非这种情绪的唯一源泉。从根本上说，一切恐惧的对象，最终都是那个冥冥中掌控我们的命运。人生的困扰与无助也绝无可能消除。我们只有两个选择：要么面对现实抛弃幻想，要么继续生活在自我欺骗之中。芸芸众生依然宁愿选择后者，宁愿幻想一个父亲一般照看我们的天意。这一态度，弗洛伊德写道，"显然都是幼稚的，与现实格格不入，以致任何对人类持友好态度的人，在想到大多数世人永远都无法超脱此种人生观时，都会感到痛苦"。① 人们执着地想要在大地上寻找家园，可这种执着并不值得，它毋宁说是让人尴尬的情愫。必须摆脱这些天真的自我哄骗与盲目乐观，摆脱对家园与意义的追寻，而仅仅满足于生命的维系与运转。甚至，即使是被弗洛伊德当作人类最伟大成就的文明，其内容也不过是"在爱欲与死亡之间、生存本能与死亡本能（the instincts of destruction）之间的挣扎。人类种群内部必然会产生这番挣扎，它构成了生活之本质。可以这样下一个结论：人类文明的演进不过是种群求生之挣扎的产物"。②

在其晚期著作里，弗洛伊德对人性与人类未来的描述都更为暗淡了——当然，他对人类的过往同样评价不高。在弗洛伊德笔下，人类从未超越自身的本能。所谓文明的宏伟成就，无非是各种升华行为的体现，最终只不过是注定失败的挣扎：想要挣脱无法挣脱的恐惧，挣脱不知餍足的本我及其力比多。

---

① 弗洛伊德《文明及其不满》，第9页。
② 弗洛伊德《文明及其不满》，第49页。对弗洛伊德与陀思妥耶夫斯基之间更多的讨论，参见弗兰克《陀思妥耶夫斯基：反叛的种子，1821—1849》，第379–391页。

很多人会谈论陀思妥耶夫斯基与弗洛伊德的相似之处,这当然绝非妄言:两人对人类灵魂的黑暗秘密同样洞若观火。他们对现实从内到外的真相都有共同的判断,很难不认同彼此的观点。他们的现实主义都源于一种发现:邪恶压倒性地支配着整个世界——这种发现因为个人的伤痛体验而更加深切。然而正是在此,两人之间的最大不同出现了。陀氏坚信,生命决不能被降格为弗洛伊德所谓的"求生之挣扎"。在这位俄罗斯作家的灵魂里,悲观情绪从不会占据主流。痛苦与不义难以计数,但陀氏不会因此否认生活的价值与神圣性。当挚爱的女儿索尼雅夭亡,而作家也处在痛苦的深渊之时,他也决不会如此宣告:对索尼雅而言,早早死去是幸运的,这样她就无需承受整个生活的绝望。对于一个下笔千钧的作家——他会严肃地对待自己此刻写下的言辞——他留下的话是:"只要她能活着,我愿意为她承受最大的苦难。"

第二章
《地下室手记》：恶发端于恨？

解剖学课程

　　1844年，俄国文坛发生了一件大事：陀思妥耶夫斯基出版处女作《穷人》。文学批评家别林斯基甚至将这位此前默默无闻的作家当成现实主义大师果戈理的继承人。二十年后，面对陀氏刚刚问世的作品《地下室手记》，这位文学批评家反而不知所措。现在来看，这本书标志着陀氏终于走出了果戈理的影子，走上了一条与其他作家迥然不同的道路。如今距该小说出版已经有一百五十年，这期间，在文学上我们经历了卡夫卡、加缪、福克纳，哲学上出现了尼采、海德格尔、维特根斯坦，绘画上涌现出康定斯基、克利、毕加索，音乐上则有勋伯格、巴托克、① 斯特拉文斯基——然而，陀氏依然不易为人理解。《地下室手记》所具备

---

　　① ［译注］阿诺尔德·勋伯格（Arnold Schönberg，1874—1951），美籍奥地利作曲家、音乐教育家和音乐理论家，西方现代主义音乐的代表人物。代表作品有《升华之夜》《古勒之歌》《月迷彼埃罗》《摩西与亚伦》等。巴托克·贝拉（Bartok Bela，1881—1945），现代最重要的作曲家之一。生于匈牙利的纳吉圣米克洛斯，自幼学习音乐，十岁登台演奏自作钢琴曲。1903年毕业于布达佩斯音乐学院，1907年任该院钢琴教授。主要作品有歌剧《蓝胡子公爵的城堡》，舞剧《奇异的满大人》，乐队曲《舞蹈组曲》《乐队协奏曲》等。

的原创性与革命性，让他仅仅凭这一部著作，就能在文学史上永远占有一席之地。正如莫丘斯基（Konstantin Mochulsky）的评价：该书"是陀思妥耶夫斯基一连串伟大小说在哲学上的序曲"。①

《地下室手记》对传统的突破体现在形式与内容两个层面。从形式上看，本书的体裁难以界定：既非小说，又不是通俗故事。如果说处女作《穷人》采用了书信体的形式，那么本书则像是一个"地下室人"的忏悔书。有证据表明，《地下室手记》直接或间接地参考了卢梭的名著《忏悔录》，只不过，陀氏暗中讽刺的对象不仅仅是这位法国哲人，还有西方源远流长的忏悔传统。忏悔这一形式，当然意味着忏悔者承认自己犯了大错——在本书中，地下室人，这个无名无姓的主角，一定也彻底搞砸了什么。他孤身一人，喁喁私语，读者却并不知其所以然：到底他犯了什么错？到底谁该为此负责？似乎有某种神秘的诅咒施加到了地下室人乃至整个人类身上。诅咒的内容尚且难以确知，遑论解除诅咒的办法。一个人在忏悔，说明他不愿意推卸责任，也不愿掩盖自身的隐秘。《地下室手记》这本忏悔录则不太典型，它首先是对他人的谴责，其次才是地下室人的自我鄙夷。

从内容上看，《地下室手记》的实验性质更为鲜明。传统意义上的情节付之阙如，结构上两大部分的关联也暧昧不明。第一部分似乎表明了某种对界限的逾越，第二部分则是复归于和谐状态的尝试——虽然是失败的尝试。地下室人并未明言自己所攻击的对象，但他批判的烈焰却几乎要烧毁一切：无论是启蒙运动对理性精神的确信，还是车尔尼雪夫斯基（Chernyshevsky）对利益的理性考量；无论是卢梭对个体精神独立的歌颂，还是浪漫主义

---

① 参见莫丘斯基《陀思妥耶夫斯基：生活与创作》（*Dostoevsky: His Life and Work*），第 254 页。亦可参见格罗斯曼（Leonid Grossman）《陀思妥耶夫斯基传》（*Dostoevsky: A Biography*），第 315 页。

者对"美与崇高"的幻想——总之,地下室人瞄准的目标,是整个现代性。

陀思妥耶夫斯基是以下面的分析开启这部作品的:

> 手记的作者与《手记》本身当然都是虚构的。然而考虑到我们的社会赖以形成的环境,像作者这样的人,在我们的社会中不仅可能存在,而且还一定存在。……他是至今还健在的那一代人的代表之一。①

这个注定存在的地下室人到底是谁?他又何以代表了整整一代人?陀氏从未赋予他任何名姓。可以说,一个没有名字的人,本身就是悖论。只有蜘蛛、老鼠之类的生物才无名无姓。恰好,地下室人也经常拿这些生物来自比。他无父无母,亦没有生活背景与宗教信仰,友谊与爱情更是完全空缺。陀氏强调地下室人必然存在,但实际上,这个人物却没有任何确定的身份,如同恒河无尽沙粒中最孤独的一粒。陀氏将巨大的思想探照灯汇聚在这个人物的身份问题上,他想让读者意识到的,是整个现代人的身份危机。

一个人如果不知道自己是谁、来自何方或何以存在,他就很难摆脱掉无家可归之感。死亡与生命,身体与灵魂,诸多分界在他身上变得模糊不清。在书中,地下室人可并不觉得自己就是一头野兽,也没有将自己归类为没有名姓的芸芸大众。他自诩为一个有教养的公民,他如此讽刺自信满满的人本主义:人们并不愚蠢,却极其"极端忘恩负义","人的最好定义——这就是:忘恩负义的两脚动物"(第202页)。

拉丁语词汇 definitio 意即某种界限。因此,英文中的下定义

---

① [译注] 中译文见《双重人格·地下室手记》,臧仲伦译,译林出版社,2004年,第175页。后文引用该书中译文将随文附注页码。

（define）其实就包含着划定界限、限制范围和明确某物内涵的意思。① 地下室人的上述定义表明，人性在某个方面出了大问题：人们对不该习以为常的东西渐渐习惯了（比如道德感的匮乏），而且人们过于忘恩负义。地下室人并未说明：指责人们的忘恩负义，是相较于谁而言的？或者说，他们应当对谁感恩？对于道德感的匮乏同样可以如此发问。比较清楚的是，地下室人受过良好教育，且意识清醒——也许，他的意识过于清醒了。所以地下室人觉得，恰恰是这种"超意识"（super-consciousness），造成了他自身的所有问题。一般而言，我们会认为，意识是表层的而非潜在的，光明的而非暗处的，健康的而非罹病的，有知的而非蒙昧的。地下室人为何认为意识清醒是其问题的根源？为了解答这个困惑，我们下面会将《地下室手记》放到当时的历史背景之下。

陀思妥耶夫斯基将地下室人的仆人命名为阿波罗（Apollon），所以我们可以假设：地下室人知晓古希腊著名的阿波罗神庙。该神庙坐落于德尔斐，在其入口处所镌刻的两句题词——"认识你自己"和"凡事勿过度"——分别奠定了雅典文明智性与道德的基础。第一句诫命，因为柏拉图在《申辩篇》（*Apology*）中的描写而闻名：在这篇戏剧中，苏格拉底面对陪审团说出了这句流传千古的名言。第二句诫命则在亚里士多德关于道德德性的伦理学中得到了最好的哲学升华。② 道德上所谓的美德，就是在我们的一切行为中找到多与少之间合适的度。第一句诫命的地位显然更

---

① 按照亚里士多德学派的传统看法，定义，意味着认定某物的内在本质或本性。地下室人嘲笑这一传统，他认为定义这一行为，无法增加任何有关本质或本性的事实知识。对本质主义的拒绝让后来的存在主义哲学家深以为然，他们在陀氏的基础上进一步认为：一个先于人类的实际存在并能决定这一存在的所谓"人的本质"，不过是一种幻想。

② ［译注］在《尼各马可伦理学》中，亚里士多德将德性分为道德德性和理智德性两类。

为突出——亚里士多德也认为，在道德德性之上，还屹立着更高级的理智德性。后者最高的要求就是了解自我，尤其是认识到：与不朽的诸神相比，我们是有朽的。

基督教尊重第一句训诫，却将第二句话完全翻转过来。对上帝的爱，以及奉献给上帝的生活方式，将引导我们接近这位不受任何限制的神。让希腊人在现世之中觅得家园的适度原则，在基督教这里失去了意义。基督徒得到的指令是：要超越现世，并遵循上帝至高的诫命；在泪谷（valley of tears）之中绝不能找到家园。在《约翰福音》与保罗的一系列书信中，基督教超越现世的价值取向得到了最强烈的表达。

建立在现代性基础上的文化样式，同样对适度原则怀有敌意。与古希腊和基督教思想不同，现代性思想不再承认传统的约束力；人们必须否决作为偏见的传统，才能得到自身的解放。现代人总是背对过去而选择面向未来，他们痴迷于一切新鲜事物，以及一切能带来新事物的思想。所以现代人关注报纸上的每日新闻，如若依据适度原则，则所有抓人眼球的新闻标题都极度可笑。从这个角度来看，地下室人可以说是现代人的雏形。

现代性的问题在于栖息之地的丧失。现代人否定了基督教中向往来世的终极取向，但却同样保留了对现世的厌弃。如此一来，我们还能在哪个世界中悠游、安居？如同那个不知感恩的浪荡子，现代人也背弃了自己的根基与传统。然而现代人比浪荡子更悲惨，如果他不能为自己建造安居之所的话，他就将彻底无家可归。

无路可走的现代人转向了自己的内心世界。在现代性的统治下，几乎一切事物都经历了由外而内的转变。由此，世界之中的各种界限不得不重新定义。比如，如果天堂与地狱存在，那它们一定不在但丁《神曲》所描写的多层结构之中，而是位居人们的内心。这种向内的转移，在莎士比亚那里已经很明显，到了陀思妥耶夫斯基那里则更为强化。两人的著作共同传达了以下沉思：如果生活是一场喜剧，那它也是只属于人类的喜剧。① 然而，生活真的是喜剧吗？大团圆的结局又是否存在？经过几个世纪的流浪，现代人能最终找到家园吗？

现代性的创立者当然会如此期望。在他们建立的价值序列里，自我认知的位置至关重要。继承笛卡尔与卢梭的思想，在面对"什么是启蒙"这一问题时，康德以一句拉丁语格言进行了掷地有声的答复：Sapere aude（敢于求知）！"敢于求知"的格言也激励着康德，他号召人们敢于运用自己的理性，因为它能提供不竭的动力，去对抗种种过往的权威与偏见。理性之运用能带来自由，能提升人类的知识，能成为光明的源头并驱散世界上的黑暗——最终，理性成为至高无上的权威与真理。正如另一句拉丁语格言所表明的，Scientia est potentia（知识就是力量）：知识终将成为巨大的力量，帮助我们按照理性的构想改变世界。

卢梭的《忏悔录》是个体自我认知的一个尝试，经由该认知，个体希望能坦然应对所有生活中不得不面对的境遇。笛卡尔的《沉思录》（Meditations）也有着类似目的，相当于另一种形式的"忏悔录"。这本书中表明，人类中最有代表性的人物，在理解与征服世界方面也曾犯下无数错误。笛卡尔不怀疑柏拉图与亚里士多德在人类思想史上无可匹敌的地位，但他感到困惑的是，这些曾经最智慧的头脑，竟也产生了如此之多的错误观念。笛卡尔认为，这些伟人错误地运用了自己的智性能力，却没有发现正确的思想方法。进而，他将自己的新方法概括为两个互补的方

---

① 有关但丁、莎士比亚与陀思妥耶夫斯基三位作家对人性的认识，有一个极富价值的观点可以参考，见贝尔代耶夫（Nicholas Berdyaev）《陀思妥耶夫斯基》，第 46 - 49 页（Dostoevsky, 46 - 49）。而在荣格（Carl Gustav Jung）的《答约伯》（Answer to Job）一书中，我们能找到对现代性转向最有挑衅性的声明。

面：其一是著名的"怀疑法"，其二则是"分析法"。

怀疑作为一种方法，开始于这样一个假定：我们所有的观念都有可能是谬误。因此，应当怀疑一切，将一切观念打上问号，直到它们得到明确验证。验证的过程需要最为严谨的考察，只有通过了考察，这些观念才能重新被人们接受，才能成为人类观念系统中的一部分。根据笛卡尔的沉思，第一个遭到严格审视后仍能得以通过的观念，就是那句著名的 *cogito ergo sum*（我思故我在）。我是有意识的，而我的意识活动建立了我的自我同一性：作为一个思想着的存在物。接下来，笛卡尔就开始论证全知、全能、全善之上帝的存在。《沉思录》的末尾，笛卡尔同样为我们保证了身体存在的真实性。物质的身体并不比非物质的灵魂要低等，它同样是人之为人的重要元素。

分析的思维方法，源自一个简单的洞见：我们所犯下的大部分思想错误，都是由于对复杂情况太轻易地下判断。值得信赖的方法是将复杂体系或问题拆分成不可拆分的最小单元，继而再分别分析这些单元，从而形成与之相关的不可置疑的真理——再接下来，才有可能对复杂问题与复合事物形成真知。

凭借以上两种方法论武器，笛卡尔及其追随者希望建立起一系列无可置疑的确定性信念。他们相信，对方法论的正确运用，不单单能使我们摆脱所有过往错误的羁绊，还能解决人类面临的几乎所有问题，包括征服外在世界的向往。笛卡尔在认识论上的乐观主义，无论在道德上、政治上还是经济上，都可以说是现代性乐观主义的基础。

《地下室手记》中，笛卡尔的双重方法也在暗暗发挥作用。不过，虽然采用了笛卡尔的方法论，小说家的意图却不在于追随那位伟大的法国人。与笛卡尔相比，陀氏的方法有三个方面的显著背离。

首先，地下室人身上混合了严格的思想审视与诙谐的自我表演。他的态度时而充满反讽，时而如同玩笑。也许可以说他是密友与丑角的奇妙组合：作为密友，他会劝阻我们，不要相信那些错误的幻象；作为丑角，在别人噤若寒蝉时，他敢于大声说出真理。阅读该书时，读者会自问，这个地下室人到底更像堂吉诃德还是桑丘·潘沙？更像伊万·卡拉马佐夫还是伊万的父亲费尧多尔？

其次，与笛卡尔相比，地下室人的怀疑主义更为彻头彻尾。如果我们要怀疑一切知识，审查一切既有信念，那么，为何偏偏不怀疑理性本身？如果没有任何事物是神圣而不可置疑的，那么，我们凭什么去依赖意识和理智？[①] 如果我们不再相信宗教上的神迹，为何非得相信科学的神奇表演？

第三个背离则是终结性的。笛卡尔认为，彻底怀疑与分析法，最终会帮助人们建立一个不可动摇的基础，在此基础上，无论是理性知识还是宗教信仰都可以找到依靠。地下室人旗帜鲜明地反对这一结论，在他看来，怀疑只能引出更强烈的怀疑。意识层面的任何活动，都只能陷入到自身的恶性循环之中——既无关乎真实世界，又无法引出行动或实践。无论经由怎样的怀疑、分析或剖解，回归生活的路途都不会因此显露。这场由笛卡尔发起的"解剖课"并不能产生一个宏伟的理论综合——它只能导致普遍的瓦解。《地下室手记》所揭示的悖论，是由现代性侵入整个人类生活而引起的；现代性甚至让人类胆敢自比于神。但再没有比人更可笑的神明了：人更擅长分析而非综合，擅长摧毁、扼杀而非建构、提升生命。

---

① 地下室人故意挑战了亚里士多德学派所建立的经典逻辑。为了对抗矛盾论，他声称：有时候，"二二得五"是成立的。针对充足理由律，他宣布：自己的行为没有任何理性原因，而仅仅是为了泄愤。与排中律的要求相反，地下室人辩称：人类既不善良也不邪恶，既不理性也不非理性，而是两者皆可。

第二章 《地下室手记》：恶发端于恨？

研究《地下室手记》时，笔者总是情不自禁地想到伦勃朗（Rembrandt），想到他那幅让人惊心的画作《琼·德曼医生的解剖课》(*The Anatomy Lesson of Dr. Joan Deyman*)。作品完成于1656年，大概是笛卡尔《沉思录》问世二十年之后。① 经历过1723年的一场大火，该画作的中心区域依然有幸得以保存；同时保存下来的还有这幅画的初稿——这也许是伦勃朗最令人震撼的作品。在这幅残作的中央，观众可以看到一具尸体；解剖师站在画面的正上方，解剖工作正在紧张进行中……伦勃朗所描绘的画面异常独特，但同时，画面中所展示的活动，正逐渐成为阿姆斯特丹以及其他几个荷兰城市的传统。

作为一座发展迅猛的商业城市，阿姆斯特丹成了资本主义种种新业态的温床。在这里，公共尸体解剖已形成自己的行业规范，解剖这一活动也有了专业化的场所和极其先进的设备，甚至还有看客积极围观。除了城市里的名流与研习解剖的师生，好奇的公众同样可以买票坐在后排观赏。血淋淋的解剖成了一场盛大的演出，观众自始至终沉浸其中；目睹了肠子、心脏与大脑等各种器官之后，他们还可以继续享用音乐与美酒，继续愉快地闲谈。②

---

① 伦勃朗很可能不仅仅知道笛卡尔的大部分作品，而且结识过这位大哲人。根据约翰·科廷汉姆（John Cottingham）的研究，笛卡尔于1629年开始在荷兰居住，此后便决定在那里定居："他先是住在弗拉讷克，但一年后搬到了阿姆斯特丹，两年后又到了鹿特丹……在阿姆斯特丹的卡尔弗尔大街（这里曾居住着许多屠宰商），笛卡尔可以比较容易地买到各种动物尸体，以便推进自己的解剖学研究。"见科廷汉姆《笛卡尔》(*Descartes*)，第11页。

② 上述场景的依据可参见西蒙·沙玛（Simon Schama）《伦勃朗之眼》(*Rembrandt's Eyes*)，第342–353页；路德维希·穆茨（Ludwig Münz）《伦勃朗》(*Rembrandt*)，第26–28页；以及杜德利·杨《神圣的起源：对爱和战争的狂喜》，第18–20页。在这样的"解剖剧场"，沙玛曾发现一幅宣传海报上印着这样一句拉丁语：*Nosce te impsum*（认识你自己）！

伦勃朗得到委托,要在德曼医生的解剖现场创作一幅绘画;而当时所解剖的尸体,是一个名为方廷(Joris Fonteyn)的劫匪(几天前,他在抢劫一家布店时被捕,曾用刀具攻击前来阻止他抢劫的人)。观览此幅作品,我们最强烈的印象,也许是一种挥之不去的不安之感——这来自画面中神圣与玷污、死亡与生存的并置。匆匆一瞥后,人们首先留意到的一般都不是可敬的德曼医生,而是那具尸体。类似于那些展现基督之死的画作(例如意大利文艺复兴时期的画家安德烈亚·曼特尼亚[Andrea Montegna]的《哀悼基督》[*Cristo sorto*]),画家以毫不避讳的现实主义手法描绘了尸体:黑洞一般剖开的腹部,空空如也的消化与排泄器官。随后我们将注意到德曼医生的双手,那双手正在方廷的脑叶位置操作。在伦勃朗24年前的另一幅类似作品《杜普医生的解剖课》(*The Anatomy Lesson of Dr. Tulp*)中,那位著名的解剖学家只是在解剖手臂的肌肉。而在《琼·德曼医生的解剖课》中,解剖程序显然更为深入。此场面仿佛象征着对思考与意识的剖解,因为大脑是人类睿智的标志性载体。不顾一切地切开肉身,这是对某种神圣界限的粗暴践踏,是对人类身体去神圣化的手段。该过程一开始必然会伴随着某种不适,但显然,画面中的解剖学家与观众已克服了这一负面情绪。自我认识的脚步一往无前,生理或心理上的不适无法阻挡它前进,神圣之物带来的禁忌也无法令它裹足不前。我们固然不知道此路将终于何方,但现代性所开启的解剖课将不会停息。

陀氏若是知晓伦勃朗的这幅画作,或许会将自己的作品命名为《地下室人的解剖课》。解剖是忏悔的对立面。忏悔是对自我错误的自愿供认;解剖却是对真理的强行开采。无论在伦勃朗还是在陀氏那里,人类解剖的对象都是自我,此中的动力来自现代性下自我认知的目标。在陀氏的作品中,对肉身不适当的侵入,表现在卖淫活动中——只需要一点点钱,就可以让一个人的身体失去所有神圣色彩。与伦勃朗的画作不同,《地下室手记》中的妓女丽莎并没有死去。她依然活着,不过是作为遭到玷污的人而活着,因此,对其肉身的侵犯成了社会的普遍默许。伦勃朗与陀氏都特意指出,对他人神圣性的入侵,实际上也取消了自我的神圣;对其他事物的解剖,终究也是一种自我解剖。

笛卡尔与卢梭都声称,自我生而完整,其个性(identity)也早已确定。地下室人对这一点予以否认。我们需要弄明白的是,个性(或曰身份)到底是什么?类似于伦勃朗的画作,《地下室手记》中也包含着对身体与大脑的双重拆解。不过,陀思妥耶夫斯基进行了某种翻转:虽然受到笛卡尔《沉思录》之逻辑的影响,陀氏依然先从对意识与理智的分析开始,但他马上将焦点集中在肉身,以及肉身所包含的激情与动力之上。这也是我们接下来将要采取的步骤。

让我们一起出发,去刺破笼罩着地下室的浓浓暗影吧!

理性解剖课

《地下室手记》第一部分中,陀思妥耶夫斯基展现了自己的辩证技巧与反讽能力。从小说的第一句话开始,一位自我矛盾的怪人就开始在读者面前招摇。他带着些许自我摧残的倾向,频频以其极端与荒谬而令人侧目。读者不禁会猜测:他莫非来自另一个世界,那里有着完全不同的价值体系?读者从常识与社会规范出发,很容易将他理解成一个孤独的精神病患。但这一理解马上就被证明为浅薄,我们发现:作为一个看似古怪的人,他也许代表了我们内心更深层次的状态——这是所谓社会规范所无法传达的部分。就在读者刚刚熟悉了这个人物,并从中认出自己时,陀氏的小说马上来了个大转折。在第二部分,地下室人将自己的无能彻底暴露:无法冲破隔绝的状态,无法与他人建立真正的联系——读者只得再次对他敬而远之。小说末尾，他依然孤苦伶仃地待在地下室的幽暗里。

仿效卢梭《忏悔录》的形式，① 《地下室手记》也开始于一个骇人听闻的"自白"："我是一个有病的人……我是一个心怀歹毒的人。不，我从来不曾让人愉快过。"正当我们即将对这位独白者形成第一印象时，后面的自白又开了个过山车："我想我的肝脏有病。但我对自己的病一窍不通，甚至不清楚我到底患有什么病。"（第177页）

如此之"自白"，几乎将我们带向荒谬的边缘，而地下室人并不罢休，他的独白继续加深着读者的困惑：

> 我不去看病，也从来没有看过病，虽然我很尊重医学和医生。再说，我极其迷信；唔，以至于迷信到敬重医学。（我受过良好的教育，绝不至于迷信，但是我还是很迷信。）不，您哪，我不想去看病是出于恶意。您大概不明白这是什么意思。（第177页）

---

① 卢梭的《忏悔录》是以如下的两个段落开篇的："我现在要做一项既无先例，将来也不会有人仿效的艰巨工作。我要把一个人的真实面目赤裸裸地揭露在世人面前。这个人就是我。只有我是这样的人。我深知自己的内心，也了解别人。我生来便和我所见到的任何人都不同；甚至于我敢自信全世界也找不到一个生来像我这样的人。虽然我不比别人好，至少和他们不一样。大自然塑造了我，然后把模子打碎了，打碎了模子究竟好不好，只有读了我这本书以后才能评定。"（［译注］中译文见卢梭《忏悔录》，黎星译，人民文学出版社，1980年，第1页。）对陀氏《地下室手记》以及卢梭和奥古斯丁的《忏悔录》的一个有趣比较，参见爱福丁（René Efortin）《共鸣形式：陀思妥耶夫斯基的〈地下室手记〉与告解传统》（"Responsive Form: Dostoevsky's *Notes from Underground* and the Confessional Tradition"），第291-214页。亦可参见卡纳普（Liza Knapp）《终止因循：陀思妥耶夫斯基与形而上学》（*The Annihilation of Inertia: Dostoevsky and Metaphysics*）第15-43页。

谁能理解他呢？当然地下室人不在乎，他马上又说道："可是，我明白。当然，我向你们说不清楚我这种恶意损害的到底是谁。"（第177页）

即使读过卡夫卡的《审判》或加缪的《局外人》，当代读者的心灵仍会被这种言说方式震动。然而，我们为之震惊的根源到底在哪？也许是因为，这些言辞将我们的希望连根拔除，粗暴地践踏了理性的信念。读者试图将这个非理性的家伙拉进正常的逻辑内：作为一个受过教育的人（而且还声称自己敬重医学），你不能出于恶意而行动。人们生活中的选择与行为，一定有比恶意更令人信服的缘由。读者努力保持冷静，并且希望地下室人也能冷静下来，对自己做出合理解释——毕竟是他发起了这场荒谬的谈话——可他却干脆告诉我们，自己知晓这个谜团的谜底，但我们注定不能。

地下室人不给读者以喘息之机，他继续抨击着我们理解世界的方式，抨击着固有的价值体系。他断言"意识到的东西太多了——也是一种病"（第180页），而且，"人是愚蠢的，少有的愚蠢"（第198页）。

这是一个受过良好教育的人对整个人类的无差别攻击，其凶猛程度让我们不得不暂时放下书本，思考一下个中原因。意识（或者更准确地说，自我意识）与理性，据说是人类区别于动物的标准。笛卡尔也好，卢梭也罢，都将自我意识奉为上宾——它是人类天性的标识。启蒙的信徒则推崇理性，认为它具有普遍性与客观性，能持续解决所有现实生活与思想领域冒出的难题。他们的理想，是证明宇宙中所发生的一切都遵从自然的律法；所有的罪恶都能通过技术的发展进步而得以克服；人们不仅仅能完善身体的工程学，而且还会有灵魂的工程学，以此彻底掌控自我。

在以上现代性思想已经深入人心的俄罗斯，车尔尼雪夫斯基出版了其挑战传统的著作《怎么办?》(*What Is to Be Done?*, 1862)。这部小说所播撒的种子，一直到数十年之后还在持续地影响着俄国的政坛。车尔尼雪夫斯基在书中详细论述了"理性利己主义"的理论。① 自由意志不可能存在，因为科学既已证明，整个世界完全遵循着机械化的运转方式。当然，除了自由意志，人类还盲信着很多早已行不通的信念。车尔尼雪夫斯基的结论依赖于启蒙主义中最教条的原则：自然规律与人类理性的协调。人们应当摈除所有过时的信念，只去做最符合其利益的事情，"理性利己主义"是所有奋斗、美德与牺牲的缘由。一旦接受了此种利己主义的熏陶，人们便不再可能做出非理性的行为，也不可能有任何违背自身利益的行动。

车尔尼雪夫斯基认为，位于伦敦的著名建筑水晶宫（the Crystal Palace）既是现代建筑的丰碑，也是物质决定论与理性利己主义时代下的巅峰之作。它建成于 1851 年的伦敦博览会，设计者为约瑟夫·帕克斯顿爵士（Sir Joseph Paxton）。这是一座全钢铁-玻璃建筑，占地 19 英亩，坐落于伦敦郊外的高地上。车尔尼雪夫斯基视其为科学与技术最辉煌的胜利，它向现代人宣告：凭借理性与技术的力量，我们完全可以掌控物质世界，并在这里建造出新的伊甸园。

1862 年，第二届伦敦博览会举办期间，陀思妥耶夫斯基游览了这座华丽的建筑，并将自己的震惊写进了《冬日笔记》(*Winter Notes*) 里：

---

① 费吉思（Orlando Figes）试图证明，车尔尼雪夫斯基的著作"成了革命者的圣经。列宁就曾表示，这本书将他的生活彻底翻转"（参见《娜塔莎之舞》，*Natasha's Dance: A Cultural History of Russia*, 221）。至于陀氏对《怎么办?》一书的负面评价，参见弗兰克所撰写的陀氏传记中的相关内容（*Dostoevsky: The Stir of Liberation, 1860—1865*, 286–295；以及 *Dostoevsky: The Mantle of the Prophet, 1871—1881*, 72–74）。

这真的是终极理想的实现吗?——你想想看,难道这不是意味着一切已然结束了吗?或者一切都已融为一体?也许我们在仰望这座建筑时,就已经领悟了世间全部的真理,从今以后,我们所能做的就只有沉默。它这般宏伟,如同骄傲的凯旋之歌,令你不由得屏住呼吸。眼看着成百上千、成千上万的人们,从世界的各个角落来到这里——他们涌入这座神奇的宫殿,如此虔诚,陷入一种宁静无言的气氛里。你感觉到万事万物都已终结,就像圣经里所讲的末世预言在你眼前实现了一样。想要在它面前而不屈服,而不五体投地,而不奉若神明(如同面对天神巴力),而不将之当成理想典范,也许需要趋近于无限的意志力来抵抗。①

"巴力"(Baal)是旧约中堕落的神明,② 陀氏用他来象征现代物质主义与理性利己主义。一旦我们明白,地下室人所反对的正是这两种主义,我们也就对他的那些自白心领神会了。

无论从哪个角度来看,水晶宫都是地下室人所信仰之价值的对立面。水晶宫意味着光亮与透明,意味着欧几里得一般、"二二得四"一般精确的表象世界。它是人类理性与文明所能达致的顶峰,象征着宇宙所蕴含的无比完善的秩序——在其统治下,人

---

① 转引自弗兰克《陀思妥耶夫斯基:自由的苏醒,1860—1865》(*Dostoevsky: The Stir of Liberation*, 1860 - 1865),第 239 页。

② [译注]巴力,又译巴尔、巴拉,是古代西亚西北闪米特语通行地区的一个封号,表示"主人"的意思,一般用于神祇。演变到后来,巴力就跟上帝一样,所代表的就是"神"。巴力并非一个特有的神名,随着时间地点的不同,祂代表的就是不同的地方神。在旧约中看得出来古犹太人也有这位神祇的崇拜,可能就是因为当时各地的人都崇拜以至过度,仪式过于奢侈,不但献上活人,还建造了花费浩大的寺庙,动员上千的祭司和劳力,甚至出现淫乱的场面。这使得某些人产生了反感,成为后来堕落神的由来。(引自维基百科)

类的自由与苦难都已没有存在的余地。

《地下室手记》的主人公所居住的地下室,与壮丽的水晶宫反差巨大。读者可以从很多角度理解这种空间上的隐喻。首先,地下室远离彼得堡的中心区域,是一个偏远的"老鼠洞"。其次,地下室的幽暗与隐秘,暗喻人心深处的真实——车尔尼雪夫斯基与启蒙的信徒也许不会承认,人类的内心如此阴暗。第三,"地下室"一词本身就包含着一个罪恶的世界,它可以代指女性通过卖淫来赚钱的场所。本书第二部分中丽莎这个人物的出现,就是在提醒读者注意地下世界与道德玷污的天然联系。最后,传统上,地下室也与死者的世界关系密切;在第二部分的最后,地下室人就强调了这方面的象征意味。

虽然对水晶宫及其所象征的观念深恶痛绝,地下室人却并没有提供一整套反对方案。不过,他零散的表达足以让读者产生怀疑,车尔尼雪夫斯基的计划真的能引导人间天国的实现吗?也许,这样的计划最终将导致人性的彻底毁灭?

地下室人承认,没有人自愿受苦,也没有人乐意看到他人,尤其是一个无辜者受苦。然而,我们也记得笛卡尔在《沉思录》中的反问:"还有什么比痛苦更切近、更内在于我们吗?"地下室人则更为直接地指出:疼痛与苦难是意识的唯一来源,也是推动我们行动的力量。对疼痛与苦难的承受能力,是人类存在的标记。每当越界行为发生——无论是外在或内在的,公共的或私人的——苦难与疼痛就随之到来,这是不以自我意志为转移的事实。无论人们如何小心翼翼地应对世上的种种事端,哪怕能扫清所有外在的敌人,利益的冲突也依然存在,对个体界限的僭越也依然会发生,疼痛与苦难也依然会伴随。于是,地下室人发表了自己的胜利宣言:我受苦,所以我存在。

人们自豪于文明的巨大成就与不断进步。为了保证人类文明的永续发展,启蒙哲人们提供了一对双保险:其一是理性,其二是自由。这里的关键之处在于两个元素的同时出现。在古希腊人那里，理性固然得以强调，但他们却极少提到意志及其自由；亚里士多德甚至没有发明与其有关的术语。后来的奥古斯丁与其他基督教神学家，都将意志当成自由选择的能力，只不过这种能力是负面的：自由意志被看作道德上的软弱、罪行与邪恶的根源。奥古斯丁抨击人类意志的非理性倾向，并将之归属于卑贱的肉身，连笛卡尔都没能跳出这种归类方式。直到卢梭，意志才被提升为一种积极的因素：人类拥有，或至少潜在地拥有理性的意志，这也是个体自主性（individual autonomy）的源泉。《地下室手记》中引用了卢梭的一个概念，"自然与真实的人"（*l'homme de la nature et de la vérité*），这种人的自然天性——他的意志与理性——从根本上是和谐统一的，也是纯良美好的。地下室人对此概念的嘲讽与反驳值得于此大段引用：

> 你们瞧：诸位，理性的确是个好东西，这是无可争议的，但是理性不过是理性罢了，它只能满足人的理性思维能力，可是愿望却是整个生命的表现，即人的整个生命的表现，包括理性与一切搔耳挠腮。即使我们的生命在这一表现中常常显得很糟糕，但这毕竟是生命，而非仅仅是开的平方根。要知道，比如说，十分自然，我之所以要活下去，是为了满足我的整个生命的官能，而不是仅仅为了满足我的理性思维能力，也就是说，理性思维能力只是我的整个生命官能的区区二十分之一。理性知道什么呢？理性仅仅知道它已经知道的东西（除此以外，大概它永远也不会知道别的东西了；这虽然不足以令人感到快慰，但是为什么不把它如实说出来呢？），可是人的天性却在整个地起作用，天性中所有的一切，有意识和无意识，哪怕它在胡作非为，但它毕竟活着。（第 201–202 页）

虽然被启蒙哲人寄予了很高的期望，人类的理性与意志力仍免不了相互拆台。理性能建造宏伟的水晶宫，但自由意志却宁愿待在阴暗的地下室。地下室人强烈地察觉到自身内在的分裂，并且他相信，这种分裂不是他的个人境况，而是现代人全都面临的问题。根据他的分析，医治这一分裂大致有两个药方。虽然都不甚令人满意，但他认为，仍可算得上是一味良药。

第一个药方，是压根不承认内在分裂的存在。大部分人对这一分裂不甚明了，因为他们习惯于将自己泊没于集体意识之中。比如堕落之神巴力面前那些俯首帖耳的信众，一定就属于此类型。还有一种可能：即使意识到了这一分裂，仍可以强行拒斥之，并自愿选择生活在谎言之中。地下室人曾抱怨卢梭的《忏悔录》，认为那不是真正的坦白，而是矫饰与掩盖——其实这一抱怨针对的是所有现代人格，以及这一人格之中所蕴含的口是心非。

第二个药方看起来更艰难，但很坦诚，所以在书中受到推崇。地下室人坦言，自己很想变成一只什么都不懂的臭虫。可造化捉弄，他生而为人，并深知人类内在的分裂。人的天性并不是单一的：个体并非就是"一个人"，他或她，常常同时是"两个人"。① 人类之所以难以定义，是因为所有定义都要求将对象的本质进行定性，而人类却缺乏严格而统一的本质——除非我们故意忽略这一物种天性上的不可预测与不可琢磨，否则，人到底是什么这一问题就无法回答。笛卡尔与卢梭都否认自我的神秘性；只要找到窍门，理性主义者就能轻松地解开人性之谜。地下室人当

---

① 在自己第二部正式出版的作品中，陀思妥耶夫斯基就探索了个人的双重人格倾向（[译注] 指小说《双重人格》）。作为对分裂人格的专门研究，本书并不受当时舆论的欢迎，甚至陀氏后来也对之抱有批评性的态度。尽管如此，这一议题的提出仍然体现了陀氏敏锐的眼光。作家在此后的创造中对之持续进行思考，这种思考一直延续到《卡拉马佐夫兄弟》之中。

然执相反观点，在他那里，人性更像是一座迷雾重重的森林。

地下室人的观点可以与奥古斯丁进行比较。后者认为，人性的神秘来自灵与肉的撕裂。但在地下室人看来，情况可能更为复杂：除了肉身与灵魂这一对矛盾，灵魂本身也是撕裂的——理性与意志的抵牾就是这一撕裂的体现。哲学家与宗教领袖常常规劝人们，想要得到自由与幸福，就得努力增进学识，努力提炼清醒的意识。这种获取幸福与自由的途径在地下室人看来如同缘木求鱼。他认为，清醒的意识与对人类状况的自我觉知，只能导致悲痛与不幸。如何解释这一结论？拿地下室人自己来说，敏锐的自我意识，使得他更清醒地察觉到自我的内在分裂——这一觉知让行动的能力彻底瘫痪。就如同一个被牙痛或头痛折磨的人，身体局部的问题就可能让他整个发狂。觉知的提升并不是通往幸福之路，它通往的可能是无尽的折磨与心灵的虚弱。面对肝脏的疼痛，地下室人诅咒般地喊道："让它疼得更厉害些吧！"（第177页）而且，就算肝疼可以医治，也绝没有人能治好人类天性的撕裂。倘若人类的意识与理性利己主义都对此无可奈何，倘若自然的律法与辉煌的水晶宫都于事无补，倘若地下室人也拿不出更好的主意，那么唯一要紧的就是：*amor fati*（爱你的命运）。拥抱你的命运，无论它是怎样的。"地下室万岁！"（第210页）地下室人说道。

激情解剖课

《地下室手记》的第一部分展示了人类理性的局限。理性可以确认并阐明事实，但统一人格的存在并不能从其中推导出来。人类的价值何在，主体又如何进行抉择，这些通通是谜。启蒙运动的追随者声称，所有人都盼望着同样的东西。这是可笑的荒唐大梦：为数众多的价值与目的都无法共享，你所热切追求的，也许会被别人弃之如敝屣。面对人类天性,我们唯一能达成的结论,就是价值与选择永远在激烈冲突着。无论是在个人生活还是社会生活层面,这种冲突都无法完全消除。① 冲突的存在带给人对苦难的觉知,这种觉知关乎人的心灵,以及自我在宇宙中无法明确的角色。

刚才提到,理性擅长确认并阐明事实;而个体的每个抉择,都是意志的行动,出自激情与冲动。地下室人推翻理性,为的是将意志推上首席,当然这种对意志的推崇会随之产生如下疑问:如果人类不能被降格为风琴踏板与钢琴琴键,如果人类必须忍受苦难,那么忍受苦难又是为了什么?对于地下室人自己,能承载其激情与冲动的事情是什么?他知晓自身的意愿吗?在《地下室手记》的第二部分里,我们又将读到什么?

怀特海(Alfred North Whitehead)在《科学与现代世界》(*Science and the Modern World Science and the Modern World*)一书中总结出这样一套区分不同文明与不同时代的方式:在秩序与自由这两种价值之间,他们会如何抉择。② 怀特海的诊断切中肯綮:这两种我们同样视若珍宝的价值常常不可兼得。自由,往往不仅意味着选择善的自由,同时也意味着人们有自由去选择恶——在秩序与混乱之间,自由当然也意味着人们可以选择后者。

陀思妥耶夫斯基也许会将怀特海的理论应用于每个个体。在自由与秩序之间的偏向,也能刻画出个体的特征。在个体层面,两种价值的交锋更有戏剧性,因为跟社会层面的变迁相比,个体在自由与秩序之间的摇摆往往更为迅猛。事实上,陀氏干脆指

---

① 对基本价值观的冲突与矛盾,笔者看到的最佳论述出现在哈特曼(Nicolai Hartmann)《伦理学》的第二卷,当然也包括以赛亚·伯林的众多作品,比如《两种自由概念》。

② 参见怀特海《科学与现代世界》,第 249 页。

出，在人们生命的进程中，如是的价值转换并不仅仅是可能发生的，而且还应该是必然发生的事情。《地下室手记》第二部分，焦点由理智转到了激情，由冷漠转到了对友爱的渴望，由自由转到了对自由的逃离。两个部分的差别同样也体现了人类天性上的分裂。我们总是被两种相反的力量拉扯；在生活的不同阶段，我们会在不同价值之间摇摆。第一部分里，地下室人坦言，他更热爱混乱与自由，而不是秩序与确定性。而到了第二部分，他则抱怨人类不守规矩。地下室人起初鄙夷功利主义与快乐主义者的算计；但到了后面，他又抛弃了"高贵的受难"，而转身拥抱"廉价的享乐"。为了说明这一点，他还举了一个异常形象的例子："让全世界彻底完蛋呢，还是让我喝不上茶？我要说，宁可让全世界完蛋，但是必须让我永远能够喝上茶。"（第289页）第二部分中对浪漫利己主义的隐晦批判，似乎已暗中推翻了第一部分里对理性利己主义的批判。

第一部分中对现代性的不满，主要是由于它将精神生活过度简化，似乎人的内在除了理性与谨慎的思考就空洞无物。第二部分接续了这一批判，不过攻击的重点转移到了现代性对身体的歪曲。地下室人曾讲过一个女人的故事，她的尸体在被搬离地窖的时候，几乎从棺材里面掉出来。如果现代科学对迷信的拒绝真的靠谱，如果肉身仅仅是一堆物质的组合，那么，尸体掉没掉下来又有什么要紧？身体，无论是生是死，都已降格为现代形形色色的主体解剖学（*subiectum anatomicum*）的对象：人的身体被等同于物质，并不比一块石头特殊。同样，既然灵魂与心灵都降格为机械化的运作过程，身体之内就不再有任何"幽灵"，它完完全全成了一架机器，可以用科学试验来拆解、来展示。正如希腊语词汇 *autopsia*（尸体解剖）所暗示的那样：一个人亲眼目睹自己身体的内部。

将身体仅仅作为纯粹的对象来处理，这是伦勃朗与陀思妥耶夫斯基都反感的。他们明确反对将人的身体降格为某种有着功利作用的"积极"存在物——无论是作为解剖学知识的对象，还是在高速发展的资本主义经济体系中成为生产与消费的机器。两位艺术家（伦勃朗与陀氏）怀着共同的信念：身体同样也是一种"消极"的存在，它可以是隐蔽或不在场的。因此，当人们将身体当作一种有效用的对象时，它的界限就会被粗暴践踏，它所包含的激情也会被挫伤。[1] 换个角度说，如果物质决定论是对的，那么上述"降格"就并不能玷污这副皮囊，人们也没有必要对任何处理身体的方法感到罪过或愧疚。

赫拉克利特（Heraclites）早已发现了一条规律：可见事物的背后还隐藏着不可见的部分；后者如同某种"不可见的准则（逻格斯）"，可以"划定事物的界限"。当我们凝视伦勃朗的《解剖课》时，肯定会产生一种不适感：这个正在被剖解的尸体，不久前还是鲜活的生命。这幅绘画提出了一个严肃的问题：对人类身体界限的侵入，是允许的吗？是合法的吗？为了让这个问题更为显豁，伦勃朗特意对尸体的脸庞进行了精细的描绘——这在该类型的绘画中鲜有先例——这一处理，凸显了尸体其实是所有在场生者之一员的现实，让观者很难不将尸体与那个受人尊敬的医生平等看待。

《地下室手记》中对妓女丽莎之言行的描绘，也采用了与伦勃朗类似的方法。读者并没有读到地下室人和他那些"狐朋狗友"的外貌，然而丽莎的外貌却得到了极其精细的描述："现在她的眼神是请求的、柔和的，同时又是信任的、亲热的、怯生生

---

[1] "积极的身体"与"消极的身体"这一对概念来自巴克（F. Barker）《颤栗的私人身体》（*The Tremulous Private Body*）。［译注］此处所谓的消极存在，类似于庄子哲学中的"无用"，强调身体的"消极"，实际上是回归身体作为自然的本真性，而不是将身体当成工具。

的。当孩子们爱什么人并向他请求什么的时候，就常常用这样的神态看人。她的一双眼睛是浅栗色的，非常美丽、活泼，其中既能映射出爱，又能映射出阴郁的恨。"（第273页）为何要如此详尽地展示丽莎外貌的细节？她是妓女，是罪人，是下贱的人。难道不能将她仅仅作为对象吗？

陀思妥耶夫斯基想要告诉读者的是，丽莎绝不仅仅只是一副皮囊。《地下室手记》的一个关键瞬间，发生于丽莎与地下室人第二次见面之时。丽莎拒绝了地下室人的钱财，虽然她是靠着此类收入维持生计的。每当涉及丽莎，陀氏的笔触就变得柔和温暖，与他描写地下室人时的阴冷色调截然不同。对于丽莎在道德上的优越性，小说的主人公地下室人同样心知肚明。

在讲述地下室人为数不多的与他人交往的故事时，陀思妥耶夫斯基为人与人的联系提供了两类不同的模式。第一类关系最为吸引眼球，因为其核心是权力：人们的级别、地位、规范、秩序以及财富在这种关系中至关重要。第二类关系与情感、激情相关，涉及付出与接纳、同情与爱。车尔尼雪夫斯基曾断言，第一类关系类似于大自然的伟力：更强大的支配软弱的、无力的。地下室人与所有人交往时，几乎都在遵守第一范式；甚至他初次与丽莎相遇时，也是想象着"我付出金钱，你提供服务"这样的权力关系：这里面没有任何情感，也没有任何真实的关联。

正是第一次相遇的最后，地下室人犯了一个第一类关系中所不能容忍的错误。在享受服务并付钱两清的当口，他发表了一大通关于爱的伤感演说——整个冰冷交易中，有一丝人性的因素探出头来：他做出承诺并承担风险，他的软弱昭然若揭。几天之后，他才对自己的话感到后怕，他怕丽莎将自己那书呆子气的演说当真。一天，当他与自己的仆人阿波罗斗气（因为对方没有遵守主人－仆人这样的权力关系）时，丽莎真的出现在了地下室的门槛。由于他之前的袒露，丽莎现在可以透过伤口窥见他的内心，穿越那多少年来一直紧紧保护着他的厚厚墙壁。不知所措的地下室人在两种行为规范之间摇摆着：是该表露自己真正的内心情感，还是选择漠不关心的权力关系呢？虽然曾经激烈地反对过权力关系的模式，但他最终还是选择了它——他将对方当成了钢琴的琴键，当成了巨大机器上微不足道的螺丝。

接下来，最意想不到的事情发生了，这或许是地下室人所能设想的最坏剧情。丽莎肯定不会弄明白我们在此所作的学术讨论，但她感觉到了地下室人的悲惨境况。她并没有恼恨于地下室人对她的粗暴与冷漠，而是对他表现出了同情。也就是说，一个妓女，也在为我们的地下室人的处境感到悲伤！

这一情形完全翻转了权力游戏中的角色设置。于是，地下室人恼羞成怒。其实，在丽莎来找他的前一天，他还幻想自己是浪漫故事中救美的英雄。但等到两个人第二次相见时，他便改变了想法：这回丽莎扮演了女英雄的光辉角色，而他自己则成了"狗熊"（anti－hero）。从丽莎的角度看，她宣布退出权力的游戏，并愿意给地下室人提供任何帮助——因为她感受到了他的惨况。这伤害了地下室人的自尊。第一部分那个颂扬所有受难的地下室人，终于在第二部分中暴露了自己：他并不真正理解受难的意义。受难绝不仅仅像他所说的，是痛苦与虚荣的混合。虽然拒绝了车尔尼雪夫斯基的理性利己主义，但他并不理解下面这种受难：一个人能够为了他人而自我牺牲。地下室人可以在别人面前大谈爱情，但他没有能力真实地触摸爱。下面这句话，笔者觉得是《地下室手记》中对人类心灵最精微的描摹之一；地下室人，这个自称有着超级意识的老鼠，终于察觉到了某种不同："然而，在我所有这些幻想中，在这些'美与崇高所提供的解脱'中，我倾注了多少爱,主啊,我倾注了多少爱啊。"(第228页)① 席勒(Schiller)有关"美与崇高"的浪漫主义观念,在第一部分中曾饱受嘲弄,但到了这里,地下室人突然发现,自己仍然渴望它们。

《地下室手记》第二部分以涅克拉索夫的一段诗歌开始,原诗的标题为"来自黑暗与幻觉的时刻",内容是男主人公爱上一个堕落女性并拯救她的故事。回到正文。在被趾高气扬的老同学兹韦尔科夫及其同党所蔑视之后,地下室人只得转投无权无势的丽莎。两人的交谈情意绵绵,第一次对话中就谈到孩子以及家庭之幸福:"你喜欢小孩吗,丽莎?我非常喜欢。你知道吗——这么一个粉妆玉琢的孩子,依偎在你的怀里吃奶,哪个丈夫看着他的妻子抱着他的孩子会对她不心动而神往呢!"(第266页)

一个从来没有爱过的人说出这样的话,未免令人狐疑。连丽莎——虽然她没受到过什么教育——也觉得这话有点书呆子气:"您有点……照本宣科似的。"(第267页)丽莎的直觉很准。只有在浪漫派的故事里,才会有风尘女子因男人的垂怜而走上正道的戏码。比如在涅克拉索夫的诗歌里,诗人就如此宣称:"要像名正言顺的主妇/勇敢而自由地走进我的家!"(第285页)当丽莎真的鼓起勇气走进地下室人老鼠洞一般的暗室,她当然不会有女主人的感觉。她来时抱着幻想,离开时只剩下碎了一地的希望。

就算如此,丽莎也没有怀恨在心。她不计较地下室人加在自己身上的羞辱,反而向他伸出同情与宽容的手。但地下室人依然顽冥不化,他将钞票拍到丽莎的手上,意思是让她明白,两人到底是什么样的关系。丽莎丢下钱,痛苦地转身离去,如同一位默默地背负着十字架的圣人。

---

① 关于爱情的虚伪与真实,以及两者的冲突所导致的悲剧后果,陀思妥耶夫斯基在小说《白夜》与《温顺的女性》里面有详尽的探讨。

丽莎走了。她会有一个好结局吗？她能够蓄积足够的力量，让自己摆脱整日沦为男性玩物的处境吗？恐怕很难。一个孤独的女子，如何与建立在权力游戏基础上的腐坏社会对抗？陀氏当然也没有作出这方面的暗示。

而我们的主人公，我们的地下室人又会如何？大概率地，他仍将蜗居在洞穴般的地下室，整日与孤独、恼恨为伴。和丽莎一样，陀氏同样对地下室人的结局做了开放性的安排——读者尽可以自己去想象。唯一的提示来自作家开篇时的评论，他说地下室这样的人物"一定存在"，而且"是至今还健在的那一代人的代表之一"。行文至此，我们是否比一开始更能理解陀氏的深意了？

这位著名的反英雄，常常仅用来说明人类天性的悲剧，即意志与理性的内在分裂。但陀思妥耶夫斯基并不将此分裂理解为悲剧，他指出，这一分裂是人类需要接受的基本境况之一，不论好坏。地下室人的悲剧不在于他的意志凌驾于理性，而在于他没有能力确定自己真正的欲求。车尔尼雪夫斯基的理性人汲汲于自己的利益，采取种种手段实现自己的诉求。席勒的罗曼蒂克英雄紧随自己高贵的冲动，他们拥抱的是所有"美与崇高"。陀氏的地下室人每每抱怨自己过于强大的超级意识。他知道得太多，因而无法轻易哄骗，无论是宏伟的水晶宫还是浪漫的传说故事。他不相信任何人的理性思考，尤其是他自己的理性。

地下室人依然拥有自由，但他却无法真正运用自由。他热情满怀，但这热情永远漫无目的。地下室人找不到献身的对象，找不到可以信赖的人或物。于是他只能成为一个悲剧角色，他所受的苦无法类比于英雄的受难，因为他的受苦缺乏意义。地下室人徒劳地将激情消耗在与理性意图的对抗之中，最终，他的行为不再出于良知，而只能出于恶意。

从苏格拉底到奥古斯丁，从哈特曼到阿伦特（Hannah Arendt），对恶的"实体性"（"substantiality" to evil）的拒斥，是思想史上一个源远流长的传统。哈特曼对此曾总结道："所有作恶的人，都不会以'作恶'本身为目的……这是自苏格拉底以来就得到公认的观点。一个试图伤害他人的人，并非只是想要造成伤害，而是为了实现他自己的利益。"① 奥古斯丁同样不承认善与恶有共同的本体论基础，因为，恶无非就是善的丧失（privatio boni）。沿着奥古斯丁的思想进路，阿伦特断言，恶是无根的，是如同霉菌一般附着于他物的病变。就算是艾希曼这样的大屠杀指挥官，也一点都不像恶魔，更称不上是一个制造罪恶的大师——他只不过是一个没有反思能力的官僚。②

在《地下室手记》的第一部分里，我们能找到大量证据来反驳这一传统理论：恶并不肤浅，也不是由于蒙昧无知，或者由于对自己的切身利益不甚了了。陀思妥耶夫斯基并没有单独探讨恶，他关注的是自由这个概念，但众所周知，自由是所有善与恶的前提。陀氏反对车尔尼雪夫斯基提出的自由可以被理性驯化的观点。陀氏认为，对自由的驯化（或抹除）或许意味着善与恶的混淆。自由意志不同于冰冷的石头墙，它的基础一定比墙更深厚，它的神秘一定潜藏在自然的神秘之中。自由不是一个物质范畴，同样也超越于道德或心理学的领域。在陀氏看来，自由甚至是一个形而上学概念。③

---

① 哈特曼《伦理学》，第 177 页。
② ［译注］参见阿伦特《反抗"平庸之恶"》，陈联营译，上海人民出版社，2014 年；或阿伦特《艾希曼在耶路撒冷》，安尼译，译林出版社，2017 年。
③ 在陀氏为数众多的评论者里面，真正明确分析了自由的形而上学属性的是贝尔代耶夫。在他的《陀思妥耶夫斯基》里，贝尔代耶夫花了整整一章的篇幅来探讨自由。其中比较重要的结论有："自由是陀氏构建世界过程中的核心概念"（第 67 页），以及"自由常常肆意妄为，甚至于自我毁灭"（第 76 页）。亦可参见伊万诺维奇《自由与悲剧生活：陀思妥耶夫斯基研究》，第 3 - 45 页。

倘若自由是一个超自然的、本原的概念，那它的对立面，即秩序，一定也是如此。地下室人的悲剧境况，也包括如下现实：他不能理解秩序，也不能理解自由与秩序的共存。第一部分那个狂热地抱紧自由的主人公，在第二部分里将自由看成可怕的重担：面对自由，地下室人落荒而逃。

地下室人虽然无法解决问题，但他以引人注目的方式从不同角度凸显了问题的存在。下面这句话就是其中之一："说真的，我现在要给自己提一个无聊的问题：什么更好——廉价的幸福好呢，还是崇高的痛苦好？"（第295页）他本身很可能选择崇高的痛苦，但他又无法解释忍受痛苦的目的究竟为何——因此，他无法为此问题提供有效的解答。

如果将《地下室手记》算作一篇忏悔，其忏悔的内容，应当是地下室人的无知：他不明白受苦的必要性究竟在哪。他还承认，自己无法以积极而建设性的方式运用自由，无法将内心中对自由与秩序的双重渴望协调一致。双重渴望当然孕育着双重的矛盾。地下室人发现，如果说自由意味着混乱与毁灭（乃至自我毁灭），那么秩序可能就会导致宿命论与奴役状态（乃至丧失人之尊严）。

面对以上悖论，地下室人瘫软在地。陀思妥耶夫斯基告诉读者，只要对此悖论有清醒的认知，并且意识到这个充满敌意的世界中个体的渺小，就很难不感到溃败。从古希腊到现代欧洲，无论是对自我认识的追寻，还是对宗教教义的虔信，都没有实现人的解放——甚至还造成了极度的绝望。另一方面，群众永远随大流，永远不需要也不渴望自我认知——地下室人猜想，或许这才是一种比较好的状态，至少，这种状态让生活变得轻松。自我认知会让我们看到人类内心的黑暗深渊，看到种种谎言与自大，从而更深地体验到无力感和虚无感。

自大是虚假的近亲，是对自身空虚与无价值之状态的掩盖。

地下室人将自大的状态与死亡联系到一起，不过他指的是精神上的死亡。当一个人面对无法解决的悖谬，从而选择廉价的幸福而拒绝高贵的受难时，他的精神便宣告死亡。对这样的选择，地下室人异常清醒："要知道，我不过是在我的生活中把你们都不敢实行一半的事发展到极端罢了。"（第 296 页）

由于不能或不愿面对现实生活中的荒谬，我们便小心地躲在书本知识里，躲在由忏悔与美德所构成的"高贵谎言"之中。地下室人声称，类似问题属于他那个时代所有的人，也属于每个现代人：

> 我们甚至都不晓得，现在这活的东西在哪儿，它是什么，叫什么名字？你们假如撇下我们不管，叫我们离开书本，我们就会立刻晕头转向，张皇失措——不知道加入哪一边，遵循什么，爱什么，恨什么，尊重什么和蔑视什么。我们甚至连做人，做个真正有自己血肉之躯的人都感到累，引以为耻，认为是丢脸的事。我们竭力想做一个并不存在的"平均人"。我们都是些死胎，生养我们的不再是那些有生机的父辈——可我们却心甘情愿，甚至越来越满足。我们的兴趣越来越浓，很快我们就会设法让沉重的思想把我们生出来。但是够了；我不想再写下去了……（第 296 – 297 页，译文有改动）

这本古怪的作品至此戛然休止。在伦勃朗的绘画中，一个死人可以看起来与活人没有两样。而在陀思妥耶夫斯基的小说中，活人可以看上去如同死去一般——这事儿会发生在西伯利亚的流放地，也会发生在彼得堡这样的大都市。将此悖谬推演至极端：人们在任何地点和时间，都可能同时既死又活。我们不禁发问：真正的、不打折扣的活，究竟是什么样子？真正的自由又是怎样的？

如果说《地下室手记》发出了陀思妥耶夫斯基后期小说的哲学先声,那它究竟做出了怎样的预告?陀氏后来所塑造的人物,真的能够找到逃离地下室的出路,并在充满阳光的地表安居乐业吗?或者说,他们会将读者引向地下室的更深处,为的是让我们看到,即使是在黑暗的核心,也会透出微光?

地下室人警告人们不能过于乐观。他就像陀氏小说世界的信使,为我们预演了作家此后即将展现的一切,包括人的天性所带来的更多焦虑,更多精神苦寻,更多迷茫:

> 十分可敬的蚂蚁从蚂蚁窝开始,大概也以蚂蚁窝告终,这给它们的孜孜不倦和吃苦耐劳带来很大的荣誉。但是,人却是个朝三暮四和很不体面的动物,也许就像下象棋的人似的,只爱达到目的的过程,而不爱目的本身。而且,谁知道呢(谁也保证不了),也许人类活在世上追求的整个目的,仅仅在于达到目的的这个无休无止的过程,换句话说——仅仅在于生活本身,而不在于目的。而这目的本身,不用说,无非就是二二得四,就是说是个公式。可是,诸位要知道,二二得四已经不是生活,而是死亡的开始了。(第206页,译文有改动)

第三章
《罪与罚》：施害者还是受害者？

独白与对话

如若说《地下室手记》是一部挑衅性的著作，那《罪与罚》就更是如此。前者如同一次公开的论辩，展现了一些让人震惊的片段。而后者，即小说《罪与罚》，则更详尽地摆出一连串思辨的细节。我们知道，《罪与罚》的出版是由《俄罗斯先驱报》的编辑卡特科夫（M. N. Katkov）促成的，下面就让我们看看，陀思妥耶夫斯基在给这位编辑的信中怎样介绍自己的新作：

这是一次犯罪的心理报告。故事发生在当代，在今年。一个年轻的大学生，被校方开除，他出身于小市民，生活极度贫苦，由于轻浮和思想的不稳定，接受了存在于社会情绪中的某些奇怪的"尚未成熟的"思想影响，决定一举摆脱自己十分困难的处境。他下决心杀死九等文官的妻子，一个放高利贷的老太婆。她愚蠢，又聋，又病，又贪婪，收取吓人的利息，狠毒，吞噬别人的生命，把自己的妹妹当作佣人加以折磨。"她毫无用处。""她何必活在世上？""她对谁有好处？"诸如此类的问题使年轻人思想混乱了。他决定杀死她，抢走她的钱，使生活在小县城的母亲幸福，让他在地主家里作家庭教师的妹妹摆脱能致她以死命的、地主家长的淫欲,以便自己能完成学业,出国,以后一辈子都做一个正直的人,坚定而不动摇地履行"对人类的人道主义的义务"。这一切当然能"抵消罪行",如果对老太婆的行为可以算得上一桩罪行的话,因为她既聋,又愚蠢,狠毒,有病,她自己也不知道为什么活在世界上,说不定一个月之后就会自然死亡。

尽管如此,要进行这类犯罪活动是非常困难的,就是说,几乎总是由于粗心而把痕迹、证据等等暴露在外,会构成必然找出凶手的许多机会,他非常偶然地,而且迅速又成功地进行了凶杀活动。

他在凶杀之后到最终的悲惨结局,几乎有一个月平安无事,对他没有,也不可能有任何怀疑。正在这时候才展开了犯罪的整个心理过程。无法解决的问题在凶手的面前出现了,难以想象和令人意外的感情折磨着他的心。上帝的真理和人间的准则取得了胜利,结果他不得不去自首。他不得不这样做,哪怕是死在牢房里,因为他又能和人们交往;他在犯罪之后马上感觉到的与人类隔绝和分离的感情使他痛苦万分。真理的法则和人的本性占了上风……罪犯决定以承受痛苦来赎自己的罪。①

上述介绍最有趣的地方在于,它对于从来没有阅读过陀氏之作品的读者来说,已经足够了,小说的主要内容在此和盘托出;但对于比较熟悉小说家风格的读者,这篇介绍则留白过多。我们无法从中体会到,那个年轻主人公内心狂风暴雨一般的挣扎。这篇介绍甚至也完全没有提及另外一位中心人物,索尼雅·玛尔梅

---

① 参见陀思妥耶夫斯基 1865 年 9 月致卡特科夫的信。[译注] 中译本参见《陀思妥耶夫斯基书信选》,前揭,第 142–143 页,译文有改动。

拉朵娃。拉斯柯尔尼科夫固然是整部作品的首要角色，但有论者认为，小说真正的轴心是索尼雅：对盲目自大、误入歧途、充满野心的前大学生来说，索尼雅是一个决定性的平衡点。如果说拉斯柯尔尼科夫充当了施害者的角色，那么索尼雅就代表了所有的受害者。两人的命运深深地纠缠在一起，两人所受的折磨也在相互呼应。强力与无力，献祭与受难，生命与死亡，如此之多的冲突要求读者从中辨认出自己：你到底是施害者还是受害者？这是一个古老的难题，它带我们穿越回《创世记》的故事里：如果我们面临同样的选择，会宁愿成为该隐还是亚伯？

与径直提出核心问题的《地下室手记》不同，《罪与罚》采用了复杂的象征性手法，对之很难有简单明了的概括。翻遍全书，我们也找不到该隐和亚伯的名字，但他们已在读者的内心被悄然唤醒。通过这个来自十九世纪的彼得堡凶杀故事，古老的传说仿佛在我们眼前复活。

《罪与罚》的艺术魅力体现在其挑起论战的风格。小说中多次提及拉斐尔的名画《西斯廷圣母》(*The Sistine Madonna*)，我们也许可将陀氏的艺术技巧与这幅画作进行比较。根据陀氏的第二任妻子安娜·格里戈里耶夫娜的回忆录，她的丈夫将拉斐尔看作最伟大的艺术家，而《西斯廷圣母》则是他观赏过的最美的艺术品。[1]《罪与罚》出版十年后，他的妻子送给他一幅《西斯廷圣母》的局部复制品（只包含画作的主体部分，也就是圣母与其怀抱中的圣婴）。在陀氏的余生里，这幅画作就如同他私人的圣像，让他的书房染上神圣的光辉。

《西斯廷圣母》本身并没有论战色彩。它是宁静的，它想要告诉人们，人生是有意义的，凭借上帝的神力，我们可以在地上建立家园。拉斐尔庄重典雅的画笔，传递出纯净、深邃与坚定的

---

[1] 参见安娜·格里戈里耶夫娜《回忆录》(*Reminiscences*)，第119页。

气氛,是对信仰的最佳表达。陀思妥耶夫斯基并不试图抑制内心怀疑的声音,但他毕生追求的正是拉斐尔所表达的信仰。《罪与罚》一书也是对信仰的捍卫。与拉斐尔相比,陀氏所生活的时代更需要信仰的捍卫者。不断涌现的质疑,渐渐驱散了曾经围绕着世间的神圣光辉;人们迷失了,不再清楚自己在宇宙中的位置与归宿。

在十九世纪六十年代的俄罗斯,车尔尼雪夫斯基的《怎么办?》无疑是年轻无神论者与革命者的"圣经"。之前的章节里,我们已经大致了解了这位思想家的相关观点,比如理性利己主义以及物质决定论等。在《罪与罚》中,陀思妥耶夫斯基将对以上观点开战。我们此刻需要先探讨下列两个疑问:为何车尔尼雪夫斯基要用小说而不是论文或专著来表达自己的思想?在对抗车尔尼雪夫斯基时,陀氏为何要改变自己的文体?为何他要从《地下室手记》的独白,过渡到《罪与罚》的对话?

从亚里士多德的时代起,论说文体(论文)就无可争辩地成为表达科学或哲学观点的不二选择。这一写作形式,似乎假定了一个权威的声音,可以客观理性地解决问题并提供答案。这个声音一定是清晰而有说服力的。一篇论文如同欧几里得几何学中的直线:对于任何一个问题,都存在一个恰当的解答,论说文就是从问题到解答的最短路线。

论说文想要具有无可争辩的地位,必须假设现实世界的一切都逻辑清晰,结构明确。万一有什么模糊晦暗、难以确定的事物蹿出来,我们就将之归咎于观察者知识或洞察力的欠缺。然而,陀思妥耶夫斯基坚持认为,人的天性就是分裂的——举个例子,残酷与怜悯就可以在一个人身上共存。由此观之,倘若无法提出一个完备而合理的有关人性的理论,恐怕不是因为人的智力不足——毋宁说,这是源于我们天性上的非透明性与反律法性(antinomian)。一旦我们真正深入地了解自身,明白自己在现实中的角色和定位，就会懂得用理论来阐释人性的局限，也会知晓在大地上建造家园的重重障碍。

面对理性的困境，人类应回到最初：除了论说文这一手段，还有其他的选择能够表达思想。在亚里士多德之前，柏拉图以无比精湛的技艺完善了对话录的形式。当然，柏拉图可不会说，虚构的对话是从问题到解答的最短路线。他早期的对话（又被称为的"苏格拉底式对话"）从不提供结论。苏格拉底将对话者拉入一种热烈交流的气氛之中，只是为了让他们明白自己的无知。必须等到他们破除掉诸般成见之后，真正的领悟才会开启。苏格拉底拒斥所有确定性的知识，拒斥对知识的任何形式的占有。他对哲学家之职责的理解，回归到了哲学（philosophia）原初的含义：哲学家是智慧的爱侣与真理的求索者，而不是一个明智的人。苏格拉底并没有解决任何一个哲学命题，但他为我们展示了哲学的旅程（而不是带我们到目的地）：一条充满意义的漫长道路。①

长篇大论的专著与对话形式的小说各有其优势，车尔尼雪夫斯基曾试图结合两者于一体。他希望抽丝剥茧地显露出真理——经科学验证过的真理。他相信，道德问题已经在一个英国人那里得到了一劳永逸的解决。这个英国人就是约翰·斯图亚特·穆勒（John Stuart Mill）。车尔尼雪夫斯基将其著作翻译、介绍给所有

---

① 可以将苏格拉底的方法与《地下室手记》（第 206 页）中的说法进行比较："人却是个朝三暮四和很不体面的动物，也许就像下象棋的人似的，只爱达到目的的过程，而不爱目的本身。而且，谁知道呢（谁也保证不了），也许人类活在世上追求的整个目的，仅仅在于达到目的的这个无休无止的过程，换句话说——仅仅在于生活本身，而不在于目的。"参考穆可尼克在《俄罗斯作家：笔记与散文》（第 229 页）中的观点："托尔斯泰与陀思妥耶夫斯基的伟大之处首要的体现，也许不是其他，而是其著作中的暧昧不明。他们提出的问题，只能引出更深一步的问题。他们所窥探到的思想世界如此高深莫测，使得他们的小说创作必须具有同等的复杂性。"

俄罗斯人。他认为,穆勒准确地道出了个体的真理:每个人都可以理性而开明地追求自身利益;而根据另一位英国学者巴克尔(Henry Thomas Buckle)的补充,只有对自身利益的无知才会导致胡作非为。

　　写作《怎么办?》时,车尔尼雪夫斯基正被关押在彼得保罗要塞(Peter-and-Paul fortress),因为其地下活动,接下来有可能面临西伯利亚的苦役。他的雄心不仅仅是阐释某种理论(理性利己主义和物质决定论),而是提出一种改变世界的宣言。为了未来普遍的幸福与和谐,需要有人振臂一呼,需要有人号召大家行动起来——论说文显然不适用于这一目的。论说文属于一种冷静的独白,它无法从情感上打动人(无论是意识还是潜意识的情感)。为了激起读者的情绪,让他们更有代入感,车尔尼雪夫斯基自然选择了对话的形式。

　　读过前面陀思妥耶夫斯基对《罪与罚》的介绍,我们应该能感受到,他笔下的主人公一定具有非理性的气质。在杀人之后,拉斯柯尔尼科夫觉得自己与所有人(包括自己的母亲和妹妹)隔绝了。然而,在杀人这一越界行为发生之前,主人公其实就生活在一种游离的状态里。他是一个天才而孤独的青年,他被就读的大学开除,穷苦地蜗居于自己的阁楼里。他整日沉浸在自我独白之中,无休无止的沉思从精神上囚禁了他,切断了他与外面现实世界的联系。小说写到此处,我们其实又一次想起了地下室人,他宣称,自己的疾病源自他的超级意识。拉斯柯尔尼科夫的不同之处在于,他的超级意识引导他采取了行动。整个行动当然是一个疯狂的计划,为了其所谓的理念,他要谋杀那个放贷的老太婆。

　　这位被开除的大学生与其他人当然也有交往,但这些交往无关痛痒,没能把他从自我的迷雾里拽出来。他甚至需要花时间明白:他人并非他的延伸,也不是他精神的某种投影;他人是活生生的生命，也有着对自我的关心。地下室人的问题在于，除了权力关系，他不希望与他人有任何连接。离校的大学生则需要重新学习与他人建立真实的交往——因此，一直到犯罪之后，他的内心才开始真正走向成熟。

陀思妥耶夫斯基确信，拉斯柯尔尼科夫的内心隔绝并非单一事件，而是整个现代生活方式的后果。杀人这一越界行为并不属于霍布斯定义的"自然状态"，而是一种扭曲或病症；这位大学生在校园发表的文章中也认识到了这一点。人类出生于世，落地即为兄弟，但人为的生活方式拉开了彼此的距离，让个体有了隔绝感。拉斯柯尔尼科夫就是一个鲜活的例子。他不单单与他人隔绝，甚至也与自己分裂的内心隔绝。大学生的姓氏 Raskolnikov 的第一部分 raskol，在俄语中的意思就是"教派分裂"。[1] 他的智力与情感彼此分离，这让他展现出两个方面的潜能：一方面是对生活的藐视，另一方面则是慷慨与仁慈。在小说的前面部分，我们就已经意识到，被开除的大学生并不是彻彻底底的败类，虽然他正策划并实施一项无法原谅的可怕谋杀。随着小说的进展，读者当能体会到两个不同的拉斯柯尔尼科夫：一个"理论严谨"，一个则"遵循本能"。同样，在那个谋杀行为与犯下谋杀罪的个体之间，我们也察觉到一种深刻的不协调。

跟着启蒙哲人的指引，车尔尼雪夫斯基宣布，人类的价值可

---

[1] 伊万诺维奇在《自由与悲剧生活：陀思妥耶夫斯基研究》（72n）中指出了这一点。他还认为，"拉斯柯尔尼科夫"这个姓氏源自单词 raskol，指分裂、割裂、异端；raskolnik 含有"叛教者"和"异端者"的意思。菲利普·拉夫（Philip Rahv）在其论文《〈罪与罚〉中的陀思妥耶夫斯基》（"Dostovesky in *Crime and Punishment*"，第611页）中认定，拉斯柯尔尼科夫是一个"异见者与造反派（raskol，这个单词的原初含义就是分裂或异见），根本上就是那个时代的某些革命恐怖主义者，他们的恐怖活动有时会体现在私下的行为里"。

以从人类天性中合理产生,人类的愿望和价值是一样的,人类所期盼的对象之间不存在冲突。利用拉斯柯尔尼科夫这个形象,陀思妥耶夫斯基着意于颠覆人性的理性而统一的特征。大学生一方面精确地自我诠释着罪犯的理性根据,一方面则陷入绝望的挣扎。他先后提出了若干支持犯罪的理论并为之辩护。只不过,绝大多数理论也只能略微减轻而非消除他那不可饶恕的越界行为。陀思妥耶夫斯基似乎在借此发问:如果一个人无法理解自己行为的动机,他能称得上是理性而自主的吗?如果一个人常常做出彼此矛盾的决定,他的人性算得上是完整统一的吗?

展示以上两个问题是小说的重要部分。《罪与罚》这个名字,在望文生义的读者看来,应该属于侦探小说。而典型的侦探小说,应该以对犯罪真凶的逐渐展现为核心。陀思妥耶夫斯基的小说令这一判断完全失效[1]:读者一开始就知道凶手是谁——反而是凶手需要一步一步地发现自我。另外,侦探小说的高潮往往依靠事实的层层堆积。但在《罪与罚》中,拉斯柯尔尼科夫知道所有的相关事实,他缺乏的只是某种特别的洞见。因此,除了事实之外,大学生的良知、梦境,以及他与几个人物的遭遇和对话——斯维德利盖洛夫、波尔菲利,尤其是索尼雅——都发挥着更为重要的作用。独白体的论说文无法帮助我们发现人之为人的意义,于是,多声部的复调小说登场了。

当然,还有一种可能:如果经由论文中彻底的理性分析,仍无法发现真理,那么对话的形式是否最终也会失败?不同的方法、途径,是否都会有所欠缺?

---

[1] 该观点受启发于卡斯卡迪(Anthony J. Cascardi)的著作《理性的界限:塞万提斯,陀思妥耶夫斯基与福楼拜》(*The Bounds of Reason: Cervantes, Dostoevsky, Flaubert*),第 111 – 116 页;以及拉夫《陀思妥耶夫斯基与〈罪与罚〉》,第 596 – 601 页。

以赛亚·伯林就持这样一种怀疑的态度。在《扭曲的人性之材》中,他用"三腿凳"的比喻,来揭露西方思想核心传统中的不稳定性。① 第一条腿意味着,所有真正的问题都只能有一个标准答案,其他答案统统无效。如果一个问题没有正确的答案,那它就是伪问题。第二条腿则意味着,一定能找到恰当的方法或程序,来帮助人们发现正确答案。伯林为第三条腿赋予了最重要的含义:我们应当假定,所有的正确答案都能彼此相容。所有这些答案在逻辑上彼此相关,共同形成一个相互联系的知识整体。这里涉及一个古老的迷梦:人们希望通过一个"大一统"体系来解决所有的问题。

　　伯林对以上三条腿统统表示拒绝,因为它们都会形成某种主义、某种意识形态——其可怕后果已经在二十世纪暴露无遗。伯林提出的替代性的理论是价值多元论(他认为这是面对生活所能采取的唯一健全的态度)。这一理论受到俄罗斯作家托尔斯泰的启发。伯林在著名的论文《刺猬与狐狸:论托尔斯泰的历史观》里,分析了古希腊诗人阿基洛科斯(Archilochus)的名言:"狐狸多知,而刺猬有一大知。"② 他将作家与思想家,甚至所有人,都大致分为两个类别。刺猬型人格融万物为一个核心理念;这个清晰明确的理念能让他的一切言行都具有意义。而狐狸型人格则追求不同的道路;这些道路往往互不相关,亦不能归类为一个单一的道德原则。在伯林的视野里,但丁是刺猬型,莎士比亚则是狐狸型。柏拉图、卢克莱修、黑格尔、尼采、易卜生与普鲁斯特都是不同程度的刺猬。而希罗多德、亚里士多德、蒙田、伊拉斯

---

① 伯林《扭曲的人性之材》,第 24-25 页。伯林认为,三腿凳的结构最早是在西方的政治思想中得以树立的,但随后它就运用于西方思想的方方面面。

② 论文全文见伯林《人之探究》(*The Proper Study of Mankind*)。[译注] 中译文见伯林《俄国思想家》,彭淮栋译,译林出版社,2011。

谟、莫里哀、歌德、普希金、巴尔扎克和乔伊斯则同属于狐狸。

这篇论文中,伯林提出的一个核心观点是:托尔斯泰相信自己属于刺猬型人格,但他恰恰在天性上属于狐狸。那么,陀思妥耶夫斯基属于哪一类?

伯林毫不犹豫地将陀氏归类为刺猬。这是不是意味着,陀氏会赞同那个"三腿凳"的体系呢?他会支持一个终极的声音或答案,支持独白而非对话吗?

我认为伯林在此处有严重误判。我们可以通过对《罪与罚》的细读来纠正这一点。在前面谈到或即将谈到的其他陀氏小说中,作者都设置了开放式的结尾,这其实可以反驳伯林的判断。然而,读者同样必须认真对待《罪与罚》的尾声,在那里,陀氏似乎表达了对基督教义的绝对支持(令人想到拉斐尔著名画作中圣母坚定的眼神):这实际上支持了伯林的观点。

严格来讲,陀思妥耶夫斯基是一个渴望拥有信仰的人,他梦想着成为一只专注一事的刺猬,但实际上呢?《罪与罚》的尾声也许只是索尼雅或陀氏心中的信仰者在发声?反过来说,一直到小说最后,作者并没有站出来,明确否定拉斯柯尔尼科夫的越界行为。

如果熟悉巴赫金(Mikhail Bakhtin)《陀思妥耶夫斯基的诗学问题》中的观点,您想必会作出结论:陀氏无疑是狐狸型人格。巴赫金论证了陀氏小说的复调特性,并指出,我们无法在小说中明确区分陀氏本人的观点与其笔下人物(如地下室人或伊万)的观点。陀氏习惯在小说中借用不同人物来表达自己的思考和关切;而其人物之间的对话也绝没有预先设定的主题或教化功能,而是在展现真实的、不可预知的相遇。①

---

① 这方面的详细分析可参见巴赫金《陀思妥耶夫斯基的诗学问题》(*Problems of Dostoevsky's Poetics*),第一章,第 5 - 46 页。

接受巴赫金的理论，并不必然意味着，陀氏就是狐狸，就是伯林一样的价值多元论者。在其小说中出现的不同声音，在地位与价值上都不完全等同。其对话的目的并不只是发现真理。陀氏小说世界中存在着某种强烈的张力，阻止任何一种思想占据主导，也警示读者不要接受任何教条。另外，真诚的对话还有着治疗的功效：它让我们能真正对他人或生活本身产生信任感。此处，我们需要从拉丁语原义来理解利益（inter-est）一词：它包含着自我与他人共同存在的先天状态。只有真诚坦率的对话，才能让我认识到自己对他人的愧欠，从而感恩于他人。也只有如此的相遇，才能提供人们梦寐以求的生活意义——本书开头所提到的生活黏合剂。

陀思妥耶夫斯基关注的焦点，是人与世界之间的紧张状态，是越界与复原、自由与秩序、生与死之间的巨大空间。他不是典型意义上的刺猬或狐狸。也许可以在两者之间为陀氏找到合适的位置；更有可能的是，我们必须为陀氏发明不同的分类法。

谋　杀

谋杀是陀氏小说世界中常见的主题。《死屋手记》，这部写于作家服刑期间的小说，几乎建立了完备的"罪行"目录，记录了各种令人啧啧称奇的凶手。后来的小说依然经常回到这个主题上，不过谋杀的模式彼此不同。《罪与罚》中，受害人与凶手并没有深入的联系。《群魔》则不同，书中的施害者和受害者关系密切：一个革命者组织暗杀了一位据说是叛徒的成员。《白痴》中，罗果仁杀害的娜斯塔霞是自己最爱的人。到了《卡拉马佐夫兄弟》，主题干脆成了近亲残杀——但在书中人物伊万（或在弗洛伊德的精神分析中）看来，被杀害者正是自己最恨的人。以上著作中，"谋杀"实际上都形成了与"对话"对立的一极，也就是说，因为无法形成或维系真正意义上的对话，才产生了谋杀。

《罪与罚》中的谋杀就是这样：它并非出于嗜血的动物本能，而是出于理性的构想。为了将谋杀合理化，拉斯柯尔尼科夫徘徊于不同的解释之中。这些对凶杀的辩解大致可分为三种。第一种辩解是社会学的：谋杀者本人也是整个社会境况的受害者，甚至已经被剥夺了正常的生活。第二种辩解是功利主义的：谋杀的罪过，可以完全由金钱所发挥的正面作用弥补——那是从受害人那里得到的钱财。第三种辩解在整个小说里地位最高：一个有限存在的渺小个体，能否因其杰出而超越局限？我们的离校大学生试图确认自己作为人的独特价值：他有权跨越社会所划定的界限吗？他究竟是天纵之英才，还是隶属于普罗大众？

　　根据第一种辩解，拉斯柯尔尼科夫的谋杀之罪，是腐朽的社会环境所造成的后果之一。也就是说，糟糕的生活境况是因，罪恶则是果。在陀氏眼里，大都市某种程度上就意味着对良好生活的褫夺。大学生的母亲与妹妹第一次抵达彼得堡时，完全无法掩盖大城市给她们带来的震撼："疯狂的城市，疯狂的人群！"[①] 在彼得堡恶臭遍地的街道，行人能轻易目睹一切污秽与卑劣。在彼得堡，即使是已经住惯了的拉斯柯尔尼科夫，也劝告索尼雅说，这里不是波连卡和她的兄弟姐妹该待的地方："在那种地方，孩子不能总是做孩子。在那种地方，七岁的孩子就变坏，做小偷。"（第385页）这样的城市里，等待小波连卡的命运会怎样？索尼雅的父亲玛尔美拉朵夫对此早有评论："依您看来，一个穷苦而正直的姑娘单凭诚实的劳动能挣到很多钱吗？……要是这个姑娘正直而又没有特殊的才能，每天就连十五戈比也挣不到，而且还得一刻也不停地工作！"（第19页）

　　除了臭泥塘一样的街道，室内的情况也并不更好。只有在彼

---

　　① ［译注］此处可比较德国思想家本雅明的"惊颤体验"，其所表达的也是大城市汹涌的人群与斑斓的街景给人的不适感受。

得堡这样的大城市,才能找到那种仅能容身的阁楼。拉斯柯尔尼科夫就住在这样的地方。在那里居住,与其说是安居家中,不如说是被活埋在棺材里。大城市还营造出一种让人绝望的环境:你明明每时每刻都被人群围绕,却无时无刻不感到孤单无助。

不过,陀思妥耶夫斯基并不认为,糟糕的环境是导致犯罪的主因。所以,他并没有停留在社会学的视角。拉斯柯尔尼科夫曾相信,极端的贫困会导致罪恶行为。然而他随后便意识到,自己唯一的好友拉祖米欣活脱脱地以其整个人格反驳着这一理论。拉祖米欣与主人公一样生活困窘,他靠着家庭教师与翻译的活计勉强度日,但从没想过通过犯罪来解决危机。他的例子证明,即使堕入最落魄的环境,一个人也可以凭决心与意志做出自由的抉择——否则的话,个体和地下室人所说的钢琴琴键又有何区别呢?即使是最悲惨的环境,比如西伯利亚的牢狱里,也在呼唤个体自主的选择。人类究竟能否算得上有尊严的物种,并不取决于人所生活的外在环境,而是取决于他面对这一切时的主观态度。

下面我们将转向大学生对谋杀行为的第二种辩解,它在《罪与罚》的前两部中地位尤其显著。该辩解的理论建立在对生活的功利主义态度上:如果效用是终极的衡量标准,那么,"一个又蠢又坏又多病的老女人,在存在的天平上究竟价值几何"?杀人之前,我们的离校大学生在酒吧偶然听到另一个学生模样的人与军官的对话,对话中恰好谈及他计划要谋杀的老太——此类巧合在陀氏小说中屡见不鲜——那个学生同样满脑子都是功利主义的算计。此处所涉及的公式并不比地下室人的"二二得四"复杂。一方面,是一个老迈的、正在贪婪地囤积钱财的女人,她随时会走向生命的尽头;

> 另一方面,年轻而有朝气的力量,只因为缺乏支援,就白白地灭亡了,这种人成千上万,到处都是!老太婆那些钱

本可以用来办理和改进成千成百件好事和创举，如今却统统要拨给修道院了！也许可以使成千成百的人走上正路，可以使千百户人家在贫困中得救，摆脱没落、摆脱灭亡、摆脱堕落、摆脱花柳病，所有这些事只要有她的钱就都能办到。杀了她，拿走她的钱，然后借助于那些钱，献身于全人类的工作，和公共的事业。你认为怎么样，难道做出成万件好事来还抵不过一宗小小的罪行吗？（第75页）

与学生对话的军官提出了小小的反对意见："当然，她不配活下去，不过，要知道，大自然就是这样安排的。"

那个激动的学生当然准备好了更雄辩的回答，一下子将读者引入问题的核心："哎，老兄，要知道，我们必须得纠正和指导大自然。"

必须意识到，此处学生所提出的观点，是现代社会设想过千万次的：人类必须纠正和指导盲目的自然。文明的本质不就尽在其中吗？所谓努力实现公道，尽力追求幸福，不也是这句话的另一种说法？伯林的"三腿凳"之喻正是在提醒人们注意到下面的问题：人类有权依据一个所谓的知识体系来改变自然吗，怎样的改变才是合法的？对自然的改写是否应该有一个限度？为了改变不合理的自然，谋杀是可以接受的手段吗？

经验告诉我们，最厉害的功利主义者往往会深藏自己的功利之心而不被察觉。① 在极端情形下，一个人内心的基本原则必然

---

① 对功利主义哲学的一个常见批评是，行动的长期后果很难预测（也许全然无法预测）。不过，陀氏的传记作者弗兰克曾引用陀氏自己的说法，对该批评提出了异议：虽然口口声声说为了大多数人类的最大幸福，但在陀氏看来，功利主义似乎包含着对普遍人性的鄙夷与仇恨。参见弗兰克《陀思妥耶夫斯基：受难的年代，1850—1859》，第107页。对功利主义或利己主义的整体批判，可参见哈特曼《伦理学》，第一卷，第119-139页。

会面临冲击,此时,他该何去何从?谋杀老年高利贷者的行为正是这样的极端情形。让我们回到拉斯柯尔尼科夫偷听的那段对话吧:

"那么你告诉我:你会不会亲手把那个老太婆杀死?"

(军官是回答此问的完美人选,军人的天职就是服从,为了"公众利益"或"国家的荣耀",他们必须敢于完成任何命令。)①

"当然不会!我说这些是主持公道。……你说的那种事跟我不相干。……"

"依我看来,如果你自己没有决心这样干,那就谈不到什么公道!"(第75页)

因为要去打台球,学生与军官的对话就到此为止了。两位对话者淡出画面,拉斯柯尔尼科夫却仍呆坐在原地,既迷惑,又按捺不住兴奋。他以为自己抓到了问题的关键:你敢不敢实践自己所笃信的理论?如果杀死高利贷老太太是公正而有益的,为何不马上去那么做?

为何?也许是因为,大部分人不情愿或不敢跨越日常道德与法律的界限。那位被开除的大学生,他真的敢吗?

从小说一开始,拉斯柯尔尼科夫的犹疑就成了首要的主题。叙述者一上来就向读者展示大学生头脑中的想法和他内心矛盾的苦境:"……一个人本来可以把样样东西都捞到手,可是只因为胆小,就全放过去,什么也没抓到,……这真是明显的道理……我倒很想弄清楚人们最怕的究竟是什么?他们最怕的就是采取新的做法,说出自己心里新的话语。"(第4页)

---

① [译注] 此处发问的应当是军官,回答问题的应该是学生。作者说回答问题者是军官,或许是由于英文版《罪与罚》的误译。

整日沉浸在做梦与抱怨中的地下室人，并没有采取行动。大学生认为，是否敢于采取行动，是确认"我是谁"的关键标志。在《地下室手记》第一部分，地下室人猛烈抨击了理性利己主义，然而到了第二部分，他却不敢改变自己浪漫利己主义（romantic egoism）的一面。离校大学生的第三个辩解，正是针对浪漫利己主义。"一个人本来可以把样样东西都捞到手。"他琢磨着。这其实是在说，一个人的自我并不能由其过去所决定，也不受超自然力量的摆布。我们的自我力量体现在改变世界的行为中，但因为恐惧，我们不敢去做，"这真是明显的道理"。

如果道理真的这么明显，大学生的问题就值得深思了：人们到底在恐惧什么？他们最害怕什么？主人公的答案不单单决定了小说后来的进程，还为理解人类境况提供了新的角度："他们最怕的就是采取新的做法，说出自己心里新的话语。"可以这样总结：地下室人认为，保障自由是整个人类尊严之所系；而大学生则认为，人类尊严的维系，取决于对界限的超越。我敢吗？我不敢吗？在他看来，一个人是可卑的虱子还是闪亮的金子，就在这一念之间。

拉斯柯尔尼科夫"非此即彼"的推理方式过于简单粗暴；他没有看到不同越界行为与不同界限的本质差别。类似的二元推理几乎充塞其头脑。在实行谋杀的若干个月前，他写了一篇关于犯罪的文章。文中将所有人分为平凡与非凡两类。绝大部分人不去选择，他们生来就是唯命是从的奴隶，只需要服从于大法官（the Grand Inquisitor）或尼采所谓的超人。[1] 没有这些非凡的超人，大众就会无所适从。他们呼唤权威的统治与指导：什么事是许可的？怎么区分善与恶？

拉斯柯尔尼科夫只关心后一类人的利益，这些人敢于突破界

---

[1] ［译注］参见《卡拉马佐夫兄弟》中"宗教大法官"一章。

限,也有权这么做。直截了当地说:他们有权犯罪。他们有更高远的人道主义视野,会为了最大多数人的最大幸福(这是他们的最终目标)而策划每个行动。他们是被拣选者,有一道内在的光,照亮他们去跨越界限,哪怕身后尸骨成堆。面对盲目而骚动的群众,他们别无选择,必须坚定地大步向前;每一步,都将伴随着崇拜者的欢呼。

在离校的大学生眼里,拿破仑就是这类人的典型。作为非凡者,拿破仑超越了英雄与施害者的区分,掌握着无穷的权力与勇气,他可以将颤抖的众生踩在脚下,如同踩在蚂蚁窝上。为了"纠正和指导大自然",他必须破而后立。

在1812年之后的俄国,人们对拿破仑的憎恨远远超过了崇拜。在发表《罪与罚》的同一年,同一本刊物上,托尔斯泰史诗般的巨著《战争与和平》也刊行了。该书揭露了以拿破仑为代表的"伟人"的虚伪与自负。英国历史学家托马斯·卡莱尔(Thomas Carlyle)在他的系列演讲《英雄与英雄崇拜》(*Heroes and Hero Worship*)的开头,曾表示:"世界史,本质上就是伟人们改变世界的历史。"① 与卡莱尔不同,托尔斯泰相信,认为非凡者凭其意志与能力就可以理解并掌握历史进程,是一种危险的幻觉。于是,在其小说里,托翁创造了一个生动而夸张的比喻:他将拿破仑之类的人物比喻为公羊——在宰杀之前,牧羊人会尽量

---

① 参见卡莱尔《卡莱尔名作》(*The Best Known Works of Thomas Carlyle*),第159页。卡莱尔的观点是以黑格尔的理论为基础的。黑格尔认为,历史上的英雄与伟人,实际上是"世界精神"的承载者。在黑格尔的《历史哲学》(*Philosophy of History*)中,世界历史的运转并不遵循世俗道德,它有着远为高迈的法则。拉夫强调,在十九世纪中叶,黑格尔的理论在俄国得到了广泛的传播与认同,这也许是"拉斯柯尔尼科夫有关低劣者与高贵者的观念的直接来源"(拉夫《〈罪与罚〉中的陀思妥耶夫斯基》,第612页)。

将它们养肥养壮。因为地位卓著、受人拥戴，拿破仑们就以为自己是羊群之首，可以带领大家肆意妄为。所谓改变历史的大事件，只不过是诱捕公羊的圈套——而历史的真正目的，是公羊及其身后的羊群做梦也无法猜度的。

在陀思妥耶夫斯基与托尔斯泰之前，还有一位俄罗斯作家也对拿破仑进行了负面的描绘，他就是俄罗斯文学之父普希金。在其代表作《叶甫盖尼·奥涅金》，以及著名的短篇小说《黑桃皇后》里都有相关文字。《黑桃皇后》的主人公名叫赫尔曼，出于对权力的渴望，他幻想自己就是拿破仑一类的人物——最终，他杀死了一个老女人。

弗洛伊德在其争议性的论文《陀思妥耶夫斯基与弑父者》中强调："罪犯身上往往有两个特征：无边界感的利己主义与强烈的破坏欲。这两个特征并不罕见，但它们想要表现出来，还得具备如下条件：爱的缺失，以及对人类客体缺乏同情。"[1] 事实上，弗洛伊德的理论更适用于拉斯柯尔尼科夫，而不是陀氏本人。这位被开除的大学生符合以上两个特征，甚至，在与斯维德利盖洛夫以及波尔菲利见了几面后，他一度想要把这两个人也除掉。对他人（"客体"）缺乏爱与同情，这和大学生的狂妄、自我有密切联系。

如果熟悉弗洛伊德关于罪犯之心理特征的理论，陀思妥耶夫斯基恐怕会指出：通常所谓的英雄，其实无限接近于大学生描述的非凡者（也就是弗洛伊德理论里的罪犯）。非凡者，往往会带着无法抑制的热情，动力满满地奔向他所认为的最高价值。拉斯

---

[1] 参见弗洛伊德《陀思妥耶夫斯基与弑父者》（"Dostoevsky and Parricide"），第 42 页。对这篇论文的详尽考察，可参见施米德尔（Fritz Schmidl）的论文《弗洛伊德与陀思妥耶夫斯基》（"Freud and Dostoevsky"），以及弗兰克《陀思妥耶夫斯基：反叛的种子，1821—1849》，第 379–391 页（附录部分）。

柯尔尼科夫当然也是如此，虽然在小说中他的热情误入歧途。和地下室人一样，大学生也将伟人与自由从本质上联系起来。我们知道，自由有消极的含义，即免于外在的影响与干扰。但大学生和地下室人一样，困扰他们的是积极意义上的自由：假如我能够自由地作出决定，我将有何作为？

地下室人并没有就最后一个问题思虑太多，而大学生却完全陷了进去。一切真的都掌握在人类的手中吗？还是有一种更高的力量支配人类的命运？如果更高的力量存在，为何世间的苦难没完没了？难道让世界变得更好，不该是一条道德律令吗？为了通往最高的善，难道我们不该跨越现有的界限，以便改变糟糕的现状吗？

一系列的问题将大学生的理智淹没，在狂乱中，他的"反叛"走向了英雄的反面——犯罪。传统上，英雄主义意味着，为了实现比生命更高的价值或理想，我自愿牺牲自我。然而，无论是《罪与罚》中的大学生还是地下室人，抑或一般意义上的现代人格，都很难去选择自我牺牲了，他们会先发问：如果我不相信所谓更高的价值，我凭什么为它献身？古老的异端（相对于基督教而言）主张："人，而非上帝，才是万物的尺度。"如今，更为夸张的表述是：被拣选的少数人才是万物的尺度。根据这个反转的英雄主义，假如我就是那被拣选的少数，为了自己设定的目标，我可以随意牺牲微不足道的大众。沿着陀氏的思想进路，加缪将以上理念总结为一种"浪漫的反抗"——这种反抗者既不维护上帝，也不维护人类整体的利益，他只关心自己。[1]

拉斯柯尔尼科夫在自我中打转，他很难领会两种自由观的辩证关系。于是，在他的观念里，牺牲别人跟牺牲自己之间没有了明显的界线。他搞不明白，自己的使命是否包含着铲除不义或征

---

[1] 参见加缪《反抗者：论人类的反叛》(*The Rebel: An Essay on Man in Revolt*)，第 55–61 页。

服世界？他的问题在于独白过多，却缺乏真正的对话，这使得英雄主义堕落为仅仅为自己的目标服务。最后，一个魔怔一般的悖论在大学生的心里产生了：我到底是堂堂人子，还是蚊虫鼠辈？如果我是一个堂堂正正的人，那我就有权跨越界限，杀掉那个放高利贷的老人。

玷污与受难

拉斯柯尔尼科夫真的开杀戒了——而且一杀就是两条人命。先是计划中的老太婆，接着是她的妹妹，"憨厚的丽扎维达"，因为后者突然提早回家，大学生不得不杀人灭口。

计划完成了，但大学生马上发现：自己并没有因此成为一个"真正的人"（即所谓非凡者）。实际情况是，他成了自己也猜不透的"谜"。谋杀，不像他事前想象的，只是一命抵多命的划算交易——而是愈发成为一个复杂的、血腥的事件，挥之不去。"黏稠、温热的鲜血"不可逆转地流了出来，彻底改变了他与现实的关系。他无比震惊：如此之多的人与事因之而改变。长久以来孤独的独白，第一次被对话代替：现实与自己内心潜在自我的对话，接着是与周遭真实之人的对话。在《罪与罚》的尾声，陀思妥耶夫斯基写道：最终，"生活取代了论证，他的头脑里理当产生一种迥然不同的思想了"（第 646 页）。为了这个顿悟的瞬间，拉斯柯尔尼科夫经历了多么漫长的挣扎，忍受了多么持久的折磨啊！

虽然曾经是囿于自我的书呆子，但大学生应该也能料想到，滴落的鲜血将改变一切。就像所有参战的老兵体验过的，那些有关鲜血的记忆将一天天、一年年愈加鲜活。

在这个意义上，陀思妥耶夫斯基的《罪与罚》可类比于荷马的两部史诗《伊利亚特》和《奥德赛》。你可以轻易地发动战争，但却难以重返家园。奥德修斯攻占特洛伊花了十年时间，但回乡之路却持续了二十年。达德利·杨（Dudley Young）指出：在两部史诗中更为圆融统一的《伊利亚特》那里，一方面是着意表现充盈着身体与灵魂的高贵精神，一方面则是刻意回避毁灭性的迷狂——虽然迷狂也是高贵精神之所系。① 也许，荷马也已经认识到了，一旦暴力横行，鲜血洒落，死亡之循环就开动起来。人们很难终止这循环，也很难清洗其所带来的玷污。达德利·杨将拉丁词语 polluere（意为"玷污"）与一个相近的词汇 pollere（意为"有力的"）联系起来——于是，玷污就意味着"对力量的解除"。但他又指出，玷污一词的含义不止于此："玷污暗示了某种坏透了的可怕事物；而且，由于其词根意味着'消失之神性的重新显现'，这种显现就会带来一些不可预知的后果——或许会是某种痉挛的发作，这痉挛可能造成戕害，也可能有治愈效果，更为可能的是，其所带来的治愈实质上是另一种形式的戕害。"②

在拉斯柯尔尼科夫这里，如此这般的痉挛表现为精神上的挣扎，挣扎又最终导致了行动。陀思妥耶夫斯基并没有继承荷马的传统，作家心里怀有的是圣经的观念。一些评论者准确地指出，小说名字的第一个词，prestuplenie，带着基督教的浓厚意蕴；但在翻译为英文的 crime 之后，这一意蕴消失大半。③ 这一意蕴究竟

---

① 参见达德利·杨《神圣的起源：对爱和战争的狂喜》（The Origins for the Sacred: The Ecstasies of Love and War），第369页。

② 达德利·杨《神圣的起源》，第232页，或第446页注释19。

③ 参见瓦西奥列克（Edward Wasiolek）《陀思妥耶夫斯基的主要小说》（Dostoevsky: The Major Fiction），第83页。根据编辑杰克逊（Robert L. Jackson）的编者手记（见其编辑的《二十世纪〈罪与罚〉的各种诠释》，Twentieth Century Interpretations of Crime and Punishment, 21n5）："俄语词'prestuplenie'传递出了圣经传统中道德僭越或触犯律法的含义；另一方面，它也跟'罪'一样，意指一种践踏现行法律的行为。"

是什么？它跟荷马的传统又有何区别？

在荷马所生活的古典时代，日常生活仍然笼罩着田园诗一般朴质平和的光辉。然而在圣经里，各种问题与悲剧都涌现出来，它们集中体现在家族内的争执中：该隐与亚伯，挪亚与他的儿子们，亚伯拉罕、撒拉与夏甲①——这些争执在荷马的史诗中非常罕见。荷马笔下的英雄光明磊落，一切行为都是为了捍卫正义。但在圣经故事里，日常生活到处弥漫着妒与恨的阴险气氛，换言之，圣经中的神圣领域与日常领域被截然分开，而这也是陀氏小说世界中的特征。②

无论犹太教还是基督教，都可以说是一种"带血的"宗教。③ 在希伯来语《旧约》中，dam 一词（意为"血"）与 adam 一词（意为人类）有着原初的关联；而另一个单词"福佑"（bliss），其词根也与血近似。《出埃及记》里，摩西遵循上帝之命，以公牛血洁净祭坛并行圣礼。《约翰福音》第六章，耶稣说："吃我肉、喝我血的人常在我里面，我也常在他里面。"《创世记》中人类的第一个行为就是违背了上帝的诫命（偷食禁果），第二个行为则是谋杀。该隐杀死自己的兄弟亚伯，然后"血……从地里哀告"（在拉斯柯尔尼科夫杀人之后，女仆娜斯塔霞——这个名字是阿纳斯塔西娅［Anastasia］的简写，其原意为复活——不

---

① ［译注］见《创世记》第 16 和 21 章。夏甲是属于撒拉的埃及女仆，撒拉由于不孕，将夏甲送给丈夫亚伯拉罕作妾，在亚伯拉罕 86 岁时夏甲生下以实玛利。14 年后撒拉生下以撒，因以实玛利嘲弄以撒，在撒拉的请求下，亚伯拉罕将夏甲母子赶出家门。

② 参见奥尔巴赫（Erich Auerbach）《荷马和旧约中对现实的不同表述》（"Representations of Reality in Homer and the Old Testament"），第 45–58 页，尤其是第 58 页。

③ 基拉尔甚至认为，所有的宗教都是"血淋淋的"："神圣的核心正是暴力。"参见基拉尔《暴力与神圣》，第 31 页。

断念叨的也是这句话)。上帝诅咒了该隐；拉斯柯尔尼科夫也感受到了某种诅咒。该隐向上帝哭喊：Gadol avoni miniso。这句希伯来文往往被错译为："我的刑罚太重，过于我所能当的。"其实，希伯来文的原意应该是："我的罪，我的恶，过于我所能当的。"①

虽然陀氏小说的标题是"罪与罚"，但其内容并不偏向于所承担的刑罚之重，而是偏向于罪之重。在西伯利亚时，陀氏就认识到，法律上的刑罚并不能触及苦役犯的灵魂。作家更关心越界行为发生后，个体的内在转变，以及"从地里哀告的血"。越界之后，拉斯柯尔尼科夫发现了存在的另一层面。作家并没有为之命名。相对于日常存在，这个层面是神圣的存在；相对于家常琐事，这个层面是心灵的事件。当然，名称是次要的，更重要的是要意识到，相对于"越界"或"跨越边界"这些空间性的维度，陀氏更关注小说主人公在时间维度的内心变化。

为了彻底展现时间的维度，陀思妥耶夫斯基采用了一些新颖的艺术手段；此后，康拉德、亨利·詹姆斯、伍尔夫、乔伊斯等作家都更为娴熟地运用了类似手法。② 这些手段与其所实现的目标高度相关。对于着重于空间维度的作品，混乱正是一种打乱空间的状态。而打乱时间维度意味着什么？玷污，正是理解该状态的核心词汇。为了把握时间维度，陀氏将下列几种状况并列：首先是第一部中确凿的杀人事件，然后是第二部中困惑地站在混乱的时间河流的大学生。谋杀前，拉斯柯尔尼科夫同样跟随着线性的时间之流，没有任何异样。但在那件决定性的事件发生之后，

---

① 这个论断来自 Burton Visotzky，转引自 Bill Moyers 编辑的《创世记：仍然延续的对话》(*Genesis: A Living Conversation*)，第 87 页。
② 该论点出自弗兰克《陀思妥耶夫斯基：非凡的年代，1865—1871》，第 93 页。有关《罪与罚》中的时间特质以及对线性时间的抛弃，参见莫楚尔斯基《陀思妥耶夫斯基的生活与创作》，第 297–298 页。

他就被抛进了一阵旋风,这阵风将线性时间吹得七零八落。他感到恶心,他一度昏迷,夜以继日地做噩梦,甚至连现实与梦境都分不清楚。他被自己的精神拽进了这样一种原始的状态里:意识与良知,理性与非理性在那里混合交杂——不可预料的后果因此产生。

我们的离校大学生将何去何从?一个犯罪的人,一个施害者,会作出怎样的抉择?

陀思妥耶夫斯基为我们和盘托出了五种选择的可能。第一,逃离,逃到一个没有人知晓其罪恶的地方。大学生在某一瞬间曾想过到美国去,但他马上就否定了类似想法。第二,继续去犯罪。暴力的圆环一旦转动起来,想置身其外就非常困难。实际确实如此:在用斧子砍死了老太婆之后,大学生又迫不得已地杀掉了丽扎维达——这原本不在计划之内。稍后,大学生发现,斯维德利盖洛夫同样也陷入了不断加害于人的循环。当然,拉斯柯尔尼科夫并不打算走向这条路。第三,如果被指控,他打算彻底否认自己与该案件有关。他其实曾经想过自首,但内心的阻力过于强大。第四,如果罪恶的重担愈发难以忍受,就去自杀。这一想法一直萦绕在大学生的脑海。① 与斯维德利盖洛夫不同,大学生最终没有走上自杀之路。他决定活下去,抵抗死亡的诱惑。他希望能有重生的机会。第五,接受越界行为所带来的后果,担负责任。大学生最终供认了罪行,这个过程中索尼雅扮演了重要角色,当然斯维德利盖洛夫和波尔菲利也发挥了作用。

凶杀案发生后,拉斯柯尔尼科夫首先要面对的是内心的震颤。他没有感受到普罗米修斯那种英雄的崇高感;相反,他感到卑下,低微,如同下降到幽暗的鲸鱼之腹中。陀思妥耶夫斯基相

---

① 从陀氏的手记中可以了解到,他曾在相当长的时间里,打算以拉斯柯尔尼科夫的死来结束这部小说。参见《〈罪与罚〉笔记》,第243页。

信，在大学生内心所分裂的两个部分，只有在越界行为之后才发生了真正的对话。① 要注意，在大学生下定决心犯罪前，他的潜意识就已经触发，并且开始干扰其正常的意识。杀人前一天，拉斯柯尔尼科夫收到母亲的来信，信中恰恰描述了一桩与他的可怕计划本质相通的事件。正如大学生要杀掉老太婆以便实现自己的计划，卢仁也要利用大学生的妹妹杜尼雅，来满足自己的利益需求。

母亲的来信也触发了大学生的回忆，那是父亲依然健在，他还能感受到家庭幸福的纯真岁月。那天晚上，他做了个噩梦，这是小说中最令人心酸的情节之一。在梦里，还是孩子的拉斯柯尔尼科夫走在父亲身边。他们在路上看到喝醉酒的农夫米科尔卡用鞭子活活抽死了自己的母马。疯狂的成年人，不幸的马——这一幕深深震撼着梦中的孩子，他冲向那匹已经咽气的马，搂着它的脖子哭泣。农夫的醉态恰好对应拉斯柯尔尼科夫思想上的执拗。他虽已不是孩子，但却没有力量摆脱自己疯狂的想法——他跟不断抽鞭的农夫一样发了狂。

梦是与自我潜意识的抗争，而与斯维德利盖洛夫、波尔菲利的对话也体现了大学生内心的躁动。斯维德利盖洛夫是大学生精神上的同伴，如同魔鬼梅菲斯特之于浮士德。用荣格学派的术语

---

① 该观点来自德国作家黑塞（Hermann Hesse）的一本小书《直击混沌》（*Blick ins Chaos*），这是一系列关于陀氏的散文。黑塞将陀氏视为自己探索灵魂深渊的同路人。正如塞德林（Oscar Seidlin）所论证的，《直击混沌》可以看作是黑塞所有作品的名称，参见《驱魔者黑塞》（Hermann Hesse: The Exorcism of the Demon）一文，本文出自齐奥尔科夫斯基（Theodor Ziolkowski）选编的论文集《黑塞评论选》（*Hesse: A Collection of Critical Essays*），第62页。琼斯同样将"朝向混沌的一瞥"视为陀氏小说创作的主要动机，参见琼斯《陀思妥耶夫斯基小说中的不和谐》（*Dostoyevsky: The Novel of Discord*），第9页。

来说，斯维德利盖洛夫就是大学生的"影子"。这一精神分析学的术语，指向自我中幽暗骇人的、不为人知的一面。影子人格，或另一重自我，是我们生活中那个没有实现的可能性。斯维德利盖洛夫是大学生所仰慕的非凡者的拙劣版本。他能够杀人而不悔罪，因为对他而言，善与恶都是相对的概念——他的行为可以在谋杀与慈善（比如向慈善机构大量捐款）之间任意摇摆。这一分钟他还打算引诱大学生的妹妹杜尼雅，下一分钟他就改变主意，果断收手了。

斯维德利盖洛夫代表了对权威的拒绝，也预示了另一个人物伊万的呐喊："一切都是允许的。"而波尔菲利则代表了另一种形式的越界。作为警察部门的侦查长，他象征着维护法律与道德的外在权威，并为社会带来秩序与稳定。波尔菲利试图说服拉斯柯尔尼科夫供认自己的罪行并接受惩罚。他认为，大学生的罪源自骄傲："年轻人心里藏着某种危险：一股骄傲的、被抑制的热情！"骄傲自大让人心肠变硬，对他人的感觉愈发迟钝。在扭曲的大城市，生活是如此艰难，人们愈发陷入自大与自我的怪圈，但仍有办法能让人跳出怪圈，这一办法就是受难。侦查长说道："因为，罗季昂·罗曼内奇（［译注］拉斯柯尔尼科夫的名字），受苦是一件大事。……您不要嘲笑这种话，受苦是含有思想的。"（第542页）

波尔菲利这番有关受苦的说辞对大学生的内心有所触动，但在受苦方面，他真正的老师却是娼妓索尼雅。有关索尼雅的一切，都在展露着"受难"的意义。一开始，陀思妥耶夫斯基是这样介绍索尼雅的："索尼雅身材矮小，年纪十八岁光景，虽然消瘦，却是个相当漂亮的金发女子，两只浅蓝色眼睛分外好看。"（第212–213页）大学生最早是从索尼雅的父亲玛尔美拉朵夫嘴里得到关于她的初步印象（她父亲也向他宣讲了受苦的哲学，并且宣称：人是按照野兽的样子塑造出来的）。当他将奄奄一息的玛尔美拉朵夫带回家时，才真正见到索尼雅。她刚赶回家，还是一身妓女的装扮，眼睁睁地看着父亲在自己的臂弯里咽气。死亡让大学生和索尼雅的心有了感应——不仅是她父亲的死，还有索尼雅一位好友的死。这对闺中密友曾一起阅读《新约》，一起萌生信仰。

索尼雅与波尔菲利代表了小说标题所蕴含的不同层次。对波尔菲利而言，法律与道德为世界提供稳定与秩序。对索尼雅来说，秩序只能来自上帝。波尔菲利捍卫权威与正义，索尼雅则倾向同情与救赎。波尔菲利不得不与拉斯柯尔尼科夫玩一场猫鼠游戏，因为他身处权力关系的社会模式之中，要尽快让大学生招供。索尼雅不属于这种游戏，她从大学生身上看到了一个受折磨的灵魂。在她眼中，大学生的所为不是法律上的罪行，而是宗教意义上的"罪"。犯罪是因为触犯了习俗与法律，而宗教上的罪呢？索尼雅直觉到，真正的罪藏在大学生的错误假设之下，即以为"我就是上帝"。她认为，拉斯柯尔尼科夫的迷失不在于违背了人类的法律，而在于违背了神的律法。大学生想要获救，就必须感受到其行为的超自然与宗教的维度。

不过，拉斯柯尔尼科夫仍沉浸在自己"未完成的"理论之中，无法完全领会索尼雅的意思。大学生也只熟悉权力游戏，他很难给突然出现在自己生活里的索尼雅以准确定位。她是如何承担起生活的十字架的？她的受苦又有何意义？索尼雅总是无条件地接纳所有的人，这给了大学生以某种启示：自己是否也能完全敞开灵魂，进行一场真正的对话？当然，转变不大可能轻而易举地发生，他的各种纠结，恰恰反映了他不安的心魂。在一下子戕害了两条生命之后，大学生并不愿意自我了断，但他却大言不惭地质问索尼雅："你对我说一下，（他几乎像发狂般地说，）在你的身上，这样的耻辱和这样的卑屈，怎么能跟另外那些相反的神圣感情同时并存？要知道，索性一头扎进水里，一下子了结残生，倒会公道

得多，公道一千倍，而且也合理得多！"（第377页）

索尼雅沉默以对，而拉斯柯尔尼科夫又要求她阅读圣经中有关拉撒路的故事。待到索尼雅读完了故事，大学生说道："你干的事岂不是跟我一样？你也越过了界线……你也能越过界线。你活活把自己扼杀了，你断送了一条生命……你自己的生命。（这也还是一样！）"（第385页）

这当然不一样。自我牺牲与指使他人牺牲，两者截然不同；把自己当作审判者去评判众生，与拒绝评判他人，这两者截然不同。拉斯柯尔尼科夫看不到其中的差别，他更看不到受难之中所包含的意义。

好在大学生还是幡然醒悟，在索尼雅面前悔罪了。这一次，他彻底打开了自己受到玷污的灵魂："我断送了我自己！"索尼雅感受到了面前这位忏悔者的苦难，甚至发现他的苦难比自己更深。她告诉大学生："你现在就走，马上就走，在十字路口站住，跪下去，先吻你玷污过的土地，然后再向四面八方，向全世界的人叩头，对大家高声说：'我杀人啦！'到那时候，上帝就会又赐给你生命。"（第491页）

经过了起初的抵触，拉斯柯尔尼科夫终于低下了高傲的头颅。他来到十字路口，在不明所以的群众面前亲吻地面，接着便去警察局自首了。

重　生

《地下室手记》里，我们见识了让地下室人彻底失去行动能力的精神瘫痪。《罪与罚》的主人公，虽然也承受了内在的分裂，却没有遭受精神瘫痪——更为显眼的，是整部小说中无处不在的强烈矛盾：独白与对话，玷污与纯真，思考与感受，权力与无力，生与死，还有死亡与重生。

以上两极之间的张力，渗透到了小说的内部结构中。让我们思考一下：为何陀思妥耶夫斯基笔下的人物，会提及拉斐尔的画作《西斯廷圣母》？这幅画中安宁肃穆的氛围与整部小说的焦躁不安形成鲜明的比照。想象一下：一边是天堂里面的圣母，怀抱基督走在云朵之上；一边是彼得堡的卡捷莉娜·伊凡诺芙娜，在肮脏的大街上为自己的孩子乞讨。伊凡诺芙娜出生于上流阶层的家庭，等待她的本是衣食无忧的生活，然而，她等来的只是美梦的不断破碎。她没有嫁入贵胄之家，第一个丈夫又早早离世，留下她独自抚养三个孩子。第二任丈夫醉酒而死后，没有任何收入的她流落街头。此时，肺结核这一病魔正一点点将她拖入死亡的虚无，她感到上帝与人类都已将她遗弃。绝望中，她为三个孩子穿上仅有的节日盛装，在彼得堡街头又唱又跳，希望借此打动众人——也可能想打动上帝——并得到一点点公道。马上，她就意识到一切都是徒劳。作为最后的抗争，她在临终前拒绝见神父。

告别人世之前，伊凡诺芙娜被人带到索尼雅的住处，此时她才第一次目睹了索尼雅的生活与其所承受的羞耻。在拉斐尔的《西斯廷圣母》中，教皇西斯廷二世用手指着的，圣女芭芭拉用眼睛看着的，就是虔诚的信众（我们可以想象他们在画面的下方，两个小天使面对的方向）。当上面的帷幕缓缓敞开，信众们明白，自己的祈祷得到了回答，救赎的奇迹即将发生。然而，伊凡诺芙娜等不来任何奇迹。她的生活，她最终的死，是一段不断加强的悲伤旋律。

和索尼雅的父亲一样，伊凡诺芙娜也在自己女儿的怀中离世了。索尼雅孑然一人，只剩下眼泪与哀悼。从她身上，拉斯柯尔尼科夫仿佛看到了整个人类苦难的缩影。在嘲笑了索尼雅依然强健的信仰之后，大学生马上跪倒在地，带着彻底的非理性的真挚，亲吻这个妓女的双脚。索尼雅的名字原意为"神圣的智慧"，这将是通过受苦与人性之历练而获得的智慧。詹德

(L. A. Zander) 在其关于陀思妥耶夫斯基的专著中,将索尼雅的名字与另一个俄语单词 tselomudrie 联系在一起。该俄语词的字面含义为整全的智慧,它来源于希腊语单词 sophrosyne,后者意味着整全、稳固、正直与统一。对 tselomudrie 的恰当英文翻译应是 chastity(贞洁)。"索尼雅难道不是娼妓吗?"詹德自问自答道,"毫无疑问。"但同样毫无疑问的是,(陀氏自己也这么说,)"所有的丑恶,在索尼雅这里,都仅仅停留在物质层面。她的心灵始终纯洁无瑕"。詹德认为,将索尼雅设定为妓女,只不过是陀氏的"文学技巧",其目的是强调她难以计数的牺牲。在全书中,几乎没有任何描述能证明她作为妓女的事实,或传达她作为妓女的经历。[1]

詹德的说法也许稍嫌夸大,但索尼雅确实是圣洁的象征,就像拉斐尔画中的圣母。心灵之洁净是基督徒的重要美德,它能让信徒抵抗罪恶的诱惑。陀氏希望,自己笔下的男主角能在索尼雅强大的信仰面前感到无力,能将自己的信任完全交付给这位纯洁的女人。对自我原罪的意识愈是强烈,就会愈发无保留地拜倒于纯洁之心。虽然这一对男女互有好感,但大学生没有把索尼雅当成恋人——她更像大学生的妹妹。因为她娇小的身材,孩子般的脸庞,很多人都会对她产生一种纯洁的依恋。西伯利亚的罪人们到最后甚至称呼她为"小母亲,索菲雅·谢敏诺芙娜"。

拉斯柯尔尼科夫在书中是施害者的典型,而索尼雅则集中了受害者的元素。她所承受的卑劣环境比大学生更甚。大学生尚且可以靠翻译和家教赚钱,索尼雅却只能去当妓女——作家让她的父亲说出了这一真相:除了自己的身体,她没有什么可以出卖的了。为了进一步展示她作为受害者的底层位置,陀氏还用一章的篇幅安排了一出插曲:在索尼雅父亲的丧事酒席上,卢仁指责她

---

[1] 参见詹德《陀思妥耶夫斯基》(Dostoevsky),第78页。

偷了自己的一百卢布。

这一章里，我们可以看到一种典型的加害方式。卢仁与索尼雅无冤无仇，但索尼雅却被卢仁拿来当作一场阴谋的棋子（这阴谋针对的是拉斯柯尔尼科夫）。她就像没有任何价值的物品被随意放置。与英语不同，在俄语（以及法语、德语等其他印欧语系）里，受害者与牺牲品、祭品是同一个词。可以这样理解，受害者，就是违背自身意愿被牺牲的人。没有人会在乎一个受害者的普遍人性与个体价值。受害者被他人侵犯，被社会玷污乃至抹除——该隐继续活着，亚伯却早已入土；拉斯柯尔尼科夫继续活着，阿辽娜·伊凡诺芙娜（高利贷老太婆）和她的妹妹丽扎维达却早已入土。

索尼雅没有死，作为一个被侮辱与被损害的人，她将如何度过余生？

陀思妥耶夫斯基探索了关于索尼雅的四种可能。第一种选择，其实是没有选择：屈从。施害者，从其身份来说就已经主动选择了去加害。而一个被动的受害者，能选择什么？难道他们不是只能默默承受屈辱与沉沦吗？如果受害者有能力反抗，就已经超越了受害者的身份设定了。

第二种选择是自杀。屈辱地活着有什么意义？一个总是被生活戕害的人，除了苟延残喘，她还能期待什么？如果事实如此，自杀难道不是最后的尊严吗？

还有第三种可能性：受害者转而成为施害者。既然别人牺牲了我，那我也可以去牺牲别人。当复仇者与替罪羊各自就位，邪恶的循环便产生了——无论这是个体的复仇还是以人民的正义为名。

还剩下最后一种选择（显然这是陀氏最感兴趣的）：在暴力的循环面前，被损害者试图终止其转动。他们选择以宽容来代替惩罚，以同情来代替正义。这也正是陀氏塑造索尼雅这一角色的意义所在。《地下室手记》中有一个类似的角色丽莎,但她在对地下室人表达了同情之后便彻底消失。《罪与罚》里的索尼雅,却选择跟随那个罪人到西伯利亚服刑。她不在乎八年的漫长,她愿意等下去,直到和拉斯柯尔尼科夫开始新生活。

孱弱无助的索尼雅,选择的是一条受难与自我牺牲之路。她敢于肯定生活,她拒绝了屈从、自杀和加害他人的选项。存在的先天条件无法变更,但索尼雅仍愿意积极地融入生活之洪流。索尼雅并非没有察觉:在她周围,生命诞生然后消亡,生活的过程就是对生命的不断损耗。她有一种直觉,自己也只是宏大命运手中的小小棋子,在生活这出大戏里没有被赋予任何重要角色。她无法控制命运,也无法理解生与死之中包含的神秘。但是,她依然愿意怀抱信仰与希望,依然愿意肯定人生。这种状态就是詹德所理解的贞洁——它不仅仅是一种精神状态,而是一种精神上的能量。也正因如此,索尼雅成了爱与信仰的源泉,成了苦役犯眼中圣母一般的"小母亲"。

索尼雅的抉择是不寻常的,它很难成为一项道德准则。我们的大学生也直觉到,索尼雅同样跨越了庸常生活的界限,虽然他也说不清这位妓女如此独特的原因所在。大学生终日汲汲于成为非凡者,成为英雄,头脑发热的他反而忽略了近在身边的非凡人物:索尼雅。当然,这并不是说索尼雅趋近于完美。陀氏一直是完美的严肃拷问者。他笔下的索尼雅有人性的缺陷。小说中,索尼雅曾拒绝了后妈伊凡诺芙娜的祈求,后者只是想要一点点袖口的布料。失去理智的伊凡诺芙娜不断地恳求着,却仍遭到了索尼雅的责备:"您要这些有什么用呢,卡捷琳娜·伊凡诺芙娜?"

当然毫无用处。正如小说中卢仁的朋友列别齐亚特尼科夫所说的,对一个饥饿的人来说,拉斐尔和普希金都毫无用处。但实际上,索尼雅并不赞同如此论调,她相信功利的尺子不能衡量所有价值,甚至,最高的价值一定是非功利的。爱,就是这样的价值，自我牺牲亦然。索尼雅不曾因妓女的身份而羞愧过，但她却异常后悔没有答应伊凡诺芙娜的请求。索尼雅所从属的经济阶层，与列别齐亚特尼科夫以及卢仁所为之辩护的阶层差别甚大。我们可以说，索尼雅代表礼物或恩赐。"礼物，象征着人类文明对纯粹的自然的根本性胜利。"达德利·杨指出。陀氏会附和这样的看法，当然，他会更倾向于以"灵性"取代"文明"。①

在功利主义或其他伦理学流派中，纯真与贞洁的丧失是不可逆的。但陀思妥耶夫斯基不会将伦理学当成他的最终落脚点。我们在拉斐尔的画作中同样感受到，宗教信仰的意义，就是突破伦理上的不可能性。尽管每日围绕索尼雅的悲惨世界从未停止运转，她仍选择相信不可能，相信福音书中的"好消息"。凭着信仰，她对曾加诸自己的伤害以德报怨，她奉献出了自己所能给予的最高礼物：爱。这礼物（对拉斯柯尔尼科夫的爱）越出了俗常生活的界限。大学生配得上如此的礼物吗？他的旧我是否已经死亡，并迎来新我的诞生呢？

如果说索尼雅是丽莎更为圣洁的升级版，那拉斯柯尔尼科夫则是地下室人更为复杂的变体。当然，这样的类比肯定是笼统的，因为两人的异同可以从很多个方面进行分析。地下室人身上最显著的标识是大地性：他像老鼠一样生活在幽暗的地窖，紧贴大地与泥土。虽然拉斯柯尔尼科夫也属于夜晚，但他的标识却不是大地，而是天空：他生活在半空中的阁楼里；同时，他又像堂吉诃德，沉浸在自己云朵一般虚幻的思想里。地下室人是一位没有任何理想的反英雄，而大学生则渴望成为真正的英雄。地下室人受困于自我之中而无法行动，这是大学生所不能忍受的。实际上，大学生或者堂吉诃德永远是为了最高价值而奋斗的英雄，他们宁愿赴死，也不愿在理想面前止步。对他们而言，如果自我牺

---

① 参见达德利·杨《神圣的起源：对爱和战争的狂喜》，第 260 页。

牲能够促使心中理想的实现，那么死亡就比苟活更有价值。不过我们要看到，除了生命，被牺牲的还有可能是一个人的整个生活。这种牺牲没有慷慨就义那么壮观，但它更需要耐力、时间，更需要长久地为他人奉献。索尼雅展示了不同于堂吉诃德的另一种英雄的可能性：充满忍耐地活着，很可能比慷慨就义更勇敢。

作为执着于理想的英雄，堂吉诃德最后走向了滑稽与可悲，而《罪与罚》的主角则走得更远：他成了一位反英雄。透过拉斯柯尔尼科夫的经历，陀氏为读者展现了英雄主义的黑暗面：它可能导致对无辜者的伤害，可能导致目标的偏离（不再是为了实现高贵的理想，而只是为了一己私欲），也可能让英雄本人狂妄到自封为上帝。

拉斯柯尔尼科夫自己也意识到，在杀害了两个女人之后，他也亲手杀死了某一部分自我。同样，随着他的受难与对索尼雅的爱意，某个新的自我慢慢诞生。整部小说结构复杂，充满象征，但其焦点正是大学生的内心转变：从死亡到新生的转变。当然，我们不能将《罪与罚》归类为大团圆结局的类型。对于大学生而言，"生活取代了论证"；而索尼雅和大学生的连接，结果是："爱情使他们俩复活了，这一颗心对另一颗心说来，成了无穷的生命源泉。"（第645页）在《罪与罚》的结尾，陀氏提醒读者："新生活是不会白白到手的，他（拉斯柯尔尼科夫）要为它付出高昂的代价才成，在未来的岁月他必须为它出很大的力……"不过，"那会是一个新的故事，一个人怎样逐渐面目一新的故事，一个人怎样逐渐获得新生的故事，一个人怎样从一个世界逐渐转到另一个世界，怎样获准进入一个没见识过的新现实的故事。这可能成为一篇新小说的题材，不过我们现在的这篇小说却要结束了"（第647页，译文有改动）。

那么，陀思妥耶夫斯基有没有写下这部新小说呢？它将会承载什么样的内容？我们会在本书第二部分回到这个话题。此处，更应该注意的是陀氏的警示：拉斯柯尔尼科夫也许将重生，但为此他必须经历更多的苦难，迈进新的现实。而且我们也感到好奇，大学生该如何做，才能"获准进入……新现实"？

还有一个问题与之相关：拉斯柯尔尼科夫的哪一部分自我消亡了，又有哪一部分存活下来？他已经知道如何区分罪行（crime）与罪恶（sin）。对于他所犯下的罪行，他甘愿接受惩罚，无论这惩罚是刑法上的苦役还是个人生活上的磨难。而说到他对自己罪恶的态度，则是一个更为复杂的问题。

在评论小说《罪与罚》时，美国学者帕利坎（Jaroslav Pelikan）声称，陀思妥耶夫斯基眼中的罪恶不是一个道德事实，而是隶属于宗教范畴。罪恶更多地涉及"我是谁"，而非"我做了什么"。"罪恶感远比愧疚感更复杂，因为罪恶感包含着亵渎，包含着价值的丧失。"[1] 我们的大学生，由于他自我中心主义的动机（这在现代文明中非常典型），由于他渴望能摆脱个体存在的局限，反而一步步堕入这种亵渎与无价值的状态里。大学生热望着最高、最大的权力，这让他不单单站在了主流道德的对立面，甚至也站在了上帝的对立面。他想象人类能够窃取宙斯的雷电，从而扮演上帝。于此，潘多拉之盒慢慢打开，鲜血的洒落与无辜者的牺牲在所难免。

很长一段时间里，拉斯柯尔尼科夫都搞不懂问题所在。他倾向于认为，自己的理论并不错，错误肯定出在执行过程上。在他的理论里，围绕着他的芸芸众生，他们的生命并不具有同等的价值。随着时间推移，发生了一些让大学生觉醒的事件。其中一件，是他在彼得堡街头帮助一位少女。看到那些人悲惨的生活环境，他不禁想着：

---

[1] 参见帕利坎《为基督而愚：论真、善、美》（*Fools for Christ: Essays on the True, the Good, and the Beautiful*），第72页。

不知在一本什么书上，我读到过一段描写，说是有个被判死刑的人在临死前一个小时想道，或者说道，假如我有机会活下去，哪怕是在一块高高的峭壁上，而且那块空地狭小得很，只放得下两只脚，四下里都是深渊、海洋、永恒的黑暗、永恒的孤寂、永恒的风暴，只要让我照这样在一块小小的地方站住不动，站一辈子，站一千年，站千秋万代……那我也宁可这样活着而不马上去死！只要活着，活着，活着就好！不管怎么活着，只要能活着就成！……这是多么真实！主啊，多么真实！人真卑鄙啊！不过，谁说这个人卑鄙，谁也就是卑鄙的人。（第 183 页）

对人世生活仍然洋溢的热情，是拉斯柯尔尼科夫区别于斯维德利盖洛夫的地方。上面这个偶然，就是他能最终摆脱斯维德利盖洛夫式思想的事件之一。这样的事件当然还有，比如在玛尔美拉朵夫去世后，这位老人的死给家人带来的悲痛感染了大学生。大学生决定，将刚刚从母亲那里拿到的钱放在这家人的窗台上。离开的时候，他拼尽全力才抗拒住了想要拿回一部分钱留给自己的想法——就在那一刻，他感觉到了一股"充实而强大的生命力"。叙述者告诉我们，这种感觉可以和一个死刑犯突然被赦免的感觉相比。拉斯柯尔尼科夫对自己宣布："真正的生活是有的！我刚才不是在生活吗？我的生活并没有随着那个老太婆一起毁灭！"（第 218 页）

这种感觉，总是产生于大学生做了善事，或与周围的人建立了真实的联系之后。他慢慢意识到，自己也是人性整体的参与者。对生活的肯定来源于何处？它绝不仅仅是动物的求生意志。毋宁说，它是大学生内心深处残存的灵性。陀思妥耶夫斯基用自己独特的艺术来表现这一点。每当拉斯柯尔尼科夫沉溺于自己"未完成的"思想计划之中，空气就显得闷热、沉重，让人几乎窒息。而当他忏悔之后，就会有猛烈的暴风雨：天空张开了大口，宙斯挟着雷电返回人间，向人们宣告自己的统治。大雨冲刷了玷污的痕迹，空气也变得清新。在俄语，单词"空气"（*vozdukh*）与灵魂（*dukh*）有着词义上的联系——它们在希腊语 *pneuma* 中都意味着生命的呼吸。①

陀思妥耶夫斯基经常将相悖的元素放到一个情节中，比如，安排斯维德利盖洛夫对拉斐尔的《西斯廷圣母》不止一次地品头论足。在斯维德利盖洛夫败坏了的脑袋里，一切神圣之物都有可能被歪曲：他会拿自己十六岁未婚妻的脸庞，来跟拉斐尔画作中圣母的脸庞对比。由于笔者前面提及的，斯维德利盖洛夫是大学生的映像与影子，所以理解与这幅画作有关的情节，肯定有助于我们理解小说的主人公。

作为相互对应的二人组，他们之间最为直接的连接是通过空气（air），间接的则是通过灵魂。圣母玛利亚走在半空中（air）；她的位置是在大地之上、众生之上的云端。这些元素正是拉斯柯尔尼科夫所渴慕的，但他本身走在堕落的环境里，呼吸着变了味儿的空气。（小说里，斯维德利盖洛夫曾故作高深地宣告："所有人都需要空气，空气，空气。"）画作《西斯廷圣母》中的等级结构非常鲜明。圣母高高在上，但画家并没有暗示她处在最顶层——在圣母之上还有更伟大的存在。圣母的作用，如果用歌德《浮士德》中那句著名的诗句来说，就是：" Das Ewig - Weibliche/Zieth uns hinan. "（永恒的女性/引我们飞升。）《罪与罚》里，担任这一角色的就是索尼雅。

拉斯柯尔尼科夫有着强烈的渴求，这首先体现在他不容置辩的

---

① 俄语中的单词 *dukh* 可以有很多译法：灵魂、呼吸、嗅觉、气味、声名、幽灵、异象、勇气、压力等。而希腊文单词 *pneuma* 同样也含义多样，通常使用最多的含义是呼吸、风和灵魂。

两分法中,即将所有人分为非凡者与平凡者。拉斐尔的画作则提供了另一番视野。圣母与基督(后者并没有在画面里直接表现)位于画面的顶端,他们的身份与形象颇具象征意味:处女与母亲,神性与人性,天堂与大地,这些矛盾的因素在此融为一体。这正是拉斐尔画作中暗示给观者的最高综合。跟大学生相比,索尼雅的形象更接近这一综合。在这个人物身上,一边是父母与朋友接二连三的惨死,一边是她对生活坚定不移的肯定。索尼雅融合了罪恶的现实与无畏的信仰,甚至融合了非凡者与平凡者。《西斯廷圣母》中所宣示的永恒,对大学生而言是抽象的。而通过索尼雅,作家将这种象征带到了坚实的大地上——索尼雅是基督徒的完美典型,她不在缥缈的云端,不是触不可及的圣灵,而是走在我们中间,是我们具体而鲜活的同类。陀氏通过索尼雅这个女英雄,表达了自己对生活的肯定——即使是面对厄运。[1]

拉斯柯尔尼科夫所以为的自我认识与自我实现同样过于抽象,他没有意识到,自己根本没有权力为了"高贵的"理想而牺牲他人。一旦接触到真实的人生,他很难将抽象的理论与鲜活的体验、情感保持协调。甚至在他母亲的死讯传来的那一刻,他也只是陷入了异样的沉默。大学生应该跟索尼雅学习如何生活,尤其是要领悟,苦难并非上帝的惩罚,而是对生活的肯定。

严格来说,索尼雅的受难既不平凡也不轻易。当然,她的信仰同样没有给她带来直接的回报。信仰没有拯救她的好友丽扎维达,更没有拯救她的父亲与后妈。看上去,这样的信仰是无用的,非理性的:它要求自我牺牲,却不许诺任何回报。然而,索

---

[1] 特尼森(Eduard Thurneysen)是这样表达的:"于是,陀思妥耶夫斯基对生命、自然、人性,都采取了全盘接受的态度,这肯定的态度是如此悖谬,因为他所肯定的正是他所否定的。"参见特尼森《陀思妥耶夫斯基》(*Dostoevsky*),第 70 页。

尼雅不屑于让信仰变得有用、理性。信仰应该建立在无条件的信赖之上,而不是靠精心算计。信仰者就如同行走在灵性的云端,脚下并非坚实的地面。

拉斯柯尔尼科夫的内心是分裂的,他只在某些时候能部分理解索尼雅的信仰。比如,当他帮助到别人,当他牺牲了自己、为他人而受了苦,他就会进入到一种感激生活的情绪里。陀氏通过大学生的经历,通过小说中的对话,传递了这样的信息:"我"需要"我们",只有"我们"才让"我"真正成为"我"。不过,大学生还是没有彻底领悟这一道理,即使是在西伯利亚服刑的时候。

或许是拉斯柯尔尼科夫进步得太慢了,还是他压根不情愿去学习?为何索尼雅能掌握得如此纯熟?还是说,大学生的拒绝其实才是正确之举?通常,我们会认为,加害于人比受人损害要容易。亚伯死了,该隐却活着。高利贷者和她的妹妹死了,拉斯柯尔尼科夫却有机会获得新生。即便受害者仍幸存于世,也比施害者的处境更为糟糕。

陀思妥耶夫斯基试图让他的读者重新审视以上观点。就索尼雅和大学生而言,作为受害者的索尼雅反而更能承担自己的十字架,而大学生却难以忍受。原因很简单,在承担十字架的时候,索尼雅带着信仰,大学生却没有信仰。索尼雅的信仰让她的生活充满意义,让她在荆棘之路上走得平静坦然。而拉斯柯尔尼科夫却步履维艰——正如陀氏在《罪与罚》尾声中所预言的,大学生的前路仍将充满荆棘。

该隐曾经反问上帝:"我岂是看守我兄弟的吗?"这个问题,在灾难频出的二十世纪依然回荡着,如同一道新鲜的伤口:我们该对同胞的悲剧负责吗?然而,问题出在,我们和该隐一样,是以反问的语气来发问的。

陀氏认为,我们的命运,其实就取决于能否将该隐的反问语气改为肯定语气:是的,我们应当看守好自己的兄弟。索尼雅已然做到了这一点,大学生却仍存犹疑。当然,两人都懂得,将该隐的疑问语言改成肯定语气,就意味着收敛自己过于自恋的自我,遏制自己无边的欲望,战胜自己的占有欲和支配欲……而且,当我们在伤害与被伤害之间、杀戮与被杀戮之间面临抉择的时候,我们将情愿选择成为承受不义的一方。

索尼雅无疑会作出这样的选择,但拉斯柯尔尼科夫会犹豫再三。他要花很长时间才会明白,对越界行为表示歉意,与真正的深刻忏悔还有着很大的差距。同样会花费很长时间的,是将他对自我认识的探索转变为对宽容、仁慈的渴求。那些将索尼雅称为"小母亲"的西伯利亚囚徒同样不信任大学生,他们冲他喊道:"你是个不信神的家伙!你并不相信上帝!……应当把你打死。"(第641页)

为了能重新被人类社会接纳,拉斯柯尔尼科夫必须从独断的迷梦中清醒过来,必须重新回归人类的历史秩序,进入那永不止息的文明进程之中(从亚伯拉罕的时代到耶稣的复活)。他同样必须认识到,自己是如此依恋索尼雅。当她因为生病而几天没有来探视,当她终于再次出现在他面前,大学生得到了一种痛苦而幸福的领悟:

> 他想到她,他记起他经常折磨她,伤她的心。他回忆她那苍白消瘦的小脸,不过现在,这种回忆并不使他难过了,他知道今后他会用无穷的热爱来补偿她的种种痛苦。再者,过去那一切,那种种的苦难,算得了什么!那一切,乃至他的罪行,乃至法庭的判决和流放,如今他乍看之下,就像是一些身外的、奇怪的,甚至好像跟他毫不相干的事情。不过,那天傍晚他不能长久地老是想一件事,不能把心思集中在一件事情上,而且他现在也没法动脑筋,解决什么问题,

只有他的感情里还在发挥作用。生活取代了论证，他的头脑里理当产生一种迥然不同的思想了。（第646页）

这算是一个浪漫的大团圆结局吗？算是一堂颇有教益的道德课吗？恐怕不然。书中种种针锋相对的范畴——感受与理论，纯真与污秽，生与死，死亡与重生——完全不能用任何道德框架框起来。有时候，书中某些段落会有道德意味，但这绝不是他的兴趣所在。索尼雅的纯真也好，陀氏所欣赏的那幅拉斐尔画作中的圣洁也罢，都不能仅仅以"善良"或"善行"来囊括。纯真与圣洁指向了一个超自然的、宗教的层面——这个层面，也许连陀氏本人都不能完全展开。

此时此刻，我们已经从地下室人那老鼠洞一般的住处走出去很远了。当我们刚遇到拉斯柯尔尼科夫时，当他抱怨"一个人本来可以把样样东西都捞到手，可是只因为胆小，就全放过去，什么也没抓到"（第4页）时，他看起来就像是地下室人的兄弟。而到了小说结尾，他最后的话语却是："难道她的信念现在就不能成为我的信念？至少，她的感情，她的志向……"（第646页）看上去，大学生终于冲破了思想阴云的笼罩，来到了更为广阔的天地。他也成了对话的参与者，那是多声部的平等对话，也是不同个体间相互依赖的共在。他迈出的第一步当然就是与索尼雅建立爱的连接，这种连接帮他平息了内心或此或彼的逻辑，也削弱了他独断的迷梦。如今他认识到，我们从来不可能单独处理生活的复杂迷局，因为有各色人等的参与，其结果永远不受个人控制。跟随索尼雅，他培养出了对生活，以及对一种更高意志的信任。

作为读者，我们也和拉斯柯尔尼科夫一样，知晓生活是一场没有人能单方面控制的对话。也就是说，无论是出于对生活的信任还是对更高意志的信仰，首先要明确的是，不要去禁止与自己迥异的人生态度与价值观。上面引用的那段话是大学生的真情流露，但我们不能忘记，这仅仅是他思想跷跷板的一边而已，远远不能覆盖他复杂的天性。我们可以设想，一个获得新生并开始新生活的拉斯柯尔尼科夫——那是一个没有写出的故事——身上一定也带着一些伊万·卡拉马佐夫的特征。面对索尼雅或类似的刺猬型人格，伊万一定忍不住质问：如果我们鄙视该隐，因他没有看守好自己的兄弟，那么，为何我们不鄙视上帝呢，上帝不也没有看守好自己的子民吗？

第四章
《群魔》：神圣性的丧失

"从真实迈向极端真实"

在陀思妥耶夫斯基的所有小说中，《群魔》的主题最为繁复；漫长的创作与改写过程，才使得它呈现出现在的结构。陀氏承认，这是他耗费精力最多的作品，而且可能还选择了一个不能胜任的主题：拒绝平等。① 事实上，陀氏是将三个主题编织进了一部作品之中，这也使得小说的寓意更为模糊难辨。第一个主题是处理代际冲突——自从屠格涅夫 1862 年发表《父与子》开始，这便成了俄罗斯文学的经典类型。《群魔》中的代际冲突，体现

---

① 参见陀氏如下信件：1870 年 10 月 9 日和 1871 年 4 月 23 日，寄给斯特拉霍夫；1870 年 12 月 5 日和 1871 年 3 月 2 日，寄给迈科夫。亦可参见瓦西奥列克为《〈群魔〉手记》(*The Notebooks for The Possessed*) 所写的引言，第 5 页。瓦西奥列克认为，虽然有这些内心的怀疑与挣扎，陀氏其实已经创造了"世界上最伟大的小说之一"。莫楚尔斯基也持有类似观点，他反驳了对《群魔》的低估，声称它是"世界文学史上最伟大的艺术作品"；参见莫楚尔斯基《陀思妥耶夫斯基的生活与创作》，第 433 页。帕慕克 (Orhan Pamuk) 同样表示，《群魔》是"有史以来最精彩的政治小说"，见帕慕克《别样的色彩》(*Other Colors: Essays and a Story*)，第 143 页。亦可参见弗兰克的相关评价，在《陀思妥耶夫斯基：非凡的年代，1865—1871》，第 497 页。

在十九世纪四十年代(四零一代)浪漫的理想主义者与十九世纪六十年代(六零一代)虚无的革命者之间,这也是至高希望和至深恐惧之间的冲突。在陀氏这部发表于1871—1872年的小说里,类似《父与子》中父亲的——当然对有的人是身体上的父亲,对另一些人则是思想上的父亲——是斯捷潘·特罗菲莫维奇·韦尔霍文斯基。后文将会探讨这个人物,看看他是如何走下神坛又重新复活的。

俄国当时闹得沸沸扬扬的涅恰耶夫事件激发了小说的第二个主题:革命阴谋。1869年,在莫斯科近郊的池塘里,发现了一个名叫伊万诺夫的学生尸体。他曾是一个秘密的革命小组"人民惩治会"(The People's Justice)的成员。杀害伊万诺夫的正是小组的领袖涅恰耶夫,此人是无政府主义者巴枯宁的朋友和信徒。谋杀的原因是,小组成员怀疑伊万诺夫正打算向统治者出卖组织。事情败露后,涅恰耶夫逃亡国外,但最终被捕。整个事件震动了当时的俄国社会,也激起了陀氏的巨大兴趣。

在涅恰耶夫事件之后,"虚无主义者"一词流行起来,它常用以形容巴扎罗夫这样的人物——巴扎罗夫是屠格涅夫《父与子》的主人公之一。他们崇拜狄德罗与拉美特利,倾向于将自然看作一部巨大的机器或一家大型工厂。屠格涅夫似乎也附和过类似观点:"上帝存在吗?我搞不懂。但我能搞懂的是因果律的法则,是二加二等于四。"[①]

车尔尼雪夫斯基曾指出,屠格涅夫笔下的巴扎罗夫是对新一代革命者的歪曲讽刺。这位《怎么办?》的作者进一步说道,屠格涅夫的作品,实际上代表了老一代浪漫主义者的处境:他们躲在西方自由主义的传统之后,提不出具体的政治纲领,也无法对现行的国家制度进行改良或革命。相反,以车尔尼雪夫斯基为首

---

① 转引自莫楚尔斯基《陀思妥耶夫斯基的生活与创作》,第329页。

的六零一代的革命者，早已抛弃了浪漫的幻想而落脚到了坚实的现实，早已踢开了哲学上的缥缈理念而拥抱了唯物主义，早已将形而上学替换为严谨的科学。拒绝清谈，崇尚行动，是这一代人的特征。

与之相对的是，早在《地下室手记》里，陀思妥耶夫斯基就开始探讨革命运动的意识形态及其所暴露的问题。作家很快发现，面对如幽灵一般笼罩的虚无主义，自己的认识还是不够深刻。《罪与罚》向人们揭示了一种随时可能出现的危险：一个妄图"纠正和指导大自然"的年轻人，在孤独与绝望之中，是如何孕育出了错误的理念并实行了疯狂的谋杀。涅恰耶夫事件让陀氏认识到，有关虚无主义，事态比自己预想的要严重；在革命的名义之下，隐藏着末日论一般疯狂的行为。屠格涅夫所描述的巴扎罗夫只是被现代主义者的一些观点蛊惑了（比如，人是机器），而涅恰耶夫及其同党则彻底在灵魂上败坏了、着魔了。彼得·斯捷潘诺维奇·韦尔霍文斯基，作为上个时代的自由主义者斯捷潘唯一的亲生子，在小说中扮演了涅恰耶夫的角色。彼得的父亲并没有预见到自己危险思想的后果，但他的儿子，傲慢而更为无所顾忌的彼得，则知晓其言行的一切邪恶影响。

第三个主题，涉及这部小说的黑暗王子尼古拉·弗谢沃洛多维奇·斯塔夫罗金。他是陀氏最后才构想出来的人物，却后来居上成为小说的秘密核心。斯塔夫罗金同样是斯捷潘的门徒，也是彼得的朋友，是一位有着鬼魅特质的神秘男子。对彼得来说，他就是拿破仑一般的非凡者（正如拉斯柯尔尼科夫所想象的）：他有着巨大的力量与无穷的勇气，能影响所有人却依然遗世独立。但看似超人的斯塔夫罗金，内心依然有着人类的缺陷，他着迷于魔鬼般的恶，没有愧疚感，缺乏自我牺牲与爱的能力。这位神秘主义者无法解决自己内心的巨大空洞，便决定以自杀结束一生。我们将在本章里详细讨论这个文学史上特立独行的反面人物。

《群魔》中的反面三人组（斯捷潘、斯塔夫罗金、彼得）值得我们仔细研究，首先是由于，他们体现了陀思妥耶夫斯基对罪恶更为深入的理解。其次，他们身上体现了作家对现实的感悟，这种感悟来自一种形而上的敏锐直觉。陀氏试图探寻世界之恶如此遍布的终极原因，试图解答现代人内心无家可归的原因。为此，他必须直面现实的黑暗——涅恰耶夫事件就是其中之一。这些事件反映了社会中潜藏的病症，作家试图分析病理并找出病根。现代性整体上越来越不具备宗教性，因此，恶的问题渐渐被窄化为道德上的恶；恶的宗教与超验的元素愈发隐身乃至彻底消亡。但根据陀氏对现实的观察，恶的问题（当然还包括善的问题）绝不局限于人类学或道德的领域。让我们听听学者詹德怎么说：

> 一个很有意义的事实是，虽然陀思妥耶夫斯基坚持人性尺度的基础性与核心性，可一旦善与恶的问题触及人心中最强烈与最深沉的部分，他便会果断放弃人性尺度的统治地位。当某些巅峰体验一般的内心事件发生，个体的局限便宣布失效；此刻，一个人超越了自我，融入了广大、神秘的洪流之中。陀氏以泛滥而多样的罪恶如何降临世间为例，为读者描述了这一"去人性化"的过程。他通过笔下一系列的人物，展现了恶的原则如何一步步强化，一步步自我表现：这一原则先是自发地显露，继而成为一个人的"影子"，最终彻底将人的内心分裂，让他失去自我的统一性。自此，恶似乎成为"人性"的一部分，虽然此时它仍在与内心的善作斗争，并未占据统治地位，也并未抹除内心最深沉的情感。一旦有一天，无形体的普遍之恶支配了人心，个体的独特性就会被摧毁。[借用斯塔夫罗金的话，]"清醒

也好，嘲讽也罢，在不同人身上，在不同性格身上，它终究都是一个样子"。①

通过比较《地下室手记》与《罪与罚》，我们应该能感受到恶在力量上的增长。地下室人害怕失去自由，害怕成为工具人。而在拉斯柯尔尼科夫身上，恶的意识成倍增长；有两套标准在他心中并行，分裂成了他存在的常态。还好，大学生并没有跨越人与恶魔的边界。经由一长串的事件、对话与挣扎，《罪与罚》最终给出了一个承诺：大学生的情感与理智将重新整合，一个完整的个体将重新诞生。如果整合失败，会怎样？《群魔》恰好给出了答案。非人性化的进程不断加深，直至活生生的人转变成非人。什么是非人？陀思妥耶夫斯基会毫不犹豫地告诉你，非人就是恶魔。事实上，*Besy*（"恶魔"）正是这部小说的俄语标题。

陀氏所严重关切的恶魔，究竟是谁？

考虑到作家的写作风格与对待现实的态度，这个问题介于可答与不可答之间。为了弄清楚这一点，我们可以将他与屠格涅夫进行简要的比较。《父与子》的主角巴扎罗夫是年轻一代的典型，体现了那一代人的主要特征。《群魔》里的斯塔夫罗金亦复如此，但在陀氏笔下，"典型"的意义有所不同。斯塔夫罗金象征着某种现象，或潜藏于人心的力量——与屠格涅夫不同，陀氏认为个中本质极难把握，也许将始终埋藏于神秘的雾霭中。陀氏相信语言的力量——文字绝不仅仅是一种游戏——相信经由语言与思考，我们可以逼近真理、窥见真理。然而，我们无法把握真理本身。这也许是人类语言（以及思想）的本质特征：永远走在揭示真理的路上，却永远隔着一层。就像学者尤里·洛特曼（Yuri Lotman）打的比方，通过人类的语言，"真理闪烁出朦胧的

---

① 詹德《陀思妥耶夫斯基》，第13页。

光"——但这也是语言所能做到的极限。①

陀思妥耶夫斯基口中的真理,无关乎事实或世俗,而是始终指向现实的终极本质——这也是哲学家所谓的形而上的真理。大多数情况下,我们可以就现实的表层面貌达成一致。但表层的面貌,反映了现实什么样的深层症状,这才是难点所在。小说中多次提醒读者,斯塔夫罗金的脸孔"如同一张面具"。② 解密这张面具之后的真相,深入现实的最深层,才是陀氏的核心关切。采用学者伊万诺维奇的说法,陀氏的技艺可以概括为:"从真实向极端真实的突进。"③

怎么做到"向极端真实的突进"? 通过观察,我们不难发现人们行为的表层动机。而为了进入表层之下的"极端真实",就不得不涉及一些特别的写作技巧和写作内容,这正是陀氏所做的。洛特曼指出,根据其写作风格来判断,陀氏一定非常赞成"最小可能性"的理念。④ 我们通常会根据之前的经验,来估计真实或虚构的人物下一步的可能行动。陀氏在《群魔》里蓄意挑

---

① 参见尤里·洛特曼《思想的宇宙:文化符号学理论》(*Universe of the Mind: A Semiotic Theory of Culture*),第108页。洛特曼将陀氏的真理观与托尔斯泰的相关思想进行了比较。后者认为,语言只有真和假两种状态,真理与谬误的区别也清晰可辨:"真理就是自然的秩序;从语言与社会层面涤除错误,得到的就是真实的生活,真实的生活就是真理,因为它符合自然的本质。"陀氏的观点与之针锋相对:"语言无法帮助我们确认事物与观念,它的作用只是间接影射,同时,它还坦率告诉人们:事物的本质不可捉摸。"(第107页)有关两位作家语言真理观的更多讨论,也可参见乔治·斯坦纳《托尔斯泰或陀思妥耶夫斯基》,尤其是第258、261页和第345页。[译注]洛特曼(1922—1993),二十世纪苏联享有世界声誉的文艺理论家、符号学家,塔尔图-莫斯科符号学派的代表人物、文化符号学的首创者之一。

② 语出《群魔》(*The Possessed*)。

③ 参见伊万诺维奇《自由与悲剧生活:陀思妥耶夫斯基研究》,第49页。

④ 洛特曼《思想的宇宙:文化符号学理论》,第166页。

战了这些经验。小说中情节之间的连接，依靠的是"最小可能性"这一原则。

拿侦探小说来对照，我们可以更明白上述说法的意思。在侦探小说里，事件发生的时间线与人物之间的真实关系，在一开始时，特别是在真相大白之前，往往是模糊的。随着小说故事情节的推进，一系列隐藏的事实出现，一切便显得清晰而有逻辑。①但《群魔》却不然，它没有隐藏的事实帮助我们解开谜题，因果律与"二二得四"的定律也没有了地位。《群魔》的世界似乎散了架，日常的逻辑与联系不断受到挑战。因此，读者必须转而关注非事实的、隐藏在表面之下的联系。即使掌握了所有事实，我们仍会对某些层面的事情一无所知——陀氏希望我们去了解的，是末世论般的、"受诅咒的问题"：关于生与死的终极意义。等到读者终于随他走到这个终极问题面前时，陀氏却突然放弃了最小可能性原则，反之，他试图揭示一种最大的可能：人类深层次的意愿与行动之间的紧密联系。

这个结论将我们引向一个更细节的问题：陀思妥耶夫斯基怎样通过小说情节引导读者"从真实向极端真实突进"？答案也许是，他聚焦于个体最深的恐惧与最高的希望，因为它们从根本上促成了个体的抉择与行动。很可能，整部小说的张力在于，这样的恐惧和希望最后会在现实中得到证实吗？抑或它们仅仅是个体内在自我的投影？这体现了《群魔》的极端复杂性与对读者极端苛刻的要求，也解释了这部非凡之作为何没有得到应有的赞誉。其实，连我们自己都搞不清自己最深的恐惧与最高的希望，而阅读陀翁的小说，可以帮助我们进入现实最本质的层面，来思考这

---

① ［译注］也就是说，侦探小说中真相逐步展开的写作手法，实际上遵循的是"最大可能性"原则，即真相表面上虽然难以置信，但却不出人意料。

个艰难的问题。

先说说最深的恐惧吧。很难给恐惧列一张完整的单子，或进行精确的分级。不过，还是可以列举人类最害怕的一些事情：疼痛、黑暗、永恒的虚无，以及死亡。孩子怕被父母遗弃，成年人则害怕不能生育，老年人最害怕的则是衰亡的命运。在整个生活进程里，我们都希望创造出来一些什么，毕竟，周遭的世界以及我们自身都是如此脆弱而易逝。生命貌似以某种假定的秩序为前提，但倘若一切秩序都是幻象呢？倘若生命的本质就是一片纷然，万物的终点都是永无呢？

这还不够，《群魔》的创作者会从另一个角度让读者直面恐惧：我们最惧怕的，不仅仅是某事，还可能是某人。那是手握权力的、恶魔一般的超人吗？甚至他不一定是别人，而是我们自己？

如果恐惧无处不在，我们究竟能指望谁？

与恐惧相比，人们的至高希望想必更难描述。恐惧也好，不断滋长的希望也罢，都是人之为人不可缺少的元素。从天堂到黄金时代，从新耶路撒冷到上帝之城，乃至末世论中的时间终结，各种乌托邦是人类集体愿望的结晶。陀思妥耶夫斯基在作品中曾多次提到他在德累斯顿画廊看到的一幅画作：法国画家克劳德·洛兰（Claude Lorrain）的《阿喀斯和伽拉忒亚》（Landscape with Acis and Galatea）。在《群魔》里，这幅画就代表了斯塔夫罗金所梦到的黄金时代的景象。《阿喀斯和伽拉忒亚》是幅风景画：缓缓起伏的山峦，蔚蓝宁静的大海——画面中的一切都沐浴在金黄的阳光里，如果与陀氏小说中的气氛相比，就会愈发显得宁静而优美，节制且有序。这是神话中的极乐风景，是大自然母亲圣洁而崇高的本相——当且仅当她没有被人类或恶魔打扰的时候。

洛兰这幅描绘阿喀斯和伽拉忒亚的画作，灵感来源应当是奥维德的《变形记》(Metamorphoses)。如其书名所暗示，该书处理的主题是种种情境的转移与命运的转换：成功与极乐会轻易被绝望与悲伤取代，由生到死的巨变更是旋踵之间。要知道，人们不单单希望获得幸福，也希望这幸福能持久。而超越死亡更是人类长久以来的梦——莫非，此类期望都是水月镜花？

想要不朽，有两条基本的道路可以选择，它们都在《群魔》里占据重要位置。两条路又有积极与消极之分。第一条路较为积极：通过朝向圆满的修炼或自我圣化，一个人可以达致不朽。斯捷潘、彼得和斯塔夫罗金都尝试着走这条路，希望自己变得"比生活更广大"。陀思妥耶夫斯基想要揭示这条道路上的危险。正如一盏孤灯只能带来一时一地的光明，却难以成为永恒的光源，个体的生命也难以超越生命本身。一个人绝无可能成为上帝，他越是试图将自我神圣化，自我欺骗就会越深，绝望也就越是必然。这条路就如同"变形记"一般，"永远"之后就是"永不"，"一切"之后就是"乌有"。倘若达到圆满与不朽是妄想，那么有人就干脆彻底改弦更张：为永恒的虚无摇旗呐喊。倘若不能永远活着，那就让一切随我的生命一起走向崩塌。于是，追求未来的永恒之光，最终变成了归于沉沦的永恒暗夜，如同从子宫到坟墓（womb-tomb）的瞬移。这就是从斯捷潘到彼得和斯塔夫罗金的变形记。

这之中有种奇怪的辩证关系：人们最高的希望常常离最深的恐惧不甚遥远。陀思妥耶夫斯基对此亦有洞见：这一秒你面对着行刑队的枪口，下一秒你又有可能拥有全部生活。看似完全相悖的事物，很可能随时会建立亲密的连接。这也是为何陀氏经常提到新约中描写末世景象的文字，[①] 这是圣经中最具有预言性的篇

---

① ［译注］指《新约·启示录》，"启示录"的英文 the Apocalypse 直译为末日、大灾变。

章。希腊语中，*apokalypsis* 的原义是发展、揭示、泄露、发现，以及启示（所以这一章又名《启示录》）。末世，是对潜在未来的泄露，是对时间终结的启示。（斯塔夫罗金曾告诉基里洛夫："在《启示录》里，天使起誓说：'不再有时日了。'"基里洛夫随即补充道："时间不是物，而是一种观念。它将在人们的头脑中熄灭。"）① 这个词表达消极的含义时往往将首字母小写（apocalypse），它昭示了一个灾难性的结局，里面有着陀氏已深刻把握的奇特辩证：末日意味着一种揭示和启示，然而末日又必然需要所揭示与所启示之对象的毁灭。

《群魔》所揭示的信息很简单：如若人们的希望脱离现实、没有依据，就可能走向希望的反面——绝望。四零一代人（十九世纪四十年代）的模糊希望，在他们的后代那里日渐激进，最终可能演变为末日一般的灾祸。陀氏在计划创作《群魔》时，对未来想必抱着悲观心态。然而，小说的结尾部分，斯捷潘的前途并非一片黯淡，而是留了一扇小小的希望之窗。也许，即使在黑暗的最深处，也有光？

斯捷潘·特罗菲莫维奇·韦尔霍文斯基

想象一个被自己的孩子和门徒所围绕的堂吉诃德，也许这可以充当斯捷潘的一幅速画像。一个和蔼的男人，一个无家可归的浪游者，一个整日待在由想象与理念所构筑的云端里的家伙。他50多岁，仍然一副孩子样，既没有能力又没有意愿去适应冷酷的现实世界。据说斯捷潘是位教授，但很难说他讲授过什么课程。他还自诩为地位卓著的作家，虽然仅仅创作过一些有头无尾的片

---

① ［译注］中译本见《群魔》，臧仲伦译，译林出版社，2002 年，第 293–294 页。后文引用该译本将只附注页码。

断。他可以为所有人的幸福激情演说,但又能在纸牌赌博中轻易输掉自己的农奴。斯捷潘宣称,自己是一个真正的俄国人——不过这番宣言用的是法语。看上去,他是当地最受尊敬的人物,但私底下人人都嘲笑他。他彻底自由,同时完全依赖于斯塔夫罗金夫人(斯塔夫罗金娜)。斯捷潘长久地(20年以上)为斯塔夫罗金娜所吸引,同时又备受折磨;虽然同处一栋住宅,他却整日给她写信(每天一到两封)。斯塔夫罗金娜不仅认真阅读了每封信,还将大量的信件编纂目录,小心收藏起来。然而,两人当面从不提及这些。总之,斯捷潘的整个人生就是一个肥皂泡、一场不真实的梦境,等待着某个人粗暴地将他唤醒——最终,他的孩子们扮演了这一角色。

当读者在《群魔》中初遇斯捷潘时,会发现这个人物有着随时会遭遇不测的恐慌(最有可能的是被人揭发或告密)。作为四零一代的代表,作为理想化的自由主义者和人道主义者,或一个"忧国忧民的志士仁人"(第3页),他从不怀疑当局正严密地监视着他。这种心理在俄国的"海归"知识分子中非常典型,与其说是恐惧,不如说是徒劳的希望,希望自己比实际上更为重要。斯捷潘经常做的一个梦,反映了他最内在的担忧:自己被一头野兽吞噬,而这野兽是他亲手创造的。对此我们还需要详细探讨一番。

小说家早已意识到,如果没有献身的对象,人们就无法建立起真实的图景。在这幅图景中,我们需要某种神圣的事物,某种远远超越自身的偶像——它是我们的希望所在,也是我们在危难之时的保护者。斯捷潘(他的名字中,韦尔霍文斯基在俄语中写为 *verkhovenstvo*,其含义是"卓越的""至高的""统治性的")曾表达过相似观点:"人存在的整个法则仅仅在于人要永远拜倒在无比伟大的神面前……这个无比伟大和无始无终的神,就像人离不开他所居住的这个小小的星球一样,是必不可少

的。"(第817页)①

如果说，人类必须要敬拜某种无比伟大的对象，那么斯捷潘生活的重心，就是为这种敬拜辩护。他是斯塔夫罗金自童年就认定的家庭教师，斯捷潘试图以自己所认为的最高理想来感染斯塔夫罗金的心灵。多少次午夜梦回之时，他会把斯塔夫罗金叫醒，"倾诉自己的满腹心酸"，然后两人会一起抱头痛哭。斯捷潘"善于拨动他的朋友的心弦直到它的最深处，并在他心中唤起一种模糊不清的感觉，那是对于那永恒、神圣的向往的初步体会，某些优秀人物，一旦尝到和体会到这样的向往，就再也不肯拿它去交换廉价的满足了"(第50页，译文有改动)。

斯捷潘所谓"无比伟大"的事物究竟是什么呢？这正是他身上暧昧不明的地方，也是其局限性所在。牵动他生活的，据他所言，是"崇高的思想"，他将之理解为永恒之美的乌托邦；他还将自己想象为一个诗人，能把握到那个理想世界的脉搏。一次游艺会期间，斯捷潘高调地宣布了自己关于美的观念：

> 而我要宣布：莎士比亚和拉斐尔高于农民解放，高于民族，高于社会主义，高于年轻一代，高于化学，高于几乎整个人类，因为他们已经是成果，全人类的真正成果，也许还是人类可能取得的最高成果！美的形式已经达到，如果达不到它，也许我都不想活了……(第599页)

斯捷潘努力想要告诉在场的虚无主义者，人类"可以没有科学和面包而活着"，但不能"没有美"。然而，听众的反应只是一阵不耐烦的喧嚷，大家认为斯捷潘已离题千里，南辕北辙。确实，新

---

① 德国哲学家哈特曼（见其所著《美学》[Ästhetik] 第31章）曾构想出类似的原则："最基础的法则……是：人类总是趋向于伟大与崇高。他的所有生活都是一场宁静的等待，等待伟大与崇高的降临。"

老两代人拥有"迥异的审美观"。新一代人认为靴子高于莎士比亚,石油高于拉斐尔——当然,这种"迥异的审美观"是两代人分歧的结果,而不是根本原因。

陀氏追踪了斯捷潘这一代人(也包括别林斯基、格拉诺夫斯基、①赫尔岑和屠格涅夫)的理想,认为其源于"卢梭,源于重新以理智和经验(实证主义)建设一个世界的幻想"。其中的症结,陀氏认为是:"社会的道德基础(取自实证主义的)不仅不会产生什么结果,而且本身都不明确,希望和理想都非常混乱。"② 他认为自己笔下的斯捷潘也有这样的问题:斯捷潘无法准确描述所谓的最高理想,这很可能是卢梭的思想所带来的后遗症。③

全体人类的自由与幸福,也许是斯捷潘对最高理想的概括,这同样可以追溯到卢梭。在卢梭之前,自由的观念一般是消极的。这种自由观强调,个体在自主决定思想与行为时,不应受到外在的阻碍。到了卢梭以及后来的浪漫主义,催生了积极的自由观,这种观念看重的是:个体一定要认识到自身最内在的本性。④

---

① [译注] 格拉诺夫斯基(1813—1855),俄国历史学家、思想家、教育家,俄国中世纪研究的奠基人。
② 参见陀思妥耶夫斯基1871年5月18日写给斯特拉霍夫的信。[译注] 中译文见《陀思妥耶夫斯基书信选》,第279页。
③ 卢梭出生于日内瓦,所以在小说《少年》(*The Raw Youth*)里,陀氏以"日内瓦思想"为名对之进行抨击。书中人物韦尔希洛夫是如此表达的:"日内瓦思想是一种当代的观念,更大胆点儿说,是如今文明社会的基本理念,即,不需要基督的美德。"(第二部第四章)在另一处文本里,陀氏声称,托尔斯泰的世界观背后也是卢梭的哲学。更多相关讨论参见斯坦纳《托尔斯泰或陀思妥耶夫斯基》,第326页。
④ [译注] 对于两种自由观念的论述参见伯林《自由论》,胡传胜译,译林出版社,2011年。简单概括的话,在伯林看来,消极自由是"免于……"的自由,它不去管个体的内心到底想的是什么;积极自由则是"去做……"的自由,它有可能会窥探个体的内心,看看你是不是真的"自由",也就是后文提到的"再造人性"。

在这种新自由观的引导下,自由成了自我表现与自我创造的同义词。二十世纪前半叶,存在主义者通过探讨人的本质,也发展了近似的主题。

陀思妥耶夫斯基并不相信卢梭或斯捷潘能把握人们最隐秘的本性,更不用说再造人性之类的夸大之辞。如同前面引用过的那封信中,陀氏对斯特位霍夫所说的:"他们希望人人幸福,却又停留在卢梭对'幸福'一词所下的定义上,即停留在没有经过验证的空想之上。"

再造人性的说法,在陀氏看来,已经站到了上帝的对立面:浪漫主义者妄图"纠正和指导人性",不是凭靠上帝,而是依据人类自己的本性。如果不相信基督,我们能够改造世界以实现基督式的理想吗?没有共同的父亲,人们之间能够产生兄弟的情谊吗?

相比于小说,陀思妥耶夫斯基在书信中对四零一代的批判更为猛烈。这一代人对故乡的土地、文化、人民,从根子上是冷漠的,陀氏认为,这比后来新一代的虚无主义更可怕:"再神秘的恶棍,至少也身背恶名;但在这些父辈人身上,我们却只能发现不可知和不介入的态度——这更糟糕。"[1]

无论以上洞见是否准确——我们将在下一章回到这个问题——陀氏最终决定,让笔下的人物斯捷潘认识到自己的责任,保留其回归普通民众与本土宗教的可能性。当一系列的失望、困顿,通过游艺会上的丑闻达到顶点后,他下定决心离开了收留他的地方(斯塔夫罗金娜家)。不同于骑着驽骍难得的堂吉诃德,斯捷潘坐着农民的马车。陪伴他的也不是桑丘·潘沙,而是他的妻子和一个仆人。斯捷潘不知自己要去往何方,但他最终的收获

---

[1] 转引自挪威学者 Geir Kjetsaa 的《陀思妥耶夫斯基:一个作家的生活》(*Fyodor Dostoyevsky: A Writer's Life*),第258页。

至少还有深刻的洞察力与宁静的死亡——就像拉曼查（La Mancha）的骑士。①

在这场"最后的游荡"之前，斯捷潘对宗教的态度在朋友之间流传甚广。他承认，用当时的眼光衡量，自己"不算是基督徒"，却更像异教徒，"更像伟大的歌德或古希腊人"。而在"最后的游荡"后，也就是斯捷潘返回泥土与宗教之后，陀氏却大量运用基督教的术语与符号来描述他最后的岁月。比如，他的旅行是寻找救赎的朝圣之旅，他为自己选择的目的地是乌斯季耶沃（Ustevo；俄语中，uste 意为发出声音的"嘴"），对他最终的审判将在这里宣布。他在一场雨中踏上了朝圣之旅，沿途路过了一片湖水——无论雨水还是湖泊，都含有水的元素，而水意味着涤罪与重生。他想要横渡湖泊，以便到小镇斯帕索夫（Spasov；spas 在俄语中意为"救星"）。在乌斯季耶沃，斯捷潘遇见一个护士，不过她现在以售卖《新约》为业。她叫索菲娅·乌利京娜，这个名字的前半部分是神圣智慧的象征。由于索菲娅的存在，斯捷潘"宽恕了所有的仇敌"；并且，如同《卡拉马佐夫兄弟》中的佐西马长老，他接受了"所有的人（无一例外）在别人面前都是有罪的"（第 792 页）的观念。他打定主意，要用余生陪乌利京娜夫人（即索菲娅）售卖《圣经》，然而死亡很快降临了。

在一次阅读了圣经中登山宝训的文字后，斯捷潘大受触动，认识到了自身整个生活的欺骗性："我说话从来不是为了求真，而仅仅是为了我自己。这情形我以前就知道，但是直到现在我才看清……我在说谎时还自以为是。人生在世最困难的就是不说谎

---

① 指堂吉诃德，他的故乡是西班牙拉曼查。更多有关斯捷潘与堂吉诃德的讨论，见斯坦纳《托尔斯泰或陀思妥耶夫斯基》，第 307 页；基拉尔（René Girard）《欺骗、欲望与小说》（*Deceit, Desire and the Novel*），第 291 页；以及格罗斯曼《陀思妥耶夫斯基传》，第 476 页。

话——尤其是不相信自己说的谎话。"（第802页）①

弥留之际，斯捷潘要求索菲娅给他朗读《路加福音》中的一段，那是个关于猪与鬼的故事，陀氏将之当成了自己这部小说的铭文。斯捷潘在故事里第一次发现，所有形式的世俗生活都布满着魔鬼的力量；而他自己的"世俗角色"，也在为这已经迷惑了整个俄国的力量添油加醋：

> 这就是我们，我们和他们，还有我的儿子彼得鲁沙……和跟他在一起的其他人，而且我也许还是头一个，是始作俑者，于是我们这些精神失常和发狂的人，就会从山崖跳入大海，统统淹死，这就是我们的下场，因为我们的结局也只能是这样。但是病人将会痊愈，"坐到耶稣的脚前"……于是大家都会稀奇地看着。（第806页）

斯捷潘最后的漂泊，让他终于从自我欺骗中清醒过来。满怀希望的心不再惧怕被告发；充盈内心的无比真实的爱，也代替了抽象的永恒之美：

> 我的灵魂不死之所以必需，因为上帝不愿做不公正的事，也不愿意完全扑灭在我心中一度燃起的对他的爱。还能有什么比爱更宝贵呢？爱高于存在，爱是存在之母，而存在又怎能不向爱倾斜呢？（第816页）

斯捷潘把最后的愿望寄托在新一代人身上，他希望他们能懂得自己此刻感悟到的一切："任何一个人，不管他是谁，都必须拜倒在体现这一伟大思想的神面前。甚至最愚蠢的人也离不开某种伟大的东西。彼得鲁沙……噢，我多么想再见到他们大家啊！

---

① ［译注］"登山宝训"指耶稣在圣山上所说的话，参见《新约·马太福音》5–7章。

他们不知道,不知道即使在他们心中也蕴含着那同样永恒的伟大思想!"(第817页)

"永恒的伟大思想"真的潜藏在彼得和他朋友们的心中吗?如果真的如此,那思想想必也已经扭曲了。结合陀思妥耶夫斯基对四零一代的关切,我们不禁要追问:这伟大的思想究竟是什么?

彼得·斯捷潘诺维奇·韦尔霍文斯基

对于洛兰的那幅画作(《阿喀斯和伽拉忒亚》),斯捷潘甚为熟悉且崇敬不已。它很可能完全符合他对"永恒的伟大思想"的设想。在这幅庄严的风景画中,所有景物都安排得平衡有度。画作给观者的第一印象,就是整体形式上的浑然融洽,不同的元素在画面上得以统一。画家以纯熟的记忆创造了一片空间,在这里,观者可以毫不费力地用眼睛来遨游。就像拉斐尔那宏伟的《西斯廷圣母》一般(斯捷潘最爱的画),天空充当了统一万物的媒介。画家似乎捕捉到了永恒的瞬间。时间终止了,而我们就栖息在终结的时刻。画面上,神秘未知的力量暗暗引导着我们的双眼,去巡视地平线、敞开的天空,以及不可见的光源。地平线在远远地沉降,降到目力所及之外,降到画面范围之外——它跨过了给定现实,延伸到超越的空间。在对光源的追寻中,画家引我们到梦与现实的边界,并且越过它,走上了想象的原野。这幅风景画是如此真实,让人不由得产生信赖之情;而其引人遐思的气氛,邀请我们挣脱一切,前往它所指引的未知领域。它所提供的视觉经验,让观者陷入纯粹的沉思。[①]

[①] 我对这幅画的简介,参考了科尔特(Sabina Colté)《面对完美的和谐》(*Toward Perfect Harmony*),第57-58页。

无论是屠格涅夫笔下的巴扎罗夫，还是斯捷潘的儿子彼得，这些年轻的虚无主义者恐怕都不会喜欢这幅画。对巴扎罗夫而言，它一定过于陈旧，里面没有一丝一毫的现代感，也无法满足任何求知的好奇心。从达芬奇到伦勃朗，都在求知欲的引领下，探索着客观世界的奥妙。

对于画中所体现的崇敬自然的态度，彼得恐怕也不大会苟同。"指导和纠正大自然"才是他想要的。洛兰通过这幅画告诉人们，我们可以信赖自然，并在其指引下追寻理想的世界。然而，就在洛兰创作此画的 1657 年，罗马（画家居住之地）正遭受可怕的瘟疫，市民纷纷逃离——彼得恐怕会评论道：我们不仅不该信任自然，也不该信任那些美化自然、美化人性的人。

与此类似的伪善在斯捷潘身上也有体现，这激怒了他的儿子彼得。斯捷潘将整个生活理解为一座舞台，上面会上演各种好戏。《群魔》的第一页就告诉我们，斯捷潘扮演的角色是"忧国忧民的仁人志士"，而斯塔夫罗金夫人则为他提供了一套"戏服"（供养了他），可以让斯捷潘受用终生。他喜欢斗牌，喜欢冒"一点小风险"。然而在斗牌中他输掉了自己的农奴费季卡，以及本该由彼得继承的亡妻的土地。

把生命花在无聊之事上的，又何止斯捷潘。小说中，那个新任省长的夫人米哈伊洛芙娜，为了"证明自己"，搞了一个盛大的节庆，排满了煞有介事的文学活动和舞会。她丈夫的爱好则是制作各种微缩模型：火车站、剧院以及教堂。列比亚德金大尉的消遣是写一些不入流的诗歌。他的瘸腿妹妹，也就是秘密嫁给斯塔夫罗金的那个女人，则整日里涂红抹粉，并且热衷于用纸牌算命。也许最让人发笑的是那个邮政局职员利亚姆申，他经常参与一个聚会，一些人聚在一起"表演猪叫声、雷雨声、女人分娩时的喊叫声和婴儿呱呱坠地时的啼哭声等等"（第40页）。

有些人的消遣则更令人不齿。前农奴费季卡用一只老鼠调换了教堂的圣像。有几个无赖，在索菲娅即将出售的《新约》复制本里，插进去了一些淫秽的图片。大部分此类人物都是出于无聊，想要找点儿乐子。年轻一代是如此热衷于找乐子，以至于当一个 19 岁的少年上吊自杀，小青年们便闻风而动，赶到现场兴致勃勃地赏玩，甚至还有人在这不幸的场景下品尝佳酿——彼得就是他们中的一位。

彼得就是个浪荡子。和他父亲一样，他也认为自己"被赋予了某种角色"。斯塔夫罗金在跟母亲介绍彼得时，说他是"到处当和事佬"，说他"决不会说谎"（第 241－242 页）。这两句话里面没有一句是真相。事实上，彼得似乎总是无处不在，不是去当和事佬，而是到处激起不安与麻烦。他似乎通晓一切，又用自己的知识去嘲弄别人，欺骗别人。当然，他可不仅仅是一个小丑和爱传闲话的人——彼得正儿八经地混入了一个革命小团体。他四处玩火，参与暴力和破坏的权力游戏，这其中的风险，比他的父亲曾夸耀的游戏要大得多。

彼得的出生，源于一场短暂而不幸的婚姻，更不幸的还有他生母的早早离世。母亲去世时彼得 5 岁（在此之前他的父母已分居三年），他被扔给了偏远省份一群不靠谱的远亲。此后二十年里，这对父子只见了一次。第二次见面，就是在小说所述事件发生期间，这次见面颇为不快。

彼得从不示人以爱，他看起来缺乏爱的能力。他的行为让读者相信，他已将圣经中这句话当成了座右铭："全世界都卧在那恶者手下。"（《新约·约翰福音》5：19）他是一个彻底无家可归的浪子：从首都到外省，从俄国到西欧，他从没有停止过无根的漂游。作者告诉我们，彼得参加过 1867 年在日内瓦召开的革命者大会。考虑到陀思妥耶夫斯基当时也在日内瓦，他很可能出于好奇去参观了那次"和平的集会"（根据当时的官方宣传）。在形形色色的社会运动家与革命家中间，巴枯宁无疑是最为熠熠生辉的一个。他以自己充满魔力的无政府主义思想，给在场的所有人都留下了刻骨铭心又彼此相异的印象。作为一个操控思想的大师，巴枯宁俘获青年革命者的法宝，是鼓吹以暴力为手段的虚无主义："让我们信赖永恒的精神吧，它是神秘的，永远在破坏与毁弃着；它又是人类创造力的源泉，因此，对毁灭的热情就是创造的热情。"①

除了巴枯宁之外，彼得还将马基雅维利与罗伯斯庇尔当成自己的偶像。他公然反叛父亲所代表的有特权的一代人：他们无聊的谈话和他们空洞的理想。这个老派的世界应当被埋葬，连带它所树立的所有偶像。新的世界秩序将在废墟之上建立，新人也将在废墟之上站起来。

这是新一代革命青年与虚无主义者所释放的烈火，他们对老一代理想主义与浪漫主义者的抨击是否有理有据？陀思妥耶夫斯基相信，在老一代社会主义者的理想与新一代革命者的热情之间，有着某种一以贯之的共同之处。此处，我们可以回顾一下以赛亚·伯林用来概括西方政治思想史核心问题的"三腿凳"理论。第一条腿是：所有真正的问题都只能有一个标准答案。第二条腿是：能找到恰当的方法，来发现正确答案。第三条腿，也是最重要的一条：将所有的正确答案集合，能建立起一个彼此相容的大一统理论。"三腿凳"理论的乐观情绪，在陀氏看来，恰恰是两代人之间的桥梁（当然也决定了两代人的不同）：他们都希望找到某个基础，来实现解决人类一切问题的美梦。老一代孜孜不倦地向他们的后代灌输着如下观点：凭借理性的方法与对所有成见的拒斥（包括宗教），人类就能找到最终的解决方案。用伯林的话来说：

---

① 转引自布罗（J. W. Burrow）《理性的危机：1848—1914 年的欧洲思想》(*The Crisis of Reason*: *European Thought*, 1848—1914)，第 3 页。

一切终将成为现实；凭借革命或和平的方式，大多数人都将拥有美德、幸福、智慧、善好与自由；而一旦一切成真，梦想就将一劳永逸地实现，到那时，谁还愿意回到痛苦的过去，回到如同沙漠里穿行一般的不堪之中？对于这样的远景，没有任何代价会显得高昂；无论是残酷、压抑还是强迫的政策，在全体人类最终的救赎面前，都将是微不足道的小小牺牲。[1]

斯捷潘和他同时代的理想主义者一样，并不能明确实现最高理想的手段应是暴力还是和平。他们的杰出代表赫尔岑有言："人类的历史没有剧本，所有演员都必须即兴发挥。"[2] 当俗常的人道主义信念还在让老一代犹豫不决的时候，彼得、车尔尼雪夫斯基这些六零一代的革命者已经下定决心：革命才是出路！《群魔》最重要的主题之一，就是生动地展示自命不凡但又优柔寡断的老一代是如何被独断专行、意气用事的新人取代的。新一代的狂热青年，已准备好跨越一切现有界限，摧毁文明的全部果实。彼得宣称："只有必需的东西才是必需的——这就是地球今后的座右铭。"（第515页）打倒文明！打倒道德与宗教撒过的谎！社会所划定的任何界限都是人为的，是一种盲目的习俗。所谓良知与名誉也是一种灌输。卡尔马津诺夫让彼得领悟出一个道理：所谓革命的热情，本质上就是对名誉的拒绝——彼得全心地接受这一观点。

斯捷潘相信，伟大与崇高可以吸引芸芸众生的目光。承载他理想的典范，就是天堂之上熠熠生辉的圣母玛利亚。而彼得则提醒人们，自己的父亲忽略了人性中极为重要的另一面：对索多玛

---

[1] 参见伯林《扭曲的人性之材》，第47页。
[2] 转引自伯林《扭曲的人性之材》，第201页。

（罪恶）的崇拜。如果让彼得来总结人类存在的本质规律，他肯定会推翻父亲的老一套，代之以如下格言：卑贱与低劣对人类才有无限的吸引力。斯捷潘梦想着自我的不朽，他假定："如果有上帝，我的灵魂就是不死的！"（第816页）彼得破除掉了这样的自负，他还进一步指出，所谓俄国人敬畏上帝的民族特性，不过是一种幻觉："俄罗斯的上帝已经在'廉价的白酒'面前甘拜下风了。"（第517–518页）不朽与神圣之物并不存在，这世上除了虚无，岂有他哉！

彼得及其同党也许没有意识到，将暴力与毁灭当成手段是异常危险的。常常发生的情况是，暴力与毁灭成为目的本身。涅恰耶夫就有这样一句流传甚广的说法："我们的使命，是造成骇人的、彻底的、普遍的、无情的毁灭。"① 彼得在小说里也重复了这样的理念："我们可以制造这样的混乱，闹它个地覆天翻。"（第513页）

燃烧的怒火，杀戮的猎场，毁灭的信条——与其说人们会适应这般悲惨状况，不如说，人们很可能对之上瘾。人们渴求不朽，寻找天国；人们奋斗，为了某种绝对之物。在此过程中，渴求者与奋斗者渐渐与流血、暴力、破坏亲密无间。陀思妥耶夫斯基会说，在恶念、仇恨面前，人们就像着了魔。他们如同圣经里的猪群，被恶魔附体，即将坠入万劫不复的深渊。

这恶魔是何方妖孽？人们又是怎样成为虚假偶像的俘虏？人们身上还留有能逃离深渊的伟大智慧吗？

尼古拉·弗谢沃洛多维奇·斯塔夫罗金

彼得是个恶魔吗？或者说，他就是书名所谓《群魔》中的一员？对此问题，陀思妥耶夫斯基的答案并不明确。与地下室人和

---

① 转引自伯林《扭曲的人性之材》，第421页。

拉斯柯尔尼科夫相比较，彼得和他的小帮派当然魔性十足。但与人称黑暗王子的斯塔夫罗金相比，彼得又不算什么。

虽然有着让人绝望的消极，但地下室人并没有放弃他的人性底线：自由。同样，拉斯柯尔尼科夫也珍视自由，并更进一步地认为，自由就是行动，就是超越社会所划定的界限。从跨越、侵犯所有界限的角度来看，《群魔》要比《罪与罚》更为甚之。革命与暴乱的激情让彼得站在了上帝与人性的对立面，让他接近了某种危险的思想——后来在陀氏笔下的伊万与大法官身上，这些思想得到了更为充分的发挥。暴乱，是对世界的彻底违逆；只有摧毁旧世界，新的世界才能在废墟中诞生。然而，毁灭的最终结局，很可能指向的不是他者，而是自我的灭亡。彼得及其同党并没有走得如此之远，唯一走到尽头的，正是斯塔夫罗金。

倘若亲历过二十世纪以来的革命与流血，陀思妥耶夫斯基想必会更坚定他对彼得及其同党的看法：他们离凶煞的恶魔仅一步之遥。陀氏曾在书信中表示，自己更接近六零一代，而不是自己父亲那一代人；如果换个环境，他自己很可能也会蜕变为另一个涅恰耶夫。在十九世纪四十年代后几年，陀氏曾参与过彼得拉舍夫斯基小组的进步活动，也曾因此遭到逮捕，并被流放到戒备森严的鄂木斯克和西伯利亚。但即使到了那儿，即使跟冷血的杀人犯待在一起时，作家也没有将他们看作恶魔。

此后，陀氏接触到了巴枯宁和另一些急躁的无政府主义者，但他依然没有给他们贴上恶魔的标签。虽然如此，陀氏的判断其实与汉娜·阿伦特对屠杀犹太人的战犯艾希曼的观察有所重合。阿伦特以"平庸之恶"来概括她对艾希曼的观察，而陀氏会更倾向于使用"贫乏之恶"一说。在那次日内瓦的"和平集会"之后，他给自己的侄女写了一封信，表达了自己对那些无政府主义者和虚无主义者的惊讶：他们的内心竟如此之贫乏。他们对着人群大声疾呼，宣扬无神论，还号召大家废除政府，取缔私人财产。"而最主要的是火与剑——一切都消灭干净以后,那么,根据他们的看法,才会出现和平……"①

类似彼得这样的无政府主义者和虚无主义者,自身并非猛兽或恶魔。他们是受到错误偶像蛊惑的年轻人。当然,有的人受到的蛊惑非同小可,彼得就是其中代表。斯捷潘曾动情地回忆起小彼得睡觉前在枕头上画十字的情景。但彼得后来性情大变。在斯捷潘那里,最深的恐惧与最高的希望还有清晰的界限,但彼得已将两者混淆在一起。对于彼得,我们很难拒绝下面这个稍显刻薄的评价:生活本身成了他的敌人,整个世界的存在则是他深度焦虑的原因。若非如此,他怎能将混乱感知为和平,将毁坏理解为理想?

涅恰耶夫事件激发了陀思妥耶夫斯基创作《群魔》的热情,他预想的小说主人公是彼得。但后来,彼得降格为第二号人物,因为另一个人物——斯塔夫罗金突然占据了作家的内心。为何斯塔夫罗金会取代彼得,成为小说的一号人物?

与彼得不同,斯塔夫罗金被作家赋予了超人般的特质。他是"一个天不怕地不怕的人","有时候也会怒不可遏,但是他在任何时候都能够完全控制住自己的情绪"(第252页)。有人在决斗中死于他的枪口之下,有人受了重伤,而他却安然无恙。斯塔夫罗金可以毫无负罪感地拒绝所有社会规则或习俗,只遵循自己的欲望——简直就是"野性难驯"的模板。试列举他的"光辉"事迹:在众目睽睽下揪着加甘诺夫的鼻子往前走,在宴会上当着丈夫利普京的面亲吻他的妻子,还曾狠狠地咬了一个官员的耳朵。绝对的自主权,不受统治的自我意志,可以说,拉斯柯尔尼科夫所梦想的超人,正是斯塔夫罗金。

斯塔夫罗金的名字来源于希腊文单词 *stavros*,意为"十字

---

① 陀思妥耶夫斯基1867年9月29日致索·亚·伊万诺娃的信。[译注]中译本参见《陀思妥耶夫斯基书信选》,第183页。

架"；里面还包含一个俄语词 rog，意思是"角"。他的父姓，弗谢沃洛多维奇，有着"引领众人"的意思。将以上词义合在一起，一个歪曲的、如同长出了角的十字架便浮现在我们面前。彼得无视这些象征的复杂性，直接将斯塔夫罗金当作十字架的背负者与神话中的救赎者"伊万王子"（Ivan the Tzarevich）："我喜欢偶像！您就是我的偶像！……牺牲生命，不管是自己的还是别人的，对您来说都不算一回事！您正是我需要的那种人。我，我就需要像您这种人。除了您以外，我不需要任何人。您是首领，您是太阳，我不过是您的小爬虫。"（第 516 页）

这就是谜一样的斯塔夫罗金：他究竟是冒牌的王位继承人，还是众人祈盼的万世救星？

彼得热切的亲吻让斯塔夫罗金厌恶地抽回了手，这暗示了两者的截然差异：斯塔夫罗金从没有被任何一种革命的激情冲昏头脑，他总是疏离的，对所有宏大的理想设计都表示怀疑——"世界上任何事都不会有结局"（第 362 页）。

在自己的偶像身上，彼得倾注了太多热情，他很难因为偶像的疏远而回心转意。在彼得看来，斯塔夫罗金的厌恶只是出于高傲，出于对王冠的拒绝。的确，戴在他头上的王冠，一定会被他的角刺破。如果斯塔夫罗金是人神，那他一定也是个敌基督者。他明白自己不是救世主，因为他背负着一个独特的十字架——最终将引导他走上自杀之路。

在陀思妥耶夫斯基的作品中，自杀的现象可谓洋洋大观。在其五部主要小说中（也就是本书要讨论的五部作品），学者施耐德曼（Shneidman）找出了 14 例自杀事件；他还绘制了一张详细的表格，统计了陀氏著作中自杀及自杀未遂的情况。[①] 《群魔》

[①] 参见施耐德曼《陀思妥耶夫斯基与自杀问题》（*Dostoevsky and Suicide*），第 103 页。

中提到了三起自杀：第一起自杀是一个不知名的 19 岁少年；第二起是基里洛夫的自杀，这个事件在整部作品中意义深远；最后就是斯塔夫罗金的自杀。基里洛夫关于自杀的思想受到过斯塔夫罗金的影响，他本人又有极高的艺术和哲学天赋，所以值得优先讨论。

我们不难发现，基里洛夫实际上是一个热爱生活、关怀同胞的人。在自杀之夜，他曾向彼得描述了一片叶子，将之当作整个宇宙美与真的象征，这对彼得来说无异于对牛弹琴。彼得想要的只是基里洛夫的自杀手记，因为在手记里，基里洛夫曾表示自己该为沙托夫的死负责——这有利于彼得掩人耳目，撇清其同党与谋杀案的关联。

不过我们的问题是，一个如此热爱生活的人为何要自杀？

读者们发现，基里洛夫总是待在自己的陋室里，整夜整夜地喝茶，沉思生命与死亡的真谛。上帝是否存在？这个问题如同黑洞，将他整个地吸了进去——这很可能是受斯塔夫罗金的影响。"上帝折磨了我一辈子。"基里洛夫抱怨着（第 143 页）。而这句抱怨，看上去就像作家本人的自白。[①]

"上帝是必须的，因此应该存在上帝，"基里洛夫如此推论着，"但是我知道没有上帝，也不可能有。"（第 757 页）以上的"推论"体现了这个人物情感与理智的分裂。心灵的真理与头脑的真理在他的良知里猛烈冲突。后来造成基里洛夫自杀的，正是两者之间不平衡：心灵或情感的真理缺乏支持，理智与头脑的真理却理由充分。理智一方的胜出，也让他下定决心去做"最理智的事情"。他将对个体自由的试炼推演到极端：自由的最高表达，是超越自我存在的界限。

---

① 在 1870 年 3 月 25 日写给迈科夫的信中，陀思妥耶夫斯基承认，上帝存在的问题一直在折磨着自己。

在其生存的矛盾中，基里洛夫为何最终没有偏向情感的一边？他对生活、对上帝不乏依恋，甚至无法离开上帝而活着——然而，这正是问题所在。对情感的忠诚，驱使他到处寻求上帝存在的合理证明；而一旦发现寻求无果，他便转而唾弃自己的情感。这一点也是理解整部小说的关键。所谓群魔，正是这样一群"情感上的残疾人"：他们都是无根者，与自己家乡的土地、人民和宗教失去了联系。从此种意义上说，小说中的大部分人物都是无家可归的，其中又以基里洛夫、斯捷潘、彼得和斯塔夫罗金为甚。他们要么从未沾染过本土的精神遗产，要么全盘接受了西方思想而拒斥任何本土文化。失去了根基之后，当下流行的国外思潮就能在其头脑中为所欲为了。

《旧约·约伯记》告诉人们，对神的恐惧是至高的智慧，而现代西方思想早已背叛了这一教诲。在侵入基里洛夫头脑的时兴思想里，我们能够辨认出巴枯宁与费尔巴哈的痕迹。巴枯宁曾如此推论："只要上帝存在，人类就是奴隶。"由于"人类是理智、公正和自由的"，所以，他们不可能成为奴隶，于是"上帝也不可能存在"。[1] 费尔巴哈的推论更为晦涩，但结论类似。按照基里洛夫的理解，费尔巴哈的理论，要求的是无比真实的自杀，而不是口头上的拒绝上帝。因为怕死，人类便虚构了上帝的概念。然而，最糟糕的恐惧正是对死亡以及死后世界的恐惧。出于这一恐惧，"上帝"这个词凭空出现。[2] 为了破除恐惧，必须消除上帝这一概念。而为了消除人类头脑中根深蒂固的概念，基里洛夫分析到，唯一的办法就是鼓起勇气结束自己的生命——只有这样，

---

[1] 转引自 Kjetsaa《陀思妥耶夫斯基：一个作家的生活》，第 252 页。此处的讨论受益于 Kjetsaa 的书，尤其是第 250 - 252 页。亦可参见布罗《理性的危机：1848—1914 年的欧洲思想》，第 6 - 9 页和第 28 - 30 页。

[2] 弗洛伊德在《文明及其不满》中也表达过类似的思想过程。

才能停止对死亡的恐惧和对上帝的依赖。费尔巴哈曾期待，一旦人们克服掉上帝这一观念，便会进化为完全不一样的存在。基里洛夫显然也这么以为：杀死自己，摆脱上帝，就能变身成人－神。

斯塔夫罗金一向目中无人，独独对基里洛夫青眼有加（也许沙托夫的妹妹达莎是另一个例外）。基里洛夫热烈的哲学论证给斯塔夫罗金留下深刻印象，但他明白，这个家伙已误入歧途。基里洛夫坚信，若能彻底免除痛苦与恐惧，人类就会真正感觉到永恒的美好——就像上帝在创世的最后一天。当然，基里洛夫只是假设于心，斯塔夫罗金却真的做到了对痛苦与恐惧免疫——然而，这并没有给他带来良好的感觉。他陷入了麻木与冷漠的死循环——知识，无法推助幸福的体验，它带来的仅仅是一种让人恶心的眩晕。

借助斯塔夫罗金的形象，陀思妥耶夫斯基想要传达的观点是：和无知一样，信念、推理与知识同样会害人。我们相信什么，有时候仅仅取决于我们所处的环境，仅仅出于偶然。理性从本质上只是某种不健全的手段，它可以同时证明一些完全相反的观点，比如论证上帝存在或不存在。举个例子，很多人认为，魔鬼或邪恶在这世间的存在，大大削弱了上帝存在的可能性。然而，学者贝尔代耶夫却得出了相反的结论："罪恶的存在恰恰是上帝存在的明证。如若这世上满是善良与正义，那它本身就是上帝一般的存在，另一个上帝就没有必要了。罪恶在场，所以，上帝也在场。"[1] 康德在《纯粹理性批判》中指出，人类的理性无法解决一些二律背反的问题，比如：上帝是存在还是不存在？问题的解决，最终是靠个体的倾向（比如功利的、道德的或实践的倾向），而不是靠理智的推导。

---

[1] 贝尔代耶夫《陀思妥耶夫斯基》，第 87 页。

基里洛夫怀着一颗敏感而赤诚的心。对真理如火的热情燎得他寝食难安。他幻想着完全依靠理性的力量来做决定。拉斯柯尔尼科夫选择牺牲他人的生命来证明自身意义，基里洛夫则不然，他对人性的探究完全依赖于自身，甚至依赖于自毁。可周遭现实无比疯狂，没人能理解他真诚的行动，他的自杀也沦为《群魔》里无数可笑可悲的事件之一。①

与基里洛夫进行对话对斯塔夫罗金意义不大，因为他正在接近那最终的自我冲突。基里洛夫和斯捷潘都盘桓在思想的云端，而斯塔夫罗金则需要触及真正的现实。现实的混乱纠缠着彼得，他试图以绝对的否定来做出回答。斯塔夫罗金则走了一条不一样的道路。彼得和他，代表了人性中的两种潜在的危机：完全放弃所有理想，或是怀揣与现实背离的理想。斯塔夫罗金身上的关键元素不是混乱，而是玷污。他能找到一条自我净化的道路吗？

斯塔夫罗金面对吉洪主教的忏悔暴露了他灵魂的脆弱。我们知道，地下室人在廉价的幸福与高贵的受难之间举棋不定。拉斯柯尔尼科夫经历了重重考验，终于认识到高贵的受难是一种荣光——但他的"影子"，即斯维德利盖洛夫，并不这么认为。回到斯塔夫罗金，他甚至比斯维德利盖洛夫要更强韧，更自我，更具有魔性。斯维德利盖洛夫曾为一个噩梦困扰，梦里一个5岁的小女孩变成了淫荡的妓女。斯塔夫罗金并没有如此困扰，他甚至真的侵犯过一个孩子。唯一让他不安的，是他虐待一个12岁女孩的记忆，以及，他的表兄弟——那个头上长角、身后有尾巴的撒旦——对他的频繁造访。

在陀氏的小说世界中，斯塔夫罗金代表了最可怕的灵魂之堕落。他没有能力区分善与恶、真与假、美与丑。这个现代意义上

---

① 加缪对这一点有不同的理解，参见《西西弗的神话及其他散文》(*The Myth of Sisyphus and Other Essays*)，第80页。

的超人，被一股玷污一切的力量挟持着，最终也让他自己腐化的灵魂彻底崩塌了。斯塔夫罗金寻找着自己的十字架，希望被钉死在上面——但他却不承认自己有罪，也不信仰基督。哪怕是见识过无数罪人的老主教吉洪，面对斯塔夫罗金的灵魂，依然感到了震撼。

玷污有着多重含义：弄脏、污染、败坏、贬值、剥夺或亵渎；它也包含着错置了的性与暴力，以及对纯真与个体整全的侵犯。陀思妥耶夫斯基为斯塔夫罗金套上了作家所理解的至深之罪。因为无聊而至绝望，促使斯塔夫罗金到处找乐子，以至于引诱了一个小姑娘（Matryosha）。短暂的满足之后，这姑娘同样也令他厌倦了。于是，他竟然听任她上吊自杀，而自己却若无其事地赴他的牌戏和酒场去了。在写给达莎的最后一封信里，斯塔夫罗金承认："我依然像素来那样：可以希望做好事，并由此感到高兴；与此同时，我也可以希望做坏事，也照样感到高兴。"（第830页）

也许是为了换个乐子，或者仅仅是为了分散一下注意力，斯塔夫罗金转眼便娶了一个瘸腿又精神不正常的姑娘，她名叫玛丽亚·季莫费耶芙娜·列比亚德金娜。这一行为实际上是另一种形式的玷污，是对神圣界限的粗暴践踏。斯塔夫罗金无所顾忌，甚至也不害怕会有末日审判："他们说什么我已经失去了分辨善恶的能力；在我看来，根本就没有善与恶这回事（这状况让人高兴）。他们还说我蔑视所有习俗，获得了最大的自由；在我看来，一旦我获得那种自由，我一定就彻底迷失了。"

玛丽亚，这个斯塔夫罗金在冲动之下迎娶的女人，是陀思妥耶夫斯基笔下最神秘的人物之一。她是斯塔夫罗金残缺灵魂的镜像，同时也是整个俄罗斯被损害的灵魂的象征。很多评论者还从她身上看出了遭到亵渎的大地母亲与圣母的形象。在陀氏小说中，恶魔都是雄性的，他们共同的特征是丧失健全感性的理性与意志。凭借直觉而非观察分析，玛丽亚第一个洞察了斯塔夫罗金的本质：一个破败的、怀疑的基督，一个不能救助任何人的救主。玛丽亚的内心需要崇拜，她渴望归顺于真正的王者，但斯塔夫罗金不是这样的王者，他只是一个反基督者。玛丽亚的深刻洞察和果断拒绝激怒了黑暗王子斯塔夫罗金，令他恼羞成怒，于是便示意费季卡将她处理掉。不久，玛丽亚和她的兄弟在大火中永远消失。

斯塔夫罗金逾越了所有界限，超出了所有社会限定的框架，可到了最后，他却置身于彻底的虚空。这位来自瑞士乌里州的公民（《群魔》的讲述者对他调侃般的称呼）对自身的处境也有清晰的理解："我在俄国了无牵挂——我在俄国就像在任何地方一样，一切都感到陌生。"（第829页）在达莎面前，他进一步承认：

> 令兄曾对我说，一个与自己的故土失去了联系的人，也就失去了自己的上帝，也就失去了自己的所有目标。对于一切可以无休止地争论下去，可是从我心中流出的只有否定，谈不到任何舍己为人，也谈不到任何力量。甚至连否定也流不出来。一切永远是浅薄和萎靡不振。（第830–831页）

阿伦特曾表示，"恶不可能是'根本的'，它本身没有极端性，也缺乏深度与魔性的维度"。[1] 陀思妥耶夫斯基对此恐不敢苟同。的确，很多恶源于"对思考的拒绝"——但这个解释存在简单化的危险，因为人世间还有另一种恶，我们可以称之为根本恶（radical evil）。在陀氏看来，甚至就连"根本恶"这个词组，也无法道尽"魔性恶"的本质。在"根本恶"或"魔性恶"之中，存在着某种动力或机制，能将人们拉入毁灭与虚无的深渊。作为一种哲学思想，通常所谓的人本主义拒绝承认隐藏在黑暗深处的动机——也就是说，他们只研究道德维度，而无视宗教维度。哲

---

[1] 见1963年7月24日阿伦特致肖勒姆（Gerhard Scholem）的信件；引自《汉娜·阿伦特读本》（*The Portable Hannah Arendt*），第396页。

学上的人本主义希望将人类所有行为的责任扛在一肩之上，至于其他非人的因素（比如原罪的存在），他们完全不予理睬。也就是说，他们相信人类的生存状况取决于人们自主的选择。如果世间有邪恶，人类只能自负其责。

上述哲学态度看起来颇为高贵，但它疏于对人性之深度的认识，看不到某种人类无法控制或理解的隐秘力量。相对而言，诗人对此则更为敏锐，比方说歌德，他虽然没有使用"根本恶"这一概念，但看到了魔性的力量在人心中无可否认的展现。该力量可以得到抑制或削弱，就像歌德和他的崇拜者托马斯·曼在小说中所描写的那样；当然它也有可能被释放出来，就像陀氏和托马斯·曼的同代人黑塞的著作里出现的情景。

对歌德而言，恶魔就是否定一切的精神，但这并不意味着它只是极尽破坏之能事。当浮士德质问梅菲斯特的身份时，后者说自己是"冥冥之中的力量，意在为恶／但却总是播下善的种子"。① 陀氏笔下的恶魔，可能会有完全不同的倾向：他们试图行善，但却造成了大量的恶。可以说，在这出捣毁一切的盛大闹剧中，斯捷潘和他的同代人道主义者同样负有不可推卸的责任：对于建立一个不存在恶的理想世界，他们有着荒唐的自信——这种荒唐孕育了他们下一代的所有破坏行为。②

---

① 歌德《浮士德》第一卷，第 1336-1337 行。

② 陀思妥耶夫斯基应该很熟悉圣经中两种罪恶观。第一种观念由于奥古斯丁的阐释而占据了主流。奥古斯丁的理论可以概括为 *privatio boni*（恶是善的缺失）一词；他认为只有善是真实的、实在的，它也是上帝的重要性质。第二种罪恶观在摩尼教（Manicheans）和诺斯替教（Gnostics）那里得到发展。在此观点下，善与恶，正如光明与黑暗，都处在不断创生与毁灭的永恒斗争之中。对两种罪恶观的荣格主义的分析，参见桑福德（John Sanford）《恶：现实的阴暗面》（*Evil: The Shadow Side of Reality*），第 18-43 页。陀思妥耶夫斯基的观点更接近于第二种观念。

斯塔夫罗金则是另一回事了。对大多数人来说，恶的因素不会支配内心，最多只是在内心蠢蠢欲动。黑暗王子的心却早已迷失。世界的躁动不安似乎都集中于他一人之身。他的灵魂是一片空旷荒芜的滩涂，只有虚无在半空游荡。前主教吉洪苦劝斯塔夫罗金，必须克服掉自己的骄傲才能得救。但这个迷途者拒绝拯救。他希望逃离，离开吉洪，离开母亲，离开彼得，离开这里的一切。他给达莎写信，希望她成为自己的"看护"（这让人想到斯捷潘最终找到了自己的护士，也就是索菲娅·乌里京娜），他们可以在瑞士乌里州一起度过余生。信件寄出后，他就意识到这样的逃离无法奏效，他需要的是某种更为极端的归宿。当达莎与斯塔夫罗金夫人赶到他的住处时，一切为时已晚：用自己最后的一点强力意志，斯塔夫罗金上吊自尽了。

自杀行为是斯塔夫罗金失败后的妥协吗？并不尽然。他的内心会将自杀看成自我朝向不朽的冲锋，而不是自我的毁灭。也可以说，这是他最后一次勇敢的越界行动。斯塔夫罗金，且只有斯塔夫罗金，真正领会了斯捷潘那"永恒的伟大思想"的秘密。而秘密究竟是什么？它藏在对不朽永不餍足的追求之中。如果无法以永恒的生命来实现这一追求，有人就必然会尝试永恒的死亡。并且，还有什么能比虚无更无边无际呢？

失去意义的世界

贝尔代耶夫曾写道："陀思妥耶夫斯基是无法为人所理解的——老实说，我们应该把他的书弃之案头——除非有人真的愿意进入那个诡谲怪异的思想世界。"[1] 贝尔代耶夫还指出，对于自己的思想，陀氏会不断进行反思和修正。其著作可以看成作家思

---

[1] 贝尔代耶夫《陀思妥耶夫斯基》，第 12 页。

想演进的一个又一个里程碑。我们之前就已经建立起这样的序列:《地下室手记》后面,紧接着的一定是《罪与罚》,而后又会在《群魔》达到顶峰。《地下室手记》里,主人公地下室人将自由的保存看成人性存亡的关键——若自由失守,则人性荡然无存。《罪与罚》中,拉斯柯尔尼科夫继续着对自由的探索:他的自由观着重于解决自由的外在障碍。到了《群魔》,自由的观念走得更远:不再是某个人物孤军奋战,而是若干个人物一起——斯捷潘、彼得、基里洛夫,还有斯塔夫罗金——向着自由发起艰难的正面突击。如果突破外在限制就能得到自由,那么自由之后到底还剩下什么?在积极意义上,自由的理想状态到底包含着什么?人类的自由不接受狭窄界限的限定,但更不可能是漫无边际的。那么,在两个极端之间,是否存在可行的中间道路?

先来思考一个相关的问题。在上述三部小说中,陀氏都对人类的至深恐惧保持着关注。地下室人独来独往,拒绝同类。他会如同萨特那样宣称:"他人即地狱。"为了保存个体的自由,抵御他人的侵犯,我们必须无比强健。而拉斯柯尔尼科夫则扭转了焦虑的方向:怀揣着"未完成的思想"的大学生,忌惮的不是他人,而是自己。自己有勇气毫无悔意地实行计划好的行动吗?答案看来是否定的。良知的剧痛——史怀哲(Albert Schweitzer)称之为"魔鬼的礼物"[1]——让大学生难以忍受。大学生显然还不够强健,但《群魔》中的彼得与斯塔夫罗金两人则不同,他们的精神已强健到不受良知之痛的干扰。到了这一步,他们却发现,精神的强健是一条不归路:地狱不再是他人,而是自我。

即使是在同一部小说的内部,作家的思想也会有所发展。《罪与罚》里的波尔菲利两次提醒大学生:"飞蛾会扑向火光",

---

[1] [译注] 又译施韦泽(1876—1965),物理学家、思想家、音乐家、医生、作家。1913年到非洲加蓬建立丛林诊所,1952年获诺贝尔文学奖。

即使这意味着消亡。虚无的巨大引力可以轻易压倒其余的思绪。虚无这一因素，在《群魔》里分别体现在几个人物身上。在斯捷潘身上，我们看到与现实毫无关联的空想。在彼得身上，虚无则体现为对整个存在的否定，进而是想要将世界引向混乱、将生命引入死亡的愿望。在斯塔夫罗金身上，存在与虚无同源同宗。从人之为人的品质或情感上看，斯塔夫罗金都空白无物；他是一个无根的个体，在这迷失了的世界上无比烦闷地飘荡着。

各种思想与各色人物，都在陀翁的如椽巨笔之下集结。自由、希望、恐惧、虚无，这些概念在生命的意义这一宏大命题之下相互激荡。对于小说中的这些思想与灵魂，经过我们前面的大量讨论，业已浮现出一个可以用一句话囊括的模式：人们怀着极高的希望出发，却在失望之中默默退场。英雄般的希望变成魔鬼般的噩梦。他们希冀着一个更理想的，乃至于完美的世界，却将他们所立足的地方连根拔起。

难道非要如此收场吗？人们的生活真的找不到任何积极的意义？我们所在的世界，是否真的已经交到了魔鬼的手上？

让我们重新考虑一下《群魔》所呈现的两代人之间的鸿沟。斯捷潘先是抛弃了自己的亲骨肉彼得，然后又要在徒儿斯塔夫罗金心中唤起所谓的最高理想，"那是对于那永恒、神圣的向往的初步体会，某些优秀人物，一旦尝到和体会到这样的向往，就再也不肯拿它去交换廉价的满足了"（第50页，译文有改动）。这股神圣向往的烈焰一直在斯塔夫罗金的胸膛里燃烧着，从他在信中对《阿喀斯和伽拉忒亚》这幅画的描述中，我们就能够感受到。他将那幅自己熟稔已久的画作称为"黄金时代"。有一次，他在梦中再次看到这幅作品，似乎他自己也成了画作的一部分。这段充满启示的文字值得全部引用：

这是希腊列岛的一角；碧波荡漾，岛屿星罗棋布，悬崖耸立,海滨繁花似锦,远处是一幅神奇的大海全景,夕阳西下,美丽而迷人——简直非语言所能表达。欧洲人认为这里是他们的摇篮,许多神话故事都渊源于此,这里是他们的人间乐园……这里生活过许多优秀的人!他们日出而作,日没而息,过着幸福的、无忧无虑的生活;绿荫下充满了他们快乐的歌声,他们把异常充沛的、无穷无尽的精力都投入到爱和纯朴的欢乐中。太阳把明媚的阳光洒遍岛屿和大海,为自己的优秀儿女感到高兴。奇妙的梦,崇高的想入非非!幻想,所有存在过的幻想中令人最难以置信的幻想,整个人类把自己的毕生精力都献给了它。为了它,牺牲了一切,为了它,先知们壮烈地牺牲在十字架上,没有它人们活着也觉得没有意思,甚至死了也毫无价值。(第863页)

上述文字出自斯塔夫罗金的长篇自白。吉洪主教已经被自白的其他部分惊呆了,所以他并没有评论这个梦境。让我们假设,斯塔夫罗金将这个自白拿给反抗三人组的另外两个人,也就是斯捷潘和彼得看,他们两人会作何感想?斯捷潘会在这梦境中认出自己的思想,是他亲手把这些思想埋进了斯塔夫罗金幼小的心灵。而彼得,显然更欣赏毕加索的名画《格尔尼卡》,因为画中有对现实的反思。他也许会斥责斯捷潘和斯塔夫罗金:你们误解了洛兰的画作,所谓"黄金时代"绝不是对此画的恰切概括。乍一看,画中所描绘的景象的确是伊甸园:时间凝固,万物永驻,没有苦难、折磨、冲突与匮乏——画家似乎捕捉到了对永恒的瞬间印象,我们能够想象的至福也不过如此。但这只是错误的第一印象,彼得会大声疾呼,画中所描绘的绝非黄金时代,理由有二。首先,观者不能忽视画面右侧的山峰,它们看上去都像是活火山(或者至少更远的那个是活跃的)。也许就在几小时之后,或是若干天、若干月、若干年之后,火山会于一瞬间喷发,田园诗般的岛屿将瞬间变成不毛之地。

彼得的另一个理由是该画的名称。为何画家执意将之命名为《阿喀斯和伽拉忒亚》？伽拉忒亚是古希腊神话中海妖的名字，而阿喀斯则是她的爱慕者。观者如若走进画作，会注意到在森林深处站着一个巨人。那是阿喀斯的情敌，独眼巨人波吕斐摩斯（Cyclops Polyphemus）。按照奥维德在《变形记》第 13 卷里的叙述，波吕斐摩斯对伽拉忒亚的爱意汹涌如潮：

> 燃烧吧！那由你点起的火焰。像是
> 整个埃特纳火山在我的胸膛矗立，
> 而你，我的伽拉忒亚，却毫不在意！

彼得会解释说，爱情或许美好，但如果加上熊熊燃烧的妒意，一切就不同了。在任何一场爱情中，都存在失意者。画家在这对情侣身前画上了一个小爱神，象征着爱情的幸福。然而，他们只是暂时逃过了独眼巨人的视野——危险随时会逼近。"带着原始的兽性与嗜血的欲望"，独眼巨人波吕斐摩斯必将找到自己的情敌阿喀斯，并将他生吞活剥。彼得会朝着两人（斯捷潘和斯塔夫罗金）高呼：忘掉你们那荒诞不经的梦吧，这不是什么高贵的理想，而是可笑的错觉。阿喀斯和伽拉忒亚的甜蜜镜头，恐怕马上就将变成美女与野兽的可怕布景。

那么，到底该如何看待这幅画？它想要表达的是美的稍纵即逝吗？或者说，即使转眼间火山就会喷发，独眼巨人就会杀死阿喀斯，美，依然丝毫不会减损？如果我们换一个角度看，能否说，这幅画面实际上丑陋无比，因为它只不过是瞬息的幻象？又或者，这幅画既非美，亦非丑，因为它不在这两个价值体系之中？绘画作品也好，我们周遭的现实也罢，是否都可以有截然不同而又并行不悖的价值评判？

"人们宁愿在追求意义中承担虚无，也不愿在虚无中否认意义。"尼采这句箴言如若所言不虚,如若我们果真是意义的囚徒,甚至将意义当成最高的理想,那么,就必须接受追求意义之旅以失望告终的宿命。这就是陀思妥耶夫斯基在《群魔》和其他作品中想要表达的吗?

让我们先暂缓得出结论。在《群魔》中,陀氏想要证明,不仅仅是俄国的两代人,整个欧洲文明的发展道路都已误入歧途。陀氏笔下的人物在最高理想的感召下,去寻找绝对真理。然而,他们最终发现的不是积极的真理,而是消极的、可怕的真理。他们并没有战胜恶,反而不顾一切地痴迷于某种"最终的解决"——这实际上意味着恶的凯旋。

罪恶在世间无处不在,这是任何一个明智者都难以否认的事实。为何我们会把一切搞得如此糟糕?是因为人性中存在着致命的缺陷吗?这缺陷或许源于:

(1) 人类对最高理想的执着?
(2) 人类接受了"错误的"最高理想?
(3) 人类追求最高理想时的行动?

根据我们对《地下室手记》《罪与罚》和《群魔》的探讨,(1) 并不令人接受。这些作品并未排除终极理想存在的可能性。它们更倾向于 (2) 的观点,以及作为其后果的 (3)。

在本书第一部的引言中,我们区分了处理生活意义这一重大问题时的三种方法:超自然和宗教的方法、人本主义和世俗的方法,以及虚无主义和相对主义的方法。陀氏倾向于第一种方法,这并不是什么秘密。本书也将在第二部分中详细探讨陀氏的这一倾向。

如果非要从第二种和第三种方法之间选择的话,陀思妥耶夫斯基恐怕会更倾向于后者。虽然他也反对虚无主义和相对主义,但至少,它们比人本主义和世俗的观点更真诚,因为,虚无和相对主义的态度，是人们真诚地寻找真理而又空手而归之后的结局。而人本主义和世俗态度，则是一种权宜之计，大多是出自妥协和谎言：为了让生活过得去，只好让自己远离最高的价值。

陀氏的上述选择在《群魔》中体现为虚无主义者基里洛夫那令人难忘的形象。在小说早期的手稿中，陀氏甚至宣称，基里洛夫是"真正的俄国人，他永不休止地追求真理，哪怕牺牲自我也要实现高贵的理想"。作家还在自己的笔记里写道："上帝保佑基里洛夫，给予了他理解真理的天赋，因为，人们的首要关切，就是找到真理，并在真理面前重构自我。这也是该小说的首要目标。"

也就是说，陀思妥耶夫斯基并不否认"真理"的存在。他也认为，最难的是发现真理。（当有人攻击拉斐尔《西斯廷圣母》，说它毫无用处时，斯捷潘评论道："我的朋友，真正的事实真相看上去总不大像真的，您知道吗？为了使事实真相看上去更像真的，那就一定要掺进一点谎言。"［第268页］）倘若我们错认了真理，倘若我们投奔了错误的偶像，迷失之门就将敞开，无论它最后导致的是毁灭他人、毁灭自己还是毁灭一切。

在陀思妥耶夫斯基的小说世界，如果一个人物为人本主义和世俗态度辩护，通常不会得到叙事者的激赏。陀氏认为，这样的态度会扭曲人与社会的真实面貌。世俗态度高估人类理智的重要性，低估技术文明的消极性，并且不能正确把握功利主义的界限。《群魔》中的沙托夫，在这一方面充当了陀氏的喉舌，替作家发出了对"这个人道、工业和铁路的时代"的愤恨之声（第40页）。照沙托夫的说法：

> 社会主义就其本质来说势必是无神论，因为它从出现伊始就宣称它是无神论的思想体系，并打算建立在绝对科学与理性的原则之上。理性与科学在各民族的发展史上，无论现

在乃至从开天辟地起,从来都只履行次要的和辅助性的职责;并将这样履行下去,直到世界末日。各民族是由另一种驾驭一切和统治一切的力量确立和推动前进的,但是这力量究竟从何而来却无人知晓,也无人能够解释清楚。这力量乃是一种孜孜不倦非走到底决不罢休的力量,同时它又否认有朝一日会走到底,这是一种不断而又永不止息地肯定自己存在和否认自己死亡的力量。诚如圣经所说,这是生命的源泉,这是"活水之江河",亦即《启示录》一再警示我们有朝一日将会干涸的江河。诚如哲学家们所说,这是美学的原则,诚如他们认同的,这也是道德的原则。我把这简称为"寻神"。任何一个民族在它存在的任何一个时期,整个民族运动的目的,说到底就是寻神,寻找自己的神。(第311页)

那些持有社会主义,或者毋宁说是社会工程学观点的人,都相信社会的进化,相信人类的进步——只要人们能掌握理性与科学的力量。但他们没有看到,一旦灾祸临头,人们总是选择堕落而非进步。在作家所生活的时代,启蒙运动的乐观精神已无法应对现实,幡然醒悟后的人们于是便投入了虚无主义和相对主义的怀抱。黑格尔、马克思以及实证主义者,都以不同的方式强调发展的必然性。这些宏伟理想一旦遇到巨大的障碍,人们对进步论就会产生怀疑。人们曾被告知,绝大多数人的最大幸福一定能实现。但理想与现实日渐背离,即使不断调整也无法力挽狂澜——于是,灾祸随之而来。表现在理论上,人们开始转向相对主义与虚无主义;表现在实践上,则是暴力与破坏盛行——总的来说,表现为《群魔》所展现的世界。

陀氏提醒人们,无论怀抱何种理想或理念,最终的试炼场都只能在现实之中——理论的自圆其说、逻辑的完美自洽都只能是附属。就算不愿相信世界已浸润于罪恶之中,也无法回避现实的丑陋。不断地朝着理想奋斗，带来的却是不断增加的挫败感，以及对世界的憎恶。这是一个充满思想与现实危机的时代，它唯一的好处，是拷问人们终极的信念。

当挫败感与厌倦感变得难以忍受，我们到底该逃往何方？当灾祸侵入家园，救助我们的又是何方神圣？当苦难临头，也许我们还拥有某种生活的支柱？又或者，所谓的支柱同样也会轰然崩塌？

陀思妥耶夫斯基感受到了现代性体验所敞开的深重伤口，以及其所造成的难以估量的精神危机。"生命之河"行将干涸，末日气氛笼罩世界。地狱空荡，无人看管的恶魔来到人间，可他们既不疯狂也不愚蠢。无论是彼得还是斯塔夫罗金，他们的神志都异常健全——当然，这健全中又透着某种怪异。在谋杀沙托夫的路上，彼得还在餐馆歇脚，旁若无人地享用了一块小牛肉。同样，等候基里洛夫的自杀也并不耽误彼得吃完一份鸡肉饭。斯塔夫罗金的一些残忍行为——揪加甘诺夫的鼻子，或啃咬一个官差的耳朵——其实也是在十分冷静的状态下完成的。《群魔》的讲述者"我"，在小说的最后一句话中如此宣称："敝城的几位医生，经过尸体解剖，彻底而又坚决地排除了精神错乱。"（第833页）确实，彼得也好，斯塔夫罗金也罢，他们都没有疯。疯掉的，也许是整个世界。

从理性与自由而出发的实践，终于宣告失败了。试图建立美丽新世界的古老梦想，又一次带来了对自我更深的质疑。现代人妄图以理性和逻辑为手段解剖万事万物，解答一切问题，包括解读自己的内心——最终，他非但没能解开"我是谁"的千古疑惑，还发现了更多难以逾越的困境。在辨明善与恶的任务面前，理智总是不得要领，自由同样也不大可靠。运用人的能力来"纠正和指导大自然"的实践，最后被证明是建立在自我欺骗的乐观主义之上，这实践将人类带向了自我毁灭的边缘。也可以换个说法：现代性的实验与其说展现了人类的伟力，不如说暴露了其致命的缺陷。

陀思妥耶夫斯基不仅仅关注现代性实验所带来的当下危机，他还希望能否定世俗的或人本主义的倾向。该倾向的隐秘目标，是个体与集体的自我神化。当人们赋予自我以神的特权，魔鬼也同样获得了自由，这必将导致悲剧。正如《群魔》中"五人小组"的理论家希加廖夫所言："我的初衷是实行无限自由，结论却必须实行无限专制。"（第496页）当所有的规范都被贬低为随意制定且因循守旧的陋习，当自由被堂而皇之地当作人之为人的本质，我们还有什么理由不打破所有习俗，跨越一切界限呢？这几乎是运用绝对自由所能推导出来的唯一符合逻辑的结论。到了最后，我们找到的并不是真实、和谐与幸福的景象，而是虚假、堕落与自我毁灭。我们从基督的理想出发，最终成了反基督者。

这个过程中，究竟问题出在哪儿？

我们所考察的三部小说——《地下室手记》《罪与罚》《群魔》——有一个共同的聚焦点：采纳人本主义或世俗的态度，将有可能把一切搞砸。当然，这些小说也探讨了出现差错的原因，以及暗示了可能的替代选项。在此我们列举其中的三个选项，它们都将在本书第二部分中展开。

其一，只要自由的原则无限推演，就会威胁到所有的界限；因此，除了自由，必然有另一种基本价值，能限制对自由的疯狂追逐。在第二章我们曾指出，秩序，就是站在自由对立面的价值。不过，对于两者之间能否相容，需要更进一步考察。

其二，虽然对终末论的向往在人类中根深蒂固，但迄今为止，所有对"最终解决"的追寻，带来的都是消极与混乱的局面。这里面的根本原因，是这一追寻包含着对生活的否定。与所谓的最终解决相比，生活本身是混沌的，有着非决定论的特征；人生如同绵延的水流，总是在流淌，而没有最终的目的地。如果我们的生命有意义，那它一定也是开放而可变的，而不是镌刻在石头上的定论。

其三，并非所有规范都由人制定，也并非所有界限都是陈腐过时的。不然，就无法解释，为何在某些越界行为发生之后，人的良知会觉醒。必然有一些法则超越于人，必然有一些事物神圣而不可侵犯。

第二部
重拾生活的意义

引　言

  在前一部分里，我们谈到陀思妥耶夫斯基的现实主义。跟通常的现实主义不同，陀氏对人性并不乐观。在他看来，人生如一座被苦难与罪恶围绕的无常之岛。世界也绝非为了迎合人的愿望而生，种种理性的尝试总是事与愿违。甚至可以说，决定世界运行的，似乎是一种试图挫败人类理性的力量——在其面前，人的努力显得尤其渺小。即便经过多少代人的奋斗，我们也没有离最高理想的山峰更近一些。所谓高贵理想，常常摇身一变，成为可耻的反面教材。

  陀氏并不否认人能体验到"奇迹"。他相信祛魅之后还会有返魅（re-enchantment），还有信仰的复苏。生活或许专横跋扈，让人忍不住想要彻底否定它或设法解决它，然而，还有一种对待它的方式：睁大双眼，感受世间仍存留的美；伸出手臂，充满信赖地拥抱他人。面对日渐祛神圣化的现代社会，陀思妥耶夫斯基选择的，正是这样一种神圣的回应方式。

  现代性的巅峰，就是牛顿力学的发现。牛顿凭着几个定律和公式，就把握了宇宙万物的运动规律。古典时期与中世纪的人都相信，世界分为纯粹而永恒的上天，以及污浊而混乱的人间。现代性打破了该信念。在现代人看来，万事万物都可以用独一的定律来诠释——所谓"以一法解万物"。现代科学假定，宇宙在空间与时间上都是均质的，没有任何暧昧不明与起伏不定。世界也许广阔无涯，但本质上，到处都是一样——同样的物质成分，同样的力学规则。任何神秘，都没有存在的空间。

在陀思妥耶夫斯基的世界观中，特别有辨识度的一个立场是：他坚决拒斥刺猬型人格那种"以一法解万物"（one law for all）的企图。比如说，所有伟大的艺术作品都包含着某种不可索解的特质。这种晦暗难解，可以归因于外在于作者的缘由——比如上帝或命运——也可以归因于作者内心或灵魂的繁复。陀氏发现，不仅仅是伟大的艺术作品，所有的生命甚至世间万物都具有不可索解的神秘属性。有人会从天性上远离玄妙、神秘这样的词汇，但世界的不可索解性仍客观存在。在这神秘与疯狂同行、世俗与神圣共在的世界，我们只得时刻准备着领受个体无法掌控的震撼。

一言以蔽之，以上就是陀氏从形而上与宗教的角度看待世界的方法论——也是他用以抵抗现代世俗与人本主义理论的武器。现代性致力于破除世间所有的神秘，为的是控制自然，塑造自然，以便满足我们的欲望。陀氏相信，掌控自然的努力将使世界愈发贫瘠。人们隔断了与传统的联系，以为后者只是偏见与谬误之源——然而这一断裂换来的是现代人的迷失。现代人似乎拥有破坏一切的伟力，但问题的关键是：能否找到（或重新找到）可以愈合伤痛、促进精神成长的创造性力量。或者说，现代人的注意力都被罪恶吸引了，他们总是不厌其烦地希望消除罪恶，希望找到苦难的根源，这时，陀氏提醒我们，不要忽视世间的善，不要忘记仰望至高的山峰。

给罪恶下定义的任务固然艰巨，但并非不可完成。毕竟，人们对典型的罪恶事件已有基本共识。更复杂的任务是探究善的本质。对于善，我们非但缺乏完整的定义，甚至找不到一个普遍接受的典范。通过《白痴》和《卡拉马佐夫兄弟》两部作品，陀思妥耶夫斯基集中探讨了纯真、高贵以及个人体验的广度等范畴。

虽然有无数变形,善总是与宗教、神圣等概念相关——在陀氏看来,想要了解善,同样也不能抛开一切世俗与卑下的、当时与当地的境况。

陀氏极为重视《约翰福音》(8:31-32)中的一句话:"你们若常常遵守我的道,就真是我的门徒。你们必晓得真理,真理必叫你们得以自由。"面对精神上无家可归的困境,作家确信,只有复原宗教的传统,才有解决困境的出路。当然,宗教传统不是可以令人一劳永逸的教条,它更像是一项鲜活而庞大的事业,需要在不同的时代与文化中寻求具体表达。跟人性一样,宗教信仰的本质也复杂难解。无论我们如何去解开信仰之谜,有一点是最重要的:信仰,呼唤我们的参与。

针对现代性"以一法解万物"的企图,陀思妥耶夫斯基展示了对象的多重可能:面对一个对象,感知与处理的方式众多;这些方式之间或毫不相关,或相互交融。科学的感知方式将对象仅仅当成对象本身,但这仅仅是一种方式——换句话说,科学很可能忽略了对象所包含的丰富暗示与象征。根据伽利略的著名论断,自然这本大书用数学语言写就;整个宇宙结构(包括宇宙之内的万物,当然也包括人本身)的搭建,都遵循数学的法则。因此,所有符合法度的学科都建立在此基础之上。陀氏坚决反对该论断,他坚信自然之书有着不止一种解读方法;这部"大书"中承载着无比丰富的意象,呼唤着更深入的理解。[①]

其中一种对文本的解读方式,更强调"我"与"他"的沟

[①] 洛特曼区分了文本与编码、符号的不同,参见他的作品《思想的宇宙:文化符号学理论》,第72-74页。荣格也有过类似的论述,参见荣格的文章《象征性以及梦的解析》(Symbols and the Interpretation of Dreams),该文收录于《未发现的自我》(*The Undiscovered Self*),第65页。值得注意的是,荣格与陀思妥耶夫斯基都将十字架与圆当作两个最重要的象征(荣格称之为曼陀罗[mandala])。

通。另一种，则是强调（总体上的）自我探索（auto-communication）。以上两种方法一个依赖于向外的发现，一个则依赖于向内的觉知。第一种方法假设真理在自身之外，因此，文本作为信息，向我们传递来自他者的"消息"，也增加了我们对世界的认知。第二种方法则相信，真理在很久以前就得到了揭示，因此，文本只是一个最终指向自我的象征，而无关乎他人；文本并不能增加我们的知识，它的目的是帮助我们发现自我的本质与命运。

以上对信息与象征的区分不仅仅局限于文本，也适用于人类的诸多经验。对于俗世凡夫，空间与时间都是均质的，而对于有宗教体验的个体，均质性被打破了：某些时空显然更具独特地位。比方说，我们可以将一些客体构筑为房屋，这房屋也有可能成为一个家。建筑师（例如柯布西耶[1]）也许会声称，房屋就是"一个可以住进去的装置"。然而，虽然家永远是一间房屋，但它却不会是一个装置或机器。换个角度讲，谁都不敢保证一间建筑完善的房屋，一定可以成为某人的家。

同样，可以经由两种方式找到生活的意义：向外发现与向内觉知。就像伊万·卡拉马佐夫侧重于探寻活着的理由，而他的哥哥德米特里则侧重于生活本身的体验。另外，被地下室人当作人性之矛盾的证据，却被佐西马长老当成生命之丰赡的明证。无论人们倾向于哪种方式，两者其实都在影响着主体对世界的感受与对生活真意的理解。

下面我将以受苦为例阐明以上道理。的确，世间有大量无意义的苦难（我们先不考虑陀氏的如下判断：苦难是人生唯一的真

---

[1] ［译注］柯布西耶（Le Corbusier，1887—1965），法国人，二十世纪著名的建筑大师、城市规划家和作家，现代建筑运动的激进分子和主将，现代主义建筑的主要倡导者，机器美学的重要奠基人，被称为"现代建筑的旗手"或"功能主义之父"。

理)。我们也知道,受苦之外还有很多欢乐。陀思妥耶夫斯基发现,只有最表层的体验可以截然区分快乐与疼痛、幸福与苦难。一旦我们有了更深入的感受,两种情绪就会难分难解。快乐主义者忽略了在自我认知与成长过程中的这种深层感受。也就是说,苦难既可以在匮乏与不公中产生,也可以在活力与生机中出现。因此,有别于以往的人们整日琢磨如何逃离苦难与疼痛(当然,真正的逃离无法实现),陀氏希望大家认识到:如果没有承受苦难——尤其是为他人承受苦难的能力——这个世界将变得多么糟糕。一个没人愿意受苦的世界是"人性的"吗?我们愿意居于其中吗?

陀思妥耶夫斯基曾说:"我唯一担心的事情是:我的受苦毫无意义。"① 顺着他的意思,我们可以思考一下受苦与人们对苦难的态度之间的关系。毫无疑问,西伯利亚流放的经历对陀氏而言无比重要。同样严酷的环境下,有人宛若圣徒,有人表现卑劣。这两种状态同时存在于人心之中,如何表现,并非依赖于环境,而是依赖于人们对生命的态度。陀氏笔下形形色色的人物,那些分分秒秒试图逃离苦难的人,最后却无可奈何地陷入毁灭:无论是自我或他人的毁灭,还是肉身与精神的毁灭。也就是说,个体的自由,并不体现在改变现实或逃脱苦难的能力——很多时候,只要我们活着,现实就难以改变。自由的首要体现,是我们对加诸己身之事的态度:在苦难面前,我们依然能守护自我的价值吗?

---

① 转引自心理学家弗兰克尔(Viktor E. Frankl)《人类对意义的探寻:意义治疗法介绍》(*Man's Search for Meaning: An Introduction to Logotherapy*),第105页。受到陀思妥耶夫斯基的激发,纳粹屠杀的幸存者弗兰克尔继续说道(第105 - 106页):"(陀氏的)这些话时常萦绕于我脑海,特别是在了解了集中营那些殉道者的事迹之后。那些人在受难与死亡之中证明了一个真理:最后的内在自由永远不会丧失。他们在受难中证明了自身的价值,并通过纯粹的内在实现来担当苦难。让生命充满意义与目标的,是精神上的自由——而精神的自由不可剥夺。"

必须再次强调，陀氏看到了世间存在着大量无意义的苦难。他所赋予价值的并不是苦难本身——他同样鞭笞苦难、指责不必要的苦难——而是在受苦时内心的坚守。受难的经历必然包含着价值的冲突，而价值冲突的存在本身就有意义。在柏拉图那里，人们之所以被锁链束缚在洞穴里，每天面对石壁，是由于无知。对此，陀氏显然不能苟同，他认为，人们被铁链束缚的原因，是感受力的迟钝——无论是对自己、对他人还是对整个世界的感受。正是在这里，价值冲突的作用突显出来：冲突的存在，让人们更敏感，并有机会反思自己的价值选择是否合理。我们无法生活在一个没有价值冲突、没有苦难的真空中，当然，这并不意味着所有价值都有同等意义。

本书第一部分业已表明，陀氏对西方现代以后的发展持有负面评价。正如圣经里冲下山崖的猪群，现代人也在冲向自我毁灭的悬崖。即使能够避免坠落，现代人仍免不了精神上的放逐，就像是这世界的异乡人。

可真正的家园在哪？又是谁下令将我们流放？我们应该记得，曾经的家园就在这儿，就是此时此刻我们双脚所踏的大地。放逐我们的，也许只是我们自己。除了自我，还有谁能让我们对家园感到疏离？

陀思妥耶夫斯基的乐观于此时显露：他虔诚地相信，意义可以失而复得。本书的这一部分，我将集中讨论其信念中相辅相成的三方面。第一个方面，是对习以为常的世界再次感到惊奇的能力，也就是用崭新的眼光看待世界的能力。第二个方面，是要注意到，能引导我们重建惊奇感的，往往是小孩子或社会的弃儿。第三个方面则涉及对英雄主义的看法：我们之所以愈发远离生命的意义，部分原因出在我们对英雄的错误理解。真正的英雄，也许并非那些高高在上、远离尘世的超人，而是比我们更有人性、也更为真实的人。

我们将深入陀氏最壮丽的两部小说《白痴》和《卡拉马佐夫兄弟》之中，以便详细考察这三个方面。让我们先从整体上梳理一下以上三方面。

（1）在追求意义的过程中，人们倾向于以客体、事实、物质这些概念来解释现实。"物质"（substance）一词的字面含义，就是某种位于事物表面之下的东西。这些概念坚实而牢靠，有助于人们在理解的过程中，形成秩序感和稳定感。在客体、事实与物质面前，我们就像回到家一般舒坦，因为这里的一切，都可以通过既有语言，以符号和概念的形式来表达。从语法角度看，生命、世界、世间万物，首先都属于名词——我是名词，你是名词，甚至上帝也是一个名词。①

这绝不是陀思妥耶夫斯基感知世界的方式。在他的语法体系中，名词不是重点。跟随这位小说家，我们将深切体验到某种无形的能量。他不会用理性而抽象的语言刻画世界的样子。为了展现这如孩童一般永恒游戏的宇宙，只有象征性、比喻性的语言，只有无尽的想象力能够胜任。陀氏完完全全地领受了存在最原初的模糊。就连上帝也沾染了这模糊。世界，永远不会显现为能够清晰定义的概念。存在——任何形式的存在——都是一个动词而非名词：去生存，去存在，去活着。生命是一个谜，是一条变幻莫测的河流，因此它超越所有语法和逻辑。生命中的事件则像是一团火焰，走得太近会被灼伤，离得太远又无比寒冷。我们每个人，都不是存在之谜的旁观者；个体必须参与其中，必须找到与火焰最适当的距离。

---

① 学者吉尔森（Étienne Gilson）指出："如果现实不能以概念的形式呈现，人们便会感到慌张。这，也许就是存在给人的感觉。"他进一步强调说："存在并不是某种事物，而是一种行动，一种让事物回归存在本身并是其所是的行动。"参见吉尔森《上帝与哲学》（*God and Philosophy*），第 69、70 页。

(2) 在追求意义的过程中，人们还倾向于建立常态与规范。多数人的声音决定了对错是非。在陀氏看来，这种划分过于僵硬。因此，他严重质疑现代社会在正常与非常、健康与疾病、真实与虚假之间划出的界线。作家笔下最富感染力的人物，总是游走在社会边缘，体验着极端境况。与此相应，他们也更多地运用非理性的直觉，这是生活在安全区的芸芸大众所不能理解的。在陀氏所构建的世界中，癫痫症患者、精神病患者、谋杀犯、醉鬼、各种罪孽深重和惨遭遗弃的人，不约而同地找到了他们共同的守护者："圣愚"（holy fools）。梅诗金公爵就是"圣愚"的典型。梅诗金的生存方式，就是对社会规范的公然挑战。在他身上，力量与虚弱、无法治愈的疾病与最高意义的健康奇特地混合为圆融的整体。从梅诗金口中，我们不断地听到真理的声音与同情的话语。在那个由欺骗和算计统治的世界里，他就像一个注定要被碾压的牛虻——稍好些的归宿是精神病院。无论在任何时代，梅诗金与其他社会弃儿都会遭到多数意见的攻击，好在，那些有关真实存在的体验，一旦由他们唤起，便很难泯灭。

(3) 在追求意义的过程中，人们更倾向于将完美与非凡联系起来，认为只有非常之人才能达致完美之境。常人，意味着有局限，易犯错。人类心中的英雄总是更高更快更强，他们超越众生，更接近于神而非人类。陀思妥耶夫斯基指出，着迷于天神下凡式的英雄，是人类的一大谬见。凭着给定的天资与能力，每个人都为了自我实现而努力奋斗，这固然是人生的一大动力。但陀氏要大家对此保持警惕，这样的努力很可能导致自我中心与自恋情结，极端状况下，甚至会导向自我神化。

陀氏的立场，其实是反对将生活当成可以随意消费的商品。他认为生命是某种礼物，所以不能随意处置。礼物值得珍重，应该将之用于更伟大的追求，而不是仅仅用于追求幸福。对待生命的恰当态度，应当是追求自我超越而非自我实现。换个说法，真正健全的自我实现，一定是以自我超越的形式完成的。① 英雄，不应该是超越人类能力的存在；英雄应该是这样一个人，他努力的目标，是让他人都能有健全的生命。在陀氏的定义里，英雄主义绝非一种例外，而是应当成为所有人的人生目标：每个人的生活，都可以成为迈向英雄主义的旅程。当你将一己悲欢置之度外，为着更高的目标而全力以赴的时候，生活的意义便会悄然归来。

陀思妥耶夫斯基的观点解答了我们的部分疑惑，但又带来了新问题。最迫切的问题，想必是作家对生活意义的独特理解。这一理解需要作家去进一步阐明。一般而言，对生活的肯定，意味着要提倡某些基本的价值，比如生命的延续，比如自由的守护。而自我超越并不关心基本价值，而是指向某些更高远的精神价值，如真、善、美。那么，英雄主义究竟更关注个体的强健，还是更关注高远的价值？

而且，倘若接受了陀思妥耶夫斯基的生活哲学，乐观的态度从何而来？是来自现在与过去的比较，还是来自某种更为美好的未来？这两种乐观主义都与进步论密切相关，并且建立在线性时间观的基础上。了解陀氏的读者都知道，作家对进步论和线性时间观都不大苟同。陀氏也质疑过基督再临（the Second Coming），以及在人间实现上帝之国的可能性。

与进步论和线性时间观相比，陀氏更赞赏一种循环往复的时间或历史观。因此，他的乐观态度并不依赖于历史的进步，他对生活意义的期许，也不依赖于某种既定目标的达成。宗教与神话之维也许才是破解陀氏思想的正确道路，因为无论宗教还是神话，都依赖于某种重现，都强调回归本源。我们不可避免地要跨

---

① 弗兰克尔也强调过这一观点，见《人类对意义的探寻：意义治疗法介绍》，第 175 页。

越既有界限并向前行进,而这意味着,我们同样不可避免地要向后回溯,以便重建界限,并与过去和解。① 从逾越到回归的动力结构,正是陀氏眼中生命的本质。只有在这样的结构里,对生命意义的乐观态度才能得以理解。人生的意义并不是稳定态,也绝非不可逆转。不存在一旦达成就能坐享其成的"意义"。意义不是不可分的基本粒子,也不是无法动摇的阿基米德支点,更不是冰冷坚硬的石头墙。毋宁说,意义是生活之海中最神妙的吉光片羽,它们如此圣洁,却也万分柔弱。

---

① 对循环时间观的更深入讨论,参见米尔恰·伊利亚德(Mircea Eliade)《神圣与世俗:宗教的本质》(*The Sacred and the Profane: The Nature of Religion*),第 68–113 页。[译注] 伊利亚德(1907—1986),罗马尼亚宗教史学家。本书中译本见《神圣与世俗》,王建光译,华夏出版社,2002 年。

第五章
《白痴》：基督献身的意义

读　脸

　　小说《白痴》的开头，读者们跟随列夫·尼古拉耶维奇·梅诗金公爵，坐上一辆驶向圣彼得堡的列车。梅诗金在瑞士一座疗养院度过了漫长时光后，终于重回故土，虽然那里早已举目无亲。三等车厢的友好氛围里，公爵结识了罗果仁和列别杰夫，并了解到了前者对娜斯塔霞·菲立波夫娜的炽烈爱火。公爵想必不会料到，就在同一天，他便身不由己地卷入了那裹挟着罗果仁、娜斯塔霞等人的命运旋风之中。这致命的旋风最终让罗果仁杀死娜斯塔霞并远赴西伯利亚服刑，而我们的公爵则重新回到了瑞士的修道院。

　　通过梅诗金这样一个耶稣式的人物，陀思妥耶夫斯基提出了对人生意义的终极审问。审问的过程不仅仅以文学艺术的形式呈现——作家采用了出乎读者意料的方式：相面和游戏。借助如此特别的方式，读者也许能从最原初而深远的意义上，重新体验生命的价值与基督的牺牲。

　　"相面术"在小说中发挥了不容忽视的作用。无论是第一次看到娜斯塔霞·菲立波夫娜的肖像，还是与叶潘钦将军的女儿们初次见面时，梅诗金公爵都展示了他读脸的能力。叶潘钦的次女阿黛拉伊达曾向他征询新的绘画主题，公爵提议说，她可以尝试单独画一张脸，以便展现死刑犯断头瞬间的古怪表情。后来梅诗金本人的脸孔——尤其是在癫痫发作前后——也发挥了性命攸关的作用：其发病时扭曲的表情与骇人的尖叫，阻止了正打算干掉他的罗果仁。最后，不得不提及的另一张脸，出现在画家小荷尔拜因（Holbein）的画作上——那是基督的面庞，带着让公爵、罗果仁和死去的伊波利特都困惑不已的神情。

娜斯塔霞·菲立波夫娜的脸庞则支配了整部小说：小说开始时那脸庞如启明星一般照亮黑夜；但最后，它却如凄惨阴云一般给周围人带来厄运。罗果仁告诉公爵，他第一次见到这个女人，便燃起了难以止息的爱欲，以至于整夜失眠。在叶潘钦将军家看到娜斯塔霞的肖像画后，公爵终于明白罗果仁陷入疯狂的原因。如此无可比拟的美貌，曾引起同为女人的阿黛拉伊达如下的评论："凭这样的美可以颠倒乾坤！"① 无论这说法是否合理，无论（从物质或精神上）"美能拯救世界"是否成立（伊波利特就批判过公爵的这一论断），它都展现了陀氏所热切关注的一个大主题。他笔下的梅诗金公爵对此主题反复玩味，却始终未能解开美的谜团。

与其他人（比如叶潘钦将军等）不同，公爵从娜斯塔霞的肖像上，不仅仅看到了美："从脸上看好像挺快活，可她的经历痛苦得可怕，是不是？透露消息的是她的眼睛，还有这两根颧骨，以及面颊上端、眼睛下面这两个点儿。这张脸的主人自尊心很强，强得可怕，但不知她心地是否善良？但愿心地善良就好！这样一切都可以得到弥补！"（第34页）。梅诗金的直觉敏锐，他无论如何都无法忽视娜斯塔霞的受难与

---

① ［译注］中译本见《白痴》，荣如德译，上海译文出版社，2006年，第77页。后文引用此译本将随文附注页码。

高傲。并且，凡是高傲者，内心皆藏着怨怒。他并不希望自己的直觉在这个女人身上得到验证，可惜的是，娜斯塔霞的确有让人动容的身世。她的监护人托茨基在她十几岁时便诱奸了这位貌美如花的少女。这成了她的"成年礼"，让她在痛苦中从女孩变成女人，从光明堕入黑暗——即使后来有梅诗金公爵的帮助，她仍无法从伤痕中走出来。在娜斯塔霞的世界里，一切早已永劫不复。

叶潘钦家的闺女们有闲也有兴味，她们很快喜欢上了天真的公爵。第一次见面时，她们就拿公爵取乐，让他给大家相面。他满足了这一要求，并以自己对每个人的准确分析，令在场者心悦诚服。公爵很快察觉到叶潘钦夫人性格上的秘密：虽然表面上维护着自己的权威，但她内心却永远是不折不扣的孩童。而长女亚历山德拉有着"又可爱又温婉的脸"，这让梅诗金想起"在德累斯顿那幅霍尔拜因画的圣母像"（第71-72页）。他由衷赞扬了亚历山德拉待人接物的轻松态度，以及善解人意的品质；但公爵特意没有提及这位女士的缺点（这从她对绘画的理解中可以看出来）：头脑简单而浅薄，思维不够专注——这也可以是她整个生活的概括。

对于将军最小的女儿阿格拉雅，梅诗金一开始未置一言。在众人的再三要求下，公爵才表示，"阿格拉雅·伊万诺夫娜，您美丽非凡。您是那么漂亮，简直叫人不敢看您"（第73页）——也许只有小孩儿和白痴才会说得这般直白。叶潘钦夫人，也就是阿格拉雅的母亲，之前就在抱怨公爵言不尽意。此处，公爵依然以一种也许故作神秘的含蓄方式回应道："美是很难评判的；我还没有作好准备。美是一个谜。"（第73页）

特尼森（Eduard Thurneysen）对公爵这个回应的评论，也许深得陀思妥耶夫斯基思想之精髓："女性的美，似乎可以打破逻辑与伦理的束缚，并且超越俗常生活的框架。"① 美的事物对人类有着如此巨大的吸引力，让人难以自持，以至于可以说，对美的凝视是人类灵魂的最大渴望。当阿黛拉伊达继续追问公爵："那末她（阿格拉雅）漂亮不，公爵，漂亮不？"公爵的回答令在场的人尴尬不已："非常漂亮！……几乎跟娜斯塔霞·菲立波夫娜一样，虽然容貌完全不一样！"（第73页）

通过这个问答，陀思妥耶夫斯基初步揭示了小说主人公的秘密之一，即"白痴"这一诨名所暗示的不通人情世故的毛病。当着一个女人的面夸奖另一个女人，就算是实话，也惹人不快。梅诗金后来多次犯下同样的错误，无论是在阿格拉雅面前夸赞娜斯塔霞，还是反过来。

在这些孩子气的谈话之前，梅诗金公爵还提及了关于死刑犯的话题。叶潘钦将军养尊处优的女儿们显然难以理解其中的深沉体验。同样，她们也不会理解娜斯塔霞所体验过的"成人礼"。她们跟其他年轻女孩一样，着迷于神奇的爱情，却不愿领会死亡之谜。她们搞不懂公爵为何对断头台上的事情如此热衷，更不理解目睹处决的场景竟能让人的灵魂如此震撼。公爵强调，一幅以断头台为主题的绘画，重要的并不是展现死刑犯外在的表情，而是希望能定格这个极致的瞬间。无论是梅诗金还是后面的伊波利特，都不约而同地引用了《启示录》中的话来表达那难以言传的景象：在那个悖谬般的瞬间，时间将不复存在。也许可以更具体地说，这是时间就此停止、万物凝固的瞬间，世界如同一艘方舟，摆渡到了生与死的边界。"你们有没有过这样的感觉：在惊恐之中，或在十分可怕的时刻，神志完全清醒，可是已经丝毫作不了主？"（第61页）这是公爵问阿黛拉伊达的问题，不过后者

---

① 参见特尼森《陀思妥耶夫斯基》，第24页。另参见琼斯《陀思妥耶夫斯基小说中的不和谐》，第102页。

并没有回答——想必她完全没有这方面的经验。公爵继续说道，在被处死的瞬间，死刑犯的"头脑十分活跃地运行着、工作着"，仿佛"什么都知道，什么都记得"（第62页）。画这样一幅肖像画吧，梅诗金继续激动莫名地鼓动着阿黛拉伊达，画犯人如何亲吻十字架，画他发青的嘴唇，画他在临刑的瞬间仿佛"知晓一切"的眼睛……

在铡刀落下之前，死刑犯究竟知晓了什么？梅诗金公爵并未明言。他当然也只能猜测——凭借他癫痫发作时的感受。癫痫即将到来的瞬间，"在忧郁、压抑和精神上的一片黑暗之中，他的大脑突然会不止一次地燃起转瞬即逝的光焰，他的生命力在不寻常的冲动之下会一下子全部动员起来"（第220页）。在这神奇的一刹那，

> 思想和心灵被一种异光所照亮，他所有的激动、所有的怀疑和不安顿时都告平息，化为最高级的安谧，充满明朗、和谐的欣悦和希望，充满理智和最终的答案。但这些即闪即逝的瞬息还只是发作随之真正开始的最后一秒钟（至多一秒钟）的前奏。而这一秒钟自然是最难熬的。（第220页）

接下来——如同最终落下来的铡刀——癫痫来了："在这顷刻间，病人会一下子变得面目全非，尤其是眼神。"痉挛还控制了病人全部的身体。"难以想象的、同什么都不一样的惨叫从胸中冲口而出；随着这一声号叫好像所有的人味一下子都消失了，旁观者怎么也不可能、至少很难设想和推测，正是这个人在叫。"（第228页）

梅诗金公爵虽然就濒死者的体验滔滔不绝地说了半天，却小心避开了那个在整部小说中都无比关键的话题。也许，陀思妥耶夫斯基认为，在此处，读者也好，叶潘钦家的女士们也罢，都没有做好准备去思考得如此艰深。实际上，公爵似乎相信，死亡也

是一场有关净化或涤罪的仪式。从象征层面解读，上面的描述是对理性启蒙的颠覆：只有到了如此疯狂的瞬间，个人才能从黑暗走向光明，从黑暗的此世走向光明的彼方。

梅诗金坚持，画一个将死之人的肖像，必须表现他依然"知晓一切"的状态。按一般逻辑，所谓的"知晓一切"，只能是过去发生的一切。古人也坚持同样的逻辑。打个比方，我们就像一个脸朝过去、走向未来的人；我们能看到过去发生的事，却看不到我们所不断接近的未来，更参不透死亡。但基督教会将该观点斥为异教思想。基督教思想认为，只要怀着信仰，死亡就会成为朝向未来、朝向永恒的净化，成为由黑暗前往光明的通道。公爵向大家讲述的那个死刑犯，于临刑前亲吻了神父举到他面前的十字架——公爵坚持在画作中将之表现出来，认为该场景象征了信仰的力量，象征了生命对死亡的彻底胜利，灵魂对本能的彻底征服。

在叶潘钦家欲言又止的话题，终于在后文提到小荷尔拜因的名画《墓中基督》(*Christ in the Tomb*)时得到了充分的阐释。[①]这幅原物尺寸的画作展现了基督腐烂的身体，时间点是在基督被钉死在十字架之后到他复活之前。为了表现基督死前所经受的极致暴力，画家采用了让人不忍直视的写实手法。肿胀的身体、发绿的伤口，预示着即将彻底腐烂的必然性。画面上，人子耶稣的嘴巴张开着，圆睁的双眼流露出某种恐惧，仿佛看到了某种不可理喻之物。总的来说，《墓中基督》颠覆了以往描绘基督面容时

---

① 汉斯·荷尔拜因（或小荷尔拜因）出生于 1497 或 1498 年，死于 1543 年的一场瘟疫。《墓中基督》的完整名称是《墓中死去的基督之身体》，大约完成与 1521 或 1522 年。艺术评论家约翰·拉斯金（John Ruskin）认为，荷尔拜因是"最认真、最全面的"艺术家，拥有令人难以置信的处理细节的能力："当他凝视，他就会投入自己全部的灵魂；当他动笔，他就会投入自己全部的热情。"参见拉斯金《约翰·拉斯金艺术批评》(*The Art Criticism of John Ruskin*)，第 339 页。

美好、圣洁的传统,而是给观者以丑陋、可憎的印象。除了肉身的极度腐坏,观者几乎看不到任何信息。

罗果仁的房间里就挂着一幅《墓中基督》的摹本。在梅诗金公爵造访时,罗果仁将这幅画指给他看,询问他的看法。公爵的回应无比沉着:他说自己在瑞士见过原作,说罗果仁的摹本质量上佳。公爵还指出,该画作能令"某些人"震惊,但他自己并不属于这类人。

的确,罗果仁才是这类人中的一个。他从亡父那儿继承了这幅画。作为一个"老派的信徒",罗果仁之父曾是极端教派"阉割派"的成员。罗果仁一家人,似乎都被画作中的消极思想折磨着:对生命的拒绝,对死亡的强化。回到那间阴暗潮湿、如同墓穴一般的房间,罗果仁的母亲独居其中,无声无息。而罗果仁自己——他名字巴尔菲昂(Parfyon)意为"童贞的"——对生活更是懵懂无知。他有着喷薄而出的热情,这些热情大部分都献给了对娜斯塔霞的爱,当然也体现在对抗一切试图阻止他和娜斯塔霞结合的力量上。这样的激情会成为不堪忍受的重负。因此,经过几个月的痛苦挣扎,他终于走向了狂暴的解脱之路:谋杀自己最爱的人。

荷尔拜因的画作对伊波利特的影响更大。在他撰写的"必要的说明"中,这位"进步"青年详细描述了死后基督的形象给自己带来的冲击。患有肺结核的伊波利特一直徘徊于死亡边缘,而这个"说明"是他留给友人和熟人的绝望告别——在自杀之前。他完全为死亡之谜所吸引。他敢于正视迫在眉睫的死亡,怀着一种既期待又抗拒的矛盾心境。在罗果仁家,伊波利特第一时间就迷上了那幅画——这样的场景中具有某种疯狂的气氛,就像当初罗果仁迷上娜斯塔霞。对这位年轻的虚无主义者而言,《墓中基督》摧毁了其心底残存的对死后生活的向往,也将灵魂能战胜尘世的希望砸得粉碎。自然这台"无情而又无声的机器",会"麻木不仁地捣碎和吞噬伟大的无价生物"。伊波利特很想知道是谁将基督已毫无生机的尸体从十字架上搬下来的。他还追问道:"所有信奉他的教义和尊他为神的人看到的正是这样一具尸体,那末他们怎么还能相信这个殉道者会死而复活?"(第 396 页)。于是,一个更可怖的想法钻进他的脑袋:如果基督知道自己即将遭逢的一切,他还会如此这般行动吗?"倘若这位夫子在受刑前夕能看到他自己的形象,他会像后来那样走上十字架,那样去死吗?"(第 397 页)

以上问题,带领我们直逼陀氏小说最核心的部分。伊波利特勇气可嘉,也足够敏锐,所以才能发现问题所在。该问题一旦被人们意识到,就会变成一个敞开的可怕伤口——伊波利特并不知道自己提出的问题有多致命。他的"必要的说明"有一个孩子气的题记:*Après moi le déluge*(法语:我死后哪怕洪水泛滥)。后来,当梅诗金公爵终于撕破伊波利特自我中心和虚无主义的表皮时,呈现在我们眼前的,只有一个受惊过度的孩子。

伊波利特对荷尔拜因画作的深度剖析,能帮助我们搞明白一个问题:为何在《白痴》中,作家对面相投入了如此之多的关注。该书与《卡拉马佐夫兄弟》并称为陀氏两大以"基督教"为主题的小说。不同于《卡拉马佐夫兄弟》一书中对基督教问题的直接切入,《白痴》对相关问题的探讨采用了若干隐晦的方式,这其中就包含梅诗金的相面术。

"脸"意味着表面的坦露,它总是可以一览无余。对人类的交往而言,脸部表情能体现身体和精神两个方面的状态。因此,面孔本身就有着灵与肉的双重属性,而不是只属其一。或者说,面孔是身体与精神相遇的十字路口。

古希腊时代,人们对面孔并不关心——从他们的雕刻艺术可以发现,身体之美更受欢迎。古罗马人则进一步将"脸"当成一副"面具",这体现了他们对希腊文化的发展。拉丁文中,*persona* 一词意为演员所佩戴的面具。靠着形色各异的面具,演员可以在舞台上活灵活现地塑造很多角色。罗马人比希腊人更懂得脸孔的多种功用：揭露抑或隐藏，引诱抑或欺骗，它均可胜任。

随着基督教文明的不断扩张，面孔与人格的关联显著增强。人格，在希腊与罗马的本体论里，还仅仅是附属品，在存在者身上居于次要地位。而基督教则将人格当作存在的本质。肉身能体现一个人的身份或个性，但人格（或者说人的灵魂）则不受肉身的限定。人格更多地体现在面孔上。从受苦者约伯的脸，到十字架上基督的脸，圣经中到处都是让人过目不忘的视觉形象。

在西方，上帝的脸和其他神圣之物，主要在绘画与雕塑中得到表现。而在陀氏所信奉的东正教里，发挥这一功能的是圣像。俄语中，*ikona* 一词源于希腊语的 *eikona*，意为"形象"或"肖像"（俄语中海油 *obraz* 也表示类似含义）。一尊圣像，往往被人们放置于房间的角落，配上昏黄的小灯，是人们虔敬感的寄托，象征着神圣。而人化的面孔，更意味着人类与神明依然维系着的隐秘关联。[1]

一尊圣像，无论代表的是哪个神明，其所展现的都是神与人的交汇地带，在那里，不可知与可知、永恒与历史彼此交融。圣母像大概是陀氏小说中最常出现的圣像，它再明白不过地象征着神与人、灵与肉的相互作用。另外，在作家的小说世界里，通常只有女人会在圣像前祷告——通过凝视圣母的形象，她们希望能更接近那个圣洁的原型，她们往往温顺而沉静，从不希望去"纠

---

[1] 此处观点受益于奥利弗（Sophie Olivier）《陀思妥耶夫斯基作品中的圣像》（*Icons in Dostoevsky's works*）一文，见《陀思妥耶夫斯基与基督教传统》（*Dostoevsky and the Christian Tradition*）一书（George Pattison 和 Diane Oenning Thomson 主编），第 51-68 页。另参见穆拉维（Harriet Murav）《圣愚：陀思妥耶夫斯基的小说与文化批评的诗学》（*Holy Foolishness: Dostoevsky's Novels & the Poetics of Cultural Critique*）第七章；以及梅里尔（Christopher Merrill）《有关隐秘的上帝：圣山之旅》（*Things of the Hidden God: Journey to the Holy Mountain*）。

正大自然",《罪与罚》中的索尼雅就是这样的女子。《卡拉马佐夫兄弟》中的阿辽沙一直带在身上的照片,就是他的母亲在圣像前祈祷、哭泣的模样。前面已经提及,梅诗金公爵曾将亚历山德拉的脸孔与荷尔拜因画笔下的圣母玛利亚进行比较。有趣的是,叶潘钦家的女儿们都没有在圣像前祷告过,而且也不像是会去祷告的女子。相反,我们可以想象娜斯塔霞双手合十的场面,虽然小说中并没有有关她如何祷告的描写。《白痴》的女性人物群里,恬静的列别杰娃——她的名字意为"信仰"——被描绘为一个典型的俄罗斯女性,她经常怀抱着年幼的妹妹,活脱脱一副圣母的形象。与《罪与罚》中的索尼雅类似,列别杰娃如同一个分界点:一边是其父亲可耻的行径,另一边则是孩童的天真。当然,也可以将她看成是灵与肉的交界。

陀思妥耶夫斯基笔下的男性人物,对圣像的态度则更为多样化。《群魔》中,斯塔夫罗金不小心打翻了吉洪主教的圣像。另一部长篇小说《少年》里的韦尔西洛夫则干脆将圣像在炉台上砸成了两半。《卡拉马佐夫兄弟》的费尧多尔摔碎了阿辽沙母亲的圣像,引起了这位母亲歇斯底里的发作。而同一部著作里,佐西马长老在临终前回忆往事时,曾提到自己早逝的哥哥马尔凯尔。这位少年在身染绝症后经历了精神上的巨变并最终接纳了自己的命运。他之前一直不让老保姆点亮圣像旁的长明灯,而当精神上的转变开始时,他终于向老保姆恳求道:"点吧,亲爱的,点吧,过去我不让你们点,我真该死。你点灯的同时向上帝祈祷,而我也乐意为你祈祷。就是说,你我是向同一位上帝祈祷。"(第341页,译文有改动①)

这样的感悟伊波利特至死都没有达到过,他已经失去了与故土

---

① [译注]《卡拉马佐夫兄弟》中译采用荣如德译本,上海译文出版社,2004年,后同。

的精神联系。所以,即使遭逢不幸,伊波利特也不会想到俄国东正教的上帝形象;相反,他脑海中浮现的,是某些刻意摒除了所有神圣元素的西欧绘画。可以说,他代表着由现代的怀疑主义精神滋养起来的一代人。从内心深处,伊波利特无法信任梅诗金公爵对来世的描述。死亡,无非是阴冷死寂的无尽长夜,而不是什么无上和谐的复返或通往光明的大道。伊波利特被此类恐惧彻底震慑,难以再认可基督献身这一事件的意义——既然基督的牺牲都失去了意义,那么,公爵也好,其他人也罢,他们的献身又有何益?

《白痴》提出了太多的疑惑,解答的问题却很有限——但这部辉煌之作仍能让读者受益良多。对陀思妥耶夫斯基而言,面孔是肉身与心灵的交界处,或者更通俗地讲,是世俗与神圣相遇的地方。从这一特点出发,读者可以把握到《白痴》与陀氏其他的作品,尤其是那些立意消极的小说之间的差别。无论是在《地下室手记》还是在《群魔》的大部分篇幅里,上帝从不在场。到了《罪与罚》之后,我们终于看到了神圣性在场的诸多迹象,而这样的迹象在《白痴》中变得无比强烈。的确,我们仍无法直接感知或完全理解上帝,但神性的存在正通过各种途径展现出来——通过圣象和面孔,通过荷尔拜因的画作,也通过梅诗金的仁慈举动。世俗与神圣在各个层面相互联姻,不可分割——若想要真正领悟陀氏的世界观,尤其是他对生命意义的理解,读者必须对这种联姻细细思量。

如果神圣性就在我们身边,那么,世界就绝非整齐划一的机器,而是充满不同性质的元素。异质性(heterogeneity)在空间与时间上均有所体现。某些空间被划为万人敬仰的圣地,或安放心灵的家园,拥有着完全不同于其他地方的特质。而时间,也绝非钟表上滴滴答答匀速转动的指针,某些时刻比其他时刻更珍贵、更独特。公爵就对类似的罕见瞬间深有体会,因此他反复建议阿黛拉伊达去创作一幅关于死刑犯的绘画。另外,他跟罗果仁提到的癫痫发作前那启示般的瞬间,也能证明当前所论证的异质性:

"既然那一秒钟,也就是发作前神志清醒的最后一刹那,他还来得及明确而自觉地对自己说,'是的,为了这一刹那不妨付出一生!'那末,这一刹那本身自然也抵得上一生。"(第221页)

无论是对面孔的凝视,还是更广泛的神圣体验,都会将人们引入某种迷醉之境。罗果仁着迷于娜斯塔霞的美,梅诗金着迷于癫痫发作的瞬间,伊波利特着迷于死后的基督之形象。陀思妥耶夫斯基似乎发现,为了某种理想而着迷,总好过生活中更为常见的冷漠。列别杰夫曾抱怨过当前时代的精神,并拿十二世纪来进行比照。他先是承认以往时代的落后与罪恶之横行,接下来,他对在场所有人——他们为了给梅诗金公爵庆祝生日而聚集到一起——发出了思想上的挑战:

> 必定有一种力量比车碾火烧,甚至比二十年的习惯更强大!可想而知,有一种思想比一切灾难、荒歉、酷刑、瘟疫、麻风更厉害,比整个地狱之苦更厉害,而要是没有这种把大家拴在一起、给心灵引路、使生命的泉源永不枯竭的思想,人类是无法熬过来的!请你们给我指出,在我们这个混沌和铁路的时代,有什么能和那种力量相比?……不,我应该说,在我们这个"火轮和铁路的时代",可是我说了"混沌和铁路的时代",因为我醉了,但也符合实际!请给我指出一种能把当今人类拴在一起的思想,哪怕只有七百年前那种力量一半强也行。最后,请你们壮起胆来说:在这颗"星"下面,在这张缠住人们的网下面,生命的泉源没有衰竭,没有变得浑浊。别拿你们的繁荣、你们的财富以及饥荒罕见和交通迅速来吓唬我!财富增加了,但是力量减弱了;把大家拴在一起的思想没有了;一切都变软了,一切都腐化了,人人都腐化了!我们大家,所有的人都腐化了!(第367页,译文有改动)

于是，需要解决的问题依次来临：（1）是否存在这样一个让我们着迷的理想？（2）如果存在，这理想到底是什么？（3）我们着迷于理想的程度到底有多强烈？

列别杰夫选择在公爵的生日发表这番演说，自有其深意：一个人的生日，是回望过往的节点。对面孔的解读，也能起到类似的作用。在每个人的脸上，都有着祖先的模样。陀思妥耶夫斯基通过一个情节强化了面孔与过去的关联：梅诗金与娜斯塔霞在小说中都确信，自己曾经在什么地方看到过对方的脸。如此的似曾相识当然不可当真，就像娜斯塔霞说的："我似乎见到过您这双眼——这当然荒唐！……或许，是在梦里？"（第101页，译文有改动）或许在梦里，这个猜想显露出陀氏对面孔的重视：阅读一张脸，甚至能带人们瞬移到太古洪荒——面孔里面，藏着人类的原型。① 能起到类似作用，帮助我们接近过往与神圣的，还有一种东西：有宗教意味的圣像。"宗教"一词，最早的含义就是"追溯过往"，回到源头，回到我们最初的父母，回到我们最初的家。已逝的过往依然能影响我们的现在与未来，这种影响，经由对宗教元素或面孔的解读体现出来。想要找寻人类生命之意义的现代人，必须留意过去所留给我们的讯息。回到精神的源头，才有可能重回伊甸园。

陀氏相信，解读面孔与寻找生活意义一样，都不能靠抽象

---

① 在《创造的艺术》（*The Art of Creation*）一书第353页，库斯勒（Arthur Koestler）提到"原型"（archetype）一词的字面义为"从开端处植入"。原型的存在，正是将人类的源头植入了我们每一次思考与行动之中。反观现代人，则永远为表象所吸引，永远生活在某种幻象之中，仿佛那极乐的未来乌托邦正在不远处招手，仿佛我们能从无到有重建一个新世界。关于原型问题的最经典讨论，见荣格《原型与集体无意识》（*The Archetypes of the Collective Unconsciousness*）。［译注］《原型与集体无意识》中译本，徐德林译，国际文化出版公司，2011年。

的思考或功利的计算。当我们凝视一张脸,脑海中浮现的不会是抽象概念,而是画面与形象。所以,神话或圣经故事中才满是视觉化的象征。当然,除了神话、宗教,还有一些领域也需要图画与形象思维:人的潜意识、梦境、幻觉、癫痫发作,还有艺术家的创作或科学家的发明,乃至孩子们的玩耍。在解读面孔之后,游戏这一因素,再次引领我们深入《白痴》一书的核心。

游 戏

根据列别杰夫对《启示录》中末世的独特分析(这个分析深得娜斯塔霞的赞同):

> 我们正处在第三匹马即黑马的时代,马上的骑士手里拿着天秤;因为当今一切都要称分量,都要按合同办事,人人一心谋自己的权利:"一钱银子买一升小麦,一钱银子买三升大麦"……可在这同时还想保住自由的精神、纯洁的心灵、健康的肉体和上帝所赐的一切。但是光凭权利是保不住的,随后到来的将是一匹灰色马,骑在马上的名字叫作死,再后面便是地狱……(第196页,译文稍有改动)

列别杰夫的分析究竟想说明什么?瓦西奥列克对之进行了严谨的研究,他得出结论:列别杰夫的话可以当作"《白痴》整本书的题记"。[①] 当梅诗金公爵融入彼得堡的社交圈,他发现,所有的人都有所需求,而所有的需求,归根结蒂都是钱。布尔多夫斯基和他的虚无主义伙伴们嚷嚷着要获得继承权;托茨基和叶潘钦将军孜孜以求与自身地位和贡献匹配的利益;加尼亚和瓦丽雅兄

---

① 参见瓦西奥列克《陀思妥耶夫斯基的主要小说》,第85页。

妹则为自己的家庭谋取权利，认为他们遭受了不公……事实上，人们终于进入了这样一个时代，在这个时代，所有被侮辱与被损害的人都在寻求权利，而"一个便士"就是实现其权利的唯一手段。

如此世道是否真的跟《启示录》中的预言相关，已经不重要了。陀思妥耶夫斯基想探究的是，在"谋取利益"之外，是否还有别样的人生道路？市场经济是不是唯一可能的经济类型？梅诗金公爵，一个善良与神圣世界派来的信使，恰恰提供了另一条道路。他以自己孩子般的心态，以自己对权利与财富的彻底无视，给彼得堡僵化的社交界带来了一场骚动。在他刚刚出现时，某种即时性的影响便迅速显现：有人在公爵的感召下，重拾丧失已久的童心，暂时停止了俗常的生活——虽然庸俗的人生马上会回归。童心并非鄙视严肃的生活态度——梅诗金公爵本身也不缺乏严肃——只不过，童心般的嬉戏提供了富有想象力的新精神，以及新的生活态度。

为了阐明此点，并深入《白痴》的内核，我们将在小说所涉及的众多"游戏"里，选取三个来加以分析。第一次游戏发生在娜斯塔霞的生日宴上，是由菲尔狄宪柯设计的，要求参与者说出自己一生中所做的最卑鄙的事。第二个游戏则是在宴会结束时，娜斯塔霞怂恿加尼亚将一捆卢布扔进壁炉。第三次游戏则贯彻整部小说的始终：那是阿格拉雅和梅诗金公爵的"爱情游戏"，游戏的高潮是两人订婚，以及稍后让一切戛然而止的分手。

前两次游戏被作家渲染得极富戏剧性。它们发生在娜斯塔霞·菲立波夫娜25周岁的晚宴上；在这个生日之夜，众人钦慕的美人将宣布自己结婚的对象。托茨基和叶潘钦将军当然最希望她会嫁给加尼亚，因为这有利于实现他们的如意算盘：娜斯塔霞一旦结婚，托茨基就可以甩掉这个道德包袱，名正言顺地去娶将军的长女亚历山德拉;① 而对将军来说,加尼亚是受他提携的后辈,因此他未来的夫人一定要对他百般逢迎。加尼亚当然也在现场——他内心爱的是阿格拉雅,而不是娜斯塔霞。在宴会上的还有小丑一般的角色菲尔狄宪柯以及其他一干人等。晚宴紧张的气氛,因为公爵的不请自来而得以缓解。娜斯塔霞并没有按照既定的程序宣布自己的决定,她似乎在等待着什么出乎意料的事情发生……为了讨大家的欢喜(同时也是暗中嘲弄众人),菲尔狄宪柯设计了这么一个游戏:每个人都当着大家的面讲述自己做过的最无耻之事。该提议马上得到娜斯塔霞的赞成。不过事先约定,在场的女士可以免于参与该游戏,而绅士们则应逐一上场。

菲尔狄宪柯的提议并没有得到热情响应。对在场的大多数人来说,参与如此的"游戏"实在得不偿失:看别人笑话的小乐趣肯定抵不过自我暴露的风险。宗教意义上的忏悔是神圣的,它预设了对忏悔者的宽恕;而在游戏里,参与者的供认非但得不到谅解,甚至有自我揭发之嫌。而宴会的主角娜斯塔霞,带着她受伤的骄傲,认为这样的游戏是正义的——某些颇受尊敬的绅士将暴露自己的本性。客随主便,游戏得以开场。

青年陀思妥耶夫斯基是席勒(Friedrich Schiller)的仰慕者。他想必知晓席勒的著名观点:没有什么比游戏更能了解一个人。②

---

① [译注]前面提到过,托茨基曾在娜斯塔霞未成年时玷污过她。
② 参见席勒《审美教育书简》(又译《美育书简》),尤其是在第十五封通信里,席勒宣称"人只有在游戏时才是完整的"。更多相关探讨参见斯帕廖苏(M. I. Spariousu)《酒神回归:现代哲学与科学话语中的游戏与美学维度》(*Dionysus Reborn: Play and the Aesthetic Dimension in Modern Philosophical and Scientific Discourse*),第 53 - 66 页;以及贝瑟尔(Frederick Beiser)《重识哲学家席勒》(*Schiller as Philosopher: A Re-Examination*),第 119 - 168 页。

娜斯塔霞生日宴上的两个游戏,其意图都是揭示在场人物的本性。在菲尔狄宪柯提议后,加尼亚不假思索地回应道:"不用怀疑,人人都将会说谎。"(第140页,译文有改动)加尼亚有些口不择言——眼下的社交活动,必须依靠谎言来维持,但他没必要如此坦白地说出这一点。也许加尼亚的回应也反映出他内心的委屈:围绕着娜斯塔霞的婚姻所产生的种种谎言,对他的自尊和利益也是一种伤害。接下来,菲尔狄宪柯对加尼亚的回答也耐人寻味:"那当然,好玩的地方就是看他们如何扯谎!"(第140页,译文有改动)社交活动避不开谎言,但谎言的内容与撒谎的方式则因人而异。

　　无论如何,第一个游戏者菲尔狄宪柯终于上场了。这位游戏发起人讲述了自己偷窃并栽赃他人的经历:他神不知鬼不觉地从朋友家偷了三个卢布,事后,一个女仆因遭到怀疑而被解雇——最关键的是,他还参与了对女仆的审问,并劝她坦白"罪行"。叶潘钦将军第二个上场,他的故事涉及一个房东老太。在搬家时,房东老太扣留了他的一个罐子,而当他怒气冲冲地赶到老太面前破口大骂时,后者竟然不吱一声地躺在椅子上——后来将军才知道,老太在他发泄怒气时,恰好处在弥留之际。为了缓和自己的"内疚感",叶潘钦将军说道,自己只好花了很多钱在慈善事件上。将军之后,轮到托茨基(即阿法纳西·伊万诺维奇)坦白丑事了。我们知道,此人在娜斯塔霞少女时代玷污了她。托茨基上场后,回忆了自己捉弄一个恋爱中的男青年的龌龊往事。这个青年告诉托茨基,自己听说一位富商家里种有罕见的红色山茶花,打算在第二天一大早去央求富商,得到几朵花,因为,他所爱的人即将参加一场特别的宴会——如果她能得到红色的山茶花,一定会对这个青年好感大增。不知道出于什么奇怪的心理,托茨基悄悄赶在男青年之前取得了山茶花并送给了那个女子(托茨基对女子并没有爱慕之情)。此后,男青年因为这件事一病不起,虽然最终恢复,但他还是选择远走高飞,去高加索服役,不久便在克里米亚战事中阵亡。托茨基表示,很多年之后,想起这件往事,他依然内心无比沉重。

在这个当口,娜斯塔霞突然打断了游戏。她显然已经受够了宾客的无耻行径——当然还有他们的财迷心窍:这些人似乎认为,金钱可以买到包括美、救赎与尊严在内的一切。很快,娜斯塔霞开始了自己的游戏——她通过该游戏来公开反抗金钱操纵的世道。① 她接下来的举动让在场所有人大吃一惊:娜斯塔霞来到梅诗金公爵面前,让后者决定自己该不该嫁给加尼亚。无论公爵说什么,她都将遵照执行。要知道,娜斯塔霞与公爵在当天早些时候才结识——这是无比巨大的信任:"对于我来说,公爵是我一生中遇到的第一个真正信得过的人。一见面他就对我表示信任,我也信任他。"(第152页)

此情此景,尼采也许会微笑着加上一句:"*Ecce homo.*(看哪这个人。)"②

在场宾客惊异于这无限的信任,何况娜斯塔霞信任的,是初来乍到的陌生公爵。梅诗金同样以疯狂的语气回应了女主人:不要嫁给加尼亚!其实,劝阻娜斯塔霞的婚事,也是公爵不请自来的原因。借着公爵的话,娜斯塔霞高声宣布:拒绝加尼亚的求婚。她退回了早先由叶潘钦将军赠予的昂贵项链,也如数奉还了托茨基七万五千卢布的高额嫁妆——她将回到一文不名的状态,重新生活。

就在此时,罗果仁携一众追随者闯了进来,让本已紧张的局

---

① 格罗斯曼将《白痴》中的社会氛围比喻为对"金牛犊"的盲目崇拜,参见《陀思妥耶夫斯基传》(*Dostoevsky: A Biography*),第436页。还可参见琼斯在《陀思妥耶夫斯基小说中的不和谐》中的相关讨论,第94页。

② [译注] 这句拉丁语来源于《约翰福音》19:5中,彼拉多命令下人鞭打耶稣时说的话,也是尼采晚期著作的标题。

面再次升温。早先,罗果仁也在娜斯塔霞身上"押了重注":先是一万八千卢布,然后增加到四万,最后干脆是十万卢布。这一天里,罗果仁像疯了一样四处奔走,终于凑齐了这一捆巨额钞票。现在,他将这捆由《交易所新闻报》的废旧纸张所包裹着的现金,扔到了娜斯塔霞的双脚边。

十万卢布并不是这场"拍卖"的最终出价。更让人意料不到的剧本出现了:梅诗金公爵突然告诉女主人,自己意外获得一笔巨额遗产,并且,接下来的话更让人猝及防——他愿意娶娜斯塔霞为妻。有着不堪过往的娜斯塔霞马上表示,自己不配得到公爵的爱。当公爵带着一向的赤诚对她保证,自己从没有看轻她,因为她"是彻底清白的",娜斯塔霞酝酿已久的强烈情感如旋风般将她的理性劫掠,她当即接受了公爵的求婚:"这么说,真是公爵夫人了!……快来,我要出嫁了,你们听见没有?嫁给公爵;他有一百五十万家财。那就是梅诗金公爵,他要娶我!"(第163页)

如果说《白痴》是一部交响乐,那么这一刻就是乐曲极富意义的高潮。所有的偶然,所有不可逆料的事件,在一个瞬间得到了辉煌的统一。正如洛特曼指出过的:

> 不可预知性,甚至是荒谬性,在陀氏的创作中,可能意味着丑行,更可能意味着奇迹。丑行与奇迹代表着两个极点:一边是彻底的毁灭,一边则是最终的救赎——它们都穿着反常与暧昧的外衣。因此,末世一般的时刻,或者说对人生悲剧困境的最终解决,往往不来自生活之外,也不来自思想与概念,而是来自生活本身。①

《地下室手记》这部小说中,并没有奇迹的影子;《群魔》中

---

① 参见洛特曼《思想的宇宙:文化符号学理论》,第167页。

则充斥着丑行；到了《罪与罚》，奇迹才在众多丑行中显露出一丝迹象。作为小说，《白痴》第一次实现了丑行与奇迹的等量齐观。不过，虽然对此有深刻的洞见，洛特曼却更关注《赌徒》而非《白痴》。据这位学者解释，赌博，能非常具体地展现"不堪忍受的生活中所包含的不堪"，同时又有着对"能一下子解决所有问题的末世奇迹"的期待。赌瘾，包括陀氏本人的赌瘾，与金钱关系不大，而是代表着对瞬息与最终之救赎的期待。这也可以用来描摹娜斯塔霞的隐秘内心——她藐视金钱，同时渴望着最终的救赎。

于是，正当一切似乎尘埃落定，娜斯塔霞终于可以志得意满地离场时，罗果仁的吼声敲醒了她的美梦。这位娜斯塔霞的钦慕者拒绝承认游戏的终结，他大声要求公爵："放弃她！"

小说《赌徒》的人物，英国人阿斯列伊曾评论道："轮盘赌是最俄国化的游戏。"这句话暗示了西方与俄国精神之间的鸿沟：一边是审慎、功利，一边则是对拯救与毁灭之瞬间的渴求。《赌徒》的主人公阿列克谢所面临的困境，从本质上与娜斯塔霞毫无二致。

回到《白痴》的情节，反转又来了。娜斯塔霞很快改变了主意，决定要跟罗果仁远走高飞——她承认，自己无法摆脱过往的羞耻，这些过往会毁掉公爵的生活："我是压根儿不识羞的！我做过托茨基的姘头……公爵！你现在该娶的是阿格拉雅·叶班契娜，而不是娜斯塔霞·菲立波夫娜！否则，菲尔狄宪柯会指指点点笑话你的！"（第166页）

看得出来，她的决定完全不是神志清醒下的产物。在场的宾客终于意识到了接下来将要发生的一切，因此叶潘钦将军才喊道："这是道德败坏，道德败坏！"[①] 然而，娜斯塔霞的游戏并没

---

① ［译注］英译本译为："这是索多玛，索多玛！"索多玛是圣经中最终被烧毁的罪恶之城。

有告一段落。她知道罗果仁并非理想的爱人,但在这里,他足以超过除了公爵之外的其他宾客。与公爵类似,罗果仁仗义疏财,为了她甘愿一掷千金。既已拥有了这十万卢布,娜斯塔霞便进一步提出了一个新游戏——这是对人人渴望的金钱的彻底唾弃——她宣布,自己马上会把这一捆钞票扔进熊熊燃烧的壁炉里,而只有加尼亚有资格把钞票从火焰中救出来——如果他肯弯一下腰,十万卢布就是他的;如果他仍有一点点自尊,这些钱就会化为灰烬。

陀思妥耶夫斯基是折磨自己笔下人物的高手。他擅长通过精心设定的游戏,将其小说中的男男女女逼上绝境,与自己的独特命运狭路相逢。此处,陀氏又以其纯熟的笔法创造出一个绝妙的瞬间。当狂野的火舌舔舐着那包裹着巨额钞票的废旧纸张时,人群如同陷入了魔怔。此时此刻,众人的紧张状态像极了梅诗金癫痫发作或死刑犯等待铡刀的瞬间。列别杰夫和菲尔狄宪柯按捺不住了,他们祈求女主人能准许他们爬进壁炉,将那捆卢布抱出来。其他人纷纷画着十字。而加尼亚,则"带着魔性的笑容"昏倒在地板上。

娜斯塔霞随即得出结论:加尼亚的虚荣战胜了他的贪婪。把那捆钱赏给加尼亚吧,她宣布。在跟罗果仁远走高飞前,她还给梅诗金公爵留下了一句话:"别了,公爵,在你身上,我第一次见到了人!"(第171页,有改动)

四辆三驾马车在大门口整装待发。罗果仁歇斯底里的狂笑在夜空回荡。此时在房间里面,托茨基说话了——弄不清他是在安慰叶潘钦将军还是他自己——"谁能不为这个女人着迷,有时候甚至迷到失去理智和……忘记一切的程度?……上帝啊,这样的性格加上这样的美貌本来还有什么不能造就的?!然而,尽管花了这么多心血,尽管给她受教育,——全部付诸东流!"(第172页)

通过以上情节以及小说中类似的场景,作家希望激发出读者潜藏的游戏天性。陀氏继承了从柏拉图到莎士比亚的传统，他们都不会将悲剧与喜剧、丑行与奇迹截然分开。相反，为了重现最高意义上的"嬉戏"，它们必须同时发挥作用。为此，作家运用了很多不同的方法。比如，他从不错过任何利用人物的名字玩文字游戏的机会。公爵的姓名，列夫·梅诗金，将两种原本没有关联的动物连缀到了一起——狮子（Lev）和老鼠（Mysh；Myshka意为小老鼠）。又比如，娜斯塔霞·菲立波夫娜这个姓名在书中不断出现，但她的姓氏——巴拉什科娃（Barashkova）——却罕有提及。Barashek 是俄文中羔羊的写法，如果与她的首名（Anastasia，简写为 Nastassya）连在一起，则意味着她被贴上了受害者的标签，并将通过自身的牺牲而得到拯救。再看另一个重要人物阿格拉雅，这个名字代表"光辉"，来源于"美惠三女神"之一（另外两个是代表狂喜的欧佛洛绪涅和代表丰盈的塔利亚）。在神话中，欧佛洛绪涅将阿波罗的能量发送到整个世界，阿格拉雅负责收回这些能量，而塔利亚则紧紧拥抱着前面两位女神。美惠三女神约略可等同于基督教中的三位一体：欧佛洛绪涅是圣子，阿格拉雅是圣灵，塔利亚是圣父。

正如勒内·基拉尔指出的，陀思妥耶夫斯基小说的宗教象征，并非只是为了弘扬传统宗教；这些象征是其小说艺术的有机组成部分。① 艺术本身就有着欢谑性，它根源于人们的游戏与戏谑的天性。在继续探讨《白痴》随后的情节之前，请允许我先简单说说游戏与戏谑的两大重要特征：它们的双向性，以及它们与富足、礼物这些元素的关联。

一个小男孩在搭建城堡，他轻易就会明白，城堡真实而又虚幻。它确实是一座城堡，而不是普通的房屋；它又确实不是城

---

① 勒内·基拉尔《欺骗、渴望与小说》（*Deceit, Desire and the Novel*），第 312 页。

堡，因为它不过是一捧黄土——两者之间的平衡极其脆弱，小孩子比大人更擅长维持这种平衡。成人的头脑中已经塞满了僵化的逻辑和非此即彼的信条，这扼杀了游戏的天性。大人所接受的教育，让他们在游戏面前有两种常见的反应。要么，他们在游戏中成为被愚弄的对象，要么，他们愤恨地拒绝游戏，并且渐渐地失去游戏的能力。为了探求陀氏对生命意义和基督献身的理解，我们最好牢记以上两种反应模式。陀氏的小说绝不仅仅是虚构的故事。也许这些小说共同构成一场宏大的游戏，这是事关人类生存之根本问题的游戏。

陀氏认为，如果人们能多一些游戏的精神，时代就会少一些精神上的困境，个体也会更接近良好的生活。游戏精神有着若干变体，并跟很多生活态度存在关联。库斯勒曾将人类情感分为两个截然不同的大类，一类是自我肯定，一类是自我超越。他的研究有利于我们澄清陀氏的观点。在自我肯定的诸多心理中，库斯勒关注了愤怒、惧怕、仇恨、怨恨和敌意。而涉及自我超越，他列举了怜悯、爱、关怀和同情。自我肯定的情绪聚焦于"当场和当时"，而自我超越则与"当场和当时"拉开距离，更聚焦于"彼时和彼处"。自我肯定是一种僵化的、缺乏交流的情绪，而自我超越则是一种灵活的、乐于分享的情感。①

---

① 参见库斯勒《创造的艺术》，第 305 页："看来，怜悯以及其他乐于分享的情绪，会让人参与到舞台上或书页上所叙述的故事之中，如同一条忠实的狗，紧紧跟随着叙述者曲折离奇、稀奇古怪的情节。相反，敌意、怨恨和蔑视则只走笔直的路线，它们对心灵之细微处无动于衷；在它们眼里，铁锹就是铁锹，风车就是风车，毕加索的三个乳房的画像只配得上一个白眼。自我超越的精神可以用法国人的一句座右铭来形容：*tout comprendre c'est tout pardonner*（理解一切，就是宽恕一切）；而自我肯定则只知道断言，忘了去理解。综上所述，当人们迎来生存框架的巨变，自我肯定的情绪就会失去 *raison d'être*（存在的理由），从而在这一过程中消失，而自我超越的情绪则能顺利进入新的母体。"

若是明白了真相，我们就不该执着于生活中糟糕与罪恶的部分——无论是杀戮、牺牲、毁灭，还是仇恨、恐惧、欺骗。我们应该多去看看那让人欣悦的一切——生活中还有着充满生机、充满爱意、充满游戏精神的部分。这正是陀思妥耶夫斯基在《白痴》中所竭力传达的思索，而为了把握这一思索的实质，读者需要更多地关注小说中两个最理想的人物：梅诗金公爵和阿格拉雅，当然也包括两人之间迷人的爱情游戏。

通过渐次呈现的三个阶段，陀氏揭开了这场爱情游戏的面貌。第一阶段是彼此欣赏对方身上的美。第二阶段是爱情游戏的正式开始：恋爱。而它又最终转化为第三阶段也即这场游戏的最后形态：婚姻游戏。从两人头一次相见，第一阶段的游戏就已开始：公爵马上看到了阿格拉雅身上无法掩盖的光辉，正如阿格拉雅也无法忽略公爵内在的美与真。小说后来聚焦于其他情节（比如娜斯塔霞以及罗果仁的故事），而公爵和阿格拉雅则阴差阳错地长久隔绝，因此，这种相互钦慕并没有得以深入。后来，梅诗金公爵寄给阿格拉雅一封传情达意的短信，后者也领会了其中深意，并将之作为秘密保护着。阿格拉雅将这封短信夹在《堂吉诃德》这本书的书页之间——她敏感地认识到，公爵在精神气质上与这位来自拉曼却的骑士有相通之处。

两人的最后一次见面，再一次体现了他们相互吸引的程度有多深。那是时间与距离所无法冲淡的印记。甚至，长久的隔离让情感变得更强烈，尤其是在阿格拉雅这边。这次会晤也有着最高意义上的游戏特性。它发生于公爵返回彼得堡几天之后，这期间，他还经受了一次癫痫发作的阵痛。在列别杰夫位于巴甫洛夫斯克的宅子里——这里离叶潘钦将军的夏日别墅不远——公爵从癫痫发作中慢慢恢复着。听说公爵患病的消息，经常会反应过度的叶潘钦夫人马上认为"他怕是要不久于人世了"，便带着女儿们急急忙忙造访。当然，她们发现公爵并无大恙。此次相见之前,"可怜的骑士"梅诗金的秘密已经在阿格拉雅的姐妹们中间传播。于是,当着不知底细并怒气冲冲的母亲的面,姐妹们叽叽喳喳地怂恿着阿格拉雅透露更多的隐情。除了堂吉诃德,阿格拉雅还将公爵与普希金的诗歌《可怜的骑士》联系在一起。在列别杰夫宅子里的那次聚会上,阿格拉雅解释道:"是因为这首诗确实刻画了一个有理想的人;其次,他一旦为自己树立了理想,能够把它作为信仰,而有了信仰,能够盲目地为之贡献自己的一生;这在我们的时代是不多见的。"(第 242 页)阿格拉雅在此透露了她如此敬佩公爵的秘密:"'可怜的骑士'也是一位堂吉诃德,不过是严肃的,而不是滑稽的,最初我不理解,认为很可笑,可是现在我喜欢这位'可怜的骑士',主要是敬佩他英勇的行为。"(第 242 页,译文有改动)

阿格拉雅是否真正理解了公爵?她理解的是公爵的理想主义,这是他卓尔不群的独特品质。不幸的是,阿格拉雅混淆了两种罕见而有所区别的品质:高贵与纯真。作为一种精神气质,高贵超拔于庸常与渺小之事物,直接指向最高的理想。高贵者通常具有深刻的思想与丰富的内心。堂吉诃德就是努力成为高贵者的典型,与他类似的还有中世纪的圆桌骑士(Round Table)。

与高贵相比,纯真更着重于不沾染罪恶的特质。这是最明显的基督教品德,而其最伟大的典型就是耶稣。作为最高的精神品质,纯真却并非出自"英勇行为",更不是奋斗与征服邪恶的产物。纯真,实际上是一切罪愆产生之前的原初状态,是只属于清白者的品行。正如哈特曼所阐释的,

> 纯粹者没有隐秘;掩饰、遮蔽都完全与他无缘。他⋯⋯不知晓什么是愧疚,他也不需要屏风或面具。⋯⋯他在行为上如此率直,这显示了他缺乏分寸感与世俗意义上的智慧。

他从来不懂得欺骗。①

哈特曼正确地认识到,梅诗金公爵是纯洁者而非高贵者的典型。阿格拉雅没有这样的认识,因此,她的失望在所难免。公爵曾经为了维护娜斯塔霞而冒犯一位军官,军官后来提出要与公爵决斗——在这件事上,让阿格拉雅无法理解的是,公爵竟然对决斗这样的事情无动于衷;更令她震惊的是,公爵甚至不知道怎么摆弄手枪。

阿格拉雅朗读普希金诗歌的那段情节——无论是她朗读时的慷慨激昂,还是她对诗歌的说明,抑或是随之产生的混乱场面——让公爵确认了她对自己的爱意。最鲜明的证据,当然是阿格拉雅表露出来的对娜斯塔霞的妒意。在引述一段诗歌里的文字时,阿格拉雅刻意将字母缩写 A. M. D.("Ave, mater Dei",伟哉圣母)改为 A. N. B.(伟哉,娜斯塔霞·巴拉什科娃)。此时,公爵和阿格拉雅都无从想象,这样的嫉妒和爱意是怎样深刻影响了公爵的命运。她当时所朗诵的诗歌是这样结尾的:

> 他回到遥远的城堡,
> 足不出户以家为牢。
> 不言不语,如痴如呆,
> 忧忧郁郁魂归凌霄。(第245页)

如同中世纪浪漫的情人,两个人物在爱情游戏上消耗着时日。阿格拉雅本可以在棋盘上让公爵惨败,但现实中,公爵却更为出色地扮演了扑克牌中的"小丑"。阿格拉雅并不习惯于失败,

---

① 哈特曼《伦理学》,第二卷,第213页,译文有改动。哈特曼建立了一套详尽的人类品质分类学:高贵,纯真,丰赡,良善,公正,兄弟之爱,超远之爱,身体之爱等。

更不愿在灰心失望中暴露自己的软弱。作为最后的绝望挣扎,她买下了郭立亚及其同伴们的刺猬,并马上差人将这只古怪的小生命送给了公爵,作为某种程度上的"信物"。

美,是棘手的事情,但爱情,则更令人纠结迷惑。我们已经见证了在娜斯塔霞身上美与爱的错配:她没有遵从内心的判断嫁给公爵,而是选择"牺牲"自己,也就是跟罗果仁在一起。下面的悬念就是,同样绝美的阿格拉雅,在面对神秘的爱情时,能否表现得明智一些?

在阿格拉雅看来,坠入爱河,意味着被欲望所占有,而这欲望的内容则是占有自己的所爱。无论如何,她正是在这一矛盾中理解爱情的:被占有同时又希望去占有——最终的解决,就是迈入婚姻。根据阿格拉雅的理解,她与梅诗金公爵的结合必须排除掉娜斯塔霞——爱情,不应该有第三者存在的空间。

陀思妥耶夫斯基提供了很多线索,用以证明公爵对爱与美有迥然不同的理解。公爵曾回忆起自己在瑞士时,特别喜欢到瀑布旁消磨午后的时光。瀑布,是自然之美的典型样态,但瀑布本身有着某种独特性,正如达德利·杨曾分析过的,

> 与花朵和鸟鸣不同,瀑布并不单纯是美,它本身又包含着强力与暴力。奔腾的水流用尽全力将自己撞得粉碎……随后,一切便恢复如常。这是一种非凡的暴力美学,因为它能同时做到肆意发泄而又冷静节制——如是的场景,能同时带给人以恐惧和愉悦,且有着巨大的催眠效果:盯着瀑布之时,似乎生活中所有无解而棘手的矛盾,都被这神奇的力量所化解,那是一种静止不动的变动,一种毫发无损的伤害,一种骇人的美。[1]

---

[1] 参见杜德利·杨《神圣的起源:对爱和战争的狂喜》,第190页。

在这骇人的美面前，公爵保持着平静。瀑布之美，没有让公爵产生一跃而下的冲动——这种冲动也许是"玩耍"（play）一词的原初含义①——他只是波澜不惊地坐着，感激着大自然所赠予的壮丽的礼物。

对待爱情，公爵其实有着相似的态度。小说第一部里，公爵曾讲到玛丽和村里的孩子们的故事，②从故事中，可以看出公爵的美德或纯真有着基督徒的典型特征。对于爱，他也有着同样的理解。柏拉图式的爱欲告诉我们，所有的性吸引都有着特定的缘由，无论这缘由是美，是个性的吸引，还是更为深邃的吸引力——美德。在基督教的观念里，爱不需要任何理由。基督徒之爱有着普遍性，绝不可局限于特定对象——只爱一个人，意味着爱的丧失。就像所有的馈赠一样，爱的馈赠需要传播、散布，而不是由某个人占有。梅诗金公爵不理解常人的占有欲，也有着不同于常人的恋爱与婚姻观念。

当然，两人之间观念上的差别，并不必然导致小说最后的丑闻。一方面，公爵能认识到阿格拉雅身上的独特性，这一独特性让她卓然区别于他所知道的任何人。另一方面，阿格拉雅也原谅了公爵的"丢脸"行为：在叶潘钦家的聚会上，面对"令人起敬的社交圈"，公爵不得不表现得如同她的新郎。境遇、环境、对爱情的不同理解，种种因素共同促成了阿格拉雅、娜斯塔霞和公爵之间的悲剧。

---

① 参见赫伊津哈（Johan Huizinga）《游戏的人：文化中游戏成分的研究》（*Home Ludens: A Study of Play Element in Culture*），第 37 页。［译注］赫伊津哈（1872—1945），荷兰文化学家、语言学家，代表作《中世纪的衰落》《明天即将来临》《游戏的人》等。《游戏的人》中译本参见何道宽译，花城出版社，2017 年。

② ［译注］参见《白痴》第一部第六章。公爵在瑞士居住时，曾救助过一个被全村人凌辱的女子玛丽，并因此和村里的孩子们打成一片。

阿格拉雅的信念，让她必须明确三个人之间的关系，无论这将带来丑行还是奇迹。在那次决定命运的会晤之前，娜斯塔霞和阿格拉雅交换了信件——矛盾与焦虑就此成倍增加。作为这次交换的提出者，娜斯塔霞建议阿格拉雅嫁给公爵，在他那里得到幸福，而她自己将退出，并与罗果仁结婚。该建议当然符合阿格拉雅的设想，但她从娜斯塔霞的信中，真切感受到了后者对公爵的爱。于是，为了缓解焦虑，阿格拉雅促成了三个人的聚首，她希望借此确定，公爵爱的是她，而不是娜斯塔霞。

如此一来，阿格拉雅其实已犯下大错。她要求爱的证明，这是基督教里的基本罪行，仅次于要求证明灵魂之永恒。通过以下两处情节，我们可以判断这一过失并非偶然，而是体现了她心智的不成熟。更早的时候，她还曾要求加尼亚证明自己的爱——证明方式是将手指伸到烛火上。可怜的加尼亚当然不明白阿格拉雅意欲何为。也许出于对爱情的失望，阿格拉雅最终远走高飞，嫁给一个波兰的假伯爵，并皈依了天主教。

交换信件一事，让人们窥见了两个高傲女人脆弱的内心。阿格拉雅当场便失控了，在慌乱中口不择言。娜斯塔霞也察觉到了，因此她继续用语言激怒阿格拉雅："您想要亲自核实一下：他对我的爱是不是超过他对您的爱，因为您妒忌得不得了……"（第 555 页）此时的娜斯塔霞就如同一位在赌牌上倾尽所有的疯子，当她发觉对方（阿格拉雅）节节败退后，更是希望发出致命一击，因此，她不惜赌上三个人的未来。"瞧，他就在那里！"她指着公爵，冲阿格拉雅嚷道，"如果他不马上向我走过来，如果他不要我，不把你扔下，那你就把他拿去，我让给你，我不要他！……"（第 556 页）

站在或许是他最爱的两个人中间——两个人此刻都失去了理智——公爵却走出了最后一步"昏招"：当娜斯塔霞和阿格拉雅"摆开等待的架势站着，两人都像发了狂似的望着公爵"，公爵却

"并不充分理解这次挑战所蕴涵的力量,可以说肯定不理解。他只看到自己眼前是娜斯塔霞那张失去理智、不顾一切的脸,有一次他曾向阿格拉雅透露,看到这样的脸他的心就像'给永远刺穿了一般'"。公爵似乎已经无法承受眼前的场面了,他最终朝着阿格拉雅说道:"怎么能这样呢!要知道,她是……多么不幸!"(第 556 页)

读者诸君,如果您期待中的新郎这么跟您说话,很可能您也会和阿格拉雅一样扭头就走。"公爵也拔腿追上去,但在门口被两条胳臂紧紧抱住。"这是娜斯塔霞,她只来得及问了公爵一句"你要去追她?"就昏倒在公爵的怀里。作家在下面所描述的场景,像极了一幅角色颠倒的"圣母怜子"图:"公爵坐在娜斯塔霞·菲立波夫娜身旁,目不转睛地望着她,用两只手抚摸着她的头发和面庞,宛如爱抚一个小孩子似的。"(第 556 页)

献身的意义

从小说第四部开始,叙述者似乎站到了公爵的对立面。他希望让读者相信,梅诗金应该为此后发生的灾祸与丑闻负责。小说叙述者并没有明确指出那桩丑闻的意义,但笔者之前在讨论伊波利特的内心时,曾对此有所提示。伊波利特看到荷尔拜因描绘基督之死的画作后的反应,大致可归结为以下两点疑惑。第一,当一个人目睹了这残损的身躯被人们从十字架上搬下,然后又埋进坟墓里,他怎么可能再对基督保持信仰?怎么可能依然相信基督能够复活?第二,如果耶稣能预先知道将要发生在自己身上的惨剧,他还会相信自己牺牲的价值吗?

《白痴》的最后部分,读者也陷入这样的困惑之中。若是将公爵当成耶稣一样的人物,那么,该如何看待既已发生的事情?

伊波利特的绝望与叙述者的失望又该如何处置？

这些问题对陀思妥耶夫斯基而言如此重要，所以他才安排叶甫盖尼·帕夫洛维奇与公爵进行了一次对话。帕夫洛维奇家境殷实，而且是社交场上的老手。同样作为阿格拉雅的求婚者，他却并没有和梅诗金公爵产生芥蒂，甚至还对公爵颇有好感，无论是在种种丑行发生之前还是之后。当然，作为叙述者心目中的常识派和世俗智慧的代表，帕夫洛维奇还是站在阿格拉雅一边。

两人之间的对话算得上陀氏小说艺术的又一个经典例证。一个是感情用事、思维混沌的糊涂公爵，一个是人情练达、思维敏锐的社交达人。帕夫洛维奇看起来有能力理解一切，并以自己清晰的头脑解释一切——然而，读者越来越怀疑，他的每一个解释，似乎都刚好错过事物最关键的部分。同样属于他这样的人物类型的，还有《卡拉马佐夫兄弟》里负责审判德米特里的预审推事。

公爵告诉帕夫洛维奇，自己打算娶娜斯塔霞为妻。公爵解释道，这并不是为了让她幸福，而是："我只不过结个婚罢了……反正这没有关系！"公爵认为婚姻本身改变不了任何事情。他即将迎娶娜斯塔霞，但他仍不敢面对这个女人的双眼："'我害怕看她的脸！'他十分恐惧地加了一句。"于是，"善解人意"的帕夫洛维奇替公爵总结道：所以，你要和娜斯塔霞结婚，虽然你并不爱她。接下来，公爵的回应完全超出了他的认知：

"哦，不，我全心全意地爱她！要知道，这是一个……孩子：现在她是个孩子，完完全全是个孩子！哦，您什么也不了解！"

"可您同时又声称自己爱阿格拉雅·伊万诺夫娜？"

"哦，是的，是的！"

"这怎么可以？如此说来，您想对两个人都爱！"

"哦，是的，是的！"

"喂，公爵，您在说什么？！快清醒一下！"

"要是没有阿格拉雅，我会……我一定得见到她！我……我不久将在睡梦中死去；我想我今天夜里就会在睡梦中死去。哦，我是多么希望阿格拉雅能了解，了解全部情况……一定得了解全部情况。因为必须了解全部情况，这是最重要的！为什么我们总是不能了解另一个人的全部情况，而有时候恰恰需要了解，尤其是当那另一个人有过错的时候！……不过，我现在不知道自己在说些什么，我头脑里乱得慌；您的话太使我震惊了……"（第 566 – 567 页）

帕夫洛维奇认为公爵神志不清，这也许并非完全是误判。然而，他再次错过了真理。为了朝着真理的方向前进一步，以及更准确地回答伊波利特的问题，我们需要把《白痴》中相互纠缠的两个论题拆分开来。首先，小说试图探究的是结局的必然性：公爵的性格，是否一定会导致最后恶行的发生？其次，小说更希望揭示的，是恶行本身的意义所在，最终，这个问题会归结为公爵献身的意义所在。在荷尔拜因的画作中，基督最终的归宿不过是墓穴；而在陀氏的《白痴》里，梅诗金在精神病院里，在一次睡梦中归西，他的归宿莫非也仅仅是自己那混乱不堪的头脑？我们究竟该怎么理解这样的结局？

第一个论题相对比较容易处理。简单地讲，灾祸的发生是命中注定。在写作过程中，陀思妥耶夫斯基并非不想做出其他的选择，让小说走向不同的方向——但所有替代的结局都无法自圆其说。在恶行发生的过程中，公爵几乎都起到了推波助澜的作用。最明显的体现是，他一方面无法真正迎合叶潘钦及其圈子里的人，一方面又令布多夫斯基及其虚无主义同僚们大失所望。叶潘钦一家不理解，他好歹是个公爵，为何一定要和那些"乌合之众"混在一起，甚至还严肃地对待他们明显无理取闹的要求。那帮虚无主义者同样也不理解，一个如此优秀的人，一个鄙视上流社会的贪婪，并在他们面前抛掷钱财以表达嘲讽的人，为何要与这些搜刮民脂的"寄生虫"有瓜葛。公爵夹在两个阶层之间，承受着两个方向的审视与压力。因为其仁慈、温和与孩子气的天性，公爵常常成为各种过错的承担者。不管在多么无耻的问题与要求面前，他都照样报之以天真的微笑与严肃的回应，这让他激怒了不少人。在公爵这样一位奇人面前，两个阶层似乎摒弃了彼此的仇恨，不约而同地把愤怒撒在了这样一个"白痴"身上。然而，经受了如此之多的羞辱，公爵依然彬彬有礼，因为他知道，这些人的纷争统统不得要领——他们遗漏了真正重要的事情。①

对公爵性格更进一步的考察，又会涉及小说中那个滑稽而生动的经典场景，即他与叶潘钦家女士们的第一次见面。当叶潘钦夫人问及他对瑞士的第一印象时，公爵的答复远远超出了其问题的范围。"最初的印象十分强烈"，公爵一本正经地开始了他的回忆，描述了他怎么去适应无处不在的陌生感：

> 陌生的环境使我悲从中来。我从这种阴郁的心情中彻底猛省过来，记得是在刚刚进入瑞士巴塞尔的一天傍晚，市场上的一声驴叫把我惊醒了，那头驴子对我震动极大，我不知为什么非常喜欢它。而与此同时，我的头脑似乎豁然开朗了。（第52页）

我们可以想象，听到这样的回答，叶潘钦夫人会露出怎样吃

---

① 这一部分的观点来自黑塞对《白痴》的评论，参见黑塞《对陀思妥耶夫斯基〈白痴〉的思考》，出自散文集《我的信念：人生与艺术散文选》(*My Belief: Essays on Life and Art*)，第88-89页。

惊的神情,而她的女儿们会发出怎样的笑声。在风景秀丽、名胜众多的瑞士,公爵印象最深的竟是一头毛驴!在谈到巴塞尔这座城市时,他提到自己去参观荷尔拜因关于基督之死的那幅画——后来他也跟罗果仁提及此事。通过这次对话,我们发现梅诗金公爵异常专注的品质:他不会因为别人的反应而中断思路。一旦开始一个话题,他就可以将之顽固地进行下去:

> 从那时起,我对驴子喜欢得要命。我甚至对它们有一种特殊的好感。我开始向别人询问有关驴子的情况,因为过去没有见过;我一下子就确信,这是一种大有用处的牲畜,能干活,力气大,耐性好,价格低,肯吃苦。通过这头驴子,我忽然对整个瑞士都有了好感,先前的忧郁顿时一扫而空。(第53页)

打这以后,连叶潘钦夫人也忍不住要将梅诗金跟驴子联系在一起。当然,在她眼里,驴子是愚蠢的象征,这个蠢家伙曾讨得公爵无比的欢心,并令他"豁然开朗"。而在公爵内心,在瑞士时对驴子之形象的思考,让他联想到了耶稣,特别是耶稣去往耶路撒冷的最后旅程。当然,他肯定也会想到圣保罗在《哥林多前书》中的话:"神岂不是叫这世上的智慧变成愚拙吗?"

陀思妥耶夫斯基的确是将公爵塑造成了一个"圣愚"的形象,他拥有着"愚拙的智慧",是"愚人里的基督"。[①] 圣愚这个传统背后的逻辑是:相对于积累了太多学术知识与世俗智慧的

[①] 从作家的手记中可以看出,他在创作《白痴》时,对于梅诗金的定位一直非常纠结,直到最后,他终于决定将之定位为一个圣愚。试列举作家的一段笔记:"一个谜,他究竟是谁?一个可恶的家伙,还是一个神奇的化身?……他是一个公爵……一个圣愚。(他跟孩子们打成一片。)"引自《〈白痴〉手记》(*The Notebooks for The Idiot*),第14页。

人，那些粗鲁而无知的愚夫，因其内心的纯粹，反而更能刺穿真理的外衣而深入其内核。基于这样的逻辑，一旦人们开始反思自身的心智，一旦人们冷静地承认，理性亦有所局限，那么，真正的智慧便被赋予到愚夫的身上。

圣愚的传统一直躲藏在西方文明的主流形态之下，然而，仍有一些顶尖的哲人可归属于圣愚的范畴，譬如耶稣和苏格拉底。也有一些写作者，如索福克勒斯、阿里斯托芬、托马斯·莫尔、伊拉斯谟、拉伯雷、塞万提斯、莎士比亚和托尔斯泰等，都在作品中塑造了让人难忘的圣愚形象。圣愚的共同之处是有违常理。因此，启蒙时代的哲学家对此传统颇为敌视。启蒙主义者强调自然天性与理性之间的对抗——无论我们制定了多么精巧的理性规划，人的本性总是会坏了大事。人想要完全依据理性的指导而行事，理性秉承着这样的原则：凡事有果必有因，纯粹偶然的事件并不存在。然而，无论是人还是自然界，总是能生出一些无缘无故的偶然事件。《罪与罚》里的拉斯柯尔尼科夫等人总是嚷嚷着要纠正自然，而《白痴》里的伊波利特则将自然比喻为一头喑哑无情的盲兽。

如若理性与人的自然天性根本无法取得一致，那我们如何能谴责自然？在陀氏之前，已经有包括比埃尔·培尔（Pierre Bayle）、帕斯卡、亚历山大·蒲柏（Alexander Pope）和稍晚一些的史怀哲等人对此进行过深思。[①] 他们一致认为，完全在理性的范围内理解整个宇宙是不可能的事，想要以理性解释一切的想法是自大和愚蠢。黑格尔坚称现实一定是理性的，相信人类迟早会揭

---

① [译注] 比埃尔·培尔（1647—1706），法国的哲学家和评论家，十七世纪后半叶极有影响的怀疑论者，被认为是十八世纪理性主义的先驱，编辑了著名的《历史与批判辞典》。亚历山大·蒲柏（1688—1744）是十八世纪英国伟大的诗人，杰出的启蒙主义者，著有长篇讽刺诗《夺发记》和《群愚史诗》，并翻译过荷马史诗。

示一切隐藏的自然法则。伊拉斯谟则将这类哲学家称为"愚哲"（foolosophers，这是伊拉斯谟生造的词），库萨的尼古拉（Nicolas of Cusa）也创造了一个漂亮的词："docta ignorantia"——"有学识的无知"。①

陀思妥耶夫斯基也属于上述批判者的阵营，他们的共同点是拒绝颂扬理性。通过地下室人，陀氏已经对理性发起总攻。地下室人声称，通过理性，你只能了解人性的二十分之一。人的灵魂完全不是由理性来主宰的，而且，也不应该由理性来主宰。倘若我们把理性精神奉若神明，那么在这尊假神的引导下，人类必将一败涂地。

但是，一旦废黜了理性的统治，人们又该信奉怎样的权威？新的价值源泉又在哪？与比埃尔·培尔、帕斯卡、蒲柏和史怀哲的结论类似，陀氏认为，信仰是唯一的出路。将信仰当作我们的权威与向导，才能走出追寻人生意义的迷途。

陀氏对信仰的理解有其独特之处。在《罪与罚》中，他对信仰的领悟似乎依然在东正教的范围之内。而到了《白痴》，他的思想有所发展，且达到了一种颇为怪诞的地步。当然，学界对陀氏究竟有没有系统的信仰理论还有很大争议。所以，在接下来对其相关主题的考察里，我们必须慎之又慎。

在基督教传统观念中，自然与世界是一个经常遭受忽略的背景。当圣保罗说，上帝会将这个世界上的智慧体现在愚痴身上时，他心中的"世界"只是我们暂时的住所，而非最终的栖居地。因此，才会有这种暂时颠倒。而到了永恒的天国，智慧就是

---

① ［译注］库萨的尼古拉（1401—1464），生于摩塞尔的库萨，所以被称为库萨的尼古拉，是德国哲学家、神学家、法学家和天文学家。作为德国文艺复兴人文主义的最早倡导者之一，他在精神和政治上作出了贡献。一个值得注意的例子是他关于"有学识的无知"的神秘或属灵著作。

智慧，愚蠢就是愚蠢。这明显不是陀氏对"愚人里的基督"这一概念的理解，更不是他对待自然与天性的方式。无论是西方基督教还是现代性对自然的轻蔑，陀氏都无法苟同。他其实也不同意自己笔下拉斯柯尔尼科夫与伊波利特的判断，也就是说，自然绝不是一架需要修理的笨重机器，或一头需要驯服的无情巨兽。

那么，陀思妥耶夫斯基是要赞美自然吗？虽然有些学者持此论调，但笔者认为，回归"自然母亲的怀抱"绝不是陀氏在《白痴》中所表达的最终信条。虽然有关自然本性的讨论在《卡拉马佐夫兄弟》中才真正呈现，但陀氏在《白痴》中就已表明，我们必须认识到自然的界限。举个例子，在娜斯塔霞和趴在她尸体上的苍蝇这两个生命之间，自然不作任何区分。自然也不会告诉我们，为何伊波利特必须得死，而列别杰夫却能颐养天年。时间流逝，天地不仁，它从不关心生生死死的轮回。生命仍在彼此吞噬，正如生命也能孕育出新的希望。

如果以上就是全部真理，那么，我们便必须赞同拉斯柯尔尼科夫和伊波利特。不过不要着急，"圣愚"一般的梅诗金公爵出现了，他似乎知道一些别人忽略了的、只有直觉才能把握的真理。自然确实冷漠，无论是面对苍蝇的嗡嗡还是娜斯塔霞的美丽。然而，无可否认的是，娜斯塔霞那震撼人心的美，正是拜自然所造。为何，自然要缔造出一个如此美好的造物？为何是娜斯塔霞而不是其他人？这当然是些无解的问题。但没关系，美存在着。美，是大自然给予的礼物，是理性无法解释也难以模仿的奇迹。

同样，爱也是神秘的，它从不遵循世俗之逻辑。如果说美是大自然的礼物，爱，就是精神的馈赠。两者皆有着谜一样的特质，只不过其内容有别。美，总是有着挑衅性，总是对主体的一种诱惑——在这一点上，爱显然更胜一筹。

陀思妥耶夫斯基将美与爱看成阶梯，登上这座阶梯，是我们达到信与望的必要步骤。我们发现，《白痴》中仍有为数众多的人物对美感到漠然。他们不明白美的珍贵，不明白美是不能被占有和操纵的。他们将娜斯塔霞的美——以及稍逊一筹的阿格拉雅的美——当成可以买卖或独占的商品。他们永远不懂，美是应该赞美并分享的礼物。

这些把美好事物当商品的人，一定会陷入狭隘的自我意识之中，像井底之蛙一样去理解世界。荷尔拜因所描绘的墓中基督，就是此狭隘自我的产物。他们没有资格攀登下一级阶梯，即爱的阶梯，更无法触及信仰与希望。娜斯塔霞与阿格拉雅也许能体认美的本质，然而她们误解了爱的真谛。她们对自然有了很深的认识，只是在精神层面仍有欠缺。虽不像托茨基与叶潘钦将军那样妄图操纵美，但她们却想操控爱。这种错误的企图必会将爱玷污，也必然会导致信仰的丧失。以上几个人物，最终堕入了虚无、恐惧或疯狂的境地。[1]

那么《白痴》中哪个人物具备真正爱的能力，并能葆有信仰呢？无疑正是那个被称为"白痴"的公爵。公爵与其他人物的根本不同，是看待他人的眼光：公爵从不以自己的欲望为标准来评判他者。这一超越性的态度，让他超乎俗人，有了一种垂怜世人

---

[1] 根据茨威格的说法："陀思妥耶夫斯基最动人的技巧，是对爱这一人类情感的摹画。从几百年前的古典时代开始，文学就将男人与女人之间的关系当成了自己的核心主题与灵感源泉。陀氏也致力于这一领域，并将之推向深入，直至达到巅峰。事实上，他似乎已获得了该领域的终极秘密——这是他最大的发现。爱，在那些富有想象力的作家那里，是人生的目的，是其所讲述的故事最终将走向的目的地。而在陀氏这边，这些作家笔下的爱，只不过是人生之路上的小小舞台……陀氏却仰望到了更大的舞台，在那更为高远的天界。"参见《三大师：巴尔扎克，狄更斯，陀思妥耶夫斯基》，第211页。

的视野。如此视野不单单决定了他的行为与判断，还感染了他身边的一众人等。梅诗金公爵的无私、挚诚与天真，邀请他周围的人们卸下自己的伪装，展示真实的自我。

对于身边发生的很多事儿，天真而好脾气的公爵都会露出一脸迷惑。可不要以为他事事糊涂，他内心清楚地知道列别杰夫为人如何，知道这个家伙想要利用自己的企图。他也明白帕甫里谢夫的儿子及其帮闲们图的是什么。他清楚地察觉到了罗果仁那嗜血的眼光在打量着自己。他对吞没了娜斯塔霞的疯狂也不无预见。人们不能指责公爵，说他只想找到人间天国，说他从不在乎人世的过错。公爵并不会对人性抱有太多不切实际的期待。将公爵区别于众人的特征在于：他接受他人最龌龊的本相，同时又继续爱着人们，他绝不评判他人，却总是满怀信念。

此处，我们触及了那些一般意义上的聪明人（如帕夫洛维奇等等）最难以理解的地方。公爵希望，内心的爱意能助阿格拉雅一臂之力，让两人之间有更深入的理解。爱的确能跨越崇山峻岭，但，阿格拉雅对公爵的爱足够深厚、足够纯粹吗？她能通过爱的考验吗？受伤害的自尊阻止了阿格拉雅，使她无法突进到爱的深处。她甚至不会给公爵一个申明自我的机会。帕夫洛维奇曾如此为阿格拉雅辩护："阿格拉雅·伊万诺夫娜对您的爱是一个女人的爱，她是一个有血有肉的人，而不是……脱离肉身的灵魂。您可知道，我可怜的公爵：很可能，您既不爱这一个，也不爱那一个，从来也没有爱过！"（第567页）

帕夫洛维奇这次仍然只说对了一部分。从俗世之爱的角度，公爵确实不爱两个女人的任何一个。他所爱着的，的确是脱离肉身的灵魂，因为，爱的本质是精神之馈赠，爱并不存在于肉身或自然。所以，经由肉身或自然所表达的爱，只是爱的皮相。当然，外在的表达有时也能直通本质，那是因为，一个人的外在能够展现其精神的纯洁。换个角度说,在朝向一个人的激情与朝向所有人的仁爱之间,公爵总是会选择后者,这是由于,人们身上的人性永远高于其个性。他希望唤醒周围所有人——包括娜斯塔霞与阿格拉雅在内——的仁爱之心。帕夫洛维奇当然会说,公爵其实无法唤醒任何人;而梅诗金则会坚持仁爱的价值:它是朝向人类苦难所敞开的心灵,是通往信与望的道路。

读者不妨随笔者想象一下陀思妥耶夫斯基的"阶梯",它或许由下面几层台阶构成:

美→爱→信仰→希望

这样的阶梯能否帮助我们解答那个缠绕伊波利特的疑惑?

对于我们之前提出的第二个疑惑,该阶梯的确可以部分化解。如果耶稣提前知道自己将遭受的一切,他还会牺牲自我吗?答案或许是:会的,因为他的献身是精神上的馈赠,是爱的行动。

柏拉图在《会饮》中同样提供了自己的"阶梯"。攀登它,我们就能够看见美本身,或美的理念(the Idea of Beauty)。只是,这种攀登需要非凡的虔诚和牺牲。[①] 陀氏区别于柏拉图的地方在于:牺牲并不是为了达到某个欣赏美的最佳角度,而是为了生成真正的爱。外在的成就并不能衡量献身的价值,快乐主义、功利主义、实用主义等名词同样与献身毫不相干。另外,为爱而献身的价值,也绝对无关乎献身之后实际上发生了什么,或出于爱而馈赠的礼物具体是什么。耶稣的献身,以及同一层面梅诗金公爵的献身,是爱的礼物,是仁慈的播撒。

耶稣的献身与他在十字架上的受难,这些事件并不从属于自然界的因果链条。我们更不能以庸俗伦理学中的手段-目的链来

[①] 参见柏拉图《会饮》(*Symposium*), 209c – 211c。

考量它。耶稣的献身与受难，背后一定有全然不同的"逻辑"，其来源是人类的精神力。它也包含着沟通个体与整全的方式，即，在多样化的个体与齐一的整全之间，一定有着实现紧密连接的途径。评判是负面概念，因为将一个人评判为"正确"必然意味着另一个人的错误；献身则是正面概念：人总是要为了他人而牺牲、而献身。献身，表达了我们乐于融入于整全，心甘情愿地参与到人生的宏大游戏里，而不考虑最后的得失。与古人不同，陀氏坚称现代人最核心的缺陷，是不再被任何理想所征服。没有超越一切的理想，现代人便很难摆脱库斯勒所说的"自我肯定的倾向"：我想要成为全宇宙的中心，为此，我不惜牺牲任何他者的利益。在如此的思维模式里，献身与死亡显然太过沉重了。

失却了献身与信仰，与他人真正的沟通便不再可能。真正的沟通，意味着在与他人的关系中发现并发展自己的心性，这首先需要忘记自我，视他人为绝对独立的个体。献身，意味着自我超越的趋向，意味着朝向某种更高的理想。因此，献身者会摒弃所有自我导向的、以快乐和利益为目标的计算。通过自我的献身，通过牺牲，我展现出了对他者的敬畏。其实，sacer 这一拉丁词汇具有多义性："分离"、"不可触及"、"禁忌"，以及，"神圣"。

正是通过这样一种敬畏万物的自我超越态度，梅诗金公爵向读者展示了存在的神秘与价值的深度。其中，现实呈现出不同于以往的维度与面相——这是只知道自我肯定的头脑所难以体察的。公爵的热烈挚诚和善解人意，造就了一种充满信任的气氛：不仅仅是他对别人的信任，还有别人对他的信任。他正是陀氏希望读者理解的"典范"（incarnation），该词字面上的意思是"让肌体生长"，象征的含义则是"道成肉身"（the word becoming flesh)① ——梅诗金，是一缕照进现实的理想之光。他认识到，牺牲是值得的，生活总是会善待那些愿意为他者牺牲的人。

于是，我们也就明白了，为何荷尔拜因画笔下的墓中基督无法动摇梅诗金的信仰。他不惧死亡，也不忌惮"盲目而无情的自然"。他拥有某种非凡的洞察力，特别是在癫痫发作前——那是时间暂停、值得用整个一生去交换的瞬间——他对宇宙中的一切充满仁爱，且理解了万事万物之间的神秘关联。有生之物皆神圣，公爵似乎可以对一切说"是的"，对一切张开双臂。一场宏大的生命之舞正在他眼前上演。

梅诗金公爵以自己的行动投入这场生命之舞，而帕夫洛维奇们则绝然无法理解公爵。公爵对阿格拉雅说"是"，也对娜斯塔霞说"是"——他不觉得这里面有任何矛盾。他对列别杰夫和布多夫斯基说"是"，对加尼亚和伊波利特说"是"，对凯勒尔和伊沃尔京将军同样说"是"。甚至，他对想要谋害他的罗果仁，一样能说出"是"——公爵似乎脱离了凡间。

天真最是无力，也最没有侵略性。帕夫洛维奇这样的世俗中人，很可能会把公爵送进精神病院，甚至将他送上绞架，以此来惩戒那些有着怪异思想的人。每个社会都会划定一整套区分对错、善恶、是非的边界。梅诗金公爵的危险在于，他拒绝这些画地为牢的界限。因此，在社会这场游戏里，他成了搅局者，成了扫兴的人；他甚至比那些利用社会规则的骗子还要可怕。正如赫伊津哈在《游戏的人》里面论证的：

> 一个扫兴的游戏者，会通过退出游戏来展现游戏本身的相对性与脆弱性。这一行为让他与周围的人隔绝。他拒绝在

---

① ［译注］参见《约翰福音》，1：14。

幻象之上玩耍——幻象是个有趣的词，其字面义为"在游戏中"（该词来源于 inlusio, illudere 以及 inludere）。由于成了整个游戏（也即整个社会）的威胁，他必须被驱逐出去。①

耶稣也和我们的公爵一样，是一个游戏里的搅局者——这一点同样体现在荷尔拜因的画作之中。陀思妥耶夫斯基童年阅读俄罗斯历史学家卡拉姆津的《一个俄罗斯旅行家的书信》时，就知晓了这幅画。卡拉姆津兴致勃勃地介绍了"这幅由伊拉斯谟的友人、鼎鼎大名的巴塞尔人荷尔拜因创作的绘画"。荷尔拜因另一幅名作，收藏于德累斯顿的《圣母像》，早就令陀氏倾慕不已；他称《圣母像》是"宁静而隐秘的悲悯最高的化身"。对《墓中基督》，陀氏同样满怀期待。他后来旅行到了巴塞尔，正是想要亲睹这幅杰作的魅力。从陀氏妻子的日记中，我们能感受到作家在原作面前所受到的震撼："（我的丈夫）完全被那幅画吸引了。为了更近一些观赏它，他甚至试图站到一把椅子上。我真担心我们会被处罚，就像以前曾有过的那样。"在作家妻子后来出版的回忆录里，这个故事被改编了（很不幸，回忆录中的很多记录都有失原貌）：陀氏先是兴奋地在画作前观赏了将近半个小时，然后才被妻子强行拉走，因为她担心丈夫会癫痫发作。现在我们可以猜测，陀氏当时并没有癫痫发作的风险，相反，他正经历一场独特的内在体验。②

小荷尔拜因出生的年代，欧洲正处于基督教思想与人本主义思潮的交叉口。不过，与其友人伊拉斯谟的《愚人颂》类似，《墓中基督》并非无神论思想影响下的产物。荷尔拜因在创作此

---

① 赫伊津哈《游戏的人》，第 11 页。基拉尔同样在其著作《暴力与神圣》中声称，当参与者一致同意时，神圣的暴力就可以发挥作用了。
② 此段内容参考了弗兰克《陀思妥耶夫斯基：非凡的年代，1865—1871》，第 220 – 222 页。

画时,临摹了一具现实中发现的腐烂尸体,这体现了他坚定不移的现实主义——从中世纪晚期神学家们对基督受难的沉思中,现实主义就苏醒了。与伊拉斯谟的著作同样类似的一点是,《墓中基督》采取了极度戏剧化的表现方式,以便激起观众对基督之受难与献身的真正共情和深入思考。正如罗兰兹(John Rowlands)所分析的,

> 强调基督受难这一事件上的戏剧效果,是后来的圣依纳爵(St. Ignatius)同样用以影响其追随者的手段。① 荷尔拜因的画作,让人们真正思考事件发生时的环境、起因与过程……画这幅画的目的并不是要传播绝望,而是想要传递信念:即使是如此不堪的腐烂之后,基督仍能在第三天复活于上帝的荣光之下。②

在这幅画面前,梅诗金不为所动,但罗果仁和伊波利特却崩溃了。观看者会被此画作的两个地方所困扰。最明显的地方就是张大的嘴巴和眼睛——这完全违背了下葬的风俗。当然,若论及这一风俗(下葬前要合上死者的眼睛和嘴巴)的起源,则很可能要追溯到异教传统中对恶魔的恐惧。当然,到了十三世纪,欧洲的基督徒也接受了该风俗。闭上眼睛是避免看到可怕的魔鬼,而合上嘴巴,则"是避免邪灵将此人拖到死神那里"。第二个惊扰到观画者的地方,是画面所传达出的象征意味:全幅画作中弥漫着墓穴中阴沉、封闭的压抑感,连画幅的尺寸都与棺材相同。这

---

① [译注]圣依纳爵(1491—1556),西班牙人,是罗马天主教耶稣会的创始人,也是圣人之一。他年轻时在战争中受伤,后来皈依天主教并前往耶路撒冷朝圣。后来他在罗马天主教内进行改革,以对抗由马丁·路德等人所领导的基督新教宗教改革。

② 参见罗兰兹《荷尔拜因》(*Holbein*),第 52 – 53 页。

里不存在任何敞亮的空间,不存在开口和通道——这一切,都指向神圣与世俗两个维度之间的隔绝。神圣被世俗死死缠住,基督身上的神性则在两个层面上沦陷于世俗:首先是所处的坟墓,其次则是他的肉身——关押灵魂的坟墓。此处,可以引用荷尔拜因的朋友伊拉斯谟喜欢的一句话,这句话出自柏拉图的《高尔吉亚篇》(*Gorgias*):"谁能确定,活着实际上是死去,而死去则意味着活过来?或许我们已经死了,因为我曾听一位智者说,我们现在正躺在肉身这座坟墓里。"①

罗果仁将此画展示给梅诗金公爵,并询问他还信不信上帝了。梅诗金则给罗果仁讲了几个故事或往事。最后一个故事里的核心意象,是孩子与母亲之间的第一次交流。故事中,那个农妇告诉公爵:"做母亲的第一次发现自己的孩子在笑,心里有多么高兴;上帝每一次看到有罪的凡人真心诚意地跪在他面前做祈祷,我想一定也是那么高兴。"(第215-216页)一个淳朴而目不识丁的女人不假思索说出来的话,在公爵这里却饱含深意:"她说出了非常深刻、非常精细而又真正是宗教的思想,一下子表达了基督教的全部精神实质:上帝好比我们的父亲,上帝喜欢人犹之于父亲喜欢自己的亲生孩子。"(第216页)看着满脸迷惑的罗果仁,梅诗金不得不进一步解释道:"宗教感情的实质同任何推理无关,同任何过错或罪行、同任何无神论都不相干;这里头不是那么个问题,永远不是那么个问题;这里头的问题是各种各样的无神论永远只会擦着滑过去而永远不能说到点子上的。"(第216页,译文稍有改动,强调为原文所有)

真正说到点子上的,就是母亲望见孩子第一次微笑时的欢欣,是天父看到罪人全心祈祷时的欢欣。

当然,对于上面这条教义,几乎没人能轻易理解,在梅诗金

---

① 参见柏拉图《高尔吉亚篇》,492d-493a。

看来，这是由于人们不习惯伦理道德的缺失。基督那僵死腐烂的肉身没有困扰公爵，他甚至宣称宗教的本质与"过错与罪行"无关。他从不曾因为任何罪过责备过任何人，也不认为罪人应当受到上帝的惩罚："上帝每一次看到有罪的凡人真心诚意地跪在他面前做祈祷，我想一定也是那么高兴。"也就是说，梅诗金的纯真，是某种存在于善恶之外的状态，① 而陀氏的阶梯（美→爱→信仰→希望），现在来看也与伦理道德无关。

那么，陀氏的观点是与伦理道德无关的吗？或者说，在他的见解中，实际上包含着不同寻常的伦理价值？

陀氏本人也在这两种可能之间徘徊着。比如，他觉得梅诗金的纯真虽然与善良不是同一个概念，但也并非决然相反。在小说创作上如此伟大的陀翁，如果真的成了哲学家，很可能发明出一套不同于功利主义和康德主义的道德哲学。与功利主义不同，他并不关注人类行为的效果与作用。因此，作家并不反感无用的和无目标的行为。进一步说，作家更在意人类存在的主观性领域，这也体现在他所关注的群己关系的概念上：相对于正义，陀氏更主张宽容；相对于权利，他更主张关怀与同情，并将之作为人类品质中的典范。

聚焦于关怀与同情这一点，或许也能解释他与康德的差别，虽然两者相对而言更接近一些。在道德行为中，康德强调人的动机与良好意愿，而不看重后果。康德坚持其伦理学的基本法则：应当将每个人当成目的，而不是手段——这就是著名的"绝对命令"。陀思妥耶夫斯基一定会拒绝康德严苛的伦理学法则；在他

---

① 正如哈特曼所言，"善良，这是一个标准的肯定性概念，而纯真——其字面义就暗示我们——则是否定性的：它意味着对罪恶的免疫。此处，善良，代表着对价值和更高之物的积极追求；而纯真，则是对无价值与卑下之物的绝对无涉。纯真者不会因欲望而堕落，不会因诱惑而迷失。他的气质中本就包含着对一切无价值事物的远离"；《伦理学》，第 211 页。

看来,关怀与同情不会预设任何道德原则或律法,也不会接受先验的推理和所谓的"绝对命令"。陀氏所写就的伦理学中,一定充满仁慈与爱,而不是法则与原则。①

另有一个证据,可以说明陀氏希望将伦理与宗教分离的倾向。在道德领域,人可以努力取得成就,成为楷模,但梅诗金的纯真却不是能够靠努力获得的——纯真是神赐的礼物,是他身上微妙难言的天性。虽然并非善良的对立面,但纯真的确更接近神圣的领域——当人们失却纯真之时,就更能发现这个道理。因为,用伦理的眼光看,一旦纯真丧失,任何努力都难以召唤它的归来。也就是说,宗教在追寻从伦理角度看根本不可能的事情。我们看看哈特曼是怎么描述这一点:

> 以前,宗教满足了人们希望重回清白状态的需求,而在道德意识里,这一要求却很难得到满足。关于"涤罪"(净化)的观念,在古代是与迷信般的"洗清罪恶"的行为联系起来的;到了基督教那里,则加上了神明道成肉身的受难与牺牲——为了洗涤整个人类的罪。于是,作为神恩下的礼物,纯真得以回归。对此,人们需要的是信念:复活的神秘将解决所有冲突与矛盾。②

哈特曼所评论的对象并不是梅诗金公爵,不过他提到了《卡拉马佐夫兄弟》中的阿辽沙,将他作为纯真的典型。鉴于本书将在下一章专门讨论阿辽沙这个人物,此处,我们还是聚焦于梅诗

---

① 如此类型的伦理学从没有被完整构建过。两个值得注意的尝试如下:舍勒(Max Scheler)《同情的天性》(*The Nature of Sympathy*);托多洛夫(Tzvetan Todorov)《直面极端:集中营里的道德生活》(*Facing the Extreme: Moral Life in the Concentration Camps*)。

② 哈特曼《伦理学》,第二卷,第 221 页。亦可参见美国学者帕利坎(Jaroslav Pelikan)《为基督而愚:论真、善、美》,第 83 - 84 页。

金及其对宗教本质的解释上。虽然一脸茫然,但罗果仁的确被梅诗金的解释吸引住了。他当即提出,要与公爵交换戴在胸前的十字架,在传统上,这相当于两人歃血为盟,成为精神上的兄弟。接下来,罗果仁又给自己的"兄弟"送出了自己所能送出的最珍贵的礼物——娜斯塔霞·菲立波夫娜:"那么,带走她吧,就这么定了!她是你的了。"(第218页,译文有改动)公爵显然拨动了罗果仁这个浪子的心弦。然而,浪子的感动难以久存,奇迹很快变成丑行——同一天,罗果仁就试图要杀死梅诗金。

在《墓中基督》这幅画作前,伊波利特比罗果仁受到的震撼更强烈。因为病入膏肓且不久于人世的处境,伊波利特与公爵有相似之处:他们都不再隶属于这个社会,而成了局外人和搅局者。两人的不同之处也很明显,伊波利特并不接受自己的角色,而且一直都在抵抗命运的安排。因此,他游走于世界的边缘,时而想要融入,时而又自卑于自己的格格不入。游离不定的状态,让他适合于表达别人不敢说出口的,或者不能轻易理解的观点。作为一个将死之人,伊波利特不赞成公爵的信念,也不认为生命是可贵的馈赠。他不是那个断头台上的人,不会在临刑时惊叹于人们的荒废时日;他也不是耶稣,不会从十字架上俯瞰众人,慨叹人们浑浑噩噩的状态。

伊波利特快要死了,他就像个害怕死亡的孩子,真诚地袒露着内心。原始人一定每天都会想:如果明天太阳不再照常升起会怎样?伊波利特此时仿佛也回到了原始的状态:恐惧黑暗,担忧灾难,害怕没有任何盼头的死亡。实际上,这也是现代人最本质的恐惧,只不过会以不同的方式来表现。

一个现代版本的"伊波利特",会质疑一切的意义与价值:美,游戏,爱,生命乃至死亡与牺牲。他会迫切地希望得到一个保证,一种证明,证明在无常与偶然面前,我们并非无所依靠。然而,这样的证明真的存在吗?

为了说明游戏的终极本质，赫伊津哈采用了一个德语的精准表达："*zwecklos aber doch sinnvoll.*"有译者将之翻译为"无意义但无比重要"（pointless but significant）。① 这当然是个准确的译法，但仍不能传达其原义中独特的语气。英语中的"但是"（but）过于轻微、简短，无法表现出德语"*aber doch*"中的加强否定。因此，我会将之翻译为"却依然"（yet nonetheless）。另外，第一个单词"*zwecklos*"，最好翻译为"无目的"（purposeless）——在对康德哲学的翻译中，就是用无目的性来指代艺术的游戏本质，以及对目的论的质疑。最后一个词汇"*sinnvoll*"则应根据其字面义翻译为"意味深远"（meaningful）。

"无目的却依然意味深远"（purposeless yet nonetheless meaningful），这个表达抓住了陀思妥耶夫斯基的要旨，是他在《白痴》中，面对爱与美、游戏与献身、生与死时最想说的话。这样的断语看起来似乎很玄，但我们所谓"人生的意义"，本身不也是个异常复杂的问题吗？甚至该词组本身就有着悖论。通常，人们口中的"意义"，指的是某种有序而确定的目的；而"人生"，则可以说是一种流逝的、非决定论的、充满偶然的状态。这两个词怎么能凑在一起？人们很难改变对人生的理解，可他们能消除对"意义"一词天然的成见吗？他们能否尝试去发现一种关于"意义"的新义？因为，如同每个人都感受到的，即使是幻如烟云的苦难人生，同样存在着某种意义。哲学词典里说，"意义"说到底存在于你的"意念"里。事实果真如此吗？为何必须要用有目的、有意图的意识来限定所有意义呢？"意义"一词的字面义其实相当朦胧：意指、传达、暗示。来自现代的曲解，才将意义包含在人的意念之中，成为一种纯粹主观的东西。可是，我们却常在自我与外在事物的交互关系中发现意义。更有甚者，"意

---

① 赫伊津哈《游戏的人》，第19页。

义"并非要以理智去理解,也并非要靠严格的理性来把握——它同样可以,也经常会是某种感受或直觉。①

为了阐明此观点,让我们继续对美进行沉思。美的意义是什么?也许就是美自身。游戏的意义呢?除了游戏自身,岂有他哉!参与游戏的人和游戏的结果都不能承载其意义。再想想诗歌。正如库斯勒所言:"诗歌的节奏所取得的效果……并不取决于我们对某种外在模式的感知,而是取决于对模式的自我构建。"② 循环往复的韵律也是所有游戏与运动的基本特质——同样,人生的意义也应该有节奏。除非我们把人生过成了僵化重复的机械运动,否则,节奏就是一台听诊器,能测量出生命的脉搏。当然,节奏并非可以有意识地检测或计数的事情,它往往经由潜意识和直觉来传递消息,譬如观察面孔,譬如嬉戏。

美、舞蹈、诗歌、生命——这之中都充溢着律动,都充满意义,当然,并不是有明确目的和符合理性的意义。

伊波利特的恐惧,在于看到墓中基督的身体之后,绝难相信他会再度复活。而梅诗金公爵,会在画作之前平静地表示:"基督死了,基督又起来了,基督将再度来临。"

基督牺牲时的鲜血将会战胜黑暗。神圣的血是生命之水,能净化被污染了的人世。生活将继续,明天的太阳会照常升起。

但明天的生活又会是什么模样?

公爵认识到了罗果仁和伊波利特没有认识到的道理:不论明天会不会更好,都不该去责备自然。自然母亲给我们一些,又不给我们一些——无论如何,生命的沦陷与拯救的渺远都不是它的责任。重要的应当是人们面对自然的馈赠或匮乏时的态度。对陀

---

① 更进一步的讨论,参见斯图尔特(Stewart R. Sutherland)《无神论与对神的摒弃》(Atheism and the Rejection of God),第38–39页。

② 库斯勒《创造的艺术》,第311页。

思妥耶夫斯基来说，奇迹与恶行是一体之两面——可这如何可能？

在伊波利特的双重疑惑中，第一个疑惑可能更难以解决：当人们目睹了基督之死，目睹了基督所经受的折磨与他腐烂的身体，会依旧抱有基督复活的信仰吗？也就是说，在目睹了人世不可胜数的丑行之后，怎么再相信奇迹？

美，被抛进了世界，但人们无能去赞美它。礼物，被抛进了世界，但人们无能去感激它。梅诗金公爵，同样是被抛进世界的圣愚。他的到来，又有着怎样的意味？

作为馈赠，公爵的出现肯定不是要给世界带来危机；不过，他也无助于解决任何已经存在的困难。陀氏认为，圣愚的出现，是为了让危机更显豁，让人们更清楚地认识到自己的处境，认识到生活已经变得如此不堪忍受。面对这样的形象，我们怎能不因世间正义的沦丧而羞赧？

一个礼物，能充实人生。然而礼物也能带来困惑。当今时代，是"第三匹马即黑马的时代，马上的骑士手里拿着天秤；因为当今一切都要称分量"（第196页），人们对金钱的意义再清楚不过，但礼物的意义却溜走了。

陀思妥耶夫斯基有时会提供一些解答，但更多时候，他只给读者提出问题。《白痴》提出的最困难的谜题是：当礼物出现在世间，我们该怎么做？

第六章
《卡拉马佐夫兄弟》（上）：生活的馈赠

讨论框架

《白痴》中，陀思妥耶夫斯基对"好人"这个人物类型进行了全新的展示。他当然明白此中的挑战有多大：纵观古今文学史，美好而纯洁的人物形象总是难以成为经典。比如圣经里的亚伯和该隐，该隐因其罪孽而更受作家追捧，亚伯则无人问津。人们会认为，该隐的内心世界更复杂，更值得书写。带着上帝给予的印记，该隐活了下来并成为一座城市的开创者，于是也间接地开创了一种文明。① 亚伯则无声地死去，此后也没有关于他的诗句和故事。亚伯是受害者，一个沉默的受害者。他的被害，赋予了他的性格以某种透明性；作为观众，我们认为对他的了解可以到此为止了。但该隐就不一样了，他的行为，他的挣扎，存在着无限的遐想空间。因而，两兄弟里，坏的那个吸引了全部

---

① ［译注］《旧约·创世记》4：15–17 中，该隐杀死亚伯被上帝放逐，他祈求上帝避免自己被外人杀死："耶和华就给该隐立一个记号，免得人遇见他就杀他。于是该隐离开耶和华的面，去住在伊甸东边挪得之地。该隐与妻子同房，他妻子就怀孕，生了以诺。该隐建造了一座城，就按着他儿子的名，将那城叫做以诺。"

的目光。①

陀思妥耶夫斯基当然明白以上道理，但他相信：一个真正美好的人，同样值得大家关注。陀氏在书信中透露：梅诗金公爵形象的设定，曾经受到过堂吉诃德、狄更斯笔下的匹克威克，以及雨果笔下的冉阿让的启发。② 但读者应该能猜到，作家在创作《白痴》时，不可能没有参考拿撒勒（Nazareth）的耶稣。作为基督教义的象征，耶稣总是在为受迫害者发声，他身上所包含的魅力深深吸引着作家本人。耶稣的形象让陀氏更加肯定，一个善好者的内心世界是完全值得并且必须去努力刻画的，甚至他内心的戏剧感要比恶人更为强烈：一个人，究竟有怎样的内在精神，才能毫无保留地献出自己赤诚的心，才能将自己的生命作为礼物奉献给所有世人？

梅诗金公爵也是陀氏小说中首个作为中心人物的"好人"。阿辽沙——《卡拉马佐夫兄弟》一书中公开宣布的主人公——则是第二个。③ 当然，陀氏在小说前言中就提醒读者，阿辽沙内心世界的真正展开，要到小说的续作里才能实现，所以，《卡拉马佐夫兄弟》中所呈现的只是他不完整的形象。但即使如此，阿辽沙的形象依然比《白痴》中的梅诗金有了更多的发展。在梅诗金公爵的身上，不切实际、脱离生活的特点太过

---

① 有关文学中的该隐与亚伯这一主题，我参考了道格拉斯的分析；具体内容见 Bill Moyers 编辑的《创世记：仍然延续的对话》，第 82–83 页。亦可参见达德利·杨《神圣的起源：对爱和战争的狂喜》，第 347–354 页，以及基拉尔《我看见撒旦如闪电坠落》（*I See Satan Fall Like Lightning*），第 82–86 页。

② ［译注］匹克威克（Pickwick）是英国小说家狄更斯《匹克威克外传》的主人公。冉阿让（Jean Valjean）是雨果小说《悲惨世界》的主人公。

③ 格罗斯曼对此持有不同观点：他认为陀氏的第一个小说主角，即《穷人》中的玛卡尔，就是一个"善好者"，一个"贫穷的骑士"；参见《陀思妥耶夫斯基传》，第 54 页。此说法有一定道理，但在玛卡尔身上，陀氏并没有倾注全部的努力，并没有试图塑造一个典型的"好人"来触及人性的高点。

明显。而陀氏所构想的阿辽沙则有着更敏锐、更接近尘世的特质。"卡拉马佐夫性格",让阿辽沙少了些耶稣式的圣洁,但多了一些现实感和可靠性。同时,来自世俗世界的呼唤,会给陀氏创造伟大人物的野心加上如下要求:如果阿辽沙真的是一个更高意义上的"善好者",他不能像梅诗金那般,将肉身从自己的人性中剥除,而应该将灵与肉融合在某个精神王国的土地上。①

梅诗金公爵的身上有着绝对的孤独,他身处的世界对他充满敌意;他找不到任何精神上的友伴,也找不到像阿辽沙这样的同类。小说的标题《白痴》其实就是在暗示其孤独的处境:那是充斥世界的他人加在公爵身上的冷眼。但到了《卡拉马佐夫兄弟》那里,读者可以从很多角度发现,阿辽沙并非独行者。他首先有自己的兄弟,这也是小说的名字所强调的。这是陀氏最后一本小说,它关涉到兄弟以及兄弟情义,关涉到"卡拉马佐夫性格"。成为卡拉马佐夫,首先意味着对生活的狂热渴求,意味着热爱生活本身,包括生活中所有的悲伤与磨难。作家本人就怀有如此的情感:

> 虽然失去过很多,但我仍毫无保留地爱着生活。我爱的是生活本身,并且,认真地说,我仍计划着真正"开始"我的生活。我也许马上会重返 15 岁,又或者,我即将结束我的生活。这样的矛盾,是我性格中的核心要素,同时也体现

---

① 斯坦纳对阿辽沙的形象(与梅诗金相比)有类似的判断;参见《托尔斯泰或陀思妥耶夫斯基》,第 171 页和 293 页。另外,我也赞同贝尔代耶夫的论断:"佐西马长老和阿辽沙,作为陀氏最为正面的人物,并不能算是作家最为辉煌的人物之一;与他们二人相比,伊万显然更强有力、更言之凿凿,他的黑暗气质就如同一道刺穿人性的利剑。"(《陀思妥耶夫斯基》,第 205 页)

在我的作品中。①

《卡拉马佐夫兄弟》这部小说，淋漓尽致地展现了陀氏热爱生活的情感。它是一首生命的赞美诗，一场盛大的欢庆。作为一部规模宏大的皇皇巨著，从纯粹的本能与活力，到纯然的灵性与神圣，它几乎无所不包。因此，进入这样的文字迷宫之前，我们需要向导。笔者曾提到，陀氏倾向于对生活作超自然与宗教的理解，《白痴》与《卡拉马佐夫兄弟》就集中体现了这一理解。我们还曾见识过《白痴》中所给出的阶梯：

美→爱→信仰→希望

后文会更深入地探讨上面这一序列，尤其是信仰与爱。在这部宏大戏剧中，读者要关注的几个关键点是：1. 人性之未经遮饰的状态；2. 生活作为一种礼物；3. 对待这一礼物所应采取的态度。当然，任何人都不可能孤立地采取某种态度，我们总是处在与他人纵向或横向的关系之内。纵向关系是与非同代人的联结，这在《卡拉马佐夫兄弟》里主要体现为父与子的关系；而横向关系则是兄弟情义。在小说中，成为兄弟，最重要的并不是血缘上的联结，而是精神上的共鸣。

为了说明这一点，并让读者更接近我们想要探讨的主题，我将从视觉与概念两个角度各举一例。先是视觉上。罗丹（Auguste Rodin）的雕塑《上帝之手》可以让读者更形象地理解陀思妥耶夫斯基眼中不完备的人性，以及生命作为上帝之馈赠的观点。陀氏将该观点安插进了费尧多尔·卡拉马佐夫与其长子德米特里的争吵之中。父子俩为了一个名叫格露莘卡的女子而明争暗斗，这

---

① 转引自格罗斯曼《陀思妥耶夫斯基传》，第49页。茨威格也曾对陀氏的相关观点进行过评论，他引申到，所有人都应像陀氏一样去赞美生活；参见《三大师：巴尔扎克，狄更斯，陀思妥耶夫斯基》，第235–237页。

个女子可以为了几千卢布而献出自己的爱。但必须小心翼翼,此处有一个重大的区别,即"利益交换"与"礼物交换"的不同。这也是《卡拉马佐夫兄弟》所揭示的核心问题:如何对待生命这一馈赠?

罗丹的《上帝之手》可以当成陀氏小说中这一神学或人学概念的具象展示。这一雕塑又名"创世之手",正是这只手,在陶土中抟出了世间第一对男女。雕塑所展示的是造人的过程,这一男一女还没有成型,还困在陶土中并彼此粘连着。我们当然可以把他们认作亚当和夏娃。重要的是,造人的过程将停留在这一未完成的状态,剩下的事情将交给他们自己。这对男女必须自我完成,自我塑造。曾跟随罗丹工作的奥地利诗人里尔克为这一作品所深深震撼,他形容这只手"正朝向天空,仿佛要释放他们,正如放飞鸟儿一般"。①

倘若看到这个雕塑,陀氏一定也会由衷赞赏。这只手的象征意味极为丰富,它暗示的不仅仅是上帝,还包括所有父亲的形象:无论是血缘上还是精神上(或许也包括政治上)的父亲——这也是陀氏的私人生活与小说世界中共同的关注点。② 罗丹赋予了上帝形象以极大的不确定性,这一点陀氏想必会认同。雕塑只展示了上帝的创造,展示了神性与人性的密切关联。上帝并没有在创世之后便抽身离开,他依然密切关注着世界,因为其作品尚未完成。他希望人类和他共同完成这一作品,他呼唤我们的参与。

---

① 转引自斯皮尔(Athena Tasha Spear)《罗丹的雕刻艺术》(*Rodin Sculpture*),第 79 页。

② 弗洛伊德第一个指出:陀氏 17 岁时父亲被农奴杀害这件事,在艺术和哲学上都具有重大意义。琼斯在《陀思妥耶夫斯基小说中的不和》中,对该主题有更为全面的讨论,见该书 171–172 页。关于弗洛伊德有关父权的理论,参见诺依曼(Erich Neumann)《创造者》(*The Creative Man*),第 241–245 页。

小说中，卡拉马佐夫三兄弟被推向了各自的极限，为的就是逼迫个体发生转变，以便参与上帝的创造。我们可以从创世之手的角度，来观察他们人性上的变化。三人中最年轻的阿辽沙，并不情愿离开这只充满爱意的手。伊万比阿辽沙大四岁，他试图彻底与这只手决裂。比伊万又大四岁的德米特里，早已远离了这只手的保护，独自在残酷的世上飘荡着。对格露莘卡的激情之爱，让德米特里在被控杀父的那一夜实现了内在转化。阿辽沙体现了一种平衡，他在自己血缘上的父亲（费尧多尔）和精神上的父亲（佐西马）之间，也即在失控的热情与虔诚的献身之间，找到了一个中间点。伊万则代表了理性的狂飙突进，他凭着一股急不可耐的理智冲动拷问着一切。从德米特里的故事中，读者还会明白，非理性的冲动与愿望也能引导人们找到精神之路。

《卡拉马佐夫兄弟》是一场狂欢，同时也是各种或对或错的生活道路的指南。陀氏创作这本指导书的目的，是让人们警惕两个谬见：其一，认为生活体现为各种占有；其二，认为生活是对我们的许诺。针对第一点，他针锋相对地提出：生活是一个礼物，一种馈赠。作家确信生活的实质不在于你拥有什么，而在于你是什么。你的生命不是可以随意支配的财富。正如一个人能拥有一间房屋，但却不能拥有一个家；我们能拥有自己的肉身，却不能拥有生命。我之所是绝不等同于我之所有。我之所是，本质上在于馈赠。①

---

① 陀氏第一次表达该思索，是在写给长兄迈克尔的信中，写信的时间是 1849 年 12 月，即作家刚刚幸免于一次死刑之后："生活是一个礼物，生活是福祉，每一分钟都是永恒的福祉。"弗兰克将这一思索当成了陀氏思想的核心秘密，在其五卷本传记的每一卷都有提及。在《陀思妥耶夫斯基：文学的巅峰，1871—1881》中，他评论道（第 208 页）："对生命的狂喜是难以估量的礼物——永不停息的惊叹会伴随着他直到人生的终点。后来，作家也将这一情绪融入《卡拉马佐夫兄弟》的狂欢之中：那是佐西马长老对上帝创世的永恒喜悦。"

第二个对人生的谬见认为：生活是一项许诺。如果一个人持此谬见，而许诺又迟迟没有兑现，他就会将生活当成一场欺骗，并转而质疑生命及其意义。陀氏认为这是误入歧途，是由错误的期望造成。生活到底许诺了我们什么？幸福吗？拯救吗？又是谁亲口作出了承诺？说到底，如果一定说存在某种承诺的话，那只能是人类始祖在陶土里所显露的原初形象。在这一形象中，孕育潜能与希望，并存天资与缺憾——如何对待它们则是另一个话题。

假如生活是馈赠，我们当如何面对它？

一般而言，接纳礼物的方式因人而异。面对礼物，我们可以物尽其用，也可以束之高阁，可以细细把玩，也可以视如累赘。有的礼物受人欢迎，有的则成为沉重的义务。礼物可以表达真诚的赞美，也可以为了羞辱与控制。礼物可以创造某种联系并消除隔绝，也可以建立或维持森严的等级。

为了对抗以交换为核心的市场经济，陀思妥耶夫斯基创造了"礼物经济"这一名词。"礼物经济"的要点在于，生活中必定有一些事物处于交换价值的范围之外。它们不能被任何人定价。在《白痴》中，我们还不大能区分两种"经济"；但到了《卡拉马佐夫兄弟》，其区别开始凸显。虽然有不同的基础，但陀氏并不认为两者之间互不相容——事实上它们都是生活之必需。如果我们认为任何商品都有其价值，那么，礼物就不应该有价值。礼物有意义，但却无法以市场流通的货币来衡量。礼物的意义无比隽永、深远，它经由丰富的生活而显现自身。①

---

① 两种"经济"的区别这一洞见得益于刘易斯·海德（Lewis Hyde）的作品《礼物：想象与财产的情感生命》（*The Gift: Imagination and the Erotic Life of Property*），尤其是第 25–73 页。弗洛姆也声称，两种经济体现了存在的两种方式：一种着意于获得和储藏，另一种则看重给予和奉献；参见弗洛姆《占有还是存在》（*To Have or to Be*），尤其是第 69–129 页。斯图

交换经济与礼物经济的区别，有助于我们领悟《卡拉马佐夫兄弟》一书的意义。在两种模式之间的偏好会决定一个人生活的道路，影响他对待生命这一馈赠的态度。即使是最成功的商业精神，从其本质而言也不那么"绅士"：它总是在区分"我的"与"你的"。交换经济眼中的利益等同于自我利益，交换经济掌控的世界只有财富和占有——因此，如此这般的社会里，人与人之间永远是陌生的，人们在精神上也永远无家可归。对崇尚自我利益与财富的社会，陀氏的抨击更为鞭辟入里。罪是这一批判的核心。陀氏指出，罪的意义在于"堕落"和"隔离"。一个人犯下了罪孽，意味着他将自己与他人、与上帝隔离开来。正如羞耻需要仁慈来赦免，罪的唯一拯救途径，在于将罪人与其所远离的社会重新结合并达成和解。此番和解当然需要礼物经济，即一种精神上的给予和宽容。

葆有信仰与给予礼物的艺术其实有相似之处。两者都不掺杂个人利害，都排斥算计或衡量，而是建立在信任与共鸣之上。宗教构建起一个礼物经济带，这个经济带首先包含上帝，也包含一切社会形态，甚至包含并最终超越整个自然界。

到此，陀思妥耶夫斯基世界观的积极面相，已经开始露出轮廓。在宗教性心魂的滋养下，礼物经济能促进联合、团结与兄弟情义。宗教上的仁慈，其前提正是对所有人乃至所有生物必须相互依赖的清醒认识。礼物经济主导下的交换，能带来繁荣、成长与新生。那些献出自我的人，就会拥有新的人生。这正是《约翰福音》（12：24）中的说法，而陀氏作为神秘与悖论式言辞的爱好者，将这句话当成了《卡拉马佐夫兄弟》的献词：

尔特则借用维特根斯坦的概念"生活形式"（forms of life）表达了相似观点，参见《无神论与对神的摒弃》，第 85–98 页，141–143 页。

> 我实实在在地告诉你们：
> 一粒麦子落在地里如若不死，仍旧是一粒；
> 若是死了，就会结出许多子粒来。

小说的名字也提示了它所包含的使命：建立兄弟般的友情。现在的问题变成，如何能珍视生命这一礼物，并在其基础上产生兄弟情义？显而易见，血缘既非必要条件，更非决定因素。为了表明这一点，陀氏将书中人物之间的血缘联系进行了复杂化的处理：几个兄弟是同父异母，而他们也从没有跟共同的父亲一起生活过。德米特里是费尧多尔第一次婚姻的产物，伊万和阿辽沙则诞生于第二次婚姻。别忘了还有斯乜尔加科夫——他很可能是费尧多尔的私生子。

《卡拉马佐夫兄弟》中的核心故事，可以用马尔克斯的小说名称"一桩事先张扬的凶杀案"（chronicle of the death foretold）来形容。该故事开始于几个兄弟第一次的"共在"。他们出于不同的原因来到同一个镇子上，似乎是冥冥之中的安排，让他们终于有了一次相互了解并建立兄弟情义的机会。

当我们欣赏安德烈·卢布廖夫创作的圣像画《三位一体》（*The Holy Trinity*），当我们感受到画面上三位落座的天使孕育着的巨大和谐与宁静，兄弟情义这个词是否会浮现在诸位心中？卢布廖夫在画中描绘了旧约里那个著名的故事：三个天使前来告诉亚伯拉罕和撒拉，他们即将得到期盼已久的孩子。按照旧约中的说法，他们安坐在桌子前，上面摆着亚伯拉罕夫妻准备的宴席。陀氏当然熟悉这幅在俄罗斯家喻户晓的名画，然而，在其杰作《卡拉马佐夫兄弟》里，他营造了一种完全不同的气氛。[1] 作为

---

[1] 我们在本书中已经多次注意到这样的现象：陀氏会将对画作的评论融入自己的小说里（比如《罪与罚》中提到拉斐尔的《西斯廷圣母》，《群魔》中洛兰的《阿喀斯和伽拉忒亚》）。《卡拉马佐夫兄弟》里唯一提及的

父亲，费尧多尔与亚伯拉罕在性格上毫无相似之处。况且，他也没有遇到过像亚伯拉罕杀子那种程度的考验。相反，他即将面临的，恰恰是儿子们谋杀他的计划。与旧约故事不同的，还有陀氏小说中母亲与妻子令人绝望的缺席；费尧多尔并没有一个可以陪伴他的撒拉。而且，相较于亚伯拉罕对待三位天使的虔诚与热情，他对儿子们的情感付诸阙如。需要我们注意的是，三兄弟很少同行；整部小说中，他们只有三次出现在同一场景中。

第一次凑齐三兄弟的场景，是在佐西马长老的修室中。那次发生的事件，大大加深了父亲与长子德米特里和次子伊万之间的隔阂。

第二个场景就发生在第一次相聚之后。爱吃醋的德米特里，因疑心格露莘卡与费尧多尔偷会，便不顾一切地闯进父亲的房间。当时，费尧多尔正跟另外两个儿子探讨一系列深沉的问题：上帝的存在，灵魂的不朽，以及魔鬼的真假。伊万与阿辽沙对以上问题都给出了相反的答案。费尧多尔差点就能亲自去另一个世界验证答案了——德米特里进来后就给了他重重一击，幸好两个兄弟及时阻止了哥哥。

第三次也是最后一次的兄弟相会，发生在几个月之后，地点是审判德米特里的现场。当然，时过境迁，德米特里和阿辽沙更加亲近了。前者即将奔赴遥远的西伯利亚服刑。多年以后，当他再次返回家乡，还会像现在一样热烈地拥抱弟弟吗？到时候，三个人能否重聚一堂，手足情深，展现出卢布廖夫《三位一体》中那田园诗一般融洽的氛围？

也许作家本来想用下一本小说来回答以上问题。不过，在

画作是克拉姆斯科伊（1837—1887［译注］俄罗斯巡回展览画派的发起者和组织者）的《沉思者》（*The Contemplator*），一幅诞生于1878年的作品。

《卡拉马佐夫兄弟》中，对兄弟情义的思考已足够深入。人之为人，并不是可以被动接受的事实，而是需要终身劳作的使命。在兄弟或同胞之情感召下的每一次行动，都与"如何对待生命的馈赠"这一问题相关。在此问题上，德米特里就摇摆于挥霍礼物与担当责任之间。而伊万，他一方面有着对人世热烈的、卡拉马佐夫式的爱，一方面又诅咒自己的降生。伊万无法在人生的十字路口做出抉择，他因父亲之死而受到道德上的折磨，从而陷入无尽的精神暗夜之中。阿辽沙——他的故事可能要在陀氏下一本没有写就的小说中展开——则没有两个哥哥那么深的纠结。当然，他也在通往坚定信仰与内心成长的道路上不断经受着考验。

既然阿辽沙是陀氏所设定的中心人物，那就从他对生命这一礼物的理解开始，展开接下来的探究吧。然后，笔者会审察德米特里所经受的痛苦考验——包括内在与外在两个方面。最后，我们将以对伊万的讨论作为结束，其厌弃人生的态度将是我们最后要考量的问题。

阿辽沙： 对礼物的感激

阿辽沙这一人物最能体现陀氏思想的精髓。与其他人物不同，他可以说是从正面表露了陀氏思想的积极层面。阿辽沙曾对充满怀疑的伊万这样总结自己的思想："我认为，在世上人人都应该首先爱生活……一定得这样，像你所说的超越逻辑去爱，一定得超越逻辑，那时我才理解其涵义。"（第 274 页）

在探究此中涵义之前，让我们先仔细打量一下这个卡拉马佐夫家最小的孩子。阿辽沙给人的第一印象，是对金钱的冷淡，以及投身纯粹精神生活的专注。跟同代人不同，他对有关社会进步的大问题不感兴趣。他似乎直观到了神圣意志的在场，情愿服从于至高者。阿辽沙从不评判任何人，也不参与权力的游戏。他对生命这一礼物有着深深的亏欠感，用赫施尔（Abraham Heschel）的话来说，这种态度是一种"渴望去感激的意识，是对某种召唤的等待，等待着去回报与回应我们的生活，并且配得上这崇高而神秘的世界"。①

《卡拉马佐夫兄弟》的导言为读者提供了陀氏思想"体系"的框架。该框架有着超自然的、宗教的色彩，又奇妙地融合了现实主义和乐观主义。在阿辽沙身上，读者可以感受到这一融合。小说的叙述者尤其强调阿辽沙的现实主义，多次重复指出，他"甚至比任何人都更贴近现实主义"（第23页）。② 在该书草稿中，陀氏曾将阿辽沙称为"白痴"和"王子"。③ 当然，与病弱的梅诗金公爵迥异，阿辽沙是个面颊红润、体格匀称的二十岁小伙，周身充满力量与活力。而且，他的健康还体现在精神上。与公爵的脆弱内心相比，阿辽沙精神上的明朗、强大同样让人称道。对他而言，与其说是奇迹生发出信仰，不如说是坚定的信仰能缔造奇迹。

小说稍后的几个章节里，读者更清晰地看到了作家的乐观而积极的哲学理念，下面这个公式也更为凸显：美→爱→信仰→希望。阿辽沙的形象可以让我们更理解这个公式的含义。虽然没有过多强调，虽然他经常穿着修道院见习修士的破长袍，但他外表上的美，及其对异性的吸引力依然珠玉难掩。格露莘卡就注意到了这一点——虽然阿辽沙对她几乎不屑一顾。佐西马神父也不掩

---

① 赫施尔《人是什么？》（*Who is Man?*），第111页。[译注]亚伯拉罕·约书亚·赫施尔（1907—1972），二十世纪伟大的犹太民族领袖、教育家和社会活动家。

② [译注]参见本书第一部第一章第一节对陀思妥耶夫斯基所谓现实主义的解读。

③ [译注]英文中prince可译为"王子"或"公爵"。

饰自己对阿辽沙那张"漂亮脸蛋"的偏爱,因为那张脸让他想起自己早逝的哥哥马尔凯尔。

阿辽沙精神上的美好,体现于他与周围人的关系,以及大家对他完全的接纳。跟梅诗金公爵一样,阿辽沙对一切人都怀着爱意,并以自己的纯真温暖着人心——在鼓舞人心、激发信任与热情这方面,他显然比公爵更有天赋。连他的父亲费尧多尔都惊叹于小儿子的诚恳、宽容与和善。费尧多尔,一个老朽的厌世分子、怀疑派和无神论者,如何能有这样一个信仰坚定的孩子?阿辽沙深沉的信仰,究竟源头何在?

在此,我们不得不注意到阿辽沙的母亲。虽然阿辽沙在四岁时便永远失去了她,但他依然牢记着母亲的面庞与爱抚,"仿佛她活生生地站在面前"。小说叙述者认为这些记忆对阿辽沙人格的形成至关重要。比如下面这个场景:

> 他记住了夏季里一个寂静的傍晚、洞开的窗户、夕阳的斜晖(斜晖是记得最牢的);屋角供着神像,神像前一灯如豆,母亲就跪在它前面歇斯底里地号啕痛哭,不时发出狂呼和尖叫;她双手把他抓住,紧紧地搂着,搂得他都生疼了;她为他祈求圣母,用双手把他从怀中捧向圣母,好像要把他置于圣母的庇护之下……突然,保姆跑进来,惊恐地把他从母亲手中夺走。(第16页)

母亲狂热而美丽的脸庞永远定格在小阿辽沙的心里。他母亲的名字,索菲娅·伊万诺夫娜,使得她与陀氏另外一部长篇小说《少年》中的索菲娅·安德烈耶娃(主人公阿尔卡季的母亲),以及"小母亲"索菲雅·谢敏诺芙娜(即《罪与罚》中的妓女索尼雅)连在一起。

从《卡拉马佐夫兄弟》整个结构来看,阿辽沙这段鲜活的记忆有着两个方面的深意:其一,奠定了整部小说中母爱缺失的悲剧状况；其二，影响了阿辽沙对待生命这一馈赠的态度。

先说说母爱的缺失。跟阿辽沙和伊万共同的母亲一样，德米特里的母亲也是早早离世。斯乜尔加科夫的妈妈更是在生下孩子后便撒手人寰。霍赫拉科娃太太是书中最活跃的母亲形象，但她却全然不是那种慈爱圣洁的母亲。她是个总处于歇斯底里边缘的年轻寡妇；她的信仰较为淡薄，所以，她总是期待着能出现奇迹，以便加固脆弱的信念。另外还有伊柳沙那病弱而精神错乱的母亲阿丽娜；而郭立亚·克拉索特金的母亲、佐西马长老的母亲在小说中没有分量。《卡拉马佐夫兄弟》的世界是父权制的世界。虽然母亲才是生命这一礼物的给予者，但她们在小说中都化作了朦胧的暗影——当然，在阿辽沙心里，关于母亲的记忆象征着永恒的仁慈与无条件的爱。①

阿辽沙对这段记忆以及其他童年生活片段的珍视，体现了作家本人对现实的理解。阿辽沙的哥哥伊万，虽然年长四岁，却没有任何关于母亲的回忆——伊万总是倾向于把过去彻底清除。老大德米特里同样记不得关于母亲的事，但他完全遗传了母亲过度的热情，以及她与费尧多尔的紧张关系。

阿辽沙回到故乡，希望看看母亲的墓地，这是费尧多尔从不会去做的事情。作为父亲，费尧多尔经常忘记抚养孩子的责任。负责照看孩子的是费尧多尔的忠实仆人格里果利，他让这些孩子在冷漠的家庭氛围中感受到了仅有的温暖。费尧多尔总是紧紧盯着眼前的快乐，不出所料，他根本不知道亡妻的墓地在哪。好在格里果利记得一切，他心地单纯，无比虔诚，对阿辽沙的母亲同

---

① 对该主题的进一步讨论，参见纳普（Liza Knapp）的论文《卡拉马佐夫家族的母亲与儿子》（"Mothers and Sons in *The Brothers Karamazov*：Our Ladies of Skotoprigonevsk"），该文收录于杰克逊（Robert L. Jackson）选编的《陀思妥耶夫斯基新论》（*Dostoevsky*：*New Perspectives*），第 31–52 页。

样满怀敬意。老仆人将阿辽沙带到墓地,了却了这个孩子的心愿。此后不久,阿辽沙就进入修道院,成了佐西马长老的门徒——这位擅长治愈心灵的老者,同样也看重记忆在信仰中的地位。

宗教史学家伊利亚德认为,人类想要在虚无与死亡面前得到拯救,必须完成一次朝向神圣源泉的永恒回归。"他们的宗教生涯,说到底就是一种纪念和铭记……真正的罪只能是忘却。"① 伊利亚德主要探讨的是基督教之前的宗教流派,但他的结论同样适用于陀氏心目中的东正教。陀氏在《地下室手记》中就宣称,自由是人性中至关重要的元素;压制自由,其实也就等同于压制人性。对记忆的强调与以上的自由观一脉相承。在宗教领域,记忆或回忆常常有着形而上的色彩,其实质是重复与效仿。生命作为一个礼物,在给予人的同时,就带着原初的印记与形象。所有原初形象中,最重要的当然是圣母与圣父。在俄国东正教里,原初形象(obraz)集中于圣像这一具体物件上。接受了生命的馈赠之后,人们就必须去寻找塑造自己生命的形象,或者说寻找可以紧紧跟随其脚步的模范。阿辽沙所找到的形象,正是母亲在圣母像前祈祷的画面;紧随这一启示,他做出了进修道院的决定。在修道院,阿辽沙又找到了佐西马长老,从而恢复了原初的父亲形象。在关于小说的笔记中,陀氏曾让佐西马鼓励阿辽沙:"保持你所找到的基督之形象〔obraz〕;如果可能,在你的身上实现〔izobrazi〕这一形象。"②

---

① 伊利亚德《神圣与世俗:宗教的本质》,第 101 页。进一步讨论可参见贝尔纳普(Robert Belknap)论文《〈卡拉马佐夫兄弟〉里的回忆》,收录于《陀思妥耶夫斯基新论》,第 227–242 页。

② 转引自穆拉维《圣愚:陀思妥耶夫斯基的小说与文化批评诗学》,第 149 页。在这本书中(第 150 页),穆拉维还援引了尼撒的格列高利(Gregory of Nyssa,公元四世纪尼撒的主教)的名言:"每个人都应该成为自己生命的描绘者。"

然而，一边是自由至上的观念，一边是对神圣形象的效仿，这两者如何在陀氏那里得以统一？自由与模仿难道不会相互矛盾吗？

陀氏相信，这一表面上的矛盾，源自启蒙运动对个人自主权的过分夸大。自由与自主，并不在于创造一个崭新的、只属于自己的模范。真正的抉择，陀氏认为，就在于是否愿意保持对上帝的忠诚，是否愿意继续发展那刻印在自己身上的原初形象。[1] 佐西马这么做了，费尧多尔没有。阿辽沙这么做了，伊万没有。启蒙运动的鼓吹者对宗教怀有极大偏见，他们认定，如何对待生活这一礼物完全取决于自我；生活，应该是一种自我创造。在陀氏看来，如此的现代野心是此后所有幻觉的根源，也是现代人的精神贫困与无家可归感的起因。无视并摧毁了原初形象之后，人们不得不自己创造一个新的偶像。在创造的过程中，谎言与自欺便不可避免地出现了。费尧多尔，一个典型的蔑视宗教并拒绝过去的人，给他自己贴上了"谎话之父"（第47页）的标签。他一生都浸泡在谎言之河，但死亡的逐渐来临终于让他发憷了。正如一句俄罗斯谚语形容的：“好好活着不需要真理，但想要善终却离不了它。”

阿辽沙在小说中初次登场时，他肉身上与精神上的"父亲"都已到死亡的门槛。事实上，两人是在两天之内相继离世的。将一生奉献给信仰和真理的佐西马长老，得到了一个安详平和的死亡。而放荡虚伪的费尧多尔，则是被自己的私生子残忍杀害。因此，两个"父亲"的先后亡故，象征着阿辽沙将要开始真正独立

---

[1] 还存在一种从世俗而非宗教的意义上理解记忆与忠诚的可能性，参见齐美尔（Georg Simmel）的散文集《忠诚与感激》，第379–395页。[译注] 格奥尔格·齐美尔（1858—1918，又译为西美尔），德国社会学家、哲学家。主要著作有《货币哲学》和《社会学》等。

的生活。再次引用伊利亚德的话：

> 每个人的存在都是由一系列的考验以及不断重复的"死亡"与"新生"构成。因此，从宗教的视角来看，存在的本质已经包含在其原初的形态里。甚至可以说，想要让自己的存在圆满，就必须向着源头回归。①

生活是一系列的考验与试炼，这一论断可以帮助我们区分梅诗金公爵的纯真与阿辽沙的信仰。纯真是与生俱来的品质，而信仰则需要终身劳作；纯真是一种原初状态，而信仰则是道德成熟的硕果。《白痴》中，我们并没有看到梅诗金成长的痕迹：他自始至终都是"圣愚"般的角色。而阿辽沙则很难被贴上"圣愚"的标签。他依然属于卡拉马佐夫家族的一员，有着这个家族的印记。他天性纯朴，但选择了一条历经磨难与考验的上升之路——这是梅诗金不曾走过的路。

接下来，佐西马长老归西，阿辽沙也迎来了一场关乎"死亡"与"新生"的大考。这位尊长的亡故所引发的闹剧，对阿辽沙不成熟的信仰发出了挑战。陀思妥耶夫斯基利用这一事件，向读者展现了信仰会在怎样的程度上被滥用、被扭曲。佐西马长老在当地威望极高，因此，颇有一些人怀着不切实际的期望，期待他死后有奇迹发生。连阿辽沙也被这样的气氛所感染。然而，圣者的尸体无可避免地开始腐烂，渐渐发出恶臭。佐西马长老生前的论敌们以此为"证据"，妄图让人们相信人类的非神圣性。在那些需要依靠奇迹与证明才能坚定信仰的人们中间，这出"丑闻"闹得沸沸扬扬——甚至连阿辽沙的内心，也掠过一片怀疑的

---

① 伊利亚德《神圣与世俗：宗教的本质》，第 209 页。进一步讨论参见诺依曼《意识的起源与发展》(*The Origins and History of Consciousness*)，尤其是第 131–191 页，第 261–312 页。

阴云。这一幕，让我们想起《白痴》中伊波利特在《墓中基督》前所感受到的绝望。阿辽沙担心，自然这头"暗哑无情的盲兽"，终将赢得最后的话语权："天道何在？天命何在？为什么'在最需要它的节骨眼上'（阿辽沙如是想）隐而不见，仿佛天命本身甘愿服从又瞎又哑而又无情的自然法则？"（第401页）

阿辽沙如此的反应也许会令人吃惊。因为我们清楚地记得，佐西马长老生前跟霍赫拉科娃太太说明"信仰不能凭靠证明"时，阿辽沙也在场：

"……要证明实在办不到，确信其存在则是可能的。"

"怎样确信？通过什么？"

"通过切实的爱的经验。您要设法脚踏实地、坚持不懈地去爱世人。随着您在爱世人的实践中不断取得成功，您也就会逐步相信上帝确实存在，相信您的灵魂确实永生不灭。如果您在爱世人的努力中达到完全忘我的境界，那时您必将坚信不移，任何疑惑哪怕想窥探您的心灵都不可能。"（第61页）

在佐西马长老离世后，为何疑惑竟能侵入阿辽沙的心灵？陀氏指出，听闻别人谈论爱与信仰的实践，跟凭借自己的经验去建立这样的爱与信仰，完全是两码事。还有更多的考验与试炼在等着阿辽沙，他必须亲力亲为，去感受真正的爱，真实的信仰。

由佐西马长老的去世所产生的余波和闹剧终于收场了。阿辽沙茫然地离开了修道院。他的心灵依然没有恢复平静，也不知道自己要去向何方。在这个节骨眼上，他的梅菲斯特，神学校的学生拉基津乘虚而入。如同撒旦曾在荒野上引诱基督，拉基津也为阿辽沙提供了三种诱惑物：吃、喝以及色欲。混混沌沌中，阿辽沙跟着拉基津走进了格露莘卡的"庭园"。

格露莘卡，"一个多愁善感、受人欺凌的可怜孤女竟出落得面色红润、体态丰腴,俨然是个俄罗斯美人了。她性格果断,做事大胆,心高气傲,厚颜无耻,深谙生财之道,在金钱问题上悭吝而又谨慎,外界说她已经为自己攒下了——包括用正当的和不正当的手段——一笔说大不大、说小也不小的资财"(第406页)。这个女人身上的魅力,让卡拉马佐夫家的父子(费尧多尔和德米特里)都反目成仇,恨不得致对方于死地。她同样欢迎阿辽沙的到来,事实上,她暗中许诺给拉基津一笔酬金,只要后者能把阿辽沙带来——她想要"一口吞下他"。

拉基津怂恿一向节食的阿辽沙尝尝香肠的味道。德米特里送给格露莘卡的一瓶香槟,也摆在桌上等着这个滴酒不沾的小修士去尝试。放荡的格露莘卡还坐上了阿辽沙的大腿。此情此景,让拉基津自以为阴谋得逞,他"拿起一杯酒来一饮而尽,紧接着给自己又倒了一杯"(第414页)。拉基津显然高兴早了:当他得意忘形地告诉格露莘卡佐西马长老的死讯,格露莘卡立即从阿辽沙的腿上跳了下来,并在自己胸前画了个十字。

以上细节,反映出作家对俄罗斯普通民众的信心:他们依然葆有纯洁的一面。伊万和宗教大法官坚信人们在本性上是自私的,总想着自扫门前雪。陀氏不否认人类的这一点,但他也相信人性本质上的善;在危急关头,自有高尚的义士将这一本质体现得淋漓尽致。佐西马长老就有着如此这般的天赋:他懂得如何发掘人们潜藏的美好品质,并将之激发出来。阿辽沙也从自己的"精神之父"身上继承了这一才能——在小说结尾,他对着伊柳沙葬礼上的十二个男孩发表了一通演讲,充分展现了这样的师承关系。

回到小说情节里。直到格露莘卡从他腿上跳下来,阿辽沙才如梦方醒:

"拉基津,"他忽然语气坚决地大声说,"你别用我造上帝的反这样的话来刺激我。我并不想生你的气,所以你也别老是惹我。我失去了你从来不曾有过的珍宝,现在你也没有资格对我说三道四。我劝你还是瞧瞧坐在这里的她:她怜悯了我,看见没有?我来这儿的路上满以为会碰上一个邪恶的灵魂——我身不由己地来到这里是因为我自己卑鄙,我自己邪恶;结果我碰上的却是一位真诚的姐妹,我发现了珍宝——一颗爱心……。刚才她怜悯了我……阿格拉菲娜·亚历山德罗芙娜,我说的是你。刚才你帮我找回了失落的灵魂。"(第 415 页)

在这场重大的考验面前,帮助阿辽沙走出精神困境的,竟然是一个堕落的女人,"一位真诚的姐妹"。阿辽沙必须依赖她的力量才能走出危机,这表明:任何人,想要接近真理,都需要他人的在场,都需要真正意义上的交流与对话。为了帮助我们,他人并不一定要做出牺牲。他们提供的也许仅仅是绵薄之力,也许仅仅是细微的善意举动——这就够了。接下来,通过格露莘卡所讲的关于葱头的民间故事,陀氏进一步阐明了以上道理。

在格露莘卡的故事里,有一个"非常非常凶恶的老太婆",她一辈子没有行过善。死后,魔鬼把她扔进"火湖"。老太婆的守护天使想在上帝面前为她求情。天使绞尽脑汁,终于想起来一件事:老太婆曾从自己的地里拔下一颗葱头,扔给了路过的女乞丐。于是,在上帝的命令下,天使将葱头递给老太婆,让她抓住葱头往上爬。只要葱头足够结实,她就能逃出火湖。老太婆拼尽了全力,几乎要被天使拉出火湖了。可这时,湖里其他的罪人看到老太婆快要得救了,也纷纷拉住她,希望和她一起上去。老太婆踹开他们,凶恶地喊道:"人家是来拉我的,不是拉你们的;葱头是我的,不是你们的。"(第 416 页)这句话刚一出口,葱茎就断了，老太婆功亏一篑，重新掉进火湖，等待她的是地狱之火的煎熬。她的守护天使站在上面，为她的命运空自悲叹。

格露莘卡告诉阿辽沙这个故事，是想说自己有自知之明。的确，她刚才对阿辽沙所表达的同情，只相当于一颗"葱头"，然而，礼物并不因其微小而丧失意义。生命中最值得珍视的，不正是来自他人那一点一滴、不求回报的好心或善意吗？①

格露莘卡强调，自己从小就记得这故事。陀思妥耶夫斯基借此再次提醒读者，那些我们珍视的记忆，如同来自往昔的神明，指引着我们的言行与抉择。与格露莘卡的相会，让阿辽沙得到了这位"姐妹"的帮助，进而摆脱了将他引向罪恶的诱惑。同样，格露莘卡也因为这次相会而开始了自我转变。之后阿辽沙回到修道院，重访了佐西马长老的修室。老人的灵柩依然摆在那里，而灵柩旁，是正在诵读福音书的帕伊西神父。他所读的部分是《约翰福音》中"加利利的迦拿"（"Cana of Galilee"，《约翰福音》2：1-11）的故事。这个故事深刻地解释了神性与人类之间的相互作用，阿辽沙从记事起便将它铭记于心。②

---

① 更多相关讨论见莫森（Gary Saul Morson）论文《葱头里的上帝：〈卡拉马佐夫兄弟〉与真实的虚构》（"The God of Onions: *The Brothers Karamazov* and the Mythic Prosaic"），收录于杰克逊选编《〈卡拉马佐夫兄弟〉新论》（*A New Word on The Brothers Karamazov*），第107-124页。

② 这里的阿辽沙其实就是陀思妥耶夫斯基的化身。作家从小就熟稔此故事。基里洛娃（Irina Kirillova）认为，种种证据表明，陀氏尤其偏爱《圣经》中《约翰福音》及其姊妹篇《约翰一书》（甚至胜过《马太福音》中"登山宝训"这一段）。参见基里洛娃论文《陀思妥耶夫斯基的福音书印记——以〈约翰福音〉为例》（"Dostoevsky's Markings in the Gospel according to St John"）；收录于帕蒂森（George Pattison）与汤普森（Diane Oenning Thompson）编辑的《陀思妥耶夫斯基与基督教传统》一书，第41-50页，尤其是42页。

第六章 《卡拉马佐夫兄弟》（上）：生活的馈赠 · 253

阿辽沙在灵柩旁跪下来祈祷。昨晚的一夜不眠与近来的种种经历，让他很快沉入了半梦半醒的状态。他似乎来到了"加利利的迦拿"故事里的婚宴上，并且还遇见了佐西马长老。老人告诉阿辽沙，耶稣和他的母亲（圣母）也来了。按照母亲的要求，耶稣展现了将水变为酒的奇迹。 在一片混沌之中，在梦中那热闹的宴席上，阿辽沙听见佐西马长老清晰的声音：

"是的，我也在这里，亲爱的，我也接受了邀请……你为什么躲在这里？怪不得看不见你……你也到我们那里去吧。……你见到我为何这样惊讶？我给了别人一个葱头，所以我在这里。这里很多人也都只是每人拿出了一个葱头，只是一个小小的葱头……。我们的事业究竟是什么？我的孩子，你这样斯文，这样温良，你今天也很巧妙地把一个葱头给了十分需要它的女人。做起来吧，亲爱的，就这样开始你的事业！"（第 427 页）

从这个神奇的梦中醒来后，阿辽沙连夜离开修道院，带着满腔的喜悦与感激重回人世。也许，就在他的父亲费尧多尔被谋杀的同一时辰，阿辽沙正跪在修道院的大门前，满含泪水地亲吻泥

［译注］载于《约翰福音》2：1 - 11，原文如下：第三日，在加利利的迦拿有娶亲的筵席，耶稣的母亲在那里。耶稣和他的门徒也被请去赴席。酒用尽了，耶稣的母亲对他说："他们没有酒了。"耶稣说："母亲，我与你有什么相干？我的时候还没有到。"他母亲对用人说："他告诉你们什么，你们就做什么。"照犹太人洁净的规矩，有六口石缸摆在那里，每口可以盛两三桶水。耶稣对用人说："把缸倒满了水。"他们就倒满了，直到缸口。耶稣又说："现在可以舀出来，送给管筵席的。"他们就送了去。管筵席的尝了那水变的酒，并不知道是哪里来的，只有舀水的用人知道。管筵席的便叫新郎来，对他说："人都是先摆上好酒，等客喝足了，才摆上次的，你倒把好酒留到如今！"这是耶稣所行的头一件神迹，是在加利利的迦拿行的，显出他的荣耀来。他的门徒就信了他。

土:"他确实在边哭边吻,抽泣着把眼泪洒在地上,狂热地发誓要爱大地,一直到永远。"(第428页)①

阿辽沙已经完成了觉醒的第一步。他的灵魂已注入了信仰与感激,因此,他迫不及待地离开修道院,开始自己的"事业"。

佐西马长老曾引用过《希伯来书》(10:31)中的话:"落在永生上帝的手里,真是可怕的。"(第366页)该警告针对的是一位自称凶手的"神秘访客"。同样的警告后来也指向了伊万和斯乜尔加科夫。我们德高望重的老神父同样也援引过《希伯来文》中稍后一些的文字(11:1),那句话几乎是对圣经之信仰最简明扼要的阐释:"信就是所望之事的实底,是未见之事的确据。"

该阐释包含着陀氏信仰观的三大要素。首先,信仰是希望的根基;没有信仰,希望就是虚构或幻象。其次,信仰带来信心与信任:我们会因此而信任我们眼睛看不见,也绝无法用肉眼看到的事物。最后,信仰包含着从可见、可知领域到不可见、不可知领域的跳跃。

信仰可以是主观的(此时的信仰是一种愿意信任的态度或性情),也可以是客观的(此时的信仰有着特定的外延)。但无论主观客观,它的共同倾向,都是试图发掘他人身上最好的一面(以及这个世界最好的一面)。正如哈特曼所言,该倾向"展现出了信仰的强大之处:它能够从充满缺陷的凡人身上,探测出至美至善的种子,并以无限的信任来呵护这种子,使其有朝一日破土而出、茁壮成长"。②

佐西马长老叮嘱阿辽沙离开修道院,去开展自己的"事业",

---

① 更进一步的讨论参见梅里尔《有关隐秘的上帝:圣山之旅》,第95页;以及库斯勒《创造的艺术》,第271-284页。

② 参见哈特曼《伦理学》,第二卷,第296页。

这符合哈特曼对信仰的论述。佐西马并没有召唤这个年轻人去做殉道者，也不指望他去成就惊天动地的伟业。相反，阿辽沙应该回归到最本真的生活中去，帮助身边那些有需要的人，比如他的兄弟姐妹，去发掘他们身上的美好品质，鼓励他们追寻至善。阿辽沙真正独立的生活由此开始，他怀揣强大的信仰，为自己的"事业"慨然前行。

他已经做好了准备，要和自己的两个兄弟围坐在一起促膝相谈，就像在卢布廖夫的圣像画中那样。三个性情鲜明的卡拉马佐夫，真的能够真诚以待吗？

德米特里： 礼物的消耗

在迦拿的故事中，耶稣变酒为水。这意味着，巨大的精神力量可以促成天性的转化。阿辽沙亲吻大地也同样传达了此番含义：即便是最狂躁难驯的卡拉马佐夫性格，也有可能变得高贵。这样的转变并非弗洛伊德所以为的，是通过超我（superego）对本我（id）的训规与掌控，而是通过奇迹般的、神秘的爱与神恩。陀思妥耶夫斯基希望让读者相信，即使是不羁的卡拉马佐夫们，也同样能够走上精神的升华之路。

当然，让人们抛弃疑虑不是易事。性格相对平和的阿辽沙还有这种可能，但那些"真正的卡拉马佐夫"呢？那有着满溢的生命力与尘世欲望的德米特里和费尧多尔呢，他们能找到自己的信仰之路吗？

陀氏承认，对于费尧多尔，也许实现精神的转化为时已晚。但德米特里还有希望。费尧多尔的名字来源于希腊人名 Theodore，意为"神的礼物"。对此，读者也许都会感慨：在费尧多尔身上，这礼物被浪费，甚至被玷污了。他的儿子德米特里，起初也完全走上了父亲的邪路。因为他的暴烈性情与肆意妄为，因为他的纵情与酗酒,他比其他兄弟都更接近老卡拉马佐夫。父子二人的相像集中体现在,两人竟然为了同一个女人而闹得不共戴天。

其实,早在这起桃色事件之前,两人就因为经济问题而陷入纠纷——起因是德米特里母亲的一笔遗产。出于无知和傲慢,德米特里这个鲁莽的俄国军官,误以为那笔遗产数额巨大,误以为它能源源不断地供养自己。做父亲的费尧多尔在这类事体上则更为老练。他小心翼翼地积累着财产,时不时给儿子些小恩小惠——这些恩惠经过了精确的计算,为的是逃避进一步的伦理义务。

随着小说画卷的徐徐展开,读者自会注意到这对父子更深刻意义上的差别。放浪形骸的德米特里总是需要更多的钱,但与父亲不同的是,他并不真的看重金钱本身。对费尧多尔而言,金钱既是手段,又是一切的目的,但德米特里只是把钱当成工具。他的弟弟阿辽沙愿意献出仅有的钱来接济别人,德米特里也随时愿意慷慨解囊,但却是出于即时性的欲望与情绪。正如同僚别尔霍津对他的评价:"您也太不把钱当回事了。"(第 476 页)

在生命的欢乐面前,德米特里绝对是专注的游戏者,这让他的生活充满风险。当然,他同样也传承了卡拉马佐夫家族在修辞上的天赋,对诗与美不乏敏感。[1] 费尧多尔惯于撒谎,但偶尔(就像阿辽沙),我们也能从他嘴里听到赤裸裸的真理。伊万更称得上是一个智术师,他擅长将真理包裹上寓言或虚构的外衣,就

---

[1] 茨威格对陀思妥耶夫斯基本人的评价,同样也适用于德米特里:"他没想过征服生活,他只想感受它。他并不想成为生命的主人,而宁愿做上帝的奴仆。通过主动地、自为地成为上帝之忠仆,他相信自己能达致对人性的深刻把握。"(《三大师:巴尔扎克,狄更斯,陀思妥耶夫斯基》,第 141 页)。哈特曼也指出,对独特的价值满怀感激,这样的人生态度会带来"无比丰富的体验";《伦理学》,第二卷,第 205-210 页。

像他在著名的"宗教大法官传说"中所做的。而德米特里则是个无以复加的席勒式浪漫派；只有摆脱日常的散文，通过热情的韵律，他才能真正表达自我。在"一颗炽热的心的自白"这一瑰丽的章节中，德米特里对自己的小兄弟敞开了心扉。他对着阿辽沙忏悔，还引用了席勒的《欢乐颂》[①]——这显示了德米特里的生活态度（游戏一般的追逐欢乐），他对自己在整个自然中的位置有着清醒的认识。德米特里向阿辽沙承认，自己就像是以欲望为唯一存在方式的虫子。但阿辽沙知道，自己的哥哥同样也有高贵的冲动，同样有勇气从浪费生命的情欲与纷争中抽身而出，投入理想的事业之中。德米特里绝非铁石心肠，伟大与崇高能吸引他。唯一的悬念在于：深陷欲望深渊的肉身如何得以自救？

此处有一个引人注目的细节。在提到《欢乐颂》时，德米特里并不关注该诗作中关于普遍的兄弟之爱的著名篇章。在那里，席勒描述了"永恒的欢乐女神"所哺育的"众生之心"。那些心灵受到"神秘的发酵力"而激发起了"患难与共之心"。席勒高呼，虽然"整个世界四分五裂"，但"神圣的魔力"仍能令千万颗心融合为一。德米特里的省略暴露了他，他并不理解不分彼此的兄弟之爱。而随着小说情节的深入，德米特里终于瞥见了更为深沉宏大的境界，他内心的转变慢慢展现在读者面前。

虽然仍需通过无数精神上的试炼，但在吟诵席勒的《欢乐

[①] 不学无术的德米特里，真的有可能流畅地引用席勒的诗句吗？陀氏自己肯定会坚持这一描写的真实性。在《作家日记》（第一卷，1876年6月，第507页）里，他就宣称，席勒"几乎将自己的精神刻进了俄罗斯人的灵魂；他所留下的印记，无可置疑地将这段历史时期与他的名姓联系在了一起"。

颂》时，他已不再仅仅是老费尧多尔·卡拉马佐夫的一个复制品。① 老卡拉马佐夫曾宣称"在我眼里……可以说，一辈子没有一个丑女人"（第159页），因此他愿意拜倒在所有女人的裙下。与父亲不同，德米特里慢慢建立起一种对待异性之美的模糊理念。这一区别，让我们可以将后者归类于"美→爱→信仰→希望"的阶梯之中。下面，让我们通过探讨席勒以及康德的理论（席勒正是继承了康德的思想），来深入把握德米特里对美的理解。

席勒认为，人们的选择与行为，要么取决于非理性的冲动与情绪，要么取决于理性。自决自主的冲动，让人们有了自由之感，让人们可以凭此自由而行动——我可以选择我所想要的，一切以我的利益和意愿为焦点。席勒延续康德的哲学，他坚信，除了聚焦于自我利益，人们还可以遵循更高尚的行为准则——前提是，我们得依从理性的指引。理性能让我们得到真实而深刻的自由，也就是让个体拥有道德自主权。一旦这种新的自由建立起来，主体的聚焦点就会从狭隘的"我"身上移开，转移到超越可感世界的智性王国，也就是"应该"或"应然"。席勒进一步发展了以上区分，并构建了美与崇高两个新的王国。美的王国与可感世界紧密相关，因为它更关注人们的爱好与当下的生活。崇高感则恰好相反，它将我们的眼光（还有我们的意愿）引向高高的

---

① 德米特里的名字源自希腊语的 *Demeter*（得墨忒尔），其字面义为"大地母亲"。得墨忒尔是依洛西亚（Eleusian）秘教仪式所敬拜的女神，于是我们就明白了，小说中德米特里为何首先引用了席勒《依洛西亚的节日》中的句子。有关《卡拉马佐夫兄弟》中名字的象征含义，参见特拉斯（Victor Terras）《卡拉马佐夫指南》（*A Karamazov Companion*），第117–118页。也可参见拉尔夫（Ralph Matlaw）《〈卡拉马佐夫兄弟〉中的神话与象征》（"Myth and Symbolism in *The Brothers Karamazov*"），第109–110页。

云端，引向不可见的理念世界。①

陀思妥耶夫斯基赞赏席勒的分类方法。不过，作为小说家，这些理论在他看来仍略显抽象，甚至仍有不够深入的地方。他借助德米特里之口，表达了对美的神秘体验，这里面包含着非同寻常的洞察力：

> 美是很可怕的、怪吓人的！之所以可怕，是因为它神秘莫测；之所以神秘莫测，是因为上帝尽出些让人猜不透的谜。这里好多界限是模糊不清的，各种各样的矛盾交织在一起。兄弟，我没什么学问，但我对这事儿想得很多。其中的奥秘多得不得了！世上有太多太多的谜压得人喘不过气来。你得想尽办法去解答，还得干干净净脱身。美！不过，有的人心地高尚、智慧出众，他们眼里的美以圣洁的理想开始，却以肉欲的化身告终，那我实在受不了。更可怕的是：有的人心中已经有了肉欲的化身，却又不否定圣洁的理想，而且他的心也能为之而燃烧，就像在白璧无瑕的少年时代那样不折不扣地燃烧。确实如此，人的想法幅度宽得很，简直太宽了，可惜我没法使它变得窄一些。鬼知道那究竟是怎么回事，真的！理智认为是耻辱的，感情偏偏当作绝对的美。美是否意味着肉欲？相信我，对于很大很大一部分人来说，美就在肉欲之中，——这奥秘你知不知道？要命的是：美这个东西不但可怕，而且神秘。围绕着这事儿，上帝与魔鬼在那里搏斗，战场便在人们心中。（第 123 - 124 页）

德米特里的说法，在两个层面上与席勒分歧鲜明：首先是强

---

① 关于席勒的美与崇高，更多讨论参见贝瑟尔《重识哲学家席勒》，尤其是第 47 - 76, 213 - 262 页。而涉及席勒与康德的美学思想，可参见哈特曼《美学》，第 32 页。

调美感体验的极端复杂性；其次是突出美的非理性或悖谬性特质，这会导致理性的地位大大降低，甚至退出舞台中央。陀氏提醒人们，绝不能忽视美的繁复性；必须意识到，人类对美的体验往往蕴含着相反的两极——圣母与撒旦在某种层面上相互连接。思及于此，陀氏就不仅仅超越了席勒的美学观念，甚至也推翻了自己先前对美之本性与作用的论断——《白痴》中就有着类似的论断，认为美能拯救世界。这个朴素的愿望不可能实现，但审美力的确能成为一条通道，指引人们深入神秘的领域与人性的深处。柏拉图在《会饮》中指出，肉欲之美位于爱的阶梯的第一层；再往上攀登，就能得到心灵的成长与洞察力的提升。对肉欲之美的感受，带给人们的是欢欣与疼痛交织的综合。悲与欢只有在浅层的体验中才能截然分开。随着我们生存体验的深入，两者会愈发浑然交融，正如德米特里已经体验到的。

德米特里并没有提到理性或崇高之类的词，但这些概念其实暗含在上面的独白之中。陀思妥耶夫斯基同意席勒的观点：我们对崇高的体验，超越了可感世界，进入了（按照陀氏的说法）神性的境界。然而神性同样复杂模糊，很难以理性来解释。无论是神性还是崇高感，都无法引申出清晰的道德范畴。（在第二章中我也曾指出，对陀氏而言，自由首先是一种形而上学，而不是道德概念。）德米特里被女性之美，尤其是格露莘卡那"魔鬼般的曲线"所俘虏，但这样的沉迷并没有提升他的境界。相反，爱的狂热渐渐将他引向了弑父的罪恶意念之中，只是由于偶然或某种"侥幸"，德米特里才在此后重新发现了爱与信仰的意义。

让德米特里顿悟的关键一步，是他的一个发现：无论自己还是父亲，都无法拥有格露莘卡。父子俩共同热恋的女人，其实一直眷恋的是五年前将她诱奸的情人。德米特里觉得格露莘卡背叛并欺骗了他——待这种负面情绪慢慢平复后，他才开始理解这个女人。心痛的体验反而让他认识到自己的爱意之深，也让他做出了一个足以改变一生的决定：虽然爱火仍在心中燃烧，但他决意"彻底退出"，并祝福格露莘卡拥有新的幸福。或许，正是由于他对格露莘卡真挚的爱，他才能做出这样的自我牺牲。后来两人重逢时，德米特里刻意当着格露莘卡及其情人的面出现，意在告诉他们：我不会成为你们幸福的障碍。并且，他计划在新的一天到来之时，在"金色鬈发的福玻斯"出现的瞬间，结束自己的一生（第478页）。

再一次，陀思妥耶夫斯基搬出了小说扉页的格言："一粒麦子落在地里如若不死，仍旧是一粒；若是死了，就会结出许多子粒来。"德米特里怀揣着典型的卡拉马佐夫式的爱，甘愿为所爱的女人牺牲自我。他对格露莘卡的馈赠"会结出许多子粒来"。也就是说，当我们将爱作为礼物馈赠给他人，爱并不会因此丧失。格露莘卡后来发现，那个五年前引诱她的波兰人并不是她所想象的理想情人：他实际上是个贪婪而讨人厌的家伙，满脑子只惦记着格露莘卡的钱财。而德米特里却将她奉为"美的女王"，会随时为她的幸福而赴汤蹈火。在波兰人与德米特里之间，格露莘卡突然意识到，后者才是她愿意与之共度余生的人。

天有不测风云。就在德米特里与格露莘卡的爱情眼看要圆满之时，费尧多尔突然遭人谋杀。警察局长与预审推事在案发后迅速赶往莫克罗耶（Mokroye），逮捕了他们认为有重大嫌疑的德米特里，并开始了漫长的审讯。

根据陀氏第二任妻子安娜·格里戈里耶夫娜的回忆，写作《卡拉马佐夫兄弟》时，作家时常阅读圣经中的《约伯记》。德米特里第一次受审的情景出现在小说第九卷，它从结构上模仿了约伯与朋友们的对话。约伯所遭受的极端苦难，让友人们认定，约伯一定犯了不为人知的罪，他们想弄明白这罪孽到底是什么。他们坚信，只要约伯承认罪孽并在上帝面前忏悔，他就能得到宽恕——何况他已经承受了如此巨大的惩罚。然而，约伯拒不承认自己有任何过错。在一系列质疑与抗辩的过程中，约伯对自己，对他的朋友，乃至对上帝都有了全新的认识。

德米特里同样宣称："我活了二十多年学到的东西也没有这该死的一夜知道的多！"（第 578 页）我们已经知道，在此之前，德米特里与格露莘卡已经确认了彼此间爱的关联。德米特里的受审，更坚定了两人共度余生的决心。在此过程中，德米特里同样对旧友们有了新的认识：那些人根本算不上朋友，他们有着不同的价值观与不同的利益；他们并没有因为曾经与德米特里一起玩牌、一起追逐女人而对他有丝毫的兄弟间的信任——在调查中，他们展现出事不关己、公事公办的态度，这让德米特里大失所望。

西方文明一直推崇真理，甚至将之作为最高的价值。但在古典时期和中世纪，只有少数人能沐浴真理之光。他们有的具备一种迷狂（mania）的状态，比如阿波罗神庙里德尔菲的女祭司；有的通过自我精神的净化而得以洞见真理，比如奥古斯丁。现代性打破了这一传统。笛卡尔及其追随者认为，真理需要在所有人面前证明自身，对真理的演示、论证代替了之前对真理本身的关注。陀思妥耶夫斯基试图扭转这样的真理观。他相信，即便有了确凿无疑的证据，我们也可能错失真理——仔细阅读对德米特里的初审，读者当能把握陀氏所要表达的观点。

德米特里的审讯者自始至终关注证据与事实。但在德米特里本人看来，事实跟真理毫无关联。他们反复逼问德米特里，希望知道他带到莫克罗耶的每一分钱的来龙去脉，好像是这笔钱把费尧多尔给害死了。他们执着于弄明白德米特里的动机，殊不知，作为一个典型的卡拉马佐夫，他做事全凭冲动，根本没有任何计划。法庭上的人们翻来覆去地找证据，而德米特里只沉浸于感受——尤其是羞耻感。自从他借了卡捷琳娜·伊凡诺芙娜三千卢布后，羞耻感就折磨着他。这笔钱时时刻刻羞辱着他的灵魂，逼着他撒谎,逼着他自我鄙视。德米特里觉得自己成了可耻的小偷。在法庭上,他试图向审讯者解释恶棍与小偷的差别,这样的解释换来的只是嘲笑。审讯者还要求德米特里脱掉衣裳,以便进一步检查他们所认为的"可疑之处",这对德米特里而言是最大的侮辱:他在这群陌生人面前几乎赤条条地站着,任他们打量自己脏兮兮的袜子和衬衫。他认为自己遭受了非人的对待。法庭上的人把他当成一个物件来检查,就像检查他击打仆人格里果利(Grigory)时所使用的铜杵。

在赫施尔看来,宗教集中体现在个体面对难堪处境时的态度。就像德米特里,受审这一事件让他站在了人生的十字路口。正是此时所蒙受的奇耻大辱,让他有可能接受智慧或神恩的引导,找到灵魂的新生。当那些所谓的"朋友们"终于完成了初步的调查,德米特里也已疲倦得无以复加。他躺在一只"铺着毡毯的大箱柜"上,倒头就睡——这是他生命中的至暗时刻。

接下来,德米特里做了一个梦,这个梦完全符合库斯勒对梦境的分析(库斯勒曾指出,梦是"隐匿的游戏")。[①] "他做了一个奇怪的梦。梦中的时间和地点与此时此地风马牛不相及。"(第601页)梦中的环境应当是德米特里以前服役的地方。那似乎是十一月的某一天,鹅毛大雪铺天盖地。他坐着马车行进在大草原上,路过一个在火灾中受损严重的村庄。赤贫的村妇们排成长长的行列,默默地忍受着寒冷与饥饿。站在队列尽头的女人,怀抱着一个哭泣的孩子。那孩子"伸出两条光胳臂,小小的拳头冻得发青"。他哭得如此伤心,就好像他母亲的乳房再也挤不出一滴奶水一样。

如此的哭声让德米特里大惑不解,他不断追问马车夫,后者只是简单地回答"娃子,娃子在哭",因为他们冻坏了,饿坏了,

[①] 库斯勒《创造的艺术》,第178页。

房子被烧没了。德米特里（昵称米嘉）不满意这个回答，他执着地念叨着：

"不，不，"米嘉好像还是不开窍，"你说：为什么房屋被烧的那些母亲站在那里？为什么人们那样穷？为什么娃子那么可怜？为什么草原上光秃秃什么也没有？为什么不见她们互相拥抱、亲吻，唱欢乐的歌？为什么她们一个个满脸晦气？为什么不给娃子喂奶？"

他内心感觉到，虽然他问得很愚蠢，毫无意义，但他就是想这样问，而且就得这样问。他还感觉到，一种前所未有的恻隐之心在他胸臆中油然而生，他想哭，他想为所有的人做点儿什么，让娃子再也不哭，让又黑又瘦的母亲再也不哭，让每一个人从这一刻起都不掉眼泪。他想马上行动，马上着手做这件事，拿出不可阻挡的卡拉马佐夫精神来，什么也不顾忌，说干就干。

"我也跟你在一起，从此我不再离开你，我这辈子就跟你走。"他身边响起了格露莘卡亲切的、热情洋溢的话语。他的心整个儿都热了起来，向往着光明。他想活下去，一直活下去；他要往前走，走上一条大路，直奔充满希望、焕然一新的明天。"快，快，立即开始，马上就干！"（第601－602页）

德米特里打算在梦中的光明面前五体投地。这光明突然将他从自己杂乱的生活中唤醒。如今，他的父亲去到了另一个世界，他的心上人格露莘卡也接受了他的爱。他认识到过往的生活是多么不堪，如一场噩梦。

正当德米特里被梦中孩子的哭声所围绕，正当他决心痛改前非，去帮助每一个人的时候，预审推事叫醒了他，让他在审讯笔录上签字。此刻，一个新的惊喜等待着他：

"是谁在我脑袋底下塞了个枕头?这样的好心人是谁?"他满怀感激之情大声问道,声音像是在哭,仿佛别人对他施了不知什么大恩大德似的。这个好心人以后始终没有谁知道,可能是某一个见证乡民,也可能是尼古拉·帕尔菲诺维奇的年轻文书出于同情心给他垫了个枕头,但在热泪盈眶之余,他的整个灵魂都为之震荡。他走到桌子跟前,表示愿在任何文件上签字。

"我做了个好梦,二位。"他说话的语气有点儿古怪,同时容光焕发,喜形于色。(第602页)

小说的叙述者从全书最开始就告诉读者,他要创作一部卡拉马佐夫家族的"编年史"。编年史的核心,就是发生在这个不幸家族中的弑父案。编年史,从字面意义上,就预设了"历史学的方法"和线性的时间观;它总是乐于诉说所有事件的起因与结局。然而我们知道,陀思妥耶夫斯基更倾向于循环的时间观念。根据这一时间观,最重要的事件,也是唯一值得记录与记忆的事件,总是不断地重复自身。在"生命-死亡-复活(新生)"这个神秘的圆圈里,个体在重重束缚中突破自我,找寻到新的生命。德米特里身上同样发生着如是之循环。陀氏描述了德米特里的觉醒,以及他对信仰、对创世之手的皈依。德米特里与阿辽沙精神上的转化发生在同一夜,只是前者的转化更为复杂。那只悄悄塞给德米特里的枕头,类似于格露莘卡提到的葱头——虽然都是微不足道的小小馈赠,但对于那些已被世俗所抛弃的人而言,却包含着了不得的意义,足以震动他们的灵魂。跟阿辽沙一样,将德米特里引向光明的也是一个神秘的梦——那是从他们存在的源头喷涌而出的重大讯息。

德米特里一直相信存在的源头是非理性的。如今,他终于跟这一源头发生了关联,精神的转化也因此而开始。梦醒之后,他毫不在意地在审讯笔录上签了字——他已经完成了内在的自我审判,外在审判的结果对他无关紧要。此后,庭审等环节也只是走走过场。预审推事和警察局长都认定,由于侵犯了某种"神圣的"界限,德米特里必须受到惩处。就算没有直接的证据证明他杀了人,人们也会将矛头指向他;对大众而言,德米特里对金钱随意挥霍又极端轻蔑的态度,已经让他成了整个社会这场"游戏"的搅局者——这是一场以重视金钱价值为基础规则的游戏。于是,德米特里必须被清除出场。卡捷琳娜·伊凡诺芙娜所呈交给法庭的德米特里的信件,在人们看来,也"无可置疑"地证明了德米特里正是幕后真凶。一切尘埃落定了,西伯利亚愁云惨淡的苦役生涯正等着他。

但这些外在事件无法撼动德米特里的新信仰。在那至暗的夜晚,他沉入存在的深底,同时也奇迹般地找到了通往上帝的道路。就在枕头插曲刚刚过去之后,德米特里便主动宽慰那些审讯他的官员们:"好吧,我不责怪你们二位,我准备好了……我明白你们只得这样做。"(第603页)跟约伯的友人一样,他们对德米特里内在的转化浑然不觉。

受难并非一种惩罚,这是德米特里渐渐明白的道理。相反,对于良知的觉醒与净化来说,受难是必经的阶段。精神的净化意味着在诸多品质中发现灵魂的赤诚,也意味着在诸多要素中分辨出生活真正的意义。苦难让德米特里认识到自己的生活有多荒唐,认识到那些他所忽略的至高价值。在爱的名义下承受苦难,能让人们触摸到更深沉的道德与宗教秩序。《地下室手记》的主人公不断提出那个折磨人的问题:"什么更好——廉价的幸福好呢,还是崇高的痛苦好?"(第295页)地下室人倾向于廉价的幸福,德米特里在小说开始也有类似倾向。但经历了莫克罗耶那个决定命运的夜晚之后——如同一道精神的闪电划破长空——所有的一切,都已然不同。地下室人认为受难源于欲求不满,他并不知晓另一种形式的受难,它诞生于勃勃的生机,诞生于强健的信仰。

如今,德米特里的内心充满着新生的信仰与兄弟之爱。他发表了一通热情洋溢的告别演说,并朝预审推事伸出了右手。他已经准备好承担一切责任与惩罚。然而,预审推事拒绝跟德米特里握手,因为"侦查尚未结束"。德米特里对此并不在意,他知道,总有一些人(阿辽沙就是其中之一)乐意握住他伸出的手,乐意在任何时候都跟他围坐在同一张桌子前。阿辽沙永远是他的好兄弟,无论他沉沦到什么境地。

伊万呢?他会加入这一阵营吗?德米特里曾说道:"伊万是一座坟墓。"阿辽沙表示:"伊万是一个谜。"后来,德米特里又改了口:"伊万就是斯芬克斯。"①

伊万: 让人遗憾的礼物

俄罗斯最著名的圣像画,就是前面提到的《三位一体》。关于它的创作者卢布廖夫的生平,人们所知甚少。卢布廖夫生活在他的祖国最为动荡的历史时期(1360-1430年):鞑靼人的不断侵入,伴随着政治上的四分五裂和教权上的混乱状态。卢布廖夫是圣三一派的一名修士,这一派别源自圣塞尔久-三一修道院(St. Sergius monastery),奉行兄弟会制度,强调精神之修行与上帝之爱。在那样极端的历史背景之下,该派别更加坚信:基督将再次降临,他的牺牲将带来神与人之间的和平。该信念对圣像画

---

① [译注] 荣如德译本中,此三句译作:"伊万守口如瓶"(第126页),"伊万是闷葫芦"(第273页),"伊万是个难解的谜"(第700页)。此处作者所援引的英译本作:"Ivan is a grave"(第110页),"Ivan is a riddle"(第229页),"Ivan is a sphinx"(第592页)。译者据英译本译出,关于英译本的版本信息,见本书参考书目。

家卢布廖夫影响至深。

卢布廖夫选取了一个独特的视角,来表现圣经中天使们拜访亚伯拉罕一家的著名故事。这幅画采取了最简洁的构图:亚伯拉罕与撒拉甚至没有在画面中出现,对这场盛宴的记录,仅仅是通过桌面上那个盛着羔羊头的杯盏(类似于圣坛上的圣餐杯)。画面的核心是三位天使和他们相互间的隐秘关系。天使们表现出一种宁静温和的神态,甚至带着一丝哀愁;整幅画作也笼罩着一股冥想的气氛。人物的身形微微倾斜,暗示着谦恭与彼此间的爱意。三位天使围坐在桌前,形成一个圆形,这样的构图让三个人的地位同等重要。"三位一体"展现了最高意义上的兄弟情义,展现了爱与圣洁的理念。卢布廖夫的作品正是对该理念最为辉煌的形象化说明——画家关注的不是三者中的任何一个,而是三者合一。

对这幅简洁庄严的圣像画,陀思妥耶夫斯基一定也满怀崇敬。[1] 当然,与卢布廖夫不同,陀氏用自己独有的方式来表现兄弟情义,并塑造他心目中的"好人"。卡拉马佐夫三兄弟之间的关系异常复杂。他们各自的道路都充满艰辛,他们之间的圆环轮转无常,从未完满,甚至多次面临分崩离析的险境。[2] 这个圆环的界限也并非明确,比如说,斯乜尔加科夫也位于圆环之中吗?而对该整体而言,更大的危机来自伊万。阿辽沙和德米特里虽然有颇多分歧,但两人毕竟到找到了通往信仰的道路,都坚信受难

---

[1] 根据琼斯的考证,陀氏的父母每年都会带着孩子们去"离莫斯科60公里远的圣塞尔久-三一修道院朝圣,一直持续到陀氏十岁为止";参见《陀思妥耶夫斯基与宗教体验的作用》(*Dostoevsky and the Dynamic of Religious Experience*),第1页。

[2] 在《暴力与神圣》一书中,勒内·基拉尔借助克拉克洪(Clyde Kluckhohn)的观点指出,不同的神话体系之间,有一个共同的冲突类型:兄弟之间的冲突直至最终的手足相残。参见《暴力与神圣》,第61页。

与奉献能带来精神的净化或罪恶的涤除。阿辽沙从一开始就赞美生活；后来，从他敬爱的长者那里，他学到了如何利用生命这一"馈赠"，学会了投入"真实"的生活，而不是蜷缩在象牙塔一般的修道院。阿辽沙投身于礼物经济，但他也掌握了交换经济的原理。因此，阿辽沙总能在世俗界限的边缘停下脚步。德米特里则会毫不客气地跨越界限，他也注定更为命运多舛。卡拉马佐夫式的热情促使他肆意挥霍着作为礼物的生命，丝毫不担心其行为的不良影响。他就像是纵情于当下欢乐的酒神，在某一天偶然发现了新的国度，并为之所深深倾倒。在那个国度，最高价值是同情与责任；在那个国度，他必须学会区分两种不同的经济类别。① 他历经艰难险阻的考验，终于认识到了自己的罪孽，从而走上了浪子回头的忏悔之路。

　　伊万的故事则大为不同。经由小说家的巧妙安排，德米特里与阿辽沙同时出现在他们的父亲所居住的镇子上，但伊万的出现却毫无来由。这个 24 岁的青年接受过良好的教育，相貌堂堂，衣着得体。凭着高于常人的智商，以及文雅而不拘小节的举止，伊万曾迅速融入莫斯科上流的社交圈，那是个由市场或交换经济所支配的圈子。我们能够想象，伊万如何兴致勃勃地出入豪华剧院，如何眉飞色舞地谈论古罗马的衰亡——总之，他完全适应那里的文化界。那么，他来这个落后的县城牛栏市（Skotoprigonievsk，这个词在俄语中意为"野兽的围栏"）所为何事？跟阿辽沙不同，伊万并不在乎母亲的墓地在哪；跟德米特里不同，伊万也不在乎父亲的钱。他成了一个解不开的谜团，一个飘浮在牛栏市上方的孤云。

　　读者第一次得以好好打量这个神秘人物，是在修道院举行的那次家庭聚会上。这正是伊万的主意：让德高望重的老神

---

① ［译注］即前文所说的"交换经济"与"礼物经济"。

父调停父亲和儿子的争端。虽然身体欠佳,佐西马长老还是接待了这一家子。读者应好好留意长老的话,他的言语和动作中包含着深刻的洞察,能够帮助我们理解伊万的性格与未来的走向。

简单对话之后,长老便道出了伊万所摇摆于其间的两种理念。他们谈到了伊万最近发表的文章,文中清晰地展现了伊万所为之辩护的极端观点:"全部自然法则尽在于此,所以,倘若把人类认为自己可以永生的信念加以摧毁,那么,不仅人类身上的爱会枯竭,而且人类赖以维持尘世生活的一切生命力都将枯竭。这且不说。到那时就没有什么是不道德的了,到那时将无所不可。"(第75-76页,强调为本书作者所加)①

由于陀思妥耶夫斯基的一再强调,我们对这个条件句颇为熟悉,因此很容易忽略它对现代文明之困境的洞察。② 同样的句式在"宗教大法官"一节将再次出现,所以我们对此的集中讨论会

---

① [译注]此处引用应该在《卡拉马佐夫兄弟》第二卷第七章("不存在灵魂不灭,也没有美德可言,因而无所不可"),中译本第90页。另外在第二卷第六章(中译本第76页),长老与伊万有如下对话:

"难道您果真确信,人们如不再相信他们的灵魂不灭,后果便会那样?"长老忽然问伊万·费尧多罗维奇。

"是的,我是这样看的。没有永生,就没有德行。"

"您有这样的信念是有福的,或者是非常不幸的!"

"为什么不幸?"伊万·费尧多罗维奇含笑问道。

"因为十之八九您自己既不相信您的灵魂不灭,也不相信您在文章中关于教会和教会法庭问题所写的那些话。"

"也许您说得对!……但我毕竟不完全是开玩笑……"伊万·费尧多罗维奇突然奇怪地承认道,而且很快涨红了脸。

② 这个条件句所表达的不仅仅是虚构人物(伊万)的见解。参见陀氏本人与1878年2月写给奥斯米多夫(Osmidov)的书信。也可参见斯坎兰(James P. Scanlan)《思想者陀思妥耶夫斯基》(*Dostoevsky the Thinker*),第19-40页。

放到下一章。此处，我们更希望借此了解伊万本人的性格，而不是其哲学论题是否成立。正如学者瓦西奥列克指出的，伊万的反叛并非出于他的理性思考，而是有更为深刻的根源，比如他的卡拉马佐夫性格、他的敏感多疑、他对历史现实主义的厌恶。①

对于伊万的聪颖过人，佐西马长老赞赏有加。但他担忧的，是伊万身上智力与情感的相互隔绝。从这个角度看，伊万跟卡拉马佐夫家族的其他人不同，而更接近于欧洲思想史上的某些先哲——比如席勒，特别是康德。② 作为此隔绝状态的结果，伊万对条件句中的那个"如果"尤其头疼——我们不可能确知上帝的存在和灵魂的不朽。伊万认为，自然的律法并不倡导人们相互关爱；当他们去关爱邻人时，其出发点是那个未经证实的个体不朽的信仰。欧洲那些自由主义者和社会主义者假定，他们所倡导的兄弟情义跟基督教中的爱类似——这是一个错误的假定。③ 事实

---

① 参见瓦西奥列克《陀思妥耶夫斯基的主要小说》，第161页。
② 戈洛索沃克（Jakov Emmanuilovich Golosovker）在其著作《陀思妥耶夫斯基与康德》中论证：伊万（Ivan Karamazov）与康德（Immanuel Kant）的名字中包含着相同的首字母，这也许并不是巧合；在《卡拉马佐夫兄弟》里，陀氏试图正面回应康德所提出的纯粹理性的二律背反，尤其是最后一组论题，即有关上帝的存在与特性的论题。[译注]康德的四组二律背反。第一，正题：世界在时间和空间上是有限的；反题：世界在时间和空间上是无限的。第二，正题：世界上的一切都是由单纯的部分复合而成的；反题：世界上的一切都是复合的，没有单纯的东西。第三，正题：世界上除了自然因果性外，还有一种自由的因果性；反题：世界上只有自然因果性，没有自由。第四，正题：世界上有绝对必然的存在者，作为世界的一部分或是世界的原因；反题：世界之中和世界之外都没有绝对必然的存在者。
③ 在《陀思妥耶夫斯基：自由的苏醒，1860—1865》中，弗兰克详尽地论证了陀氏的下述确信：兄弟之爱的理念，是整个"欧洲性格"的对立面，它要求的人性之境界，要超越欧洲人或西方人已经达到的高度；并且，这一理念无法单独由理性、社会契约或利己主义推导而出，见该书第243－245页。

上，伊万反驳说，如此的相似性需要一个前提：这些自由主义者和社会主义者，得用完全不同于基督教的方法（也就是上帝存在、灵魂不朽之类的方法），来证明兄弟之爱的正当性。正如伊万后来向阿辽沙论证的，自由主义与社会主义的信徒必须信任法律与正义，以及与之相对应的精准刑罚；他们不再能依赖忏悔与宽恕，也无法仰仗神的恩泽。阿辽沙和德米特里最终投身于礼物经济的国度，而伊万则仍留在了交换经济或市场经济的范围。正因为此，伊万很难跟自己的两个兄弟心无芥蒂地围坐在一起。他对兄弟之爱的理解也跟另外两人大相径庭。

佐西马长老察觉到了伊万的挣扎，那来自卡拉马佐夫家族的激情时时刻刻灼烧着这个青年的内心。他鼓励伊万深入探寻自我，在一切还没有失控之前，弄明白自己潜在的信仰。如果不相信任何至高的权威，"一切皆可为"这个结论就几乎不可避免。而且，假设伊万真的认为"一切皆可为"，他将如何面对各种行为所产生的后果？又将如何看待良知？

老卡拉马佐夫遭遇不测之后，陀氏曾用"道德义务"一词来形容伊万内心的愧疚感。和《罪与罚》以及此前其他几部小说类似，作家关注的重点并非罪行本身，而是罪行的内在因由，以及罪行所促成的内心转化。《卡拉马佐夫兄弟》里那个如此优秀的年轻人——他的天资是德米特里和阿辽沙无法企及的——为何反倒堕落得最为彻底？

小说的叙述者渐渐意识到，伊万这个乍一看来跟父亲差别最大的孩子，在内在气质上最像老卡拉马佐夫。当德米特里说"伊万是一座坟墓"时，他想表达的是伊万喜怒不形于色的特征——别人很难猜到他真实的情绪。当阿辽沙感叹"伊万是一个谜"时，他表达的则是对伊万内心秘密的巨大困惑。在小说结尾处，德米特里似乎对伊万更为了解了，因此他才说："伊万就是斯芬克斯。"为何是斯芬克斯？

陀氏曾在彼得堡生活过。这座城市有几座古埃及的斯芬克斯像（这类雕塑的身体往往是狮子的形象，而头部则是人类、公羊或鹰），但陀氏想到的应当是希腊神话里的斯芬克斯。[1] 如果笔者的猜测属实，那么，此处的斯芬克斯就是一个坐在底比斯悬崖边的怪兽，它拦住路人问出那个难解之谜，然后杀死所有给出错误答案的人。最终，俄狄浦斯（Oedipus）解出了这个谜，斯芬克斯遂即自杀。

为何将伊万类比为这样一个狮身人面的怪兽？伊万的谜题是什么？那个一旦得以揭示就会将他引向末路的、讳莫如深的谜底又是什么？

解答这些疑惑前，先得弄明白，在陀氏"美→爱→信仰→希望"的阶梯中，伊万居于什么样的位置。

有一个让读者感到奇怪的细节：在整部小说里，伊万从来没有赞颂过美。绝美的卡捷琳娜·伊凡诺芙娜固然也曾将他吸引，但作者从未说过这是因为美貌。叙述者怀疑，这种吸引是由于兄弟之间潜在的对抗关系（也许这里面藏着伊万那讳莫如深的谜底？），而不是由于卡捷琳娜的美——这个女子曾是德米特里的未婚妻，只不过德米特里后来又完全被格露莘卡吸去了魂魄。同时，当周围人都为格露莘卡的美而震惊的时候——暂时不考虑人们对她道德水准的评价——伊万却对格露莘卡无动于衷。叙述者曾将格露莘卡比喻为著名的米洛的维纳斯[2]，但在伊万看来，她

---

[1] 严格来说，希腊神话中的斯芬克斯来源于埃及神话。参见巴霍芬（J. J. Bachofen）《神话、宗教与母权》（*Myth, Religion, and Mother Right*），第180页。[译注] 巴霍芬（1815—1887），瑞士人类学家和法学家，巴塞尔大学罗马法教授，著作有《母权论：根据古代世界的宗教和法权本质对古代世界的妇女统治的研究》等。

[2] [译注]《米洛的维纳斯》（又称《断臂的维纳斯》）是古希腊雕刻家阿历山德罗斯于公元前150年左右创作的大理石雕塑，现收藏于法国卢浮宫博物馆。

最多也不过是个"尤物",其本质则是一只"野兽"。

伊万对美无动于衷,是否说明他没有爱的能力?伊万曾说自己爱上了卡捷琳娜,而霍赫拉科娃太太则多次声称,两人相互爱着对方。费尧多尔——这个老人有着比伊万和霍赫拉科娃太太更为冷静的观察力——则提出了另一番见解:"但是伊万谁也不爱,伊万他不是咱们一路人。"(第205页)

上一章里,通过对《白痴》中娜斯塔霞和阿格拉雅两位女性的解读,我们已领略到爱情的复杂。在《卡拉马佐夫兄弟》中,爱情当然也没变得更简单。比如德米特里随即对卡捷琳娜就抱有既爱又恨的复杂情感,而他对格露莘卡的爱则是直接而纯粹的。伊万发现,卡捷琳娜之所以在自己和哥哥德米特里之间举棋不定,并不是因为她想选一个更喜欢的人——她并不爱这两兄弟中的任何一个。但也可以说,她同时爱着他们两个——正如佐西马长老指出的,这是一种幻想性的爱,其本质是渴望做出被所有人瞩目的正义行为。

聪慧过人的伊万至少有一点跟俄狄浦斯相像:他们更了解别人——包括他们的困惑、动机、情感或价值取向——而非自己。因此,伊万没有认识到,自己与卡捷琳娜是互为镜像、一体两面的关系。两人彼此折磨并暗中以此为乐,两人都没有爱的能力。伊万虽然被卡捷琳娜所吸引,却并不是因为美貌或爱情。

伊万面对爱情的困扰,不仅体现在他与卡捷琳娜的关系上,更体现在他对父亲费尧多尔和哥哥德米特里的态度上。费尧多尔和他的长子之间的矛盾已经到了剑拔弩张的地步,这期间的几次事件,尤其是第二次家庭聚会后伊万与阿辽沙的对话,暴露了伊万对父亲和哥哥的敌意。对话发生时,德米特里刚刚火冒三丈地冲进父亲住处:他怀疑格露莘卡在那。阿辽沙情不自禁地喊了一声:"上帝保佑!"阿辽沙明白,如果不能拦住德米特里,阻止他继续闹下去的话，一切将不可收拾。而听到这句话的伊万马上如此回应："求上帝保佑做什么？……一条爬虫吃掉另一条爬虫，两个恶棍都该下地狱！"（第164页）随即，这场由阿辽沙引出的对话更为深入地揭示了伊万的内心：

> "二哥，允许我再提一个问题。任何人瞧着其余所有的人，是否都有权作出判断：他们中谁有资格活在世上，谁不太有这种资格？"
>
> "为什么要把有没有资格的事扯进来？这问题多半在人们心中解决，完全不是依据有没有资格，而是以另外一些具体得多的理由为依据。至于说到权利，谁都有权心存愿望，你说是不是？"
>
> "该不是但愿别人死吧？"
>
> "即便如此又怎样？看到所有的人都这样活着，而且恐怕不可能换一种活法，又何必对自己撒谎呢？你是指我刚才说过有关两条爬虫自相残杀的话吧？那么，允许我也向你提问：你是否认为我也和德米特里一样会要老小丑流血，会杀他，啊？"（第167页）

伊万那个讳莫如深的谜底，在此处露出了一点端倪。阿辽沙内心震惊，连忙表示自己不会这么想。伊万也及时止住话题，让阿辽沙放宽心。离开时，伊万热烈地握了握阿辽沙的手，留下了最后一句话："不要谴责我，不要把我看作一个恶棍。"（第167页）

伊万嘴上说着"不要谴责我"，或许是因为，他在内心不断地谴责别人。随着小说的深入，伊万对他人的敌意甚至蔓延到自己最亲近的人身上。相反，阿辽沙从没有指责过伊万。他对伊万充满同情，并且，跟自己崇敬的佐西马长老一样，阿辽沙认为地狱般的折磨是"丧失爱的能力"。

佐西马长老曾指出，伊万并不知晓自己究竟信仰什么。伊万则在阿辽沙面前申辩，自己并不曾反抗上帝，他反抗的是上帝所创造的一切。虽然如此，长老与阿辽沙仍认定伊万是一个丧失信仰的人，他必须接受的替代选择是：一切皆可为。

通过有意无意的灌输，伊万将自己那套讳莫如深的谜底传给了斯乜尔加科夫。后者是实际意义上老卡拉马佐夫的跟班。费尧多尔戏称斯乜尔加科夫为"肉汤厨子"或"巴兰的驴子"①，而这头倔强的"驴子"其实和伊万同岁。斯乜尔加科夫是个私生子，自幼丧母（他痴呆的母亲死在费尧多尔的花园里），几乎等同于无家可归，幸亏还有老仆人格里果利夫妇，他们对这个孩子视若己出。斯乜尔加科夫体弱多病，且患有严重的癫痫。格里果利试图以自己虔诚的基督教信仰影响他，但斯乜尔加科夫似乎不为所动。费尧多尔打发他去莫斯科跟别人学烹饪，这也成了他唯一擅长做的事情。虽然对这个孩子充满厌弃，但费尧多尔还是慢慢依赖上了他，甚至将他当成心腹——如果家里有财物丢失，他绝不会怀疑到斯乜尔加科夫身上。在伊万闯入之前，这个家庭的奇怪关系就是如此。

不速之客伊万出现的第一天，费尧多尔就注意到了斯乜尔加科夫的变化。这个他曾无比信任的心腹，马上将伊万看作自己的偶像，狂热地吸收着后者所说的每一个字。伊万和他所带来的观念，似乎触发了这个私生子身上的某个机关。由于伊万的存在，无论是斯乜尔加科夫还是整个卡拉马佐夫家族，似乎有了某种微妙的变化。主人眼里的傻跟班，似乎一夜之间就领悟了伊万秘而

---

① ［译注］语出《旧约·民数记》第 22 章。摩押王花重金请先知巴兰诅咒以色列人。巴兰骑驴上路时，驴子看到上帝派来阻拦巴兰的天使，便不肯向前一步。在巴兰的鞭打下，驴子愤而开口说话。"巴兰的驴子"比喻惯常沉默，但突然开口抗议的人。

不宣的知识，并窃取了他百般掩饰的谜底。

和伊万类似，斯乜尔加科夫也抓住了该隐的问题：我岂是看守我兄弟的吗？德米特里大大咧咧，很难体会到伊万有多恨自己，这恨意当然也冲着两人共同的父亲；阿辽沙对人总是充满信任，更无法理解这种情绪；费尧多尔老奸巨猾，对此有所警觉；只有斯乜尔加科夫完全明白伊万的心思——因为他跟伊万一样满怀仇恨。伊万的理念成了燃料，让斯乜尔加科夫的仇恨之火熊熊燃烧。从这一角度而言，两人是天造地设的一对。"一条爬虫吃掉另一条爬虫"，伊万的这个希望被斯乜尔加科夫牢牢把握住了——假若德米特里杀死费尧多尔，这同时也是德米特里的末日。斯乜尔加科夫比伊万更为冷静，他进一步指出，如果这件事能成，伊万就将继承至少四万卢布的遗产，这完全可以让他取得经济上的独立，从此衣食无忧——哪怕他最终没能得到卡捷琳娜丰厚的嫁妆。

事情的发展出乎所有人的预料。从德米特里的角度看，是上帝之手收走了他父亲的性命，正像这只手曾阻止亚伯拉罕献祭长子以撒。（注意两个故事中父与子角色的调换，在陀思妥耶夫斯基看来，这一调换中蕴含着古典与现代的差别。）从伊万的角度，他不得不靠着卡捷琳娜提供的证据，才能摆脱掉同谋的指控，并将谋杀的嫌疑完全转向德米特里（前面我已经提到过，如此的审判丝毫不能伤及德米特里既已转变的灵魂）。不过在审判之前，卡捷琳娜与伊万也费了一番心思：他们花重金请律师为德米特里辩护，他们从莫斯科请来医生，甚至，为了让兄长能免于流放西伯利亚，两人已准备好豪掷三万卢布。也许伊万是在利用卡捷琳娜，但她完全感觉不到，因为这一切让她有了殉道的错觉，她甚至幻想为拯救德米特里而自我牺牲。陀氏希望我们明白：这样的牺牲，其实依然建立在以自我为中心的矫揉姿态上。在庭审过程中，卡捷琳娜起先为被告德米特里洗白，但在伊万作为证人发言之后，她突然又改变了态度，向法庭呈交了一封德米特里的亲笔信——在伊万看来，这封信几乎"铁证如山"地压实了德米特里的罪行。人们不禁会纳闷：一个本来打算为了"不幸的"被告而自我牺牲的女人，为何会随身带着那封信？

当然，德米特里并没有弑父，他被人故意栽赃了。这个人就是斯乜尔加科夫，他完美地实践了伊万的理念。在谋杀当天，他正好伴随着严重的癫痫发作，行事毫无逻辑。这恰好能帮他摆脱嫌疑，也让人们猜不透他的动机。

然而完美罪行并不存在，上帝也没有坐视不管。斯乜尔加科夫和伊万开始夜不能寐了。内心某种潜藏着的强大力量开始在他们身上发挥作用。在索福克勒斯的悲剧中，一旦城邦遇到重大的危机，人们就会来到德尔菲的阿波罗神庙，询问那里的女祭司：我们如何惹恼了神明？怎么才能平息神的愤怒？到了现代社会，天堂与地狱都被人们当成了虚构的神话，重大的启示不再来源于舞蹈的祭司，而是直接出现在人们灵魂隐秘的角落。在伊万那里，浮现于隐秘角落的是魔鬼的形象。伊万试图自我宽慰，让自己相信这个长着尾巴的"朋友"纯属幻觉，它代表的只是自己不堪的过去，它只是让他想起来了一些不愉快的往事。然而，这些宽慰毫无作用，恼羞成怒的伊万终于抓起杯子朝那个"不存在的朋友"砸了过去。这个所谓的魔鬼，是灵魂中的幽暗深渊，是伊万以前绝不会相信的东西。

伊万内在的危机迅速爆发，几乎要冲毁一切既有的界限——如果不是发生了另一件事情的话。审判前一晚，伊万再次去了斯乜尔加科夫那里。此行让伊万更加确信：该为父亲费尧多尔的死负责的，不是哥哥德米特里，而是斯乜尔加科夫和他自己。这一夜，伊万的生命坠入谷底，他体验了阿辽沙在佐西马长老仙逝的那一晚所体验的，也经历了德米特里在差点杀死格里果利的那一天所经历的。伊万自己都羞于承认的结论，在斯乜尔加科夫的忏悔中昭然若揭。他在万分羞愧中离开斯乜尔加科夫——后者正面对着巨大的良心谴责。回去的路上，伊万援救了一个躺在雪地上的醉酒农夫（正是伊万在来的时候一把推倒的那个醉汉），这件小事昭示了他内心的某种变化、某种决定。

阿辽沙与德米特里精神上的新生，靠的都是对信仰的重新发现。伊万会走同样的路吗？

有那么一瞬间，伊万倾向于变成另一个拉斯柯尔尼科夫，他打算到检察官那里承认一切，并从此改过自新。但伊万犹豫了——他过于孤独，没有兄弟姐妹能在身边助他一臂之力，就像拉斯柯尔尼科夫的索尼雅所做的那样。格露莘卡不在，不能递给他一个葱头，也没有好心人往他头底下塞枕头。伊万只碰到了他的魔鬼——好在，怀疑一切的伊万同样也不信任这位长尾巴的先生。他没有采取任何行动，但他决定，要在第二天的庭审上向人们揭晓真正的凶手。

再次引用赫施尔的观点："一个人如何处理难堪的境况，能揭示他内心的宗教。"① 其实，一个人在难堪境况下的反应也能揭示其最根本的品性。用赫施尔的语言来表述：

> 难堪，是对出乎主体意料的境况的正常反应。难堪的感受包含了宏大的存在感，也包含了对自身存在的耗费、玷污以及随之而来的愧疚。难堪，是对包含着自大、狂妄与自我神化在内的所有内心邪魔的抵抗。难堪的终结很可能意味着人性的终结。②

阿辽沙和德米特里依然能感到羞愧和难堪。但伊万内心的

---

① 赫施尔《人是什么？》，第112页。
② 赫施尔《人是什么？》，第113页。相关哲学分析（如朴质、谦虚、超然、骄傲等）也可参见哈特曼《伦理学》，第二卷，第298-303页。

邪魔——他的自大、狂妄与自我神化——过于强大,已很难让他感受到难堪。一直以来,伊万都确信,人性的反面是兽性,无论是潜藏在他父亲或他大哥身上的,还是隐藏在他自己心里的。但事实证明伊万的推理搞错了方向:人性的真正对立面不是兽性,而是魔性。最终,是一股恶魔之力引诱着伊万坠入了自毁与疯狂的深渊。在第二天的庭审现场,失控的伊万一边挥舞着那三千卢布,一边揭露着斯乜尔加科夫和自己的罪行:

> "我是昨天从凶手斯乜尔加科夫那里得到的。在他上吊之前我去过他那儿。父亲是他杀的,不是家兄。人是他杀的,可教唆他杀人的是我……。谁都巴不得父亲死去……"
>
> "您是不是疯了?"审判长不由自主地脱口问道。
>
> "问题恰恰在于我没有疯……我有着正常人卑鄙的头脑,和你们一样,和所有这些……丑恶的嘴脸一样!"他蓦地转过来面向公众。"父亲被杀后,他们假装大吃一惊,"他咬牙切齿地说,怨愤和鄙夷之情溢于言表,"彼此装蒜,互相做假。都在撒谎!人人都希望父亲死。一条爬虫吃掉另一条爬虫……。如果没有杀父好戏看——他们一个个都会气呼呼、怒冲冲作鸟兽散……。他们要看戏!'要面包,要看戏!'不过,我也不是东西!你们这儿有没有水,给我喝一点,看在基督分上!"他骤然捧住自己的脑袋。(第809页)

前面就提到过,近亲相残的主题吸引了弗洛伊德和陀氏等天才的注意。此处,伊万并不是在庭审上疯狂的,让他陷入疯狂的瞬间发生在头天晚上。库斯勒的一段分析可以用来描述此处的情形:"一方面是普罗米修斯一般从上帝那里盗取光明的努力,另一方面,在夜的黑暗深处,还有着与光明相反的对应物;

当独立的自我尚未真正形成时,人们往往会滑向那幽暗的深渊。"①

小说开始,天资卓越的伊万就像盗火的普罗米修斯,一心一意向往光明。到了结尾,他迎来惨败,灵魂被囚于精神的地牢。在那个致命的夜晚,伊万的谜语被人解开,而他也如同神话中的斯芬克斯,面临着自毁的命运。

那个可怕的谜究竟是什么?也许,谜底本身并不能触动读者诸君。就像小说中,人们听闻那个让德米特里如此羞愧的秘密之后,同样也会无动于衷。但对于伊万,这一切却关乎性命。

阿辽沙告诉伊万,斯乜尔加科夫已经自杀了。不知所措的伊万向阿辽沙念叨着:"他站起身来,走了。你一来,他就走了。他骂我是懦夫,阿辽沙!我是懦夫——这便是 le mot de l'enigme!([译注]法语,谜底)'在大地上空翱翔的雄鹰可不是你这路货!'这是他补充的一句话,这是他添上的!斯乜尔加科夫也说过这样的话。"(第772页)

拉斯柯尔尼科夫曾设想自己就是拿破仑一般的非凡者,而在此,伊万也将自己想象成雄鹰。真正的鹰见惯了流血的场面,不以为然。但伊万只停留于想象,他无法完成任何一桩壮举。他宣称:如果没有上帝,那么一切皆可为!可伊万骨子里却很懦弱,他不敢去践行这一虚无主义的法则。伊万总是需要别人,他需要斯乜尔加科夫,需要卡捷琳娜,甚至需要拉基津。可在他最需要帮助的时候,这些人全都不在他身旁。

伊万欠缺勇气,无法如雄鹰一般振翅天宇。这一意象包含着作者怎样的暗示?阿辽沙与德米特里都面对过幽暗的深渊,他们也都找到了信仰。而伊万,却滑落到黑暗深处——这正是陀氏希

---

① 库斯勒《创造的艺术》,第360页。

望警示世人的"魔性",也是海德所谓的"坏信仰"。后者对此还有如下阐释:

> 礼物交换与信仰的关联在于:两者都与利益无关。信仰从不会瞻前顾后,从不做任何筹划;同样,任何人也休想控制礼物。人们必须在礼物的精神面前低下高昂的头,必须在做出馈赠的同时放弃掌控。倘若有人在送出礼物时斤斤计较,算计得失,那么,这礼物就会丧失它的本质力量。相反,倘若他能虔诚地加入礼物的循环之中,放弃筹划,礼物就能以强大的力量支撑其生命。
>
> 坏信仰会将人们引向腐败,它让人相信:任何契约都会被打破,任何既有秩序都会散落成碎片(这是"腐败"最原初的含义)。坏信仰让人们更渴望掌控,更渴望法律与警察系统。坏信仰认为这个世界充满着匮乏,礼物只要出现就会被贪婪者吞噬,事情会愈发糟糕。因此,礼物起不到应有的作用,礼物的循环也必将断裂。[①]

阿辽沙为人谦和,他总是心悦诚服地拜倒在礼物的循环之下。德米特里除了少数失去控制的瞬间,同样有着谦恭的精神,同样懂得诚心实意地敬拜那高于个体的伟大事物。德米特里最不缺乏羞愧与难堪的体验;阿辽沙也不会羞于承认,在神面前自己不过是爬虫。但他们的兄弟伊万则不信任一切,甚至也不信任神明。伊万不渴望礼物,也不满足于神恩。他想要的是法律与公

---

① 海德《礼物:想象与财产的情感生命》,第 128 页。哈特曼没有"坏信仰"的概念,不过他也有类似评论:"信仰可以往好与坏的方向转化人——这取决于此人信仰什么。它可以移动高山,也可以带来信念的崩塌。同样,信任让人们有责任感,让整个民族在信仰中变得忠诚。"《伦理学》,第二卷,第 295 页。

正，这两者从属于交换经济而非礼物经济。陀思妥耶夫斯基相信，追逐金钱与正义，并将之当作基本价值，其后果将是丑行，而不是奇迹。交换经济将我们的生命看作孤立的、具体的——只要个体生命消逝，它就随之消失。礼物经济则将生命看成上帝的礼物，是常人难以猜度的——即使承载生命的身体之舟覆灭，生命的精神内核也将完好无损。①

伊万自诩为雄鹰，理应翱翔在尘世上方。他不必与自己的兄弟同坐一桌，因为他们之间并不平等。伊万也不认可其他人所谓的上帝。阿辽沙与德米特里的信仰让他们趋向于同情与爱，而伊万则口口声声要求公正与法律。哈特曼曾说："公正可能与爱无关，而兄弟之爱或许并不公正。"② 陀氏则通过小说告诉人们，伊万对公正的追逐，建立在某种完全不同于兄弟之爱与礼物经济的事物之上。伊万的坏信仰很可能来源于憎恨与蔑视，这样的"信仰"从伊万传播到斯乜尔加科夫身上，再到拉基津以及卡捷琳娜的身上。

在那个命定的夜晚，阿辽沙曾双手为德米特里和伊万祈祷。阿辽沙开始明白伊万的病根："作出一项傲慢的决定前前后后的思想斗争，深刻的自我反省！"不过阿辽沙仍寄希望于上帝："'上帝将取得胜利！……［伊万］要么在真理之光照耀下重新站起来，要么……因为服从于他所不信的道德准则而向自己和所有的人进行报复，最终在仇恨中毁了自己。'阿辽沙痛苦地想到这里，再一次为伊万祈祷。"（第 773 页）

读者也许会发问："上帝将取得胜利"究竟意味着什么？是否意味着，上帝之手，那全能的力量将重新收回伊万这块陶土，

---

① 海德认为，这一区分就隐藏在希腊语 bio 与 zoë 的区别之中，见《礼物：想象与财产的情感生命》，第 33 – 34、154 页。

② 哈特曼《伦理学》，第二卷，第 271 页。

并赋之以新的形象？伊万会被信仰征服，并与自己的兄弟们促膝而坐吗？又或者，这不过是阿辽沙又一个天真而不切实际的期望？正如他的父亲费尧多尔和他的崇拜者斯乜尔加科夫，伊万不是也已经彻底迷失了吗？

与其寄希望于伊万的恢复，更理性的读者将目光投向阿辽沙：他会变得更加成熟稳重，成为一个真正的"好人"吗？

艺术家总有办法，将相互抵牾的元素完美融合。在那个混乱的年代，卢布廖夫用自己的艺术天分与绝望对抗。他创作了圣三位一体的圣像，实际上也就是塑造了一个个体之间相互信任、相互联合的至高象征。这幅画作是逆透视法而行的辉煌典范：所有的视角似乎都在圣像画中汇聚，以便让观看者察觉到那个与世俗全然不同的空间和秩序。卢布廖夫的内在透视，凸显了这样一个事实："发生于我们眼前的一切，已不属于尘世存在的法则。"①

对于此类超自然的、非欧几里得几何的秩序，伊万并没有能力去理解。他不认为在人与神，甚至人与人之间能达到融洽的统一。在伊万眼里，世间充满着矛盾和不公正。陀思妥耶夫斯基试图在小说中证明，伊万的犹豫与怀疑不仅站不住脚，而且会导向自我毁灭。这个证明可以说是成功的。小说中，伊万衰落的必然性体现在好几个不同的层面：他不理解礼物的价值；他只认可经济、政治、理性和法律，而轻视美与爱、信与望。他找不到生命的意义，最后落得在牢狱中形影相吊，与自己可怜的思想为伴——他的结局是自我彻底的崩塌。

虽然悲惨，但伊万的性格与命运，特别是他的反抗，却自有其震撼人心之处。一个人可以自由地选择相信上帝，那么，他当然也能拒绝上帝的存在——这就是伊万的反抗之路。伊万对未来

---

① 参见邬斯宾斯基（Leonid Ouspensky）和洛斯基（Vladimir Lossky）《圣像的意义》(*The Meaning of Icons*)，第42页。

的希望,以及他所向往的理想人世,都寄托在他的大法官身上,而与圣三位一体全然无关。关于兄弟情义,大法官提出了一个让信仰者尤其不快的问题:如果上帝允许无辜者毫无意义地受难,如果连他老人家也没有看护好自己的孩子们,那么,为何我们因为没有看护好同胞就变得有罪了?

第七章
《卡拉马佐夫兄弟》(下):无意义的苦难

伊万之谜

"什么造物只拥有一种声音,却时而两条腿,时而三条腿,时而四条腿,并且腿越多,就越脆弱?"①

这就是斯芬克斯之谜。斯芬克斯就待在古城底比斯(忒拜)的山上,把这个谜语抛给经过的路人。"如果你能解开,"斯芬克斯补充道,"我就会放你走。"没人能解开这个谜,人们纷纷被这个半兽半女人的怪物吞噬。再加上底比斯还面临外敌围攻,人们不得不将底比斯的骄傲——那七座宏伟的城门紧紧封闭。饥荒威胁着这座城市。

正是在这样的危急关头,俄狄浦斯来到这里。他是无家可归的浪游者,来自科林斯(Corinth),因为德尔菲的一条神谕(神谕上说俄狄浦斯命中注定要杀死自己的父亲)而被流放他乡。俄狄浦斯一无所有,到处逃避着预言中那可怕的命运。这位浪子决

---

① [译注] 斯芬克斯最初源于古埃及神话,是长有翅膀的怪物,通常为雄性。在后来的希腊神话里,斯芬克斯成了长着狮子躯干、女人头面的有翼怪兽。斯芬克斯之谜一般的版本是:"什么东西早晨用四条腿走路,中午用两条腿走路,晚上用三条腿走路?"

定去会一会斯芬克斯,去解开那个跟自己的命运同样可怕的谜——如果失败了,就被那个怪物吃掉好了,反正他已经不能更绝望。听到斯芬克斯亲自说出谜题之后,俄狄浦斯很快猜到了谜底:"人——人就是这个造物。人在婴儿时期用四条腿爬行,少年与成年时期用两条腿走路,老了之后则需要借助拐杖的支撑。"

古老的传说告诉我们,被俄狄浦斯羞辱的斯芬克斯马上从悬崖跳下,粉身碎骨。底比斯人终于获救了。为了表达感激之情,他们拥立俄狄浦斯为国王。俄狄浦斯随后便迎娶了王后伊俄卡斯忒(Jocasta)。两人幸福而长久的婚姻似乎证伪了阿波罗的可怕预言。

值得注意的是,索福克勒斯,这个为俄狄浦斯及其后代创作了三部悲剧的戏剧家(分别是《俄狄浦斯王》《俄狄浦斯在科罗诺斯》《安提戈涅》),将斯芬克斯的谜改写得非常精简。似乎这个谜语仅仅是一个序言,它要引出的是更为复杂难解的谜:什么是人?索福克勒斯的悲剧创作就是对该问题的伟大探索。这一探索最终发现:人类总是在两种不同的状态之间悬荡,一边是兽性(其象征是斯芬克斯和她的谜),一边则是神性(其象征是阿波罗和他的神谕)。

索福克勒斯的悲剧集中展现了那些受尽折磨的灵魂。俄狄浦斯正是其中引人注目的代表。他内心的巨大痛楚,不仅仅产生于他的行为,也源自他对自我认识的执着探寻。他有着人类身上难能可贵的勇气与智慧,但阿波罗毕竟远超人类,没有人能逃脱他的预言。在俄狄浦斯战胜斯芬克斯并成为底比斯国王的若干年后,一个新的挑战出现了:一场瘟疫即将为这座城市带来灭顶之灾。阿波罗的使者告诉人们:想要从这场新的灾祸中幸免,必须找出并严惩那个杀害了底比斯前国王拉伊俄斯(Laius)的凶手。正当俄狄浦斯殚精竭虑地想找到凶手时,敏感的伊俄卡斯忒(她是俄狄浦斯的母亲,同时又是他的妻子,他孩子的妈妈)直觉到了这场正在上演的旷世悲剧。她乞求俄狄浦斯："噢，俄狄浦斯，愿神明保佑你！愿神能让你远离自己的身世之谜！"① 俄狄浦斯原本只想要逃避神谕上的弑父之罪，但却已经犯下了更可怕的罪行。于是，在明白事情真相的一瞬间，伊俄卡斯忒当即自杀，俄狄浦斯则弄瞎了自己的双眼，继续承受悲惨的命运。

陀思妥耶夫斯基和索福克勒斯之间隔着两千五百年的距离，但"人是什么？"这个问题的魅力未曾有丝毫消减。1839年，陀氏17岁，还是彼得堡军事工程学校的大学生。此时，他刚刚得知父亲的死讯，后者很可能是被自己的农奴杀害的。关于这位青年作家当时的心境和对未来的期许，有一封信保留了下来，那是陀氏在1839年8月16日写给他的兄弟迈克尔的。信中先是为父亲的去世而哀叹了一番（他们的母亲也在两年前去世了），接下来，陀氏就意识到，如今他彻底独立了。他向迈克尔透露了自己未来的计划，他人生的目标，他的写作——这一切都会围绕"生活和人类的意义……人是一个谜，一个必须得解开的谜。如果能终其一生为之努力，我们说不定真的能有所发现；我对自己的期许，就是探索该难题，因为，我想成为一个真正的人"。

弗兰克指出，同样的意思也出现在陀氏对其父被谋杀一事的评论里，这并非巧合：

---

① 古典学家伯纳德·诺克斯（Bernard Knox）指出，俄狄浦斯这一名字的前半部分 Oidi，意为"膨胀"，"它又写为 Oida，意为'我知道'，这个词太经常地从俄狄浦斯的口中说出，这意味着：学识令他自信而果断，甚至如同一个僭主；知识令他代表了人类的精华，成为世界之王。Oida，'我知道'——它同另一个暗含着的讽刺，即俄狄浦斯名字的后半部分 pous（意味'脚或底部'）贯穿于整部悲剧，这是一个令人毛骨悚然的一语双关"；参见诺克斯《索福克勒斯的俄狄浦斯》（"Sophocles' Oedipus"）一文，刊登于布鲁姆（Harold Bloom）选编的《索福克勒斯的〈俄狄浦斯王〉》（Sophocles' Oedipus Rex），第9页。

没有任何事件能像父亲的亡故一样,将陀氏深切而分明地拉回有关人的谜题里。这个谜题包含着非理性的、不可控的、毁灭性的力量,这力量来自外在世界或人类内心;这个谜题包含着不可估量的道德后果,哪怕是他小小的自我放纵与曾经对父亲的予取予求。他要以自己的余生来破解这个谜题,没有人可以因为这个指责他,说他在浪费自己的人生。①

陀氏真的实践了自己的计划,将一生奉献给了此谜题,奉献给了索福克勒斯所认定的最神秘的奇迹。最近两千五百年里,虽然在其他方面取得了长足进步,虽然在各个领域都展现出了深刻的理解力与洞察力,但人类的自我认识鲜有进步。科学与哲学领域已成体系的学科训练,看起来并不能揭开人类本性的秘密。"世上有太多太多的谜压得人喘不过气来。"德米特里用他粗鄙的语言和敏锐的直觉说出了他所认定的原因,"人的想法幅度宽得很,简直太宽了,可惜我没法使它变得窄一些"(第123-124页)。

是什么让人的想法如此之宽呢?德米特里认为,太多相互冲突的念头填塞在头脑里,让人们从一个极端滑向另一个极端。同样的混乱还体现在人们对自由的矛盾态度上:他们渴望自由,却极为害怕自由所带来的重负。德米特里强调的是美本身的悖谬,但同样的悖谬也存在于人的身上:人类处在动物与神明之间,种种相反的冲动淹没了他的灵魂。

相比于德米特里,这种悖谬对伊万影响更大。如果冲动是浪涛,长兄德米特里经常会爬上浪的顶峰。德米特里已经最大化地挥霍了生命这一礼物,只是在极其偶然的时候才会陷入思想的困惑。为了使想法"变得窄一些",思想者伊万被扔进了"怀疑的

---

① 弗兰克《陀思妥耶夫斯基:反叛的种子,1821—1849》,第91页。

熔炉"——对于伊万而言，这是事关生死的思想上的踟蹰。阿辽沙称伊万是一个谜，德米特里将他类比为斯芬克斯，然而，伊万或许更应被类比为俄狄浦斯。在索福克勒斯的悲剧中，俄狄浦斯认为自己远高于芸芸众生，但合唱队常常在一旁提醒他，虽然解开了斯芬克斯之谜，俄狄浦斯也只是"同类中的佼佼者"，远远达不到神明的高度。《卡拉马佐夫兄弟》里，大家同样也认识到了伊万的不同寻常。"但是伊万谁也不爱，伊万他不是咱们一路人。"德米特里就如此宣称（第 205 页）。

俄狄浦斯和伊万似乎都是"被拣选之人"，等待他们的是非同一般的苦难。两人不但天资聪慧，还从未停止过对智慧的追寻——他们都有着对真理异乎寻常的热情。他们都坚信，限制人类的终极界限，既是兽性无法跨越的深渊，又代表着神性可以企及的高度。此处的悖论是一种或此或彼的情境选择。正如伊万所摆明的，如果上帝不存在，那么就没有什么不朽（后者才能让我们接近神），那么美德也就不存在，所以一切皆可为（这最终使人类沦落为野兽）。追随俄狄浦斯的伊万也走上了一条无法回头的自我探寻之路，哪怕这条路通往万劫不复的深渊——小说后面的发展也证实了这一点。伊万最终陷入智性的疯狂之中，就像俄狄浦斯弄瞎了自己的双眼。他们的结局象征着对智慧的否弃，虽然智慧曾是他们优于同类的保证。

让我们先忘记俄狄浦斯，仔细打量一下掉进怀疑熔炉的伊万吧。跟德米特里的直觉类似，伊万也认为，人类的生活过于宽广，如同一个谜；他将自己的探寻范围收窄，聚焦于生活中最让人费解的一个现象：无意义的苦难——尤其是无辜孩子的受难。伊万对此的探寻主要体现在小说第五卷三个连续的章节之中："兄弟间相互了解""反叛"和"宗教大法官"。

本节中，我们会首先解读前两个章节，它们正式提出无意义的苦难这个问题。第二节将讨论伊万的大法官之诗，去寻找伊万所提供的答案。第三节将反思佐西马长老对苦难和生活之意义的思考。最后，通过比较宗教大法官与佐西马长老的异同，我们将对《卡拉马佐夫兄弟》从整体上进行把握。

"兄弟间相互了解"一节，为小说中最深刻的哲学对话搭建了舞台。伊万在一家客栈等待德米特里的出现，此时阿辽沙的路过让伊万很快敞开了心扉。伊万将本打算说给长兄德米特里的话，先说给了这个小弟兄。伊万想要彻底翻转自己的生活。他透露，自己已决心第二天就离开这座镇子，离开父亲和兄弟们，同时也忘记卡捷琳娜。哪里是他的目的地？伊万对此问题的回答似乎预示了接下来要发生的一切：

> 我想到欧洲去，阿辽沙，直接从此地出发；我知道自己只是走向坟场，但那是最昂贵的坟场，如此而已！长眠在那里的死人也出类拔萃，他们坟上的每一块墓碑铭文都要道及轰轰烈烈的生平，道及死者生前如何笃信其伟业、其真理、其奋斗、其科学，我预先知道自己将跪倒在地亲吻这些碑石并为之落泪——与此同时我的整个心灵确信，这一切很久以来仅仅是坟场而已。倒不是由于绝望而落泪，无非因为洒在坟上的眼泪能使我感到幸福。（第274页）

阿辽沙来到镇子上，为的是寻找母亲的坟茔；而伊万想要离开镇子，为的是去寻找代表西方文明的坟墓。佐西马长老将阿辽沙推出修道院，为的是让他接触并帮助真实的人，比如他自己的亲人；而伊万则想要离开这些真实的人，去拥抱那些死者并在他们的墓前哭泣。

阿辽沙对伊万上述话语的回应，同样也包含着丰富的内容。阿辽沙说，自己很高兴，因为伊万同样"热爱生活"，但他告诉伊万，热爱生活之外，我们还有别的任务。伊万当即对这所谓别的任务表示了好奇，阿辽沙则神秘兮兮地回答道："那就是必须使你的那些死人复活，他们也许根本没死。"阿辽沙接下来的话，似乎故意想要冲淡上面这句回答的重要性："来，把茶给我。我很高兴我们有这次谈话的机会，伊万。"（第 274 页）

"那就是必须使你的那些死人复活，他们也许根本没死。"这句话未免有些奇怪，但同样奇怪的还有这一整个章节。伊万试图深入讨论那个"该诅咒的问题"，但他的话语支离破碎，于是在读者看来，反而是感情用事的德米特里，而非充满智慧的伊万，为我们恰切地论述了该问题。伊万重申自己对生活的爱，以及生活下去的愿望，但条件是在 30 岁以前。另外，伊万还假设，如果整个世界是符合欧几里得几何的，那上帝就是个伟大的几何学家，他所创造的世界，目的是实现最终的永恒和谐。接下来，伊万宣称，自己拒不接受这样的世界愿景，不接受那所谓的未来大和谐，因为它们将回溯性地证明所有受难的合理性。伊万接受上帝，但不接受上帝创造的世界。伊万的怀疑主义不但影响了他对上帝的看法，也渗透进了他自己的身与心：他一方面向兄弟阿辽沙夸口，自己将解释清楚那个"亘古长存的问题"；但突然间他又承认，"我的好兄弟，我不想把你教坏，也不想把你从你的基石上推开，我或许还想用你来治我自己的病"（第 281 页）。在此，作为读者的我们又一次陷入疑惑：伊万想要医治的，是怎样的伤口或疾病？

经由这段话里有话的开场白之后，兄弟两人开始切入正题，碰撞出真正的火花。伊万上来就开始了深入的自我剖析，并认为他的想法实际上也是人之常情："我一向无法理解，怎么可能爱自己的邻人。依我看，恰恰对邻人是不可能爱的。"（第 281 页）

我们不该将伊万的自我剖析归类为一种非人道的扭曲。事实上，他的想法展现了灵魂的苦苦挣扎，这也是在提醒读者，下面将要窥见伊万最为内在的隐秘。应该给大家补充一个材料，美国社会活动家、对人类爱得无以复加的多萝西·戴伊（Dorothy

Day，她同时也是陀氏的仰慕者），竟然说过跟伊万非常类似的话：

> 但我们该如何去爱？这是一个问题。四海之内皆兄弟，这谁都知道。然而，面对你丑陋的兄弟、愚蠢的姐妹，面对他们的堕落、卑下、庸俗，爱的情感难道不会消损殆尽？当你面对着人们难以化解的仇恨，面对着冷漠与厌恶，你怎么能去爱？①

这段话非常精确地描绘出了伊万面对父亲时的感触。伊万根本没办法尊敬自己的生父，连假装都假装不来。伊万对此问题的分析更为深入。他指出，那些自称爱着自己的父亲、兄弟、姐妹、邻居的人，要么是被谎言之线牵引着，要么则是出于义务，或出于自我强制的苦行："基督对人们的博爱在某种程度上是世间不可能出现的奇迹。诚然，他是神，但我们可不是神。"（第281页）

伊万希望阿辽沙明白，在对人们的期望与人们的真实愿望之间，存在着巨大的鸿沟。这个意思有着哲学上的现成说法：应然与实然之间的错位。我们被要求爱邻如己，但很少有人做到；伊万坚称，我们最多只能做到尊敬他们。我们不太愿意去了解别人的深重苦难，因为没人知道该如何帮助别人。甚至在他人最需要的时候，人们也没有能力给予恰当的帮助。

伊万继续推论道，人类这种生物，不单缺乏给予爱的能力，甚至本质上还很残酷。人类的残酷会令任何动物都相形见绌。他们心中藏着可怕的恶魔，当无辜的孩子遭受残忍的摧残时，就能听到恶魔邪恶的狞笑。

在进行了一番准备性的论证之后，伊万抛出关键的问题：为

---

① 参见《多萝西·戴伊作品选》（*Dorothy Day: Selected Writings*），埃尔斯伯格（Robert Ellsberg）编辑，第174页。

何孩子们会受折磨?

没有等阿辽沙回答,伊万便迫不及待地继续下去。伊万继续论证:宗教告诉我们,孩子们受苦是因为其父母的罪——但这根本无法成立。这些无辜的孩子,这些德米特里所说的"小家伙们",为何要为过往的、成年人的罪恶负责? 过去怎能如此蛮横地劫掠着现在? 接下来,伊万列举了一系列虐待甚至虐杀孩子的暴行。(陀思妥耶夫斯基曾向小说的编辑和出版者柳比莫夫 [Liubimov] 保证,这些都是取材于最近报纸上的真实事件。)[1] 孩子们遭受的折磨不能成立,也无法理解。有人说,这些苦难是为了将来,为了有朝一日人们对善与恶的认识趋近圆满。伊万会驳斥这些人:这样的认识根本不值得牺牲那些可怜的孩子,他们的眼泪无法抵偿![2]

阿辽沙对最后这一点表示了赞同,这鼓励了本来就头脑发热的伊万,让他更加急不可耐地坦露出自己最隐秘的观点:如此无意义的世界有什么必要被创造出来? 没等他的兄弟回答,伊万就宣布:"这世界就是靠荒唐支撑起来的,要是没有荒唐,世界只是一潭死水……我一点也不明白……现在我也不想明白,我只想站在事实一边。"(第288页)

伊万的宣言意义重大,它不仅揭示了人类智慧的界限,还暴露了自己忍耐力的极限。他那"欧几里得的头脑"——此处,这不再指几何学的重要分支,而是指以科学理性的态度对待客观物质世界的方法——提醒他,到处都是无谓的受苦,却

---

[1] 参见陀思妥耶夫斯基1879年5月10日写给柳比莫夫的信。

[2] 瓦尔迪(Peter Vardy)将这一宣称看成伊万内心理性主义的胜利宣言,参见《恶之谜》(*The Puzzle of Evil*),第72–83页。进一步的讨论亦可参见萨瑟兰(Stewart R. Sutherland)《无神论以及对上帝的拒斥》(*Atheism and the Rejection of God*)以及科克斯(Roger L. Cox)《在天堂与大地之间:莎士比亚、陀思妥耶夫斯基与基督教悲剧的意义》(*Between Heaven and Earth: Shakespeare, Dostoevsky and the Meaning of Christian Tragedy*)。

第七章 《卡拉马佐夫兄弟》(下)：无意义的苦难·295

没有人为之负责。无人负责的原因在于：所谓的人类意识，用小说中拉基津议论德米特里时所引用的伯纳德（Claude Bernard）的话来说，① 不过是一堆移动的神经元。你不能指望神经元有情感，有良知，会自责。用伊万的话说则是："凭着我这可怜的欧几里得式凡人头脑，我只知道世上有苦难，却不知道谁该对此负责；只知道一切都是互为因果的，道理简单明了；只知道一切顺其自然便可保持平衡，——但这仅仅是欧几里得式的无稽之谈，这我知道，可是照此活下去我不能同意！"（第 289 页）

在这个充塞着"欧几里得式的无稽之谈"的世界，美德与恶行失去差别，生活失去意义，小家伙们承受着无缘无故的苦难。看起来，这更像是兽性的斯芬克斯所统治的混乱世界，而非太阳神阿波罗治理下井井有条的国度。在此间，一切皆被允许；在此间，费尧多尔式的人物定能如鱼得水。伊万扬言，倘若上帝不存在，世界的堕落就不可避免。也许我们现在就生活在此间，这个想法让伊万自己都为之胆寒。有谁（除了费尧多尔）会甘愿生活在此，而无视孩子们无辜的受苦？孩子们确实在受苦，这是赤裸裸的事实，需要得到解释或理解。伊万担心，合理的解释也许并不存在。

伊万本应该更加审慎地去认定事实（比如，世界真的符合欧几里得几何吗？），当然，这么做并不符合他内心首要的关切。他关切的是如下谜团：人类生活本该是有意义、有目标的，世界本该是（或至少应该变得）和谐的整体，但现实，尤其是孩子们的受难，却总在告诉我们相反的答案。意义在丧失，和谐在丧失，因此，伊万几乎质疑了人类作为整体的各个方面：（1）人类社会的目的何在；（2）为了达到这一目的，会动用何种手段；以及（3）在这个过程中，个体究竟处在何种位置。

---

① [译注] 克劳德·伯纳德（1813 年 7 月 12 日—1878 年 2 月 10 日），法国生理学家，首先提出盲法试验的人之一。

伊万坚信,无论是个体还是宇宙层面,所谓人类终极幸福的大厦都极有可能是空中楼阁。不管种种宗教派别怎么鼓吹,不管种种社会主义或乌托邦怎么流行,对我们的未来,一切仍不可知。迄今为止,人类没有得到过任何确定的许诺。谁都搞不懂最终的蓝图,甚至连蓝图是否存在都需要打上问号。我们也许只能无奈地自嘲:生活,以及整个世界,或许真的毫无意义,就像伯纳德医生眼里的神经元,就像"欧几里得的胡扯"。

如果考虑到达成所谓最终和谐的手段,事情就会更让人难以接受。这手段显然包含着苦难,甚至默许孩子的受难。如果世界的最终和谐需要这样的条件,如果人类的文明必须建立在这样的基础上,伊万一定会拒绝接受。非但伊万,就连阿辽沙也同意如下的简单道理:绝对不能以不义的流血、无辜的受难或孩子的泪水,来为未来的幸福大厦奠基。

进一步令伊万感到不安的,是人在宇宙中微不足道的地位。无论是宗教图景还是生理学的洞察,结论莫不如此。人类如此智慧,富有创造力,拥有科技、经济和法律——可是,我们究竟是什么?人类存在的价值几何?假若世界真的出自全能全知的创世主之手,人类还有何可为?跟上帝相比,人类难道能成为更精确的几何学家或更有想象力的设计师?人类能否设计出一个更为正义的世界,在那里,一切都依据市场经济的原则运行,事物的价值清晰明确,所有的行为也都能得到相应的赏与罚?①

---

① 美籍犹太哲学家苏珊·奈曼(Susan Neiman)曾盘点了现代哲学家中的这样一群人——包括比埃尔·培尔、伏尔泰、萨德(de Sade,[译注]又被称为萨德侯爵[1740—1814],法国历史上最受争议的色情文学作家)、叔本华——他们都敢于"公然蔑视造物主"。然而,他们蔑视的对象与其说是上帝的失败创造,不如说是生活本身。这样的生活必须"自证清白"。参见苏珊·奈曼《现代思想:另类哲学史》(*Modern Thought: An Alternative History of Philosophy*),第二章,第113–202页。

伊万陷入极度的失望与沮丧之中,他拒绝所有宽容与怜悯的呼声,也拒绝所有神正论(theodicy)的尝试。孩子们无穷无尽的折磨,意味着上天的父像极了旧约中《约伯记》之前的那个上帝——上帝与控诉者撒旦的赌约,似乎纯粹是他一时兴起的娱乐。这个赌注允许撒旦折磨约伯及其家人,损毁他们的名誉,为的只是试探其信仰的虔诚。对于约伯的信仰之深浅,上帝难道不该了然于胸吗?伊万的愤懑不止于此。在伊万眼中,上帝不单折磨约伯,还会忽略无辜孩子的哭声,会放任孩子们成为恶人的玩物——对这样一个上帝,伊万毫无敬意;对生活这场残酷的游戏,伊万相信自己有资格拒绝参与。伊万仍带着普罗米修斯盗火般的热情,这热情体现在,他要"实施自己那一套"(这一点类似于拉斯柯尔尼科夫和彼得·韦尔霍文斯基),他要规划一个更加公正的世界。那里没有上帝,人类将真正成为一切的尺度!然而,不同于拉斯柯尔尼科夫和彼得的是,伊万并没有在现实中有所行动,而是创作了一首诗,"宗教大法官的传说"。这首诗或这个故事将向阿辽沙展示,一个真正符合公义的世界当如何建立。

在深入探索"宗教大法官"之前,请容许我再明确一下伊万的立场。对于无意义的苦难这一现象,伊万以欧几里得式的严谨态度,将之当成类似斯芬克斯之谜的难题,也就是说,该难题有且仅有一个正确答案。然而,困扰伊万的绝非一个包含着谜面和谜底的谜语,而是如同"人之本性"这样模糊而复杂的大问题。为了降低其复杂性,我们试着将"为何有无意义的苦难"这一问题一分为三:无意义的苦难是如何产生的?该如何面对这样的苦难?无意义的苦难能够消除吗?

伊万对第一个分问题有着很深刻的思考。他认为,不该将苦难的责任推到遥远的彼方,比如基督教所谓的原罪。同样,也不该用未来的最终和谐来洗白现在的受难,因为目的正当不等于手段正当。我们应当聚焦于苦难发生的当下,聚焦于应当为之负责的人性。伊万发现，人类是残忍的，他们甚至能比野兽更凶残。然而，他同样没有免除上帝的责任——伊万认为，造物主应该为现在这糟糕的境况负责。至于具体的责任划分，宗教大法官将有精彩的表述。

对于第二个分问题"该如何面对这样的苦难"，伊万显得犹疑不决，没有清晰的表述。不过，通过对大法官传说的理解，我们能够发现里面有着某种坚定的意志：需要做些什么，需要从根本上改变些什么。伊万认定，无意义的受难证明，我们生活在一个污浊混乱的世界，一个毫无意义的世界。如果什么都不做，就意味着对现状的默许，意味着每个人都成了当前状况的帮凶。

再来考虑第三个分问题"无意义的苦难能够消除吗"，伊万的答案是：能。他断言，造物主必须确保自己设计的世界里，无缘无故的苦难，尤其是针对孩子们的苦难与折磨，能最大程度地减少。而当前现实的悲惨，对伊万来说，即使不是明确的证据，也算得上是一个巨大的信号——它表明：在创世这一任务上，上帝失败了。于是，我们需要骄傲、独立、智慧、高瞻远瞩的普罗米修斯们来重整乾坤。这当然马上引出另一个问题：我们该根据什么蓝图来重整乾坤？如果连上帝都失算了，动物性的人类如何能做得更好？

大法官的命题

关于俄狄浦斯的谜语，其实仍有很多暧昧不清之处。为何俄狄浦斯能破解那个难倒所有人的斯芬克斯之谜？为何谜语被破解后，斯芬克斯一定要自杀？也许，这个谜题中最引人注目的地方，是某种无意义的混乱——这包括对答错谜语者滥施的惩罚，也包括对解谜者更为残忍的"奖赏"。

理解斯芬克斯之谜以及伊万有关无辜受难之命题的方式之

一,也许存在于对问题(question)与困境(problem)的区分上。赫施尔说过:"提出问题只是智力活动,但面对困境则会将个体整个地卷入其中。对知识的渴望会催生问题,而困境则来自一团乱麻的窘迫生活。"① 斯芬克斯之谜是一个问题,而人之谜则是一个困境。那么,伊万提出的疑问该如何归类,它到底属于问题还是困境? 赫施尔的话会再次指引我们:

> 问题是因为知道得太少,困境则是由于知道得太多了……思考人之本性的冲动,这种冲动可能出于良知,也可能出于对知识的好奇。然而,它不仅仅是希望增加自己知识的总量,就像哺乳动物通过繁衍增加物种数量一般——其内在的驱动力是焦虑。②

伊万的谜题显然来源于他整个存在的焦虑,源于"知道得太多"。太多的什么? 当然是太多关于人类以及人性的真相。赫施尔也曾表示:"人的动物性是可以把握并明确界定的。可一旦进入所谓人性的范畴,极端的复杂性就随之出现了。"在探索人之本性的问题时,我们马上会走上命运交叉的路口:兽性与神性,理性与疯癫,可见与虚幻,庸常与亵渎,现实与理想——在俄狄浦斯之后的漫长岁月里,我们可曾在这一难题上稍有进步?

当今之世,因为弗洛伊德的理论"俄狄浦斯情结",这个古希腊的传说知者甚广。标志着弗洛伊德在精神分析领域的重大突破的,是《梦的解析》一书。书中,弗洛伊德声称"乱伦幻想"的根源正潜藏在有关俄狄浦斯的不朽悲剧中。③ 弗洛伊德关注的

---

① 赫施尔《人是什么?》,第1页。
② 赫施尔《人是什么?》,第2页。
③ 弗洛伊德《梦的解析》(*The Interpretation of Dreams*),第256–265页,以及第397–399页。

不只是兽性与神性的对比，更是女性（斯芬克斯与伊俄卡斯忒）和男性（阿波罗、拉伊俄斯和俄狄浦斯）之间的紧张关系。① 在此关系中，弗洛伊德强调，性居于首要位置。我们可以从"俄狄浦斯"这个名字中看出玄机，该单词的原义为"膨胀的脚"（the swollen footed），涉及古老的性象征。② 乱伦的潜在欲望驱使俄狄浦斯清除了自己的竞争对手，也就是他的父亲。而对自己所作所为的最终认知，又驱使索福克勒斯笔下那旷世悲剧的产生。弗洛伊德最后指出，俄狄浦斯情结仍适用于这个时代的人，因为人性的基本结构从不随时间和空间的推移而变更。③

虽然俄狄浦斯情结这个术语流布甚广，但对该理论的批评同样不乏其人。这其中就包括基拉尔颇为严厉的评论。在《暴力与神圣》中，基拉尔声称，弗洛伊德误解了人类欲望的本质。受到启蒙时期哲学家的影响，弗洛伊德相信欲望总是附着在某个对象身上，并且主体可以自由选择欲望的对象。基拉尔否定了上述理论，他认定：人类的欲望既不取决于欲望着的主体，也不捆绑在欲望的客体之上，而是存在一个第三元素——我们所模仿的典范。典范可以是现实中或想象中的人物，而模仿意味着他们的欲望成了我们的欲望：

---

① ［译注］拉伊俄斯是俄狄浦斯的父亲，被后者在去往底比斯的路上当作陌生人杀死。

② "脚，"弗洛伊德写道，"是在神话中就出现过的古老性象征。"参见《有关性欲望的三篇论文》（*Three Essays on the Theory of Sexuality*），第155页。弗洛伊德忽略了巴霍芬极富权威的著作《母权论》（*Mother Right*，出版于1861年），书中对该问题进行了更详尽的讨论并有独到的见解；参见巴霍芬《母权论》，收录于《神话、宗教与母权》（*Myth, Religion, and Mother Right*），第180页。

③ 参见弗洛伊德《梦的解析》，第262页。弗洛伊德将自己的此番见解建立在索福克勒斯悲剧的诗行之上："男人们不止一次地梦见自己/成了母亲的伴侣，对此等琐事/毫不在意的，往往会拥有轻松的命运。"

"父亲"长长的影子投映进孩子们的未来:从孩子第一次迈开脚走路,到他们最终走向母亲或走向权力。乱伦与弑父的愿望并不产生于孩子的心灵,而是由成年人,也就是由模范所激发。俄狄浦斯神话,先是经由神谕灌输进了拉伊俄斯的头脑,继而才慢慢渗透进幼小的俄狄浦斯的心魂之中……对于乱伦与弑父的欲望,言不由衷的成年人远远走在前面,他们的儿子总是最后的知情者。①

比如在《卡拉马佐夫兄弟》里,正是上帝的态度(更准确地说是上帝在人类事务中的缺席)和费尧多尔的言行,激起了伊万的反抗。弗洛伊德理论中作为动力的妒意,在伊万的情况中并不适用。伊万并非出于对母亲的潜在欲望而弑杀父亲。伊万是个愤怒的孩子,而不是魔鬼。他的罪过体现在:预感到斯乜尔加科夫要谋杀费尧多尔,但却没有去劝阻。②

伊万恐怕也没有弗洛伊德所谓的近亲乱伦欲望,然而,这位小说中的人物可能也不同意基拉尔对欲望之非自主性的解读。我并不是在模仿某个人,伊万会辩称,只是孩子们无辜受苦的可耻现实,逼迫着我向往一个不一样的国度,一个更公正、更有秩序的世界。正如《俄狄浦斯王》是索福克勒斯的重要作品,伊万的"伟大诗作"就是大法官的传说。下面,让我们一起深入伊万的这首"诗作"吧。

---

① 基拉尔《暴力与神圣》,第 175 页。基拉尔还补充说,人类心中与上帝对抗的想法,实际上也是来源于上帝——即他们的"天父"。

② 基拉尔在他的专著《从地下室复活:费奥多尔·陀思妥耶夫斯基》(*Resurrection from the Underground: Feodor Dostoevsky*) 的英文译本中,加了一篇"刊后语",论证了自己的理论如何适用于陀氏作品(见第 143 - 165 页)。然而,基拉尔有关《卡拉马佐夫兄弟》最重要的评论,收在他的著作《欺骗、欲望与小说》(*Deceit, Desire and the Novel*) 中,第 X - XI 章,第 229 - 289 页。

大法官的故事发生在十六世纪西班牙的城市塞维利亚。烈焰炙烤的广场上,已经有几十个异端被执行火刑,仿佛在"ad majorem gloriam Dei"(拉丁文,意为赞美上帝的荣光,这是耶稣会的信条)。此时,耶稣突然降临于斯,那些"被侮辱与被损害"的民众马上就认出了他。于是,一个瞎子祈求他给自己恢复光明,一个绝望的母亲要求让自己的孩子起死回生。赞美耶稣,奇迹果然发生了。大法官把这一切看在眼里——他是一位九十岁高龄的红衣主教,掌握着这座城市宗教的权柄。他立即下令逮捕耶稣,将这位创造奇迹的人投进了监牢。在此期间,民众服服帖帖,并没有丝毫反抗。当天夜里,红衣主教就探访了这个不寻常的囚犯。耶稣没有说话,只是用眼睛直视着大法官。而万人之上的红衣主教则滔滔不绝。

大法官首先表达了对耶稣不请自来的不满。具体而言,这场演说可以分为如下几个层面。第一,大法官表示,世界不可能按照耶稣所昭示的样子来建设。第二,必须有人站出来匡正已经误入歧途的人类。第三,此任务必须由教会来完成(它应当掌握世俗权力),而大法官本人同样为教会服务。

为了向耶稣展示他的错误,大法官着重阐明了自由所带来的种种问题。耶稣过高估计了自由的价值,才为降临世间的无数灾祸打开了潘多拉之盒。德高望重的红衣主教不断重申,人们真正需要的不是自由,而是幸福。大法官强调自由与幸福难以兼得,但他也指出:人们可以同时拥有幻觉上的自由和真实的幸福。

那么,大法官如何斧正"扭曲的人性之材"?他怎样让幸福之甘霖普降人世?大法官最基本的原则,正是耶稣所有意忽略的生存基础:赐人以面包。必须供养人民,给他们庇护,满足他们生理上的需要。这是第一步,也是至为关键的一步——当然,还有其他的事要做。正如耶稣揭示过的,人类同样会产生各种额外需求。因此，必须得有人站出来，"剥夺人们的自由"并"安抚他们的良知"。人民更渴望去服从，去崇拜；他们呼唤着一个可以敬拜的偶像。耶稣执著地要给予人民自由，却没有发现，对大部分人来说，自由是难以忍受的重负。

小说的叙述者第一次介绍阿辽沙时，将他描述成了一个现实主义者，因为阿辽沙认为，"并不是奇迹产生信仰，而是信仰产生奇迹"（第23页）。① 大法官逆转了这一看法。小说中，让伊万和大法官失去信仰的，正是冷冰冰的事实。（伊万宣称，任何心智完善的个体都会经历信仰丧失的过程。）想修复信仰，唯一需要的就是奇迹，也就是让人们变得幸福的奇迹。大法官解释道，除了崇拜偶像，人们还需要奇迹；除了面包，人们还需要马戏表演。事实上，这位老者总结道，人们到处寻找的不是上帝，而是奇迹。基督要求无条件的信仰，但普通人达不到这样的境界——他们需要奇迹作为信仰的前提。没有奇迹，就休谈信仰；而那些不相信奇迹的人，更是相当于直接拒绝了上帝。

只要给民众以足够的面包和马戏，只要有人替他们做决定，引领他们，民众就能在其指挥下移山填海，就像蚂蚁建筑蚁穴，并且从中发展出感人的兄弟情义。芸芸众生会变成孩子，就像"无忧无虑的婴儿"（第308页）。为了他们的幸福，蚁穴将拔地而起；为了他们的幸福，教会也将掌握政治权力。出于对人性的

---

① ［译注］此处所谓"现实主义"与通常的意思不同，指的是一种不受事实影响的"内心现实"。参见《卡拉马佐夫兄弟》中译本第23页：
真正的现实主义者如果不信神的话，总有勇气和办法不相信奇迹；即使奇迹以无可辩驳的事实的形式出现在他面前，他宁可不相信自己的感觉器官，也不承认这是事实。如果承认，也只承认那是一种自然的、不过在这以前他不知道的事实。在现实主义者身上，并不是奇迹产生信仰，而是信仰产生奇迹。一旦现实主义者接受了信仰，那么，正是根据他的现实主义他一定也得承认奇迹。

理解与爱意，少数掌权者将牺牲自己的幸福以成全作为整体的人类。耶稣在荒野上拒绝了撒旦的三次诱惑，其实也就拒绝了大多数人的宁静与幸福。① 只有借助耶稣之敌撒旦的帮助，教会才能重整乾坤，才能正确引导"那些造出来惹人嘲笑的残次试验品"（第308页）。

这是一番慷慨激昂的演说，大法官原本期望这个非同一般的囚徒能有所回应，哪怕是激烈的驳斥。然而，在一段长长的沉默后，耶稣却走近大法官，"在他没有血色的九旬嘴唇上轻轻吻了一下"（第309页）。大法官感到有股暖流注入心底，但他依然走向门口，把门打开，对囚徒说："你走吧，以后别来……再也不要来了……永远，永远！"

此处，读者自然能想到佐西马长老在德米特里面前那深深的一躬；想到长老对德米特里这个罪人即将遭受的苦难的深切同情——这与红衣主教对待耶稣的残酷形成鲜明对比。阿辽沙，作为当时的亲历者，更是作为佐西马长老精神的继承者，恐怕更受震动的，不是伊万"诗歌"的内容，而是伊万内心剧烈的挣扎。他的兄弟和父亲所走的道路，将通向同样的方向：人类离神明太远，所以必然会堕落为野兽。于是，"一切皆可为"。伊万没有否认这一法则，但他担心，阿辽沙会因此否定他的整个人。然而，阿辽沙接下来的表现与耶稣类似：他温柔地亲吻了自己的兄弟。"赤裸裸的剽窃！"（第310页）这一吻让伊万感到释然，并兴奋地开起了玩笑。带着兄弟间这份失而复得的信赖，伊万将阿辽沙

---

① ［译注］参见《卡拉马佐夫兄弟》中译本第304页：
那时你还可以接受恺撒的剑。当初你为何要拒绝那最后的礼物？如果采纳神通广大的精灵提出的第三个忠告，你就解决了世人寻找答案的所有难题：向谁顶礼膜拜？把良心交给谁？怎样使所有的人联合成一个没有争议、和睦共处的蚁穴？因为全世界联合的需要是人们第三桩，也是最后一桩烦恼了。人类就其总体而言，历来追求成立一定要包罗全世界的组织。

送至修道院，而他自己则打算翌日就出发，去往西方文明那神圣的墓地。两兄弟将这次分别当作了永别，但不可测度的命运可并没有这么安排——它就像俄狄浦斯的神话中一样，喜欢给我们惊喜，或意外。

贝尔代耶夫将大法官的传说当作陀氏"所有著作的高峰和其思辨力量的王冠"。[①] 而陀氏自己则相信，伊万"彻底阐明了一个在我看来无可置疑的论题：孩子的受难是毫无意义的，因此所有包含这一事实的历史都是荒谬的"。[②] 许多后继者都附议了陀氏这一论断。加缪尤其体认到伊万之反抗的革命性："在伊万那里，一切已然不同。上帝不再高高在上，而是被送上被告席。假若神圣的创世必然产生邪恶，那如此的创世就不可接受。于是，伊万不再求助于神秘的上帝，而是去探寻更高的原则——正义。他愿以正义的主导代替上帝的主导。"[③]

《约伯记》里，受到审判的是人，审判人的是上帝。如今，伊万彻底翻转了角色。他拒绝了基督教一直以来试图构建的观点：苦难与真理之间必然的依存关系。如果对无辜孩子的折磨是获得真理的必要环节，那么真理根本就不值这个价。伊万并不认为真理不存在，他只是拒不接受不正义的真理。如若正义是世间的普遍法则，那无论人类还是上帝都必须恪守之。如若这一普遍的正义法则要求造物主放手，让其所造之物独自去追求正义，那

[①] 参见贝尔代耶夫《陀思妥耶夫斯基》，第188页。亦可参见莫楚尔斯基《陀思妥耶夫斯基的生活与创作》，第617页。

[②] 参见陀氏1879年5月10日写给柳比莫夫的信。

[③] 加缪《反抗者：论人类的反叛》，第55－56页。更多有关加缪对伊万的思考，参见凯洛格（Jean Kellogg）《希望的黑暗先知：陀思妥耶夫斯基、萨特、加缪与福克纳》（*Dark Prophets of Hope*：*Dostoevsky*，*Sartre*，*Camus*，*Faulkner*），第89－122页。亦可参见苏珊·内曼《现代思想中的罪恶：另类哲学史》，第291－300页。

么，结论将是：*Fiat iustitia, ruat cealum*（拉丁语：即使天崩地裂，也要实现正义）。

追随陀思妥耶夫斯基，加缪同样断言伊万的逻辑无懈可击。既然造物主的权威已经得到了质疑，那我们就该起身打倒他，继而占据他的位置——人类，应该成为"万物的尺度"。不过，对上帝权威的拒斥究竟意味着什么？尼采接过话头说：那意味着上帝已死。加缪补充道：那意味着人类认识到一切皆可为，并且可以拒绝一切外在的律法。

于是反抗开始了。反抗带来的，并不一定是斯芬克斯的兽性统治，而是更为复杂难解的现实。首先出现的，便是众多互不相容的人间律法：为何我们必须遵守这一个律法，而不是另一个？甚至于，为何一定要接受所有人类制定的律法？倘若律法都是任意的，价值是相对的，而一切皆可为，那么，二十世纪的种种战争、罪恶乃至种族灭绝，还有什么可震惊的吗？《卡拉马佐夫兄弟》表明，反抗的结局，并不是大法官的最终胜利，而是费尧多尔的毙命、斯乜尔加科夫的自杀、德米特里的服刑以及伊万的癫狂。陀氏去世几十年之后，法西斯主义等种种斯芬克斯式的恐怖纷纷登上历史舞台。谁能保证，下个世纪不会有更可怕的社会计划在人类中实施？因此，加缪虽然将伊万引为知己，但他并不赞同大法官所构造的"美丽新世界"。

对宗教大法官一个截然不同的回应，来自英国作家劳伦斯（D. H. Lawrence）：

> 如果有人问：大法官是谁？——我们将告诉他，大法官就是伊万本人。伊万是人类反抗思想的集中体现，而这一思想最终被引向极端。伊万的思想与后来的俄国革命也内在联通着。当然，大法官也是苦苦思索的陀思妥耶夫斯基，只不过，这是脱离了情感的陀思妥耶夫斯基。因此，陀氏创造了

伊万,也暗暗痛恨着伊万。但必须指出,伊万是三兄弟中的翘楚,是核心。热情的德米特里与纯良的阿辽沙,仅仅是作为对照而存在。①

我赞同劳伦斯的说法,除去那一句:"伊万是三兄弟中的翘楚。"劳伦斯如此推崇伊万以及大法官,其缘由何在?据这位英国作家所言,大法官提出了"对基督的终极审判"。该批判难以辩驳,皆因其"根植于人类漫长岁月中所累积的经验……它言说出了现实,足以对抗耶稣所言说的幻象。时间最终将清洗掉这幻象"。② 劳伦斯言语中暗示,陀氏本人对基督的态度也是拒斥的——这当然与其小说中大量相反的声音相矛盾。在宣称大法官就是伊万本人的那封信里,陀氏也指出,如果能言尽其意,他会在小说第五卷中说服所有人物,告诉他们"若希望避开俄罗斯大地上所有的罪恶,基督教就是唯一的避难所"。劳伦斯并非不晓得陀氏的真实意图,但他仍坚持认为:

> 读者应当明白,大法官实际上是小说家本人的发声筒,他替陀氏为耶稣来了个"盖棺定论"。其结论,最简单的表述就是:耶稣,你是不合时宜的。人类需要自我纠正。故事的最后,耶稣给大法官的吻包含着某种赞许,正如阿辽沙给伊万的吻。两个品性纯良的模范,此刻认识到了纯良品性的局限。真正深思熟虑的智者,应担当起改造人世的责任。③

---

① 参见劳伦斯《宗教大法官》一文,收录于瓦西奥列克选编的《〈卡拉马佐夫兄弟〉批评》(The Brothers Karamazov and the Critics)一书,第79页。在1879年6月11日写给柳比莫夫的信中,陀氏自己也承认,大法官的观念实际上就是伊万自己的思考。
② 劳伦斯《宗教大法官》,第79页。
③ 劳伦斯《宗教大法官》,第79页。

很遗憾，劳伦斯的坦率表达并未切中陀氏的真实意图。耶稣为何不合时宜？劳伦斯解释道："对于普罗大众来说，基督教太过于艰难。"他还强调："基督教，这是理想主义，但它缺乏可能性。"①

那么，基督教真的如劳伦斯所言，是虚无缥缈的空中楼阁吗？艰难绝不是指责理想的理由——轻而易举的事情也不该叫作理想。然而，如果某种理想是不可能实现的，那推行它就有欠考虑了。在过去的两千年，基督教义曾感召了无数生灵。我们可以讨论其作为理想的合理性，也可以质疑选择基督教是不是最佳的道路，但说它"缺乏可能性"的确有些奇怪，劳伦斯的论点不可等闲视之。

所以，应更细致地考察这一理想，当然也包括可能的备选方案。大法官坚持认为自由与幸福不可兼得。拥有自由的人们缺乏与他人分享面包的意愿；财富的占有者则很少怜悯一无所有者。正如劳伦斯所言，这是对人性长期观察的结果。为了让每个人得到幸福，为了让人们平等地享有面包，必须以秩序和强制来代替自由。

然而，建立在强制基础上的社会（也包括专制制度、新殖民主义和消费社会），其构成要件一定包含对群众体系化的欺骗和洗脑。大法官对此从不讳言：他凭靠的是撒旦的谎言，却到处打着耶稣的旗号。为了让群众百依百顺，他会利用奇迹——这是征服民众最有效的手段。

面对大法官的诘责，耶稣报之以沉默。我觉得耶稣如果开口，应当会这么回应大法官：您颠倒了事物的次序；奇迹应该从信仰中产生，而非相反。若是先有奇迹，才产生信仰，那这信仰定为虚妄。耶稣还将指出，自己并没有完全拒绝奇迹与神秘——

---

① 劳伦斯《宗教大法官》，第 80 页。

这不符合圣经所叙述的事实。劳伦斯重复了大法官的错误,他的下述论述恰恰是耶稣的观点:"面包,来自大地。在生长与收获时,它是生命。可一旦被掠夺、被储存,它就变成了商品和财富,进而成为危险品。"① 耶稣认为,小麦乃至一切生命的生长,都包含着奇迹,他反对将之变成商品,也不会为了它们而违背诫命。因此,当撒旦怂恿耶稣将石头变成饼的时候,耶稣拒绝了。面包与饼本应是大地的馈赠,却由于富人的囤积而堕落为僵死的占有物。陀氏在有关《卡拉马佐夫兄弟》的手记中曾写道:"大法官——他将上帝当成商人。"倘若知晓上述内容,劳伦斯想必会对这个故事有更准确的理解。②

根据伊万和他故事里大法官的观点,造物主的失误在于:他本应以商人的方法来对待世人。上帝似乎更青睐礼物的经济学——他在某些方面赠予太多,某些方面又太少。精明的商人就不会这样,他们更精于算计,将手中的货品分配得均匀而"公正"。上帝不应该放弃权力,丢掉凯撒之剑,而应该以自己的权威来为人类的良好生活服务。

耶稣在旷野上拒绝了撒旦的三次诱惑,对此,大法官通通不认可。当然,两人分歧的焦点是第三次诱惑。耶稣虽然也接受奇迹与神秘,但他拒绝用自由来交换诓骗、专制与有力的权柄。③

劳伦斯的错误不止于此。当讨论人类对偶像的需求时,他再次

---

① 劳伦斯《宗教大法官》,第80页。
② 参见《〈卡拉马佐夫兄弟〉手记》,第75页。此处我采用的是乔治·斯坦纳的《托尔斯泰或陀思妥耶夫斯基:一篇老派批评》中的翻译,见该书第33页。斯坦纳对该问题提供了一种有趣的参考意见(第333-336页):大法官或许是托尔斯泰的对立面?另参见弗兰克《陀思妥耶夫斯基:文学的巅峰,1871—1881》,第434-435页。
③ 瓦西奥列克在其著作《陀思妥耶夫斯基的主要小说》中指明了这一点。

偏离了真相。按照他的论述,"人类需要为之躬身的偶像,这绝不是一种缺陷。这是人类的优良天性,甚至是他的力量所在,让他有可能去感知更遥远的、更伟大的事物,而不是在原地裹足不前。所有的生命都敬拜太阳。对于人类来说,遥远的太阳不可触及"。①

确实,需要一个崇拜的对象,这不一定是缺点。伊万为我们展示了相反的例子:一个不愿敬拜任何对象的人。在心理层面上,这让他将自我置于所有他人利益之上。在智力层面上,这诱使他相信欧几里得的理性就足以应付人生。在形而上的层面上,这给了他拒绝的胆量:拒绝承认人类是依照上帝的形象而造的。伊万将自己树立为上帝的对立面。也就是说,他希望变成人-神。②

在弗洛姆的理论体系里,敬拜某个对象,其作用是充当"整体现实的微缩地图"。③ 在任何文化与纪元里,人类无不需要一个关于如何生活的指导框架——偶像崇拜恰恰就是这个框架或地图的中心。地图并不会告诉你该去往哪里或该做些什么。正如基拉尔曾说明的——大法官显然也深有同感——偶像的指导作用体现在,人们会不自觉地在生活中模仿他。问题的关键是,如何找到合适的敬拜对象,以便在人生的迷途中为人们指明方向。大法官指责耶稣,说他没有为民众提供足够的指导,而是任由他们矗立在无从抉择的绝望处境里。

该指责实在有失偏颇。我们甚至可以说,耶稣曾经建立过一系列苛刻的行动纲领,这其实就包括最为根本的一条诫命:爱你的邻人,爱你的仇敌。当然,基督教义并不为生活中各个方面提

---

① 劳伦斯《宗教大法官》,第 84 页。

② 上述几个层面,我参考了特拉斯的著作《卡拉马佐夫指南:创世、语言与陀思妥耶夫斯基的小说风格》(*A Karamazov Companion*: *Commentary on the Genesis*, *Language*, *and Style of Dostoevsky's Novel*),第 51 页。

③ 参见弗洛姆《人类的破坏性剖析》(*The Anatomy of Human Destructiveness*),第 259 页。

供明确的教条——上帝的创世是一个动态的过程,并且,基督教不是意识形态,而是建立在自由基础上的宗教。大法官敏锐地发现,一种意识形态越是能提供更具体的意见与指导,就越是能吸引民众的支持。然而,吸引力并不代表真理。正如弗洛姆意识到的,人类敬拜的方式千差万别,他们甚至有可能崇拜一个要求信徒杀掉父母的偶像。人类可以献身于生活的进步,也可以献身于对生活的毁灭;可以献身于积累财富、获取权力,也可以献身于爱与创造。①

大法官恐怕会赞同弗洛姆,而且他会补充说:因为他的目的是赐予世人以幸福,所以,必须有一个匡正世界的方案,而不能任由民众自主选择。同时,大法官的方案建立在欺瞒之上,然而,谁能向不知情的芸芸众生保证,那以终极幸福为目标的计划,不会将人们导向毁灭与死亡?一旦这个巨大的社会工程学机器开动起来,谁能保证它一定服务于人类的幸福与利益?更为根本的问题还在于:谁能保证,人类的幸福可以靠这一手段达成?

大法官对此的回答是:人类需要的是幸福而非自由。对人类整体而言,自由是需要努力的要求,而幸福则是容易满足的安慰。然而,真的所有人都需要幸福吗?为了幸福,真的可以不计代价吗?

根据曼海姆(Karl Mannheim)的研究,伊万在大法官传说中所表露的观念,可以归类为"乌托邦思潮"的一部分,更准确地说则是"自由人道主义思想"。② 在曼海姆所设定的社会学框架

---

① 弗洛姆《人类的破坏性剖析》,第 261 页。
② 参见曼海姆《意识形态与乌托邦:知识社会学引论》(*Ideology and Utopia: An Introduction to the Sociology of Knowledge*),第 219 - 229 页。[译注] 卡尔·曼海姆(1893—1947),德国社会学家。他影响了二十世纪上半叶的社会学领域,也是经典社会学和知识社会学的创始人和代表人物。主要著作有《意识形态与乌托邦》《变革时代的人与社会》等。

里，自由人道主义思想所设想的乌托邦，是以全然的理性建立起来的没有缺憾的观念世界，其所暗中对抗的是充满罪恶的现实。可惜，这样的乌托邦意图让人类社会不断进步，但它从一开始就偏离了正道（为了说明此谬误，曼海姆将思想史回溯到1792年赫德尔［Herder］的《有关人道主义发展的书信》［*Letters for the Advancement of Humanity*］）："此种思想从来没有过统一的定义：有时，它将'理性与正义'作为目标；有时，它又将'人类的良好生活'作为奋斗的理想。"① 大法官的乌托邦也沾染了类似的不确定性——如果它试图纠正人世，终止不断上演的无意义的苦难，它就必须提供一套明确的替代方案。大法官做到这一点了吗？

有趣的是，无意义的苦难这一核心议题，在大法官的传说里并没有被明确提及。伊万明白，现代文明的发展所带来的，似乎并不是更多的幸福。人们都能看到，它反而带来了更为骇人的苦难。为了承受形形色色的苦难，人性被不断训规：人们学会了否认苦难，逃避苦难，学会了在苦难面前麻痹自我；苦难也可以合理化为一种应得的惩罚，人们甚至能够以一种充满激情的、英雄主义的态度接受苦难。一些类型的苦难成了人们存在的基础，另有一些则能够换来上帝的宽恕。

伊万拒绝所有传统的神正论，在他看来，目的绝对不能为手段辩护。任何最终的和谐与幸福，都不能建立在无辜孩子的横死之上。那么，伊万是否真的接受了大法官的方案？如果将苦难与折磨作为手段不可忍受，那为何将欺瞒与自由的丧失（这是大法官所允许的）作为手段就可以接受了？大法官难道不是从根本上就违背了伊万的原则吗？可他的思想又是如何混进伊万的脑海之中的？

---

① 转引自曼海姆《意识形态与乌托邦》，第222页。

在上帝创造的浩瀚宇宙中，人类如此微不足道——而伊万拒绝接受这一现实。基督追求自由，这对芸芸众生来说要求太高——极少有人能达到其境界。出于对人类的爱，创世必须一劳永逸地完成，并井井有条地维系下去。出于对人类的爱，自由必须被清除掉，还要杜绝人们对自由的美好幻想。在如此这般的新世界中，人类的地位将得以提升："幸福的婴孩"会得到大法官及其同僚们的精心照料。孩子们的生活将其乐融融，他们不会知晓自己被奴役的真相。不安分的天才应该加以限制，只需要少数被拣选者在幕后掌控全局，他们为了人类整体的利益而牺牲了自己的幸福。

上述"对人类的爱"，究竟是一种怎样的爱？伊万并不爱自己的父亲和兄弟，大法官又真的爱那些愚蠢、病弱、畜生一般的人群吗？真的会有人愿意牺牲自我以成全这些愚众的幸福吗？假如伊万和大法官对人之本性的剖析站得住脚，那么，更为合理的反应，不是应该摧毁这毫无积极意义的物种吗？那个充满杀戮的所谓的文明，不是活该成为永恒死寂的坟墓吗？在如此的毁灭之后，那些有胆有识而又天资卓越的被拣选者，才能真正获得幸福，才能真正拥有世界。

很多论者将大法官传说捧得很高，认为它是对传统宗教思想无可辩驳的批判。劳伦斯就称其为"对基督的终极审判"。[①] 可这究竟是不是陀氏的本意？前面我曾提及陀氏写给致柳比莫夫的信，作家在信中称伊万的逻辑没有漏洞。但在同一封信中，陀氏又为大法官传说提供了另外一种意义："种种社会主义化的思潮都起源于对历史现实的否定，又都结束于社会的毁灭与无序。"[②] 该说法无疑给伊万的故事带来了全新的视角。倘若伊万的逻辑无

---

① 劳伦斯《宗教大法官》，第 79 页。
② 1879 年 5 月 10 日致柳比莫夫的信。

误,那整个传说就相当于一次 reductio ad absurdum①:其出发点是对不义的拒绝,可它最终却导向了更为不义的社会——伊万变成了自己所痛恨的人。借此悖谬,陀氏也许想要指出:即使是对人类整体"幸福"最为精心的安排,也无法改善社会的混乱与混沌。舍斯托夫也曾讽刺道:我们可以安抚那些忧心忡忡的哲学家与道学家,可谁都不知道该拿生活怎么办。生活本身没有善与恶的意识,它对人类的悲喜统统无动于衷。怎么做才能避免拉斯柯尔尼科夫和卡拉马佐夫的悲剧重现?②

类似地,贝尔代耶夫提醒读者注意阿辽沙意味深长的回应:大法官的传说恰恰是对基督的辩护。这当然也和伊万的意图完全相反。按照贝尔代耶夫的说法,大法官"不断地争辩着、说服着;他掌控着一切逻辑,一意孤行地推行着自己严谨的计划——主始终沉默不言,这沉默更为强大,更有说服力"。③

无论主的沉默有没有深刻的寓意,至少陀氏本人并不觉得,这沉默比大法官的言辞更强大、更雄辩。否则,作者也不会通过小说的第六卷,来呈现佐西马长老对红衣主教的回应。不过,陀氏并不肯定长老的回应比大法官更有说服力。他对自己的编辑柳比莫夫说:"迫不及待地想让您看到第六卷……我不敢说它能够一锤定音——实际上,我表达出来的还不及我心中设想的十分之一。虽然如此,第六卷仍是这部小说的高峰。"④

---

① [译注] reductio ad absurdum,拉丁语,意为"荒谬的还原",即归谬法或反证法。

② 舍斯托夫《陀思妥耶夫斯基、托尔斯泰与尼采》(*Dostoevsky, Tolstoy and Nietzsche*),第 238 - 239 页。

③ 贝尔代耶夫《陀思妥耶夫斯基》,第 189 页。有关沉默的意义,参见琼斯(Malcolm Jones)《陀思妥耶夫斯基与宗教体验的动力学》(*Dostoevsky and the Dynamics of Religious Experience*),第 139 - 146 页。

④ 1879 年 8 月 7 日致柳比莫夫的信。

俄罗斯修士的对立面

俄狄浦斯的悲剧命运,包括他对斯芬克斯的征服,这些情节并非索福克勒斯凭空创造,而是深深根植于神话传统。在该传统中,俄狄浦斯与斯芬克斯都涉及对大地女神的崇拜——这是源自母系社会的异教系统。弗洛姆曾这样分析:"伊泰恩瑙斯(Eteonos),作为古希腊皮奥夏地区(Boeotian city)唯一拥有俄狄浦斯神殿的异教城市,很可能是该神话的起源地。而这座城市也有大地女神得墨忒尔(Demeter)的圣殿。"弗洛姆还补充道:"索福克勒斯在其剧作《俄狄浦斯在科罗诺斯》中有意呈现了俄狄浦斯与地府女神们的关联。"①

在《俄狄浦斯王》中,女性的形象往往落后而消极。比如,斯芬克斯就是半人半兽,她妄图摧毁文明,将世界带回到荒蛮。伊俄卡斯忒是文明世界的一员,而不是原始的雌兽,但恰恰是她抛弃了母亲的责任:为了丈夫的平安,她无视儿子的生死。而她的儿子俄狄浦斯,成功解开了斯芬克斯之谜,看似征服了原始的、母性的世界;但随后杀父娶母的可怕命运,最终让他再次陷入荒蛮之中(弄瞎双眼就是一种象征)。在晚期的两部剧作,尤其是《安提戈涅》(Antigone)中,索福克勒斯突出了女性积极的一面。该剧的女性英雄安提戈涅不顾父亲克瑞翁的禁令,坚持要按照传统律法安葬两位兄长,这代表着人的身体朝向母性大地的

---

① 弗洛姆《被遗忘的语言:梦境、神话与民间传说的研究导论》(*The Forgotten Language: An Introduction to the Understanding of Dreams, Fairy Tales and Myths*),第211页。同样的思路也可参见巴霍芬的《母权论》,第179-183页,以及埃利希·诺伊曼(Erich Neumann,[译注]诺伊曼[1905—1960],荣格弟子,分析心理学的实践者,著作有《意识的起源》《大母神》等)的《意识的起源》(*The Origin and History of Consciousness*),第162-167页。

回归，也符合母系宗教的传统。弗洛姆提醒读者注意，当安提戈涅宣布"我的本性是为了爱，而非为了恨"时，她"代表了人类的无比团结与母爱的包容一切"。①

弗洛姆还批评弗洛伊德，后者倾向于将一切神话看作非理性的、反社会的欲望。而在弗洛姆看来，神话有可能以语言与象征的方式保留了古典时代的智慧。② 因此弗洛姆认定，俄狄浦斯的神话与性欲无关，而是体现了对待权威的态度。俄狄浦斯与伊俄卡斯忒的婚姻只是儿子反抗父权的例证——这，才是戏剧的核心关切。弗洛姆以及很多论者都推断，在索福克勒斯的悲剧里，还残留着父权与母权那场旷日持久的战争的痕迹。在古老的母系社会，人们更看重血缘，更眷恋泥土，更为情愿地接受自然的一切。母亲与孩子的联结也是神圣的，这之中包含着无条件的爱。因此在母系社会中，弑母是最不可容忍的罪恶。

反之，父权制并没有许诺任何无条件的爱或信仰。父权制的特征是人为的法律、理性的支配地位，以及有组织地征服自然的企图。儿子对父亲的爱戴与尊敬是至高的责任，因此弑父是最不可容忍的罪。③

《卡拉马佐夫兄弟》记录的也是父权社会中的抗争与混乱：儿子反抗早已腐坏的父权。费尧多尔·卡拉马佐夫象征所有不负责任的父母。小儿子阿辽沙为父亲感到羞耻，大儿子德米特里想

---

① 弗洛姆《人类的破坏性剖析》，第 224 页，也可参见诺伊曼《意识的起源》，第 171 页。

② 弗洛姆《人类的破坏性剖析》，第 196 页。与此不同的对弗洛伊德的批评可参见诺伊曼《意识的起源》，第 162–168 页等处。

③ 可以再次引用弗洛姆，"父权的原则存在于丈夫与妻子之间，统治者与被统治者之间。秩序与权威，服从与等级制度，这些都高于血缘的原始联结"；《人类的破坏性剖析》，第 222 页。诺伊曼也有类似表述，见《意识的起源》，第 172 页。

要打烂他的头，伊万蔑视他，而私生子斯乜尔加科夫则谋杀了他。伊万起身反抗父权制还有一个原因：这个制度允许对无辜者毫无意义的折磨。无辜者的血污昭示了世界的混乱与无理，甚至昭示了造物主的失职。个体在混乱的现实面前早晚会清醒：这世道根本不可能有什么意义；我们每个人也不是得到看护的孩子，而是迷乱而无家可归的游魂。

伊万并没有从普遍意义上否定父亲的权威，也没有挑战父权制下的价值与等级秩序。他所抗议的对象，是像费尧多尔和天父这样不道德的、不能胜任其角色的父亲。为了代替他们，伊万构造出了自己的大法官。大法官能扭转这不公正的、混乱的世道，能抚慰受苦受难的人们。

佐西马长老同样是值得关注的角色。在压制性的父权制社会中，他似乎意味着一种可替代的方案。前面提到，德米特里的名字暗示了大地女神得墨忒尔，而阿辽沙也是受到母亲的影响才开启精神之旅的。我们可以说，佐西马长老身上潜藏着女性或母性的最高价值。① 陀思妥耶夫斯基在文本中加入了各种暗示，希望

---

① 佐西马长老这样的人并非小说中所独有。正如吉比安（George Gibian）断定的："索洛维约夫、布尔加科夫与勃洛克等人，都相信索菲亚的观念是对圣三位一体的必要补充。那是一种'宇宙性的爱'，是对'造物主创造的神圣大地'的爱；经由智慧女神索菲亚的沉思，我们可以将看到的一切融于一种整体意识之中，那里充满爱与美，并永葆着世界的本质。如此生机勃勃的一切，召唤着我们加入其中，与造物主共同创造，共同维系着世界；索菲亚是充满惊喜的相遇，遇见神与自然，遇见造物主和他的创造物。在东正教思想中，索菲亚是神性的第四极。"引自《〈罪与罚〉中的象征主义传统》（"Traditional Symbolism in *Crime and Punishment*"）一文，出自《〈罪与罚〉论文集》（*Crime and Punishment: The Coulson Translation; Backgrounds and Sources; Essays in Criticism*），吉比安选编，第 590 页。[译注] 关于索菲亚在东正教神学中的意义，可参见景剑锋《俄罗斯东正教的索菲亚神学传统及其形上学困境》一文，原载于《基督教文化学刊》（第 25 辑，2011 年春）。

帮助读者了解长老不同于伊万的价值观。当大法官的传说即将告终时，故事中的红衣主教将耶稣逐出人世，现实中的伊万则将阿辽沙推向了"天使般的慈父"（Pater Seraphicus，拉丁文。第311页）。① 阿辽沙不一定了解这个词背后的确切内涵，但他完全领悟到了伊万的暗示。与佐西马长老类似，伊万所暗示的亚西西的圣方济同样敬重大地母亲的神力，因此，阿辽沙很容易将这两位"天使般的慈父"联系起来。伊万深受西欧式教育的浸染，他比阿辽沙更熟悉歌德的《浮士德》，也更熟悉西欧那些形形色色的乌托邦理想。他有点像《白痴》中的伊波利特。伊波利特会被小荷尔拜因关于基督之死的画作深深震撼，却对自己房间里的圣像无动于衷；伊万沉浸在西欧知识分子所传承的美好理想中，却不懂得身边佐西马长老的可贵：在这位年高德劭的老人身上，承载着东正教传统中人们与大地母亲和自然母亲的深刻联系。

《浮士德》中的女性与母性元素，一开始是作为异邦的陌生事物出现的。只不过，歌德在这部伟大著作的结尾回溯了这一主题。《浮士德》第二部的结尾是对女性和母性之积极力量的歌颂："Das Ewig – weibliche zieth uns hinan（永恒的女性/引我们飞升）。"与歌德类似，佐西马长老也希望唤醒母性的伟力。在那个命运攸关的夜晚，他在圣像面前五体投地，并为"最圣洁的圣母"而恸哭。

在俄罗斯文化里，说到"最圣洁的圣母"，人们一般会想起弗拉基米尔圣像，它描绘的是圣处女与圣婴的形象。这幅圣像诞

---

① 特拉斯发现（《卡拉马佐夫指南》，第239页，注释331），Pater Seraphicus 是对歌德《浮士德》第五幕第二场（第11918 – 11925 行）的某种回应。这个词在历史上确有所指，是亚西西的圣方济（St. Francis of Assisi，1182 – 1226，圣方济会创始人）的别名。在歌德的诗剧里，Pater Seraphicus 带领有福的孩子们（有福的孩子，在此指代过早夭折而没来得及受洗礼的孩子，在基督教的观念里他们纯洁无罪）高唱赞美诗，颂扬上帝的降临与永恒之爱。

生于十二世纪,作为君士坦丁堡赠给基辅公国的礼物,圣像轰动了整个弗拉基米尔州(这个州甚至因此而改名)和莫斯科。中世纪的人们传闻,这幅奇迹般的圣像,是由福音书的作者路加完成的。① 在俄罗斯的语境中,人们更强调圣母同时具有圣处女和母亲的双重角色。与西欧的基督教传统不同,东正教信仰的核心恰恰就潜藏在伟大的母性之中。这幅圣像对母性的着重描绘,体现在画面中圣母玛利亚与圣婴之间的亲密接触。在《卡拉马佐夫兄弟》第六卷,陀氏以佐西马长老的生平来对抗大法官的传说,圣像的象征意味在这样的对抗中得到更为淋漓尽致的展现。

说到佐西马长老,伊万会联想到很多西方的圣徒,而陀思妥耶夫斯基则会将他类比于俄国历史上的那些光辉典范。这里面最具代表性的是拉多涅日的圣谢尔盖(1314—1392)。他曾被视为莫斯科的守护者,还建立了一座著名的修道院,也就是后来卢布廖夫创作《圣三位一体》的地方。在蒙古铁蹄践踏俄国的那个时代,谢尔盖神父躲进森林潜心于他的信仰;在那里,他组织了虔诚的宗教团体。后来,这里成了灵修者的朝圣地,并建立了宏伟的修道院。谢尔盖神父在俄语中被称为"starets"(长老),其俄语原义为:"具备深厚智慧和精神直觉的人。他的超凡天赋,让他能觉察到求助者与上帝的意愿之间的实质关联。"②

---

① 我对这幅圣像的讨论受益于卢云(Henri Nouwen)《凝视圣主之美:在圣像前祈祷》(*Behold the Beauty of the Lord: Praying with Icons*),第 31 - 42 页。[译注] 卢云(1932—1996),一般被称为卢云神父,原籍荷兰,著名作家、神学家,当代颇有声誉的灵修大师。

② 参见苏珊娜·玛西(Suzanne Massie)《火鸟之地:传统俄罗斯文化之美》(*Land of the Firebird: The Beauty of the Old Russia*)。亦可参见弗兰克《陀思妥耶夫斯基:文学的巅峰,1871—1881》,第 621 - 622 页。在《圣像的神学》(*Theology of the Icon*)第 55 页中,邬斯宾斯基声称,"新约最显著的特点在于言辞与形象之间的直接联系"。

《卡拉马佐夫兄弟》的第六卷"俄罗斯修士",在叙事方式上与小说其他部分截然不同。通常的观点认为,这是小说最薄弱的部分。比如,陀氏小说权威的研究者瓦西奥列克就曾如此论断:"这段文字苍白、抽象,缺少戏剧性;佐西马长老的观点像是按部就班的格言摘抄,很可能让读者感到冷漠、乏味……第六卷似乎远离人们的情感与体验,充满古怪与抽象的言辞,如同一篇布道。"①

　　第六卷读起来像一篇布道,是因为作者确实要布道。更确切地说,它是布道与圣像混合——在俄国,这种形式被称为 zhitie,意为"叙述圣徒的生平"。陀氏曾告知编辑柳比莫夫:第五卷中那些亵渎之言将"在下一部分[第六卷]被彻底推翻;此刻我正怀着战栗与不安,全情投入于这部分的写作之中"。② 伊万的"亵渎之言"采取的是西方乌托邦小说的典型形式,因此,若是妄图以辩论的方式击破它那若有若无的"论点",就像用拳头打在棉花上。为了还诸彼身,陀氏提供了另一种现实,另一种"生活模式"。第六卷的写作方式无论在整个文学范畴还是在小说领域,都比较罕见。然而,从陀氏的美学观念来看,第六卷符合他的追求:理念的表达务必生动、形象,形式与内容也必须统一协调。面对伊万建立的理论大厦,陀氏树立了一个堪称典范的生平叙述(zhitie),一个"好人"形象。

---

　　① 参见瓦西奥列克编著的《卡拉马佐夫兄弟手记》(*The Notebooks for The Brothers Karamazov*),第89–90页。学者哈克尔(Sergei Hackel)对第六卷也有类似的评论;参见《宗教之维:幻象还是遁词?〈卡拉马佐夫兄弟〉中佐西马长老的演讲》("The Religious Dimension: Vision or Evasion? Zosima's Discourse in *The Brothers Karamazov*")一文,出自布鲁姆选编的《费尧多尔·陀思妥耶夫斯基》一书,第212页。

　　② 见陀氏1879年5月10日写给柳比莫夫的信。有关陀氏对佐西马长老生平的写作计划,可以在弗兰克的传记里找到很有价值的讨论,见弗兰克《陀思妥耶夫斯基:文学的巅峰,1871—1881》,第451–458页,第621–635页。

陀思妥耶夫斯基的宗教观当然也影响了他的这一选择。卢云曾就这一点如此阐释:"凝视,这个词是东方灵性体验的核心旨意。西方灵性精神的奠基者圣本笃(St. Benedict)要求人们首先要聆听,而拜占庭(Byzantine)的神父们一开始就强调凝视。"凝视的对象,首先就是圣像。可以说,"制作圣像的目的,就是要提供一个从可见领域通往不可见领域的神秘通道"。① 卢云此言切中了东正教信仰的关键细节:从可见到不可见的升华。伊万紧紧抓住可见的事实,但事实本身无法形成观点,它们还需要粘合物,以便组合成有意义的故事。对事实的偏执会去除世界神秘的光环(祛魅),也会让处于其中的个体无所适从。而圣像,作为可见领域与不可见领域的纽带,可以将碎片化的事实转换为灵性的叙事。卢云神父接下来的一番话,进一步为迷茫的读者指出第六卷的真正用意:

"观看"圣像并非易事。圣像不会迁就于我们所谓的意义。它们就存在于此,不激动,不幻想,也不激起我们的情绪与想象。甚至在起初时,它们会显得僵硬死板,毫无生命气息……你必须不断祈祷,必须具有无限的耐心,才能接收到它所宣示的消息。当圣像开口,它所预设的听众是我们内在的精神,是我们寻觅上帝的心灵。②

恐怕连作家本人也很难更恰切地描述他在第六卷中所着意表达的东西。所以,我们倒不如先退一步,来比较一下第五卷与第六卷

---

① 卢云《凝视圣主之类:在圣像前祈祷》,第 13-14 页。也许应该提醒各位注意,东正教徒在面对圣像祈祷时,并不会闭上双眼。
② 卢云《凝视圣主之类:在圣像前祈祷》,第 14 页。亦可参见梅丽尔(Christopher Merrill)《上帝的隐秘:圣山之旅》(*Things of the Hidden God: Journey to the Holy Mountain*),尤其是第 109 页和 196-198 页。

在结构上的相似之处——虽然在形式上两卷文本有着本质的不同。第五卷一开始,在讲述大法官传说之前,伊万先是列举了一系列孩子受难的事实。而第六卷开头,在"议论与宣讲"开始之前,佐西马长老也从亲身经历中选取了几个故事。另外,两卷文本中呈现的论点截然对立。伊万认为人性软弱而残忍;佐西马长老则相信人们内心的善。对于"太初有道"一语,伊万将之理解为"太初有苦难",而佐西马长老则理解为"太初有爱"。[①] 伊万想要重建世界的秩序,佐西马长老则呼吁大家尊重世界内在的秩序。伊万建议,应以人为的规则与法度为世间带来正义,结束所有无意义的苦难;佐西马长老则起身捍卫人的自由,并提倡宽容。

认真阅读佐西马长老的"议论与宣讲"就会发现,他反对的并非伊万所陈述的事实,而是对待事实的态度。他与伊万一样,发现世间充满不可接受的现实。他谈论"自由",并知晓自由所带来的"奴役"与"自毁"。长老甚至没有忽略现代世界中人为催生的欲望、习惯和爱好。他敏锐地观察到,与古代那顺从、禁欲、祈祷的修士般的生活相比,当代人会沉迷于欲望并对各色商品趋之若鹜。然而从价目表中无法生出兄弟情义和集体归属。长老同样看到,有些工厂使用十岁的童工——这是"折磨孩子"的最新样式。可凡此种种,都掩盖不了他与伊万及其大法官的根本差别:如何面对悲惨的现状。

两人之差别的核心,在于道路的选择:是选择权力之路还是爱之路?可以为了权力而弃绝爱吗?可以在放弃自我满足的爱里面找到救赎吗?伊万和大法官坚决选择了权力;他们对人群没有不舍,这当然源自他们对人性悲观的看法。可以说,伊万追随的是霍布斯所创立的政治哲学传统,根据这一传统,人对人像狼一样凶残。为了终止他所声称的人与人之间永久的战争状态,必须

---

① [译注]"太初有道"是《新约·约翰福音》第一句话。

进行社会改造。霍布斯改造计划的基础,是他对人性的四个"洞见":自我中心,畏惧死亡,信赖理性,敬拜权威。[1] 大法官对以上四点照单全收。

佐西马长老对人性的构想则截然相反。他认为人们本质上并不自私,也不惧怕死亡;理性当然有用,但也有局限;权威不该由统治者掌控,而应该出自大众。对长老而言,当人性被压制,当人人都企望别人而不是自己伸出援手,健全而良好的社会就无从产生,良好社会需要每个人奉献自我,服务他人。真正的平等不需仰赖法律的保护,而是存在于高贵灵魂之间的相互尊重。真正的兄弟情义也离不开作为礼物的爱。妄图在权力与暴力的基础上改造社会的人,"结果只能把世界淹没在血泊里,因为流血还会导致流血,拔刀出鞘者必将死于刀下"(第376页)。也就是说,他们建立的不是天堂,而更接近地狱。

真正意义上的社群需要爱的礼物,而不是驱逐那些罪人、犯人或自我戕害的人:"不要害怕人们的罪过;人即便有罪,也要爱他,因为这才与上帝的爱庶几近之,这才是世上最高的爱。要爱上帝创造的一切,爱其总体,也爱每一粒恒河之沙。"(第377页)如何才能实现这一灵魂的转化?佐西马长老建议,我们应当朝向大地母亲:"趴下来亲吻大地,用你的眼泪滋润泥土,土地会从你的泪水结出果实来。"(第379页)[2]

---

[1] 参见刘易斯·海德《礼物:想象与财产的情感生命》,第90页。海德还将"双重欺诈"这一理论归功于霍布斯;根据该理论,"双重欺诈"是大部分现代社会运转的基础:"首先,热情对社会生活无益;其次,威权能保障社会生活。"(第92页)

[2] 更进一步的讨论参见帕利坎《上帝的形象:为圣像辩护的拜占庭》(*Imago Dei: The Byzantine Apologia for Icons*),第134–151页。亦可参见费吉斯(Orlando Figes)《娜塔莎之舞:俄罗斯文化史》(*Natasha's Dance: A Cultural History of Russia*),第321页。

亲吻大地并用眼泪浇灌它，这样的意象经常出现在陀思妥耶夫斯基笔下。在佐西马长老那里，亲吻的意蕴极其丰富，其首要的一条，是呼应了耶稣面对大法官诘责时的沉默。劳伦斯将耶稣的沉默与亲吻看成对大法官的默许。斯坦纳却认为，沉默与亲吻是"谦虚的艺术，是一种深刻的洞见与对语言的超越"。①

古人相信，亲吻昭示着灵魂的交流，其神秘的意味超过任何人类的行为。海德对此问题的评述，既关注了亲吻的神秘，又涉及艺术创作的神秘：

> 英文中"神秘"（mystery）一词，来源于希腊语中的动词 muein，意为闭上双唇。词典的编纂者如此解释这一关联：古代秘教仪式总是开始于沉默的发誓（默誓）。在我看来，这一词根更清晰地展示了神秘之物不可言传的特性——它可以展现，可以见证或揭示，但却无法用言辞解释。②

斯坦纳对劳伦斯的观点进行了尖锐批评。对于亲吻这一动作，他提供了一个更容易接受的诠释。在他看来，亲吻并不意味着默许，而是代表着无条件的接纳（不管一个人说什么、做什么）。在伊万弃绝了上帝，并担心阿辽沙弃绝自己之时，阿辽沙报之以吻。这亲吻是一种保证：你是我的兄弟，我爱你是因为你是你，而不是因为你的所言与作为。我不评判你，也不会对你的渎神耿耿于怀。你拥有我无条件的爱。

在某些不同寻常的瞬间，亲吻比言语更洪亮。伊万已经暴露了言辞的缺憾：它可以随时变成谎言；而阿辽沙则借此动作，发送出不可能被误解的信息。耶稣亲吻大法官也可以做同样的诠释，不过，对于如何理解这一吻，佐西马长老提供了新的视角：

---

① 斯坦纳《托尔斯泰或陀思妥耶夫斯基》，第292页。
② 海德《礼物：想象与财产的情感生命》，第280页。

> 倘若他临走时你吻了他，而他照样无动于衷，还要嘲弄你，你也不要因此而感到困惑。这说明他的时辰还没有到，但总会到的。时辰不到，也无所谓：纵使他不憬悟，别人取代他的位置憬然醒悟，受到良知的惩罚，会自己谴责自己，自己给自己定罪，真理将磅礴宇内。相信这一点，一定要相信，因为圣者的希望与信仰尽在于此。（第379页）

这一吻告诉我们，虽然不赞同大法官的言行，耶稣仍不会否定这个人本身。基督因其为基督而收获爱与敬仰，信仰也因其无限的美德而遍布世界。不信神者最终会找到自己的道路，从而回归信仰的怀抱，正如下面这个例子所表达的，一个无信仰者如何被圣像那"不可思议的力量"所吸引：

> 曾有一次，我久久地站在神龛前，注视着那人人称颂其伟大的圣母像，思索着人们那孩子般的虔诚祈祷；一些女人和垂老者双膝跪地，将身体最大限度地弯向大地。我凝视了很久很久……圣像那不可思议的力量竟一点点显露了出来。它不再只是一块加工过的木头，在长达数百年的时间里，这圣像不断吸取着热情与希望，它们来自那些不幸的、饱受折磨的祈祷者；圣像因此而充满能量，成了一个不折不扣的有机体，成了神与人相遇的通道。想到这儿，我仿佛重新发现了那些匍匐在地的老人、妇女与孩子，他们在圣母像前是如此虔诚；而圣母，她似乎能体察到所有人的悲欢，怀着无限的爱与仁慈——我禁不住跪倒在她面前祈祷起来……①

在佐西马长老的讲道中，信仰是无条件的爱与奉献，其本质就是圣母之爱。他同样强调，人类与大地母亲、自然母亲本来就

---

① 引自费吉思《娜塔莎之舞》，第299页。

是一体的。或者说,在这个充满不义与苦难的世界,我们并非孤军奋战,而是沐浴在圣母之光的照耀之下。就像在俄罗斯家喻户晓的弗拉基米尔圣母像所表现出来的:她的面庞、身姿与双手的状态,都表露出无比深厚的忍耐与不容置疑的仁慈。她的眼睛看向圣婴以及画面之外的整个世界,那悲伤的眼神蕴含着她对苦难的理解——不仅是圣婴即将遭受的苦难,也包含世上所有孩子的苦难。她知道贫穷、屈辱与灾祸的滋味;她也知道,一个人在十字架上会多么孤立无援:承受着无尽的苦难,却无法表露内心的思想与感受。圣母同样无法将这些诉诸语言,但她用亲吻,用充满爱意的姿态来表达这一切。佐西马长老想要告诉大家:圣母的忍耐、爱意与仁慈都宽广无垠,坚定不移;我们不单要领会,还应该起身效仿。

具体而言,长老会如何解释伊万所提出的困境?他如何理解无意义的苦难?当然这里面也包含着一些分支问题:无意义的苦难是如何出现的?该怎么面对?能彻底消除吗?

然而,佐西马长老也有着更为令人捉摸不透的一面。举例来说,我们很难确定,他是否承认世间有无意义的苦难。长老认定当下的生活就是天堂,虽然很多人看不到这一真相。另一方面,他也承认世间有不义,比如工厂里饱受压榨的童工。他同样批评过现代人对人为的虚假欲望的沉迷。这样的世界怎能是天堂?

我们的老神父佐西马多次提到过他的兄长马尔凯尔。他并不认为马尔凯尔的早逝是无意义的——后来,阿辽沙同样这么看待好友小伊柳沙的死。再来进一步追问:对于修道院的那桩神秘访客残杀女子的凶案,老神父会怎么说?或者,当一个无辜的男子被人有预谋地杀害,长老会怎样对待这个凶手?尤其是,他怎样面对被害人的遗孀?

长老看起来完全不懂得逻辑上的概念互斥,比如生与死这对概念。怀着对圣母与自然母亲的信仰,他将生与死看作一个连续的循环。农作物的播种、生长、收割是自然中生生不息的循环,人类的出生、死亡、重生同属于此。苦难与欢欣都是这一过程的必然组成,而不可以被分开来对待。

佐西马长老的暧昧不明会继续困扰读者。因为他的话总可以从相反的角度理解。他曾鼓励自己的门徒"勤恳劳作",但他似乎对受苦与劳作(或事工)不加分别,正如他从不区分神性与人性、创造者与被造物一样。在他那里,对苦难的体验(这在一般人看来往往是消极的)与劳作、行动这些概念浑然一体。对此,黑塞的诠释比佐西马长老更明晰:

> 行动与受难共同构成生活缺一不可的双翼。并且,两者浑然交融。婴孩在母胎中就开始了受难,然后还要继续承受分娩和断奶之痛,承受生活中不可尽数的苦难,最终则是承受死亡。一个人值得赞美、值得爱的地方,归根结蒂都是那人承受苦难的能力,或者说,他懂得优雅地承受,懂得承受生活中的一切。出生是受苦,成长是受苦;种子承受着土地,根茎承受着雨水,花苞承受着开放。同样,我的朋友,人类也承受着命运。命运是土地,是雨水,也是成长。命运就是永恒之伤。[①]

佐西马长老也有类似言辞。不过在他的讲道中,也存在着别样的表达,其风格迥异于这种尼采式"爱你的命运"的呼告。长老曾表示,俄罗斯人民比西欧人更亲近大地和自然母亲,因此,他们有独特的历史使命。不同于大法官所制定的少数精英自上而下改造世界的方案,佐西马长老认为真正的改变必将自下而上发生。具体来说,唤醒沉沦已久的欧洲文明的,将是紧贴俄罗斯大地的农民。

对于佐西马长老的上述理念,很多学者早已指出了其中的问题与矛盾。长老一方面完全接受世界,相信现世即天堂,一方面

---

① 黑塞《查拉图斯特拉的回归》("Zarathustra's Return")一文,选自《如果战争继续》(*If the War Goes On*),第 98 – 99 页。

又提出要改造它,让它变得更好。当然,他加诸俄国农民的历史任务过于重大:农民真的能彻底改变人们对待世界的态度吗?并且,是怎样的素质,能让俄国的农民卓然超拔于所有世人之上?正如学者哈克尔所言,陀思妥耶夫斯基被他的民族情感冲昏了头脑,从而背离了基督教的普世精神:"从深厚的东正教传统出发,却慢慢滑向了十九世纪俄国的民族主义情绪——弥赛亚精神的另一种形式。在此情绪的支配下,不再是坚信守护真理的教会……而是寄希望于某个特定的种族。"①

究竟该如何理解陀氏试图推翻第五卷渎神言论的努力?如果这真的是他在写作第六卷时真实的想法,那么,他很大程度上失败了。然而,只要我们注意到文本结构上的深意,这一表面上的失败或许暗藏玄机。佐西马长老的不足之处恰恰在结构上对应着大法官的错误。两个人物所提供的图景站不住脚,因为在他们的论证中都带有以偏概全的倾向,这渐渐减弱了读者对他们的信赖。大法官坚称人们需要的是幸福;佐西马长老则认为人们需要爱。是的,人们需要爱,但爱绝非唯一的要求;幸福当然也是如此。问题在于,人们所渴求的价值总是复合的,而不是满足于其中之一。

深入阅读第五卷和第六卷,会发现更多大法官与佐西马长老的共同点。② 大法官的方案似乎可以消除无辜者的受难;而在长

---

① 哈克尔《宗教之维:幻象还是遁词?》,第 228 页。
② 根据卡罗尔·欧茨(Joyce Carol Oates)的意见,佐西马长老与大法官"是同一类人,只是秉性有所差异"。佐西马是个神秘主义者,他的神秘主义有着心理学上的力量,能让患者(几乎所有人类)摆脱自由的重负;大法官则是一个政治上的神秘主义者,并且想要充当人类的管理者与施救者。本质上,佐西马和大法官都有着利他的冲动,他们对人类是有爱的。见欧茨(Joyce Carol Oates)《〈卡拉马佐夫兄弟〉中悲喜剧的双重视角》("Tragic and Comic Visions in *The Brothers Karamazov*"),收录于《不可能的边缘:文学中的悲剧形式》(*The Edge of Impossibility: Tragic Forms in Literature*),第 104 页。

老那里，无意义的苦难似乎不再能与有意义的苦难分开，甚至能和欢乐等积极体验交融合一。大法官认为，我们不对任何人任何事负责；佐西马长老则认为，所有人所有事都和我们相关。其实，他们都忽略了某些面相，在笼统的分类之下，他们失去了很多。于是我们看到，大法官眼中的人类个性最终融作蚁山；而在佐西马长老眼中，人类个性则融于神性之爱的汪洋大海中。

难道非要如此吗？人类个性难道一定要消融吗？我们身上所有的矛盾与悖谬能够留存吗？难道连圣母和圣子也对这一切无能为力吗？

无意义的苦难与无意义的生活

17岁出头的陀思妥耶夫斯基曾在信中对兄弟坦言，自己要穷此一生探索"生活与人之为人的意义"。彼时，他恐怕还没意识到此任务之艰难。人是亘古之谜，而生活的意义又被陀氏放置在这个谜团的核心。随着作家的成长，无意义的苦难与生活的意义问题渐渐交融：倘若无缘无故的受难充斥世间，人如何能过上意义丰赡的生活？

陀氏笔下的众多人物都被此问题压垮。伊万是其中最震撼人心的一个。他遗传了卡拉马佐夫家族对生活的极端渴求，又有着足以探索人生的睿智天赋。伊万无法忍受这满腔的热情与生命力，最终却撞上冰冷的、无意义的石墙。他同样无法接受父亲那样的人生：当一切精神之光如幻觉一般全部熄灭，生命中似乎只剩下对肉欲的无休止追逐。既然"一切皆可为"，那个体就失却了所有保护。伊万试图为我们重新搭建安全网，帮助个体远离那伺机而动的意外与偶然。当这浮士德一般的高贵愿望最终成为乌托邦式的空想，伊万崩溃了。他越是追求生命中更为明确、合理的意义，就越是发觉一切意义都如同手中滑落的流沙。伊万对真理的渴慕最终转变为反抗。圣经中说，真理能给你自由。伊万却和俄狄浦斯一样得到相反的结论：真理令人疯狂。伊万感到自己被出卖了——上帝诱惑他（以及整个人类）走上了无法回头的悲剧之途。生命的脆弱，使得人们甚至难以经受命运的一阵狂风或上帝的一个玩笑。在不负责的上帝手中，最佳的存活方式就是躲在无知的襁褓里。获取幸福最现实的途径，是建立这样一个幻象：相信上帝的全能、全知与仁慈。如果说，悲惨的人类还能有更好的安排，还能在苦难中稍稍有所喘息的话，那方法一定是：将他们变回到"无忧无虑的婴孩"，成为幸福而无知的奴仆，虽然这幸福建立在欺骗与自我欺骗的基础上。当然，伊万既已看到真相，便注定与幸福无缘。他终生摇摆于两种同样无法立身的境地之间：相信虚假的理想，或相信虚无。

陀思妥耶夫斯基恐怕也对伊万的纠结感同身受，所以经常表露出自己对伊万之计划的赞同。多数评论者也指出，陀氏所经历过的怀疑之试炼同样严酷无比——宗教大法官这样的辉煌篇章，正是这些痛苦磨炼的副产品。仍要提醒诸位，大法官这一形象绝不是陀氏留给我们的最后遗言。作家本人对佐西马长老寄予了更多的希望，陀氏想要以佐西马长老来翻转伊万的渎神言论。然而，这一任务看来是失败了。佐西马长老没有给出一个让人信服的方案，来解决人世间无意义的苦难。我们可敬的长老在小说的中间部分就撒手人寰，而他所开启的工作，还有后面几百页的小说来接续。他本人没有解决无端的苦难这一谜题，但他的所言所行，为更重要的谜题——生活之意义——奠定了基础。下面，笔者将从这个角度出发，重新考察第六卷以及小说中剩余的篇章。

离开意义，人类难以长久生存。但探寻意义的过程，会有诸种错误的假定来干扰我们。历史长河中，无数的错误假定不断涌现。下列四个假定出现得最为频繁，也最具代表性。

（1）人们以为，世界是由理性掌控。它合逻辑、有目的且有计划。也就是说，有一个所谓的世界理性，它在认知与道德上树立了权威；它有着明确的发展目标，且以理性的方式趋向于这个目标。

（2）人们以为，生活以及世界的意义与上述目标紧密相连。据此，在目标确立的那一刻，意义也随之确立且无可更改。并没有附属或随机产生意义的空间。

（3）人们以为，生活以及世界的意义只能存在于整体之中，而不可被拆分为片断。没有什么意义能在局部产生，局部也不可能决定全局。

（4）人们以为，生活的意义一定要化为道德层面的思考和表达。而在道德层面，人们最常提及的是正义与幸福这两种价值。一个不义的世界能有什么意义？一个不幸的人生怎么可能有价值？①

伊万的作用，并不在于证明人生毫无意义，或说服读者和他一样"把入场券还给上帝"。他最大的贡献，是帮助我们认清以上假定统统站不住脚。伊万的推理由第四个假定开始，最后倒推到第一个假定上。怀疑的折磨让伊万有了两个重要的领悟。其一，他看穿了人类灵魂深处的罪恶与贫乏。其二，非正义的黑暗力量内在于人类生活之中，几乎将人们死死缠住。② 第一个领悟引导伊万起身反抗，而第二个则将他引向疯狂。世间的道德悲剧无穷无尽，这提醒我们，创世本身就充满漏洞。倘若世界理性真

---

① 此处的四个假定依据的是哈特曼的研究。参见哈特曼《美学》(*Ästhetik*)，第 35 章，第 406–412 页；以及《伦理学》，第二卷，第 318–339 页。

② 这两点洞见是维瓦斯（Eliseo Vivas）提出的，参见其论文《〈卡拉马佐夫兄弟〉中现实的两重面相》（"Two Dimensions of Reality in *The Brothers Karamazov*"），选自《〈卡拉马佐夫兄弟〉批评》，瓦西奥列克主编，第 67 页。

的在运行,又如何解释不公不义与无辜受难的存在?也许它的运行起到的只是负面作用。没有任何目的能证明手段的正当。在无意义的苦难面前,目的与手段的辩证也好,理性而道德的造物者也罢,统统在世人眼中崩塌。无辜者受难的事实使得正义失效,也使得人们不再对符合理性与道德的未来抱有期待——这一期待曾被认为是创世之初的庄严允诺。更宽泛地说,无意义的苦难是对可为与不可为之边界的侵犯。这样的边界必不可少,它可以维系稳定的状态(这是有意义的生活的前提);而边界一旦建立,又需要律法去保证,以免社会滑落到原初的混乱。遵循逻辑学的排中律,伊万相信无秩序的世界一定会变得混乱。倘若天父没有能力建立有秩序的、保证意义的世界,那伊万就干脆拒绝天父的创世,拒绝这世间所有的混乱。当然,除了无奈地接受世间的混乱,人类还可以自己着手建立新秩序,为了这一"新秩序",没有什么是不可为的。

根据上述四个假定,伊万那扰人心魂的结论看来不可避免。这不仅仅是陀氏自己的观察,也符合欧洲整个近代思想传统所发现的真相。无论是陀氏笔下的伊万还是欧洲思想的探索,似乎都站到了创世主的对立面:上帝要么忽略了我们,要么背叛了我们。人类应当拒绝所有不靠谱的道德权威,它们起源于粗心大意又不负责任的天父。接管权威之后,人类就可以凭借自身的理智与意志来创造全新的生活,制定全新的目标。如若必须,人们将推翻天父,从他的身上踩过去创造新的意义。人类,而非上帝,将成为衡量万物的法则。这一信条的确立,冥冥之中决定了我们未来的命运。人类如此轻易地将重任扛在肩头,他真的能负担得住吗?如此艰巨的使命他们能否胜任?

小说中,伊万最终的绝望也许是对此问题的暗示。虽然有着雄心勃勃的大法官,伊万最终还是认识到人类的致命局限:他们无法重建世界的秩序,无法真正消除不义与无辜者的苦难。

然而，孜孜以求的伊万并没有发现，那最终将他引向绝望的理性推导过程并不是唯一可行的思考进路。经由受难，约伯发现上帝的正义、秩序都截然不同于人类的设想；因此，也应倒退一步，质疑伊万在思索生活意义问题时所默认的假定。这正是佐西马长老试图去完成的任务，而阿辽沙与德米特里两兄弟则以整个生活提供了推翻该假定的实例。

首先要明确，佐西马长老绝不是要论证孩子受难的合理性，也不会用未来的和谐来抹除现在的苦难。手段与目的的逻辑属于交换经济的框架，而长老则是以礼物经济的眼光来理解世界的。

从无辜孩子受难的事实出发，伊万推导出宇宙的混乱无序——该推导可能从根子上就错了。佐西马长老就指出，伊万所援引的零散事实，根本支撑不起他那普遍性的结论。长老本人不会因此而指责上帝；同样，他也并不为上帝辩护。用哲学上的说法，佐西马长老并不想提供一种神正论。甚至，对于上帝的本质，或者通常所谓上帝的全知全能全善，长老也未置一词。

另外，对于罪这个观念，佐西马长老没有从神学上进行任何阐释。他当然也曾提及罪，只是他并没有将之归属于道德领域：在长老那里，罪不是对道德律令的违反，而是一种世俗的、蕴含着价值丧失感的体验。可以认为，对罪的此种理解，更接近于我们之前所讨论过的混乱——而在伊万看来，无辜孩子的流血首先是一种玷污，其次才间接地涉及混乱。佐西马长老试图纠正这一看法，他指出：混乱并不必然意味外在世界的失序，而是源自内心的失序。失序的原因，则可能是个体的无能：个体无法找到将林林总总的外在世界统一起来的黏合剂。出于对形而上的神性秩序的绝对信任，长老对人类心灵中的混乱投之以怜悯的目光。人的缺憾在于，他们往往无法感受到自己所言所行的意义。对混乱的上述阐释，实际上跟长老对地狱的理解高度一致。在佐西马眼里，地狱并不是肉体上的极度折磨，而是一种

"无法再爱的受难"。①

老神父留下的信息无非是要说,人们可以用完全不同于伊万的方式来找寻人生意义。为此,需要重新审查那四个根深蒂固的假定。首先就是:意义一定依赖于预先设定的目标吗?老神父猜测,上帝绝对不会按照交换经济所谓的价值来创造世界。就如同罗丹"创世之手"所表达的,上帝的创世是未完成的作品,不存在一个给定的权威(无论是理性上的还是道德上的)来判断一件事是否有意义,也不存在一个明确的目标或体系来生产意义。意义超越所有界限,它不接受任何权威的压制,也不把自己限定在任何体系之内。意义也可能是个体性的,对某一个体而言的意义,也许不能从普遍的理想与原则中推导而出。就像某一瞬间的真诚行为具有独立意义,比如佐西马长老给德米特里鞠的那一躬,阿辽沙给伊万的那一吻。这些行为在当下完全敞开,不假外求。主体也能在当下获得意义丰赡的体验,而不必在乎世界的广大与生活的漫长。

我们即将触及陀思妥耶夫斯基有关人生意义的核心观点了。简单地说就是,即使世界作为整体并没有意义——这一点当然是不可确知的——也不能否认个体生活和经历的意义。世界上存在不义,但这并不能证明世界是纯粹的荒谬,是完全混乱无序、没有光明的修罗场。上帝之手赋予陶土最初的形状,但后面的一切只能靠我们自己。人类是自由的,可以将这一抔土变得美丽或丑陋。人类是自由的,因为世上不存在确然性——伊万喜欢称之为"任意性"。不过,伊万将任意与混乱混为一谈。的确,任意性让

---

① 进一步的讨论参见杜德利·杨《神圣的起源:对爱和战争的狂喜》,第 235 页。亦可参见帕利坎《上帝的形象:为圣像辩护的拜占庭》,第 72 – 74 页;以及弗洛姆《像上帝一样》(*You Shall Be As Gods*),第 125 – 140 页。

人类的罪恶有了显露的空间，但它也为天使一般的善留下了充分的余地。对此，岑科夫斯基（V. V. Zenkovsky）曾非常恰当地总结道："自由的冲动本身就是辩证的，善与恶都在其中酝酿。"[1]

伊万惧怕自由，也惧怕世界的任意性。为了"孩子们的幸福"，他所设想的大法官在乌托邦中将自由完全抹除。佐西马长老与之针锋相对：对于世俗道德来说，自由也许并非必需；但信仰的产生却离不开自由。信仰无疑正是我们对生活之任意性的回应——这回应不是抵抗，而是一种谦虚的姿态。信仰表达了我们对不可见的（甚至还未完成的）宇宙秩序的信赖。也就是说，宗教的洞见不一定依赖于可见可感之物。经由以上思考，陀氏希望读者认识到：自由是必要的，没有自由，就很难想象真正的生活之意义。

意义的有无，也许取决于事物自身的价值，而价值则是多种多样的。由于其强烈的宗教倾向，陀氏对伦理价值并不看重。作家希望通过"好人"的形象来展示其生活哲学，但这里的"好"与道德无关。前面两章里，我们已经讨论了陀氏的阶梯：美→爱→信仰→希望。陀氏的阶梯里没有善与恶的位置。与美的遭遇，是主体开启有意义之人生的第一场考验。在美面前，我们叹为观止，不再考虑美之对象的用途或目的——这样一来，主体就暂时抛弃了看待万事万物的世俗视角。美在生活之路上温柔地伏击我们；美总是充满意义，但它并不遵循前面所说的四个假定。事实上，美总是如此例外，给人的印象如此强烈，以至于人们会觉得：即使是对美的瞬间体验——无论是自然还是人为的美——也能给生活以无穷的意义。用布哈格（Rémi Brague）的话来说：

---

[1] 岑科夫斯基《陀思妥耶夫斯基的宗教与哲学观念》（"Dostoevsky's Religious and Philosophical Views"），该文收录于《陀思妥耶夫斯基批评文选》，第136页。

"对美的深刻感受提醒我,虽然只拥有白驹过隙一般的人生,但我并不纯然是这世界的局外人;我是座上嘉宾。"① 对美的感悟并不能延长人们居留于此世的时间,但再加上爱与信仰,人们就可以创造永恒。

还有一点需要强调:对美的体验是即时的、直觉的。大部分概念,似乎都可归为诺斯罗普所谓的"公理型概念";这类概念能帮助人类建立有关世界的抽象知识体系。然而,当人们谈论美,当我们使用"审美"这一词汇,我们其实明白,它不同于公理型概念所具有的普遍性与抽象性,而是更具直觉性。两类概念当然缺一不可,互相补充,可是在西方文明里,公理型概念更受到重视,而直觉型概念则长期遭受冷遇。引用诺斯罗普的原话:

> 在历史长河中,西方文明一直痴迷于发现更多的理论、公理,却对同样重要而基础的审美型概念长期忽略。于是,审美这一独立的价值,在西方只能位居奴婢一样的地位,甚至其内涵也只能通过理论化的概念来错误地表达。②

美带来的震撼还体现在:它总是作为礼物而存在。占有美、掌控美,这样的表达是一种自相矛盾,这会玷污美,甚至让美堕落为自己的反面:丑。拒绝成为客体或商品,这是美的本性,是美作为礼物的特质——这样的特质会改变人们对待生活的通常态度。美的体验虽然总在瞬间,却能慢慢弥漫并照进整个生活,照亮人生中所有的麻木、妥协与折磨。当然,美的体验并不会带来

---

① 布哈格《世界的智慧:西方思想中人类的宇宙体验》(*The Wisdom of the World: The Human Experience of the Universe in Western Thought*),第 224 页。

② 诺斯罗普《东方与西方的相遇:为了世界的相互理解》(*The Meeting of East and West: An Inquiry Concerning World Understanding*),第 305 页。

直接的、物质上的改变；它会优雅地创造一个新的空间，为人们展示新的生活方式的可能性。在一成不变的日常生活之上，美必然是惊喜，它的价值无法用任何市场上等价交换的方式来衡量。

道德准则对人类社会而言不可或缺，它用命令、义务、承诺来绑定人们，让生活变得愈发"沉重"。陀氏指出，为了真正"提升"存在的价值，"轻盈"的审美体验就显得异常重要。美给人以崭新的精神境界。美是馈赠，将主体的精神重新注满生机与渴望，那是对生活的渴望，是渴望在生活中去分享、去给予，而不仅仅是被动接受。在陀氏的阶梯上，对美的由衷赞叹将个体擢升到爱的境界，而充满爱意的分享与馈赠则通往信仰，那是对生命与整个存在的无比信赖。这样的信赖指向世界所有可见和不可见的领域。并且，即便世上充满无意义的苦难，即便我搞不懂世界最终的归宿与目标，信赖依然不减分毫。美是超凡的，它不需回报也不会强求；它所呼唤的，仅仅是个体对世界充满热情的回应。当我参与到生活之中，响应着美的召唤，我就会体验到纯粹的欢欣，或如同佐西马长老所言，体验到"地上的天堂"。如此的经验，会让我们真正明白生活这一礼物的价值，学会欣赏并珍视这礼物。当生活成为礼物，其最高的价值便是好好享用它。

如此这般的欢欣体验，在陀氏那里，是连接美与信仰、连接审美与内在精神的桥梁（当然还要通过爱）。而这恰恰是伊万的心灵迷失并走向癫狂的地方。伊万同样怀抱着一个普遍接受的假定：神圣性总是与真相关（通过理智），与善相连（通过意志）。他由此出发，决心去寻找真与善，却越来越发现世界的"不合理"。伊万无法释怀，因为他心中的正义理念被现实所羞辱：世界上竟然充斥着无辜孩子的受难。既然世界无可救药，既然在生活中找不到符合理性或良知的规则，伊万便决定退还上帝给他的入场券。

帕利坎辨认出了陀氏颇为关键的转化。转化的最初起点，是

认知之真和伦理之善,而其想要达到的,是神圣的精神:

> 神圣性的范围远远超越了道德之善。为了表明这一点,陀思妥耶夫斯基不得不借助于神学的思辨。让神圣性与善联姻,这样的做法更轻松、更实际,也更符合正常人的理智。但基督教信仰并不屑于将自己伪装成轻松、理智的正常情感。信仰要求趋近神圣,而神圣性则全然体现耶稣基督的身上。这正是陀氏试图表达的深刻洞见,为此他殚精竭虑。在其癫痫发作中那神圣而疯狂的瞬间,陀氏发现了基督福音的最深秘密。于是,他成了效忠于基督的愚痴者,到处宣扬他所发现的秘密。该秘密呼唤人们进入与上帝的神秘关系之中,并借此超越道德与伦理。①

陀氏是否真的做到了"为基督而愚"?此问题当然可以讨论。作家应该希望自己能称得上圣愚。更值得思考的还有帕利坎的结论:"神圣性全然体现耶稣基督的身上。"根据小说的第六卷,该结论并不合适。再次回顾佐西马长老的布道,我们会突然意识到:基督在其中完全消隐。大法官曾拒绝基督,转而与魔鬼立约;佐西马则反复强调大地母亲的作用,却完全不提伟大的救主以及上帝的儿子。大法官对公正的重视可以与长老对整个创世的爱来比较。两人的关注点差别显著,但本质上,他们都认为众生平等,并希望通过自己的努力来实现真正的平等。在大法官的计划里,人人都拥有相同的权利;只要大法官设法阻止罪恶发生,人人都能保持纯洁无辜。而在佐西马长老那里,圣母毫无保留地爱着众生,所有人都是她的孩子。圣母不需要伦理戒律或道德法则,也不需要功利算计或绝对命令——她以无条件的忍耐与宽容,像母亲一样拥抱着每一个孩子。

---

① 帕利坎《上帝的形象:为圣像辩护的拜占庭》,第83–84页。

由此出发，我们可以指出《卡拉马佐夫兄弟》第五、第六卷中一个明显的缺失（虽然小说其他部分弥补了该缺失）：人类的平等与不平等是同时并存的。对众生平等的强调忽略了人们朝向更高境界的努力——无论是更有价值、更纯洁还是更高贵。恢弘的弗拉基米尔圣母像就纠正了对平等的片面强调。圣子在圣像里享有着圣母的照料与关爱，而他的独特性也超乎众人之上。正如玛利亚既是母亲又是处女，在圣子那里也存在着类似的悖论。神圣性与世俗性在他身上共存：他是个孩子，同时又不是孩子。这幅圣像上，圣子有着孩子的身形，但却穿着成人的衣裳，流露出成人的成熟与智慧。他发光的脸庞与金黄的短衫提醒着观者，他正是上帝的真身，带着无限的权柄与荣耀。

对这幅十二世纪的圣像进行沉思，我们也许会发觉，有一道光一直在身边照耀，但我们总是视而不见（这是卢云模仿佐西马长老的布道所表达过的意思）。圣子脸上的光彩有着内在与外在的双重来源："这光芒照亮一切，带来温暖。它从不刺眼，只是轻轻地倾泻着，带给人们以温柔的抚慰。"[1] 圣母与圣子的拥抱纯粹如许，不含有任何被禁止的秘密，不含有所谓的俄狄浦斯情结。这样的拥抱能够超越男性与女性、高贵与卑微、神性与人性的鸿沟。卢云更进一步指出："圣像描绘了神与人在道成肉身之下的神秘交流。"[2] 老神父最想表露给徒弟们的消息，就是关于这种交流的秘密：

> 当你陷入孤寂时，就去祈祷。怀着爱，将自己的身体交给大地并亲吻它。热爱土地，永不倦怠、永不止息；热爱每个男人、女人，每个生灵，在热爱中感受迷

---

[1] 卢云《凝视圣主之类：在圣像前祈祷》，第38-39页。
[2] 卢云《凝视圣主之类：在圣像前祈祷》，第40页。

醉与狂喜。用你欢乐的泪水灌溉大地,并且爱你的眼泪。珍视这眼泪,不要因你的狂喜而羞愧,它们都是上帝的礼物。这礼物并不像甘霖普降大地,而是给予上帝所选中的人。(第380页,译文有改动)

陀思妥耶夫斯基并没有用定义来将这神秘的狂喜概念化,而是将之浸润在整部小说的精神之中。如果让我来给它下定义,我会想起尼采在《查拉图斯特拉如是说》中所提到的"schenkende Tugend",这个词组有多种译法,比如"会发光的美德""给予的美德",或(更文学化的说法)"追求馈赠的道德"等。① "告诉我,"查拉图斯特拉对他的追随者说,"黄金如何成为最高的价值?因为它罕见、无用、光泽耀眼而和易;它总是馈赠自己。"不像通常物质上或商业上的价值,会发光、能给予的美德很难被占有、控制。精神之礼物的赠予者并没有失去任何东西,甚至还有收获。赠予礼物,让赠予者收获了精神上的洞见与领悟。爱邻如己,这样的爱既能满足别人,又能让你意识到别人对你的需要。爱邻如己是为了让人们生活得更好,让人们在当下就能接受到无价的美德之馈赠。这美德邀请你睁开双眼,看到充盈于大地却无人拾捡的宝藏。它鼓励我们全情投入这如此充盈的尘世。于此,陀氏与尼采分道扬镳。② 前者坚信(正如长老也曾表达过

---

① 在《查拉图斯特拉如是说》第一部的最后一章中,尼采对该美德进行了描述。我在此问题上的讨论更得益于哈特曼在《伦理学》第二卷第三十一章的分析;只不过哈特曼分析的主要对象是超人这一概念(Übermensch)。有关尼采的生活哲学,同样有价值的讨论可参见史怀哲《文明的哲学》(The Philosophy of Civilization),第243—248页;帕利坎《为基督而愚》,第118—144页。

② [译注]尼采"会发光的美德"有着对基督教道德的批判。参见尼采《扎拉图斯特拉如是说》(娄林译,华东师范大学出版社,2021),第141—149页。

的),"你是为全人类工作的,你是为未来效力的,永远不要追求奖赏,因为你在这个世界上得到的奖赏已经够丰厚的了,那就是只有圣贤才能获得的精神上的喜悦"(第380页)。

精神喜悦作为奖赏,跟我们通常所理解的"奖赏"稍有不同。后者往往服务于人们功利而实际的需求;前者——所谓发光的美德——则完全相反。当精神的喜悦到来,你会感觉到内心和灵魂都已被充满。按照哈特曼的描述,发光的美德会让所有人在精神上满载而归,虽然他们可能说不出自己得到了什么。"在这个发光的人面前,大家明显察觉到满满的意义感——在其他地方遍寻不得的意义,在这里似乎俯拾即是。人们发觉彼此结成了纯粹的共通体,之前飘渺虚无的意义此刻似乎已刻写在个体的人格之内。"①

发光的美德当然不常有:"单独一个人,就能给整个世界带来意义——只要世界能够接纳他。这样的个体存在,众生的心中就会被意义的光芒照耀。"② 基督徒相信耶稣基督就是这样的人,哈特曼则提名苏格拉底;在陀氏那里,佐西马长老同样也能为世界带来发光的美德。具体的人选当然可以讨论,但更重要的是此类个体对他人的影响。继续引用哈特曼的话,

> 精神礼物的给予者,并不会挑选那些公正、诚实、热心或有信仰的人作为给予的对象;他们看重的是,接受礼物者是否还能敞开心扉,是否还能涤荡头脑里所有过往的成见。因此,给予者们更偏爱那些有道德缺陷的人,那些不成熟的人,那些依然有精神上的自由、依然有勇气用自己的方式去

---

① 参见哈特曼《伦理学》,第二卷,第336页。阿伦特在《人的境况》(*The Human Condition*)里更严厉地批判了建立在有用基础上的意义,见该书第153–154页。

② 哈特曼《伦理学》,第二卷,第339页。

爱（哪怕在别人眼里显得古怪）的人。给予者将赐福给这些人，因为他们拥有真正的青春，拥有永恒的精神活力。①

在此处，哈特曼又一次想到了苏格拉底和他周围的年轻人。结合当前的讨论，则可以将之替换为佐西马和阿辽沙。不是所有人都能成为有发光美德的人，这样的德性世所罕有。好在，我们都可以试着敞开自己的灵魂，并学会放下以往所接受的各种成见。的确，除了谦虚与包容的心态，还有什么礼物，能在人生之海的悲与喜、得与失、爱与痛之中点化我们、救渡我们呢？

伟大的陀翁从怀疑主义的泥潭中拔脚而出，引领读者看到了如下真相：既然生活要从非功利的美德与价值中（比如审美与沉思）才能得到意义，那么赋予意义的行为就必须包含着我们对生活的投入。只有真正进入世界之中，才能享有意义满满的人生。

而代表作家怀疑精神的伊万，则与俄狄浦斯一样选择了一条少有人走的路。俄狄浦斯凭靠智慧解决了斯芬克斯之谜。或者，从象征意义上来讲，他通过解谜跨越了人性中兽性的低级阶段。于是，俄狄浦斯一跃成为高贵的一国之君。此时，合唱队警告志得意满的俄狄浦斯，说他虽然超越众人，但仍远远低于天上的神。新晋的国王显然听不进这样的劝告：他渴望征服天下与天上所有的领域。

与索福克勒斯生活在同一世纪的智术师普罗塔哥拉宣称："人，而非神，才是万物的尺度。"俄狄浦斯将此格言当成了"神谕"：人是宇宙的中心，他的智慧可以跨越一切阻碍。人应该成为自己命运的主人，应该凭借自我的力量实现世界的幸福与繁荣。俄狄浦斯最喜欢使用"衡量"（measure）这个词及其各种变体：测量、计数、计算。数学是伟大的发明，它让人类有能力走

---

① 哈特曼《伦理学》，第二卷，第338页。

出荒蛮，在世间建立起自己的秩序。在戏剧《被缚的普罗米修斯》(*Prometheus*) 中，埃斯库罗斯将数学（而非仅仅是火）看作对人类至关重要的馈赠之一："在我发明的那些精巧玩意儿里，最美妙的当然还有数学。"① "衡量"与"数学"都属于交换经济的核心范畴，而俄狄浦斯的人生——或者应该说是所有世人的一生——则充满了各种公式与方程。在这些公式里，每个人的位置都不尽相同。俄狄浦斯满怀自信地将自己放到跟神一样重要的位置，可他的下场并不如意。或许，人并不能成为一切的尺度。俄狄浦斯并不明白，斯芬克斯之谜仅仅是个开始。更要命的谜团是：人到底是什么？倘若人区别于兽，倘若人不能与神齐平，那么他到底处在什么位置？在《俄狄浦斯王》里，索福克勒斯笔下那睿智而坚毅的英雄并没有成功解决这些难题。

俄狄浦斯与伊万之间，实际上有着让人惊异的共同点。虽然承认"一切皆可为"，但伊万并不认可父亲那种野兽一般的激情人生。内心的高傲诱使俄狄浦斯自比阿波罗；伊万同样相信自己能替代并不完美的造物主，重建这个破碎的世界。伊万的努力当然也失败了，这说明，他对人性本质的认识有多么表面化。当我们将这一问题完全交给理智来解决的时候，我们就走上了错误、危险甚至是悲剧性的方向。

为了帮助俄狄浦斯和伊万，陀思妥耶夫斯基也许可以如此修改斯芬克斯之谜：是的，人类可以有四条腿（婴儿时期），也可以有三条（年老时）或两条腿（成年时），然而，哪个时期最能代表人性的本质？

对该问题的回答是：所有时期都是繁复人性的折射。之所以采用上面的提问方式，是为了弄清楚俄狄浦斯与伊万的软肋所在。他们没能体悟到人性的复杂：人性不是单一的，很难明确定

---

① 转引自诺克斯的文章《索福克勒斯的俄狄浦斯》，第 8 页。

义，其本身甚至仍处在未完成的状态。人的内心随时都能产生无数纷繁复杂的念头，有的彼此矛盾。于是，人类时而像野兽，时而又像神明。这才是人性本质上的吊诡状态。所以，首先要明白，人性就是人性，将其类比于兽性或神性都有失偏颇。伊万以无意义的苦难来否定人生的意义，其原因正是在于，他忽略了人性本然的复杂状态。伊万从来没问过自己：为何世间存在着美？为何爱与信仰能在世上扎根？为何人们仍可以相爱并相互馈赠？当我们思考了上述问题，无意义的苦难就不足以对生活之意义构成决定性的否决了。并且，伊万想当然地认为，无意义的苦难源于人性上的兽性，但事实上，世界上最悲惨的苦难往往由人的自大所导致。[1] 魔鬼在人们耳边低语："你可以成为神。"如此的诱惑让人们偏离正道。当伊万执着于自己的推理，被无意义的苦难一叶障目时，他就在解决人生意义的道路上陷入了绝境。由此而言，伊万也不可能真正理解阿辽沙的忠告："爱生活甚于爱生活的意义。"（第274页）

凭借上文提到的四个站不住脚的假定，伊万妄图解答人生意义这一大难题。但实际上，想要过充满意义的人生，不一定要以完全理性的秩序或伦理规则为前提。从根本上讲，生活的意义绝非事先给定。设想在创世之初，整个人类社会就被赋予某种目标，这是彻底的幻觉。创世行为本身也是未完成的状态，是正在进行的过程。上帝的双手只赋予人类以雏形，随后，被造物需要自主地、由内而外地探寻生活的意义——经由不同价值观的冲突，经由人性中不同倾向的紧张斗争。探寻意义并不是去发现新知，而更像是失而复得的过程：重新看到那早已存在但却被人忽

---

[1] 正如卡罗尔·欧茨所言："用头脑杀人的是恶魔，因激情而杀人的却并非十恶不赦。"见《〈卡拉马佐夫兄弟〉中悲喜剧的双重视角》，第95页。

略或遗忘的事物。也正因为此，人们往往在丧失心爱之物或所爱之人的时刻，才对意义问题有所感悟。失去的体验会锐化我们的感知，尤其是对那些习以为常之事的感悟。

作为陀思妥耶夫斯基的最后一部小说，《卡拉马佐夫兄弟》也集中展现了上述过程。三兄弟都经历了重大的丧失，痛苦与折磨赋予他们以领悟之力，让他们将心神集中于生活中最具有精神价值的方面。对于伊万，这个领悟发生在斯乜尔加科夫自杀之后——在那个瞬间，伊万突然意识到自己在某种程度上是斯乜尔加科夫的共犯，因为他在内心如此期待父亲的死亡。于是，精神上的罪孽感将伊万彻底压垮。伊万的崩溃象征了他解决人生意义问题的彻底失败，这并非因为智慧或勇气的不足，而是因为他缺乏对美的激赏与对生活的爱，缺乏内在的信念。

又比如阿辽沙，领悟的瞬间发生在长老仙逝之后——这领悟甚至包含着对自己老师的某种"背叛"。受到格露莘卡葱头故事的启发，阿辽沙的信仰得以重建并繁荣生长。滋养这信仰的并不是外在的阳光（比如佐西马长老的教诲），而是阿辽沙自身的存在，以及他与大地母亲的血脉关联。从阿辽沙双膝跪地亲吻泥土的那一刻开始，即便是他如此敬爱的长老的死，也不能阻止他去热爱与肯定生活。

再比如德米特里。他的领悟瞬间是得知父亲被谋杀之后。格露莘卡又一次起了关键作用，她主动将自己的命运与这个被冤枉的"杀人犯"联系在了一起。短短几个小时的时间里，德米特里的人生经历了剧烈的震荡：先是差点杀死父亲及其仆人，然后就体验到了切切实实的爱（对格露莘卡），体验到了对"渺小之物"（"wee one"）最深挚的同情。当德米特里于噩梦中惊醒，发现了某人塞给他的枕头时，他对生命的感激之情便一发而不可收——未来二十年将要承受的苦役似乎已不足一提。虽然仍有无意义的苦难，但生活本身却充满欢欣。借着这样的领悟，德米特里把握

住了弟弟那句格言的真意："在世上人人都应该首先爱生活。"（第274页）

是时候提出有关《卡拉马佐夫兄弟》的最后一个谜了：这部小说中有真正的英雄吗？

伊万算是个悲剧英雄，阿辽沙则至多是言辞上的英雄。如果想在小说里找到真正的、完整意义上的英雄，也许得把目光投向德米特里。虽然不一定是作者的本意，但德米特里确实比另外两兄弟更为人性化，也更为鲜活。他身上既有着兽性，又透露着神性——活脱脱的矛盾综合体。在高贵心灵与肆虐激情的双重作用下，德米特里犯了罪，但他能无比真诚地忏悔自己的罪。他的英雄气概，恰恰体现在那至暗的时刻：他承担起了所有属于和不属于他的罪责，同时还能满怀爱意地向不公正的审判者伸出双手。

伊万的悲剧命运让我们的目光垂落，阿辽沙的故事则能引我们望向高处。只有在德米特里那里，我们才能平视整个世界，真正去感受生命中难以言传的存在。德米特里似乎并没有找到人生意义问题的答案，他甚至都没有绞尽脑汁去思考该问题。他所做的，是在生命的冲动中感受存在的爱与痛。他从未想过用抽象的语言回答意义之问，而是以自己的整个生活来提供答案。他的回答满溢着对生活的敬畏与惊叹。他发誓效忠于生活，以不求回报又无比谦卑的姿态。可以说，即使面临魔鬼的拷打，德米特里也堪称肯定生活的典范。《卡拉马佐夫兄弟》中的英雄非德米特里莫属。

第八章
不曾写就的作品：悔罪者归来

陀思妥耶夫斯基的新小说理念

《卡拉马佐夫兄弟》中包含着精心设计的圣经教诲："我实实在在地告诉你们：一粒麦子落在地里如若不死，仍旧是一粒；若是死了，就会结出许多子粒来。"（《约翰福音》12：24）陀思妥耶夫斯基希望读者相信，死亡——无论是伊柳沙、佐西马长老还是费尧多尔的死——不是一切的结束。失去并非仅仅是失去，而是将我们引向那仍然存在的美好。伊柳沙的死，在他的朋友们中间建立了崭新的精神契约，这也是小说结尾的深意所在——某些事情才刚刚开始。与兄弟伊万不同，阿辽沙没有因为无辜孩子的亡故而迁怒于上帝。阿辽沙努力说服伊柳沙的伙伴们，在悲剧之中依然能把握人生之意义。对那十二个孩子而言，阿辽沙的意思非常容易理解：珍惜你们关于伊柳沙的共同记忆；虽然失去了伊柳沙，但你们彼此之间在精神上更为切近了，对周围同类的存在也更加敏感了。不必因为死亡而惧怕生活，只要去行善，去做你认为正确的事，生活就会朝你微笑，就会充满价值。对生命的信念，对他人高贵的奉献，这些远远比死亡要强大。

郭立亚在这群孩子中最为聪颖。他对信仰与善行的力量有所怀疑——也许还得再来点不同寻常的东西，才能助人战胜死亡？

也许应该有某种新生或复活？郭立亚满是信任地询问阿辽沙："按照宗教教义，难道我们死后真的都能复活，彼此重新相见，看到所有的人，也看到伊柳沙？"听到这个问题，阿辽沙"半是玩笑、半是欣喜"地回答道："我们一定能复活，一定能彼此相见，高高兴兴、快快活活地互相讲述经过的事情。"（第908页）

这些孩子的人生将如何展开？真的会像阿辽沙预言的那样，有一次命中注定的未来重聚？也可能，阿辽沙的话仅仅是该场合下应景的安慰？他自己接下来又会经历些什么？这些问题都没有明确答案。

这本大部头杀青之后，陀氏身心俱疲，计划休一个两年的长假，然后再开始创作小说的续篇。对于这部未完成的小说，陀氏并没有留下明确的方案，所以，相关的信息只能依赖作家的遗孀，也就是他的第二任妻子安娜·格里戈里耶夫娜。安娜在其《回忆录》中表示，在这部计划中的小说里，"几乎所有人物都将在二十年的沧桑后重新登场，时代设定几乎就与我们同时"。①

在《卡拉马佐夫兄弟》开头"作者的话"中，陀氏两次提到，书中未完成的故事将在十三年之后重启。当然，作家很可能会改变主意。格罗斯曼曾引用陀氏妻子的说法（不过他并没有说明其出处）："二十年时光飞逝，时光之钟已经走到十九世纪八十年代。阿辽沙已不复是少年。他的成熟体现在其所经历的复杂情事之中，其对象是一个名叫丽莎的女子。德米特里则刚刚服刑期满，踏上了回乡之路。"②

一位给陀氏撰写传记的奥地利人妮娜·霍夫曼（Nina Hoffmann），对此提供了更加丰满有趣的细节。她的著作出版于1899年，而与此相关的记录则得益于对作家遗孀的亲自拜访：

---

① 安娜《回忆录》，第340页。
② 格罗斯曼《陀思妥耶夫斯基传》，第586页。

佐西马长老的遗嘱其实就是作者对阿辽沙的未来规划：去更广大的世界，去经受属于自己的苦难乃至罪愆。阿辽沙先是与丽莎结婚，后来又离开丽莎投入了格露莘卡的怀抱。格露莘卡激起了阿辽沙身上"卡拉马佐夫兄弟式的情欲"。在一系列狂风暴雨般的背德、怀疑与弃绝之后，阿辽沙再次逃离一切返回修道院——他没有养育自己亲生的孩子，却跟修道院孤儿们朝夕相处。阿辽沙热烈地爱着这些孩子，竭尽全力引导着他们。①

作家在其最后岁月里，曾接受过一个叫苏沃林（A. S. Suvorin）的人的若干次拜访。根据苏沃林的证言，陀思妥耶夫斯基打算"让阿辽沙走出修道院并最终成为革命者。他先是在政治上犯了幼稚的错误，然后被逮捕；他将继续寻找真理，并在寻找的路上自然而然地趋向于革命"。弗兰克引用了苏沃林的证言并进一步指出，阿辽沙将成为"典型的俄国社会主义者"，甚至"一个无政府主义者。于是，我们纯洁的阿辽沙将去刺杀沙皇"。②

针对安娜与苏沃林的不同描述，赖斯（James Rice）倾向于信任后者，也许那才是陀思妥耶夫斯基对这部未完成小说的最后设想。③ 赖斯提醒人们注意，在陀氏生命的最后几年，发生过好几次针对沙皇的行刺（虽然都没有成功）——陀氏去世一个月后，沙皇果真遇刺身亡了。这样的主题一定曾引起作家极大的兴

---

① 妮娜·霍夫曼《陀思妥耶夫斯基研究传记》（*Th. M. Dostojewski. Eine biographische Studie*），第 427 页。
② 弗兰克《陀思妥耶夫斯基：文学的巅峰，1871—1881》，第 727 页。
③ 赖斯《陀思妥耶夫斯基的最后时光：想象〈卡拉马佐夫兄弟〉续篇》（"Dostoevsky's Endgame: The Projected Sequel to *The Brothers Karamazov*"），见《俄罗斯历史与故事丛刊》（*Russian History/Histoire Russe*），33：2006，第 45–62 页。

趣——他本来就喜欢将社会事件融入小说情节。当然，我们也知道，作家在写作过程中会放弃最初的设定。比如在《群魔》里，激发他创作的那个事件，最后仅仅成为小说的一个背景。①

除了以上两种猜想之外，有关这部未写就的小说，依然还有另一种的可能性。1880年6月8日，陀氏做了那次著名的"普希金演讲"，同时正忙着结束《卡拉马佐夫兄弟》的创作——此时距作家去世还有半年时间。据说，他曾跟几个朋友聊到过该话题："我将创作一部新小说，或许我会称其为《孩子们》(Deti)，然后我就可以去见上帝了。"② 斯拉维特斯基（Alexei M. Slavitsky）也证实了这一说法；他是专门撰写儿童读物的作家，陀氏曾跟他多次探讨相关问题。这位儿童作家透露，陀氏小说名为"孩子们"，小说的主角将是以前作品中出现过的那些孩子。③ 斯拉维特斯基带陀氏参观了几所学校和儿童矫正机构；甚至在其创作《卡拉马佐夫兄弟》之前，就向他推荐了教育学方面的书目。陀氏还向此人询问，从心理的成熟度来说，孩子是否有卧轨的可能，就像他的小说中郭立亚所做的那样。两人还讨论了孩子们之间所建立的兄弟情义有何特点，这也是在《白痴》中作家纠结过的问题（第一卷第六章）。

《卡拉马佐夫兄弟》里，阿辽沙曾扭转过孩子们对伊柳沙的

---

① 挪威学者 Geir Kjetsaa 也指出："陀氏也许真的构想过，让阿辽沙在《卡拉马佐夫兄弟》的续篇中成为一个革命者，犯下一桩政治上的罪行——正如苏沃林为我们描述的。然而，这一切并不是作家最终的计划。最近，对作家日记的最新研究，以及对陀氏小说内在逻辑的分析，让我们有理由为上述情节打上一个大大的问号。"参见《陀思妥耶夫斯基：一个作家的生活》，第355页。

② 转引自《陀思妥耶夫斯基档案》，第252页。

③ 转引自《陀思妥耶夫斯基档案》，第252页。亦可参见陀氏1878年3月16日写给米克哈伊洛夫（Mikhaylov）的信件，以及弗兰克《陀思妥耶夫斯基：文学的巅峰，1871—1881》，第390页。

成见；类似的是，《白痴》中的梅诗金公爵也通过努力，让村里的孩子爱上了那个被人唾骂的姑娘，并热情地帮助她。不过，公爵在彼得堡社交界里收获寥寥，他迷失在现存的道德与精神体系之中，郁郁不得志。阿辽沙亦复如是，虽然他没有公爵那么迷茫，但却总是在成人事务上碰壁：他没能阻止针对其父亲的谋杀，也没能避免他的兄弟伊万走向疯癫；对另一个兄弟的流放，他同样无能为力。阿辽沙在成年之后会变得更有作为吗？更进一步的问题是：孩子们的友谊能为成年人的兄弟情义打下基础吗？遗弃了对基督的信仰之后，人们之间还能真正实现兄弟般的爱吗？诸多疑问，都有待于在陀氏未写就的小说中进行探索。

作家同代人关于这部小说的描述有着颇多的不一致，但仍能梳理出一些共同特点。譬如，小说肯定是关于十二个男孩子的，当然是在他们经过二十年的时光历练之后。也正如陀氏在"作者的话"中许诺的，阿辽沙将是这部未来小说的绝对核心；他将在读者的注视之下变成"彻彻底底的罪人"——罪行的具体内容或许包括他为了德米特里的妻子格露莘卡而抛弃自己的发妻，或许还包括他对沙皇的行刺。但无论如何，对阿辽沙的审判将比对德米特里和伊万的审判更为艰难。《罪与罚》结尾处，陀氏曾对主角拉斯柯尔尼科夫作出过如下评论："新生活是不会白白到手的，他（拉斯柯尔尼科夫）要为它付出高昂的代价才成，在未来的岁月他必须为它出很大的力……"（第646页）。这话同样也适用于阿辽沙。《卡拉马佐夫兄弟》一开始，作者就将阿辽沙设定为一个求圣之人。神圣性意味着最高价值，而朝向最高价值的登攀，定然会逾越既有的界限。而这番攀登与超越之后，阿辽沙到底会看到什么？

如若阿辽沙"行刺沙皇"并非一种象征意义上的表述，那么他的罪就足以被处以极刑了——而这也将意味着整个故事的终局。如此一来，普鲁斯特所总结的陀氏小说的内在模式"罪与罚",会在这部未写就的小说中再次复现。① 当然,我们已经知道,即使在《罪与罚》这部同名小说里,作者依然给予了拉斯柯尔尼科夫悔过和新生的机会。应该料想,无论在别人看来怎样逾越界限,怎样大逆不道,阿辽沙同样会拥有悔过与重生的契机。无论他怎样彻底地失去了纯真,怎样离经叛道、浪迹人生,他都有回返真我的机会。阿辽沙甚至有极大可能成为英雄——不是那种革命英雄,而是完全符合陀氏整个世界观的英雄——这是陀氏本人都没有做到的事情。

至于这样的英雄究竟该如何描述?我们可以从作家的最后日子里找到线索。弗兰克在其著作中对此提供了最详尽的记录。意识到自己时日无多,陀思妥耶夫斯基召集家人们——他的妻子安娜,女儿柳博芙,儿子费迪亚来到自己的床边,

> 他要求儿子费迪亚捧起《新约》并朗读有关浪子回头的故事。柳博芙后来回忆到:父亲叮嘱他们,如果有朝一日他们犯下过错(此处所使用的俄语词 prestuplenie 比罪的范围更广),一定要像信赖父亲一样信赖上帝,要向上帝虔诚祈祷;上帝定会宽恕你,并为你的悔改而欣喜,就像故事里迎接浪子归来的父亲一般。越界,悔过,然后宽容——这样的三部曲,就是作家在临终前想要向孩子们传达的遗训,也是他自己对人生意义问题、对自己著作所传递之信息的最后理解。②

弗兰克准确地抓住了陀氏的意愿,这的确是作家最想告诉孩子们以及读者诸君的。鉴于圣经中的这个传说一直为陀氏所偏爱,弗兰克恐怕还没点破其最重要的价值:与经常为人提及的普罗米修斯或浮士德传说相比,浪子回头的故事更能揭示人性的本

---

① 参见普鲁斯特《陀思妥耶夫斯基》,第381页。
② 弗兰克《陀思妥耶夫斯基:文学的巅峰,1871—1881》,第748页。

质，也更能展示人们的命运与希望。陀氏曾指出，这个故事虽然闻名，但迄今为止，它并没有得到现代思想家群体应有的重视。《卡拉马佐夫兄弟》中所安排的如下细节，一定也是想体现这样的忽视：伊万在提及该故事时，不单单误解了其第一个因素，越界，也省略了其最后一个重要步骤，宽容。

在"反叛"一章中，伊万曾向阿辽沙讲过里夏尔的故事，他刚刚在日内瓦被处死。里夏尔是个私生子，六岁时便被遗弃到瑞士的牧民中间。他就像一个小野兽一样无人照料，牧民们还使唤他放养牲口。伊万描述道："那几年，他就像福音书中的浪子，极想吃一点喂猪待售的面糊，可是人家连这也不给他，当他从猪那儿偷吃时还要挨打；就这样度过了他的整个童年和少年时代，直到长大成人，有了力气，便开始偷盗。"（第284页）最后，他终于因为抢劫财物并杀人而被判死刑。

行刑前，仁慈的太太们、基督教兄弟会的成员们纷纷赶来。他们教里夏尔读书写字，跟他讲解福音书，启发他进行忏悔。里夏尔照着做了，整个日内瓦无不为之落泪："你是我们的兄弟，你是有福的。"里夏尔自己也感动得稀里哗啦。行刑当天，他痛哭流涕，不断念叨着："这是我最美好的一天，我要去见上帝了！"人们聚集在刑场，目送着他被押送到行刑台前的断头机下。"于是，"伊万总结道，"赢得兄弟们无数个吻的里夏尔兄弟被拖上行刑台，置于断头机下，因为他也得到了赐福而被当作兄弟一般砍掉了脑袋。"（第285页）

"浪子"一词源自拉丁语前缀 *pro-* 和单词 *ago*，前者意为"为了"或"向前"，后者意为"去行动""去移动"或"去做"。于是，可以将"浪子"理解为"往前移动""向前迈进"。也就是说，"浪子"一词涉及对界限的跨越；这里面有着越界的行为（正如老年陀翁叮嘱其孩子们的话），也有着朝圣之旅上精神的提升。

里夏尔的例子，揭示了伊万对圣经故事的错误理解。里夏尔是不良环境的受害者，而不是朝圣者——他没有跨越界限，也没有寻求精神上的提升。关于浪子，更恰当的例子是拉斯柯尔尼科夫；因为他的反抗逾越了固有的边界，抵达了人性的极限。我们理解的朝圣者，是那些远离家园在旷野和乡村游荡的人，是向着远方的圣地挺进的人。当这位退学的大学生犯了重罪，然后在十字路口俯身亲吻大地的时候，路人仿佛看到了一个前往耶路撒冷的朝圣者（第619页）。

严格说来，"浪子"一词本身并不必然预示着回归，只是人们通常会将"浪子回头"看成一个必然的过程。里夏尔找到了从荒野回归人类社会，尤其是基督教社会的道路，这就是伊万所理解的浪子——当然，里夏尔最终还是被他的"兄弟们"处死了。

笔者并不认为里夏尔的故事暗示了阿辽沙今后的道路，因为伊万所讲述的故事中缺乏宽容与和解这两个关键的要素。对阿辽沙后续人生的揭示，恐怕还是要回到福音书的传说里。传说的主要人物是富有的父亲和他的两个儿子。小儿子要求划分家业，悲伤的父亲应允了他的要求。不料小儿子带上自己所分得的家产远走高飞，在异国他乡肆意浪荡，耗尽钱财。为了生存，他只得给当地的农场主干活，帮人家喂猪。饥渴难耐时，他恨不得拿猪吃的豆荚充饥——可连偷吃猪食也会被人打骂。跌入绝望谷底的小儿子终于想到了自己的老父。他落魄地回到家乡，向父亲认错："父亲，我得罪了天，又得罪了你，从今以后，我不配称为你的儿子，把我当作一个雇工吧！"①

看到自己迷失的孩子回家了，老父亲早已怒气全消。他拥抱并亲吻了儿子，命仆人们赶紧给儿子沐浴、更衣，这代表着彻底的宽恕。"把那肥牛犊牵来宰了，"父亲说道，"我们可以吃喝快

---

① 详见《路加福音》，15：11-32。

乐。因为我这个儿子是死而复活，失而又得的。"

大儿子此时刚好干完农活。在回家的路上，他听到作乐跳舞的声音，便问仆人是什么事。知道真相后，大儿子气得不愿意踏进家门。父亲就出来劝解他，他回答道："我服侍你这多年，从来没有违背过你的命，你并没有给我一只山羊羔，叫我和朋友一同快乐。但你这个儿子和娼妓一起吞尽了你的产业，他一来了，你倒为他宰了肥牛犊。"

父亲耐心地跟大儿子解释："儿啊，你常和我同在，我所有的一切都是你的；只是你这个兄弟是死而复活、失而又得的，所以我们理当欢喜快乐。"

这个故事里的浪子形象，也许才能代表陀思妥耶夫斯基小说中所要传达的思想。陀氏在临终时对孩子们提起越界这个深奥的话题一定是特意的。作为老父亲，他想必有着狡黠的智慧，他会设法让孩子们懂得：为了变成真正的男子汉，他们必须跨越许许多多的界限。无论是否情愿，我们都必须离开属于自己的伊甸园——父母的怀抱。整个生活是一场颇为严酷的考验，它时时迫使着我们去行动，而行动就有可能跨越既有界限和许可范围。然而，死亡绝非结束，越界也不是终点。对人性的考验不单引诱我们僭越世俗的界限，更难的在于，越界之后，我们必须找到某种方式重返俗世，重新与他人、与上帝站在一起。

陀氏认定，第二个步骤，也就是悔改，比越界更至关重要。同样，给予怜悯也要比主持正义更难。对于人性而言，正义的到来虽然艰难，更艰难的却是悔改与宽恕。说出"我不配称为你的儿子"这句话，是最为艰辛的过程。罪人要有勇气彻底地忏悔，他人也要有能力去宽恕。也许我们每个人，都渴望能不被抛弃，能有幸成为那个归家的浪子。

离家与归家

笔者不确定,陀思妥耶夫斯基是否看过伦勃朗的画作《浪子回头》——他极可能看过。自从 1766 年叶卡捷琳娜大帝获得此画,它就一直陈列在圣彼得堡的修道院博物馆。这幅辉煌宏伟的艺术品,既深入俗世,又超越凡尘。陀氏本人热衷于去各地鉴赏艺术杰作,也提到过伦勃朗其他几幅作品,因此,《浪子回头》这幅画,他想必也曾目睹,他一定会从其中发现跟自己关心的主题相契合的地方。

伦勃朗留下了大量有关圣经题材的作品。《浪子回头》的创作时间恰在画家去世前不久,可以说是他为自己的宗教信念所树立的一座纪念碑。这幅画作也是他对自我人生的沉思,正如陀氏的相关思考一样,其所传达的内容不可能让人感到轻松。伦勃朗的三个孩子在婴儿时期夭折,唯一长大成人的孩子提图斯(Titus)也在画家去世十一个月之前撒手人寰。画家的妻子萨斯基亚(Saskia),画家后来与之共同生活过的另外两个女人,也都先于画家离世。甚至有研究指出,画家最后一个儿子的死,正是发生在他创作《浪子回头》期间,因此,这幅画作也永远停留在未完成的状态。

在俄语中,"浪子"一词——*bludny syn*——意为"有罪的孩子"。① 与陀氏一样,伦勃朗常常意识到自身的罪孽。他早期的画作《与萨斯基亚的自画像》("Self-Portrait with Saskia",在画中,他一只手拥抱着坐在自己大腿上的萨斯基亚,另一只手则与某个画面之外的人举杯相庆)像是对浪子形象的极致展

---

① 陀氏在《死屋手记》中也引用过这一短语(第一卷第一章),他在那里所描述的亲人之间的仇恨,最终成了《卡拉马佐夫兄弟》的主题。

现。① 在其与萨斯基亚这个富家女的婚姻之初，伦勃朗从不惮于享受肉体上的欢乐。他的住所豪华，生活上花销很大。后来，妻子在生下提图斯一年之后亡故，伦勃朗的生活也陷入困境，负债累累。他的余生充满失望与沮丧，却在此过程中瞥见了生命真正的价值所在。浪荡与挥霍不再能够吸引画家，他找到了更重要的事。

当伊万讲述里夏尔的故事时，他想到的是《新约》里的那个浪子。不过，两者之间仅有表面上的关联：里夏尔和《新约》里的浪子都落魄到偷吃猪食的地步。卢云指出了浪子归家故事里的本质特征："每当我想要寻求无条件的爱而不可得，我就是浪子。"② 在卢云看来，浪子归家故事的关键并不在于挥霍青春与财富，而是关系到人类最高的追求。在追求的路途上，人们很容易走上弯路、邪路，而回归正途的标志，就是悔罪与宽恕。浪子离家出走绝非一时兴起，而是反映了我们至深的精神需求：寻找自我的独立空间。由此而言，离家是痛苦，也是必需。当新约中的浪子向未曾去世的父亲索要家产时，他便泄露出一种隐秘的欲望——伊万曾在法庭上表达过这一欲望："人人都希望父亲死……"（第809页）该表达当然不能从字面意思来理解。我要走自己的路，父亲是最大的障碍；必须冲破父亲的束缚，必须冲出他所代表的旧的家庭与价值观，才能真正实现自我。我必须去往远方，在那里，我不再作为父亲的儿子而存在，人们也不再以父亲的眼光来评判我，而是把我当成我。

浪子对父亲象征性之死亡的期待，与他离家出走的愿望，都不一定是罪。浪子的路实际上就是每个个体要走的路，是个体建

---

① 该画作有两个名字：《与萨斯基亚的自画像》或《浪子与妓女》。陀氏应当在德累斯顿的历代大师画廊看过该画作。在同一座美术馆，他还看到了拉斐尔的《西斯廷圣母》和克劳德·洛兰的《阿喀斯和伽拉忒亚》。

② 参见卢云《浪子复返：一个归家故事》（*The Return of the Prodigal Son: A Story of Homecoming*），第43页。

立真正自我的努力。只要你还想挖掘自我的潜能，此种努力就不会终止——要知道，从亚当、夏娃，从该隐、亚伯开始，这样的尝试就一直在持续。① 里夏尔的故事与此无关。而陀氏所描述的未来作品中，阿辽沙或许会走上同样的道路。

离开父亲的庇护绝不轻松，更难的，则是所谓的"做自己"。一开始，逃离会让人有自由畅快之感。但马上，异样的沉重感就会袭来，尤其是当我们希望变得更高贵、更纯粹的时候。接下来，世界的阴暗面与自我的匮乏感将接踵而至，让我们陷入沮丧的深渊。再后来，如果你像阿辽沙一样追求宇宙真理与人生意义，你就会撞上一堵墙，那是地下室人曾警告过读者的墙，也是伊万曾对读者抱怨过的绝望之墙。当我们面对这样一堵墙，当我们站在绝望的深渊之上，我们该怎么办？据说阿辽沙也将面临如此的处境。陀氏自己也明白下面这个问题有多艰难：如何在绝境中重拾希望？

伊万在这深渊之上一蹶不振了。我们有什么理由能期待阿辽沙越过这一关？阿辽沙的不同之处在于，他一开始就对生活充满信念，渴望去奉献。他坚信自然与超自然的秩序，坚信生活有意义，更坚信上帝的存在。伊万则坚持要反抗，他拒绝信仰，更拒绝那个冥冥之中的造物主。然而，摒弃了阿辽沙的信念之后，一个人还能如何面对这世界？或许可选择的道路只剩下两条：要么依赖理性，相信理性能安顿好一切，要么陷入绝望，在他人与世界面前被无力感彻底击溃。伊万从第一条路慢慢滑向第二条路，因为他渐渐发现，理性并不足以理解人生，更不足以改造世界。他终于放弃了大法官的雄心，决定"退还入场券"。

---

① 马丁·布伯声称"决意行善……意味着出发去往神圣之域"；参见《善与恶》(*Good and Evil*)，第 87 页。在《人与人》中，他又将"善"定义为返归家园的行动。

这部未写就小说的主要篇幅,将用来呈现阿辽沙、郭立亚及其他孩子的努力:他们力图改善世界,重整乾坤。最后,他们将意识到——至少是阿辽沙会意识到——改善世界不过是梦幻泡影;并且,力图重整乾坤的努力有可能激发人心中的自大,并将善良的梦想引向邪路。在即将坠入深渊的刹那,童年时的记忆将再次拯救阿辽沙,让他重新找回谦卑的情感,从而放弃对权力与所谓进步的追求。就像《路加福音》中的那个浪子,他将想起佐西马长老的叮咛,他将返回修道院,在那里深切忏悔。

梅诗金公爵引述过耶稣这句话:"一个罪人悔改,在天上也要这样为他欢喜,较比为九十九个不用悔改的义人欢喜更大。"(第二部第四章)① 说到悔过,陀思妥耶夫斯基并没有解释这一行为的实质及其所带来的微妙影响,所以,请允许笔者求助于另一个人,他就是哲学人类学的鼻祖舍勒。与其他现代哲人(比如斯宾诺莎、康德或尼采)不同,舍勒并不认为悔改是一种无足轻重的消极行为。他甚至指出,悔过是自我复原的唯一形式,它可以让灵魂重新获取力量,将个体从罪恶感的重压下解救出来,或者让我们远离狂妄自大的危险。

在舍勒看来,哲人们之所以没有理解悔过的本质,是因为他们将悔过之对象当成了某件事。舍勒提醒我们,悔过,首先是一个正在悔过的人。因此,悔过的对象是这个人完整的存在,而不是某件偶然的事端。悔过的目的也不是要纠正过去的不义,而是要带来精神上的彻底转变。② 于是,悔过不仅让人更好地面对过

---

① [译注] 此处参见《白痴》(臧仲伦译,漓江出版社,2013年),第206页注释。另参《卡拉马佐夫兄弟》第二卷第三章。

② "[悔过]无法驱散在物质层面既已发生的事情及其后果,也无法改变被邪恶浸染的个体。所有这些仍旧存在于斯。悔过能彻底改变的是你的灵魂,是洗涤罪与恶之后的永恒之路。"参见舍勒《悔过与重生》("Repentance and Rebirth"),收入《人格与自我价值》(*Person and Self-Value*),第113页。

去，解放过去，还能提升自我人格，拥抱新的未来。最后，舍勒甚至作了如下断言："在道德世界，最具革命性的力量绝非乌托邦的幻想，而是个体的悔过。"①

无论是在圣经中还是在伦勃朗的画作里，父亲都无意惩罚悔过的儿子——颠沛流离的生活本就给了儿子足够的惩罚。父亲会宽容孩子所有的过错，天父同样也会宽恕阿辽沙。在陀氏的作品中，还有无数故事是在"悔过－宽容"这样的框架之内进行的，因此，我们有必要提炼一下其基本逻辑。

基督教看重宽容的力量，这不仅仅是从上帝与人的关系着眼，也涉及人与人的交往。在复杂社会中，人的行为具有不可逆性，行为的后果也无法预测。我们不能预见自己的所为会带来什么，这不仅仅是因为我们没有全知的视角，还因为（正如阿伦特所说）事件之流永远不会停止流动："单一事件会在时间中不断持续，直到人类消亡为止。"由当事人所触发的事件之流"从没有明确的结果，甚至连当事人也无法把握其实质——对事件的盖棺定论也许只能交给历史学家多少年后的考证"。② 正因为一切难有定论，宽容与悔过才能赐予你以心魂的自由："我们所作所为的后果将永恒持续。如果没有宽容，我们将被这些后果永远限制，成为无休无止的事件之流的囚徒。"③

无论是悔过还是宽容，其所对应的对象都不是某个事件，而

---

① 舍勒《悔过与重生》，第113页。
② 参见阿伦特《人的境况》，第233页。类似观点也可参见舍勒《悔过与重生》，第95－96页。
③ 阿伦特《人的境况》，第237页。在第239－240页，阿伦特摘录了《路加福音》（17：3－4）的句子："若是你的弟兄得罪你，就劝戒他；他若懊悔，就饶恕他。倘若他一天七次得罪你，又七次回转，说，'我懊悔了'，你总要饶恕他。"阿伦特认为，这段话中的"得罪"（古希腊文 hamaranein）应该翻译为"越界"，因为它指的是个体的"迷失""沉沦"，而不是犯罪。

是事件中的人。在阿伦特看来,悔过与宽容还有另一处共同点——爱的联结:

> 宽容这一行为不一定是私密的,但它总是在创建一种人与人之间的关联:朝向做了那件事的那个人。耶稣当然也把握住了宽容的这一实质……可以猜到,只有爱这一情感才有能力去播撒宽容。在一个人的一生,爱是罕见的;它拥有无与伦比的提升自我的力量,也拥有超越尘世的眼光,去看透那个被爱的对象,无论他成功与否,无论他有多少缺陷。充满激情的爱,能超越那将人们结合又将人们彼此撕裂的理性之纷争。①

悔过与宽容,以及随之而来的希望,就是陀氏回应伊万之挑战的答案。它们都导向自我态度的转换,也导向自我的提升乃至重生。对于重生,陀氏并没有进行细节上的描述。心理学家荣格倒是将重生这一概念划分出了五个样态:

(1) 灵魂的转世或转化。根据印度教和佛教教义,生命会以各种存在形式(不仅仅是人的形式)延续下去。转世就是不同形式之间转化的方式。当然,这并不意味着不同形式之间一定有连续性,更不意味着统一的自我。

(2) 投胎,或重生为人。人的特质被延续,同样延续的还有我们的记忆。有关前世的记忆会在一些特别的时刻部分甚至完全地浮现。柏拉图的"回忆说"就是类似的理论。

(3) 复活,或在死后又重新存在。这一观念对基督教而言尤为重要。它不再把前面所说的重生理解为一个物质的进程;它认为,死亡意味着某种不朽的精神状态。

(4) 净化(Renovatio),或在个体生命的范围内重生。一方

---

① 阿伦特《人的境况》,第 241–242 页。

面，该观点在多神教中尤其常见，当然，陀氏那个时代的东正教同样也持此态度：重生是同一个体的净化（在此过程中个体的身体仍保持同一）；个体臣服于某种神秘的力量，在其引导下获得精神上的复原、强化或升华。另一方面，按照基督教的说法，自我更新要更为彻底，甚至也包含物质方面的转化。这方面最著名的例子当然是基督之变容，以及基督肉身上的来源——圣母升天。

（5）间接的重生，或是参与了转化的过程。一个人目睹或亲证了某次神圣的转化仪式，比如基督教的弥撒。在参与了这样的仪式之后，个体同样也能领受神恩的光辉。[①]

陀氏所谓的重生和复活，融合了上述第三、第四和第五个样态。就算将重生的意义简化到极致，它也包含着关键的一点：个体意识上的擢升。而若是往最深层挖掘，重生就可以囊括阿辽沙对郭立亚的承诺：死而复生。[②] 通常，陀氏会更倾向于某种介于重生与复活之间的状态，此状态更为朦胧不定——也许可以用孩童的状态来类比。众所周知，孩子需要学会成长，变成大人；大人也需要学习重新变为孩子，正如圣经中说的那样。从象征的意义上总结：我们先要离家，然后再找到回家的路。必须重建自我，必须谦卑到极致，以摒弃身上的骄傲，摒弃控制生活、逃避死亡的企图。尤其是要终止扮演上帝的野心；相反，我们要像孩子一样，要把自己完全交给生活，要信任造物主的安排。[③]

[①] 荣格《追问重生》（"Concerning Rebirth"），该文收录于《原型与集体无意识》（*The Archetypes and the Collective Unconscious*），第113-115页。亦可参见伊利亚德《神圣与世俗：宗教的本质》，第68-159页。

[②] 在通信中，陀氏明白无疑地表示，自己相信"真正意义上的个体的复活，相信这样的事一定会在我们脚下的大地上发生"；相关的讨论参见斯坎兰《思想者陀思妥耶夫斯基》，第24-56页。

[③] 特尼森最精彩地展现了陀思妥耶夫斯基对重归孩童时代的渴求，参见其著作《陀思妥耶夫斯基》，第81页。

重获归属感

在伦勃朗的画作中，我们能够辨认出哪个人物？

我想，观者首先注意到的，恐怕是画面中心的浪子——整幅画也是以他来命名的。我们假设，这样一个浪子终会找到回家的路，会得到父亲的宽恕与拥抱。

继续对画作进行沉思，我们就会感受到浪子的艰辛：他怎样从高傲变为谦卑，怎样鼓起勇气归家并寻求宽恕。另外，父亲的角色同样包含着沉重的因素：他最爱的孩子曾公开背叛他，甚至希望他早点死去。如今，孩子穷困潦倒地回来了。难道父亲不该给孩子一些惩罚，让他吸取教训吗？

我们不知道以上想法是否曾浮现在父亲的脑海。不过在圣经文本中和伦勃朗的画作里，我们能感受到的只有如海洋般博大的宽容与爱意，这爱意集中体现在父亲与儿子的拥抱上。在画面上，这对父子的形象形成了鲜明的对比：不同的年龄与社会地位，迥异的姿态与衣着……衣衫褴褛、头发剃光的儿子，的确是如假包换的猪倌。卑贱感已经侵入了他存在的核心。如今，他将自己的脑袋，也将自己曾经高傲的自我投入父亲的怀抱里。

越是长久地凝视这幅画，越是会发现：父亲才是这个寓言故事中真正的英雄。他对儿子的慈爱与宽容经由其身姿而展露无遗：那温柔地揽着儿子后背的双手，那面庞上散发出的亲和沉静的光芒——这些，才是画作最想要表现的。看上去，父亲的眼睛微闭，似乎已因年老而昏盲。但在堕落的儿子面前，他的心却完全敞开着。儿子迷失又重新回归，儿子死去又重新复活——有如此好事，夫复何求？

对于父亲而言，棘手的是怎样安抚大儿子的情绪。与圣经故事中将大儿子放在另一个场景的处理方式不同，伦勃朗直接将其安排在画面中，只不过与两个主要人物隔开了相当的距离。这距离是如此显著，以至于看起来，大儿子还没有旁观的邻居更关心这件事。从画面上我们能感受到大儿子与父亲之间遽然出现的隔阂，这隔阂要甚于小儿子与父亲衣着上的差别。大儿子身上的衣裳与父亲类似，两人的隔阂完全体现在姿态上：父亲弯曲的腰身与伸开的手臂，展现了他想要拥抱小儿子的急切心情；而大儿子则远远站在一旁，僵直如木——他绝对不想触碰任何人。

德米特里经历了让人如坐针毡的初审，以及那个奇怪的梦之后，仍然向预审推事热情地伸出双手。可惜对方拒绝与他握手。伦勃朗画笔下的大儿子，此时应该有着与预审推事类似的心境。作为长兄的他，一直忠心耿耿地服侍在父亲身旁。他忍不住想要严厉审判突然回来的浪荡弟弟。此刻他有被父亲背叛的感觉，他搞不懂，父亲怎么轻易就原谅了弟弟。

伊万恐怕会跟大儿子一样愤恨。不过是混不下去的浪子回家了，有什么可庆贺的？浪子的归来能给家族带来什么益处？谁能担保他不会再一次挥霍家产？

陀思妥耶夫斯基会这么回应：确实，没人能担保什么，但浪子归来本身就值得庆贺。浪子的悔过与父亲的宽容，让他有了新生的机会，有了开启新生活的可能。说浪子重拾了过去的天真懵懂是不恰当的，也不能说痛苦的遭遇导致了他性格的彻底转变。更精确的表达是：经过一系列的经历，他得到了一种不一样的纯真——以成熟为基础的纯真心境。

浪子虽已归来，但他在肉身和精神上还没有一劳永逸地安居于家园。当浪子跟随着归乡的召唤回到父母身边，还有另外两个召唤等待他的回应。其一就是感恩的召唤，也就是在接受之后理所应当的给予。浪子当然有愧于父母，他应当报恩。然而，无论怎样的感激都无法与父母对他的付出和宽容相提并论——这是感恩之难。①

于是，对父母的感恩之心必然引导人们认识到：自己无法给予父母对等的回报。那么，该怎么办？陀氏再次为人们指明了道路。在回应了归家与感恩的召唤之后，浪子就会听到进一步的召唤：成为"父亲"。恐怕，这是所有召唤中最困难也最让人迷惑的一个。在《卡拉马佐夫兄弟》这部小说里，在伦勃朗的画作里，母亲的角色基本都不在场。但卢云提醒读者注意，观赏伦勃朗更多的作品后，我们也许会意识到某种象征性：画作中的浪子实际上也代表着迷失的女儿；而父亲身上也兼有母亲的角色，象征着普遍意义上的父母——而所谓普遍的父母，再向上提升一步，就是天父。② 我们该如何理解天父这一角色呢？他的本质是什么？他与人类的复杂关系又该如何表述？

学者吉尔森关注的是，从中世纪到现代社会，传统基督教的上帝观念经历了怎样的转变。他的结论是："上帝在圣托马斯·阿奎那看来是存在的无垠之海，而在笛卡尔看来则是拥有无穷动力的人工喷泉。"③ 对阿奎那而言，基督教之上帝的本质就是存在，而不是创造（虽然他有能力创造，也曾经创造过）。而笛卡尔则坚信，上帝是第一因：他以自己的全知、全能、全善，将万

---

① 卢云认为，感激之召唤，其核心就是认识到"整个生命都是纯然的礼物"；而感激与怨气总是相悖的："信任天然伴随着感激——它们的反面则是怨气。怨恨与感激水火不容，并且，怨恨也会阻止我们对作为礼物的生活的觉知。"《浪子复返：一个归家故事》，第85页。更多讨论参见齐美尔散文集《忠诚与感激》，第379-395页。

② 这一点也是卢云所曾论及的，《浪子复返：一个归家故事》，第99页。又及，茨威格《三大师：巴尔扎克，狄更斯，陀思妥耶夫斯基》，第186页："我们越是深入伦勃朗的绘画或陀氏的小说世界中去，就会越早发现那个能解答物质和精神领域所有谜题的简单答案：普遍之人性。"

③ 吉尔森《上帝与哲学》，第87页。

事万物带进存在。

陀思妥耶夫斯基对至圣之存在的描述并非前后统一。总的来说，他采取的立场更接近于阿奎那，但包含着矛盾之处。首先，陀氏反对阿奎那对上帝存在的论证。陀氏心中的宗教不是抽象的逻辑，而是一种直觉；而真正的信仰也不要求证据（或奇迹）。"世上有许多东西我们看不见，然而作为补偿我们被赋予一种神秘而宝贵的感觉，感觉到我们与高高在上的另一个世界保持着密切的联系。"（第378－379页）神圣存在的本质或许就包含着晦涩、矛盾的色彩。陀氏非常赞赏中世纪的一位神学家和哲学家，库萨的尼古拉，后者以 *coincidentia oppositorum* 来概括他对上帝的理解。① 笔者猜想，陀氏恐怕也会支持怀特海的宣言："上帝就是至高的无限性，上帝之存在就是至高的不合理性。"②

天父或所有父亲的这一"不合理性"，让寓言故事中的大儿子颇为神伤。同样因此神伤的还有伊万。后者的绝望在于：人道主义的进步怎么能仰仗上帝这个"对立统一"的纯粹矛盾？在伊万的价值体系中，只有消除对立才能实现进步，就像剥除谷壳才能得到麦粒，剥除恶才能实现善。也正因为此，对罪人的宽恕与仁爱丝毫无助于实现正义。罪人本应该得到应有的惩罚。

如果说阿奎那将宗教定义为神学，笛卡尔将宗教定义为宇宙学，那么在陀思妥耶夫斯基那里，宗教或许更类似于神话学。在他眼中，上帝无法与其所造之物分隔开来，而是人格化地内在于世界。只要你专注地深入陀氏的小说世界，你就能切切实实地感受到神圣性的在场——虽然很难用理性语言来定义。吉尔森有一

---

① ［译注］coincidentia oppositorum，拉丁文，意为"对立之统一"。
② 参见怀特海《科学与现代世界》，第249页。有关陀氏如何理解上帝，更详尽的讨论可参见琼斯《陀思妥耶夫斯基与宗教体验的动力学》（*Dostoevsky and the Dynamic of Religious Experience*）。

句跟陀氏无关的评论，其实很适合形容这位俄罗斯天才："上帝并不存在于对某个人生疑惑的解答里，上帝的涌现，往往是经由沉思性的体验：当我们面对浩瀚的大海、沉寂的群山与仲夏夜璀璨的星空时，这种体验就油然而生。"①

一个缺乏本质、不断流动的上帝，对现代人而言既陌生又困惑。如此的上帝本身就是悖谬，跟"人之谜"一样难解。伊万就对这样的上帝（包括上帝所创造的不正义的世界）无可奈何。加缪将伊万对上帝之创世的反抗，当成整个现代社会的困境；加缪还声称，面对着极端的悖谬，我们所能做的选择只有以下几种。其一是靠道德上的沉沦来逃脱这悲惨现实，费尧多尔选择的就是这条路。其二是通过犯罪来逃避现实，就像斯乜尔加科夫所做的那样。最后一种选择则是逗留于现实之中，承担起它所有的荒诞——伊万就是此类的代表，这样的选择即使没有将他逼疯，也会让他接近于不断推石头的西西弗斯。②

加缪并没有费力去探索所有可能的选择，这一点不言自明。我们从他的同代人，比如卡夫卡的著作里面，就能轻易地找到另一种可能。在卡夫卡的小说（比如《审判》和《城堡》）中，这位现代小说之父塑造了一种非常典型的人物类型：他们感觉自己是世界的异乡人，想要融入，却无论如何都不得其门；他们在精神上没有归宿——浪子想要归家，但早已无家可归。③

加缪与卡夫卡，也许还包括萨特、福克纳，都是二十世纪初对现代文明不满的代表作家。他们与心理学家弗洛伊德一样，感受到了现代人无家可归的处境。他们还更进一步发现，我们对家

---

① 吉尔森《上帝与哲学》，第 116 页。
② 参见加缪《西西弗斯的神话》，第 1–48 页。
③ 参见德国文艺批评家龚特尔·安德斯（Günther Anders）《卡夫卡》（*Franz Kafka*）。

园的追寻也同样徒劳无益。①

对于笼罩着现代人的无家可归与迷茫无助之感,陀思妥耶夫斯基会怎么说?虽然伊万也有类似的精神痛楚,但陀氏会把发言权留给阿辽沙。并且,作家会为阿辽沙设计一个加缪与卡夫卡所不曾设想过的命运。无论是加缪笔下的默尔索还是卡夫卡笔下的K.,②也许陀氏会首先提醒这些在荒谬与孤独中挣扎的人注意,信仰和希望是内心的一种态度,与我们所处的现实无关。信与望不关心世界的真相,而聚焦于个体如何与世界建立联系。或者可以说,信与望不是个体的私事,而是关系到人们所归属其中的社群。因为信仰,信徒不会活得像孤独的默尔索和K.那样。哈特曼的下述表达也说出了陀氏的意思,

> 信仰,以及共同的信仰所产生的团结,才是社群的基石。无论是官方还是民间的社群,都必须建立在共同的信仰之下。多疑之人很难融入这样的群体,因为他的多疑会将自己排除在信仰之外,同样也排除在社群之外。缺乏信仰的事业与缺乏信仰的个体都是致命的缺陷,都会导致精神上的分崩离析。而信仰者总是乐于合作的。与他人结成联盟,会让个体的力量联合、加强——有共同信仰的整体就像个体脚下那坚实有力的大地,可以承载他人生中的每一步。③

先是从母亲那里,继而是从佐西马长老那里,阿辽沙已经接

---

① 参见弗洛伊德《文明及其不满》,第9页。
② [译注] 默尔索是加缪长篇小说《局外人》的主人公,K. 则是卡夫卡《审判》《城堡》等一系列小说的主角。
③ 参见哈特曼《伦理学》,第二卷,第294页。陀氏同样也会赞同哈特曼的下述说法:信仰是"一种创造性的力量","信仰促使人发生转变,朝向善或者朝向恶——取决于人们所信仰的内容。这是信仰的力量,是它的移山之力。不信只能导致无能";同上,第295页。

受了一个永远不会抛弃人类，也永远不会脱离大地母亲的上帝。佐西马长老不是单枪匹马发现了信仰——他的信仰来自幼年时期，来自回忆亡故兄长对他的谆谆教诲。阿辽沙亦复如此。他将徒劳地寻觅完美的上帝，或一个理想的地上君主（在沙皇这个位置上）；最后，他将意识到童年记忆的珍贵，意识到长老曾经的指导多么有先见之明。这个任性的孩子终将认识到：并不是上帝向人类隐藏了踪迹，而是人类一意孤行地抛弃了上帝。上帝就像圣经中那个浪子的父亲，一直待在原地等待儿子的迷途知返。阿辽沙将回归修道院——那是他永远的家，永远的庇护所。根据安娜的证言，阿辽沙的余生将致力于陪伴那些修道院的孩子。也许从象征的意义上，这意味着阿辽沙成了"父亲"。他找到了从浪子变成父亲的道路——笔者坚信，这就是陀氏对这部未完成小说之结局的最后设想。

如此的安排是否意味着一个大团圆式的结局？一个历尽艰辛终于长大成人的漫长故事？

是，也不是。

浪子的寓言，说到底是一则有关回归的故事。倘若阿辽沙找到了回家之路，并做出痛彻心扉的忏悔，他就是完成了伊万所无法想象的事业。进一步，如果他又成了象征意义上的父亲，并在未来接纳那些归家的浪子，那么，他甚至有可能重建对生命、对上帝的信赖。在阿辽沙那里，对生命意义的追求不再是徒劳的旅程。阿辽沙将用行动证明，他对浪子寓言的理解与伊万完全不同。阿辽沙将成为仁慈的父亲，将成为肯定生活的典范——即使面对着满世界的恶。陀氏相信，即使浪子归来的故事没能抚平我们内心对生命意义的困惑，当我们将目光落在那位老父亲的身上，那驿动的心也一定会找到安宁。

问题在于，伊万以及同他一样多疑的人依然无法安宁。归来的浪子固然所得甚多，但我们在意的是更高的理想与希望。在向更高处仰望之前,不妨先来讨论一下希望的两大构成因素:期待,以及信赖。怀着希望,首先就意味着对未来某件好事情即将发生的期待。怀着希望,同样意味着相信所期待之事一定会实现。我们试着将当前的讨论与之前对"浪子"的讨论结合起来。期待大致含有两种不同的运动形式,一种向上,一种向前。向上的期待,意味着期待者希望更接近上帝,或与上帝结成一体。向前的期待则有着世俗的色彩,这样的期待与人类整体的进步息息相关。当然,这两种运动也可以结为一体,不过大部分情况下它们相互分离。

陀氏清醒地看到期待中所可能存在的幻觉与妄念。人们因为期待而进行的实践,太经常地让群体陷入失望甚至绝望的境地。事实上,人类社会最大的两个危险,一个是不切实际的理想,一个则是完全没有理想。

至于陀氏笔下的理想人物所呈现的信心,当然来源于之前提到的阶梯:美→爱→信仰→希望。对美与爱的赞美,将引导人们走向比自身更伟大的事物之中,引导人们去渴盼那美好的成果——它到底指的是什么?

陀氏对这一成果的描述非常谨慎,这里面有着如下原因。其一,且不论阿辽沙是否真的会变成悔罪的浪子与宽容的父亲,在这世上,迷失的孩子与愤恨的兄弟总是大量存在。伦勃朗虽然将自己的画作命名为"浪子归来",但他一定也明白:这幅画作同样也能以"仁慈的父亲张开双臂"或"长子的怨怒"来题名。

除了已经提到过的社会与心理因素之外,同样有一些宗教与超自然方面的因素,让我们无法把浪子的寓言理解成大团圆的戏剧。在宗教和超自然领域,对一个确定性结局的期待同样占据支配地位。宗教对来世的观念,通常用末世论或"最后之事"(the doctrine of the last things)来概括。而宗教信仰者对未来(或死后)的希望,也包含着整个世界的拯救和个体灵魂的救赎。在超自然的语境中，我们将末世论当作对人类历史之命定结局的解释。当然，这样的解释可能是乌托邦，也可能最终会贴近现实。在世俗语境中，末世论同样存在，不过表现为一种目的论的倾向——即认为意义是一种提前给予的目的。如此的世俗末世论，通常存在于线性历史观与线性时间观之中。①

在陀氏的小说世界里，那些失望的角色都认识到了历史现实主义的残缺不全。久久渴望的进步总是不见踪影，代替它出现的是无休止的动荡。或者说，现实中只有由偶然性组成的事件之流，其流动没有任何目标可言。伊万由此推理：如果世界历史不存在任何目的，那么个体的责任也不复存在，一切皆可为。

在对"历史终点"这一幻觉的批判上，佐西马长老也会全力支持伊万。但长老由此推导出的结论却大为不同。希望，长老会着重指出，绝非一个历史范畴。所以，虽然人类历史并不存在如滚滚洪流般不断向前的进步，但在偶然的事件之流中，仍有可辨认的个体成长。圣经中的浪子寓言，正是表现了个体典型的成长模式：离开与回归，跨越既有界限与重建新的界限。换言之，希望并不意味着既定历史目标的达成，而是指向个体的重生，指向从死亡到重生的生命循环。我们可以不再信任历史或宗教的整体发展，但必须对生命的重生保持信赖。

假如那部未完成的小说拒绝了大团圆式的戏剧结尾，主要的缘由一定是：作家本人并不相信任何确定的"结局"。相对于开端与终结，作家更关注的是生活之流，是对存在的神秘确证——尤其是在罪恶面前仍肯定生活。无论在小说还是真实的人生里，我们都不能在罪恶面前一叶障目。

当然，这并不是说要对罪恶视而不见。陀氏只是想鼓励人们

---

① 更多探讨可参见洛特曼《思想的宇宙：文化符号学理论》，第158–159页。

与世界建立信赖的关联。他向读者发出邀请,和他一起重建对生活、对自我、对世人、对自然乃至对上帝的信任。陀氏的阶梯(美→爱→信仰→希望)并不给出任何现成的保证,它只是提醒你去关注生活中无处不在的喜悦。美总是无用的,爱、信仰和希望亦复如是。它们不能帮你免于任何威胁。面对着世间的一切,我们就像无助的孩童。然而,类似于"发光的美德",它们能赐予生活以积极的意义。在人生的荆棘路上,只有信、望、爱与美,才能为你的存在创造价值。也只有这些,才能在这不完美的世界上给你带来归属感,而不至于无家可归。

现在还能确定的是,当陀思妥耶夫斯基声称阿辽沙是(或将成为)英雄时,他对英雄有着独特的定义。按照传统理解,英雄当然是高人一等的,而受害者则低人一等。受害者的人性总是被践踏的,总是被当成物而非人来对待;英雄则超越了普通的人性,成为超人或半神。陀氏请我们注意,受害者并非天生低人一等,而是被迫趴在了地上;英雄也并非天生高贵,而是被旁人举到了高处。

通常,我们会将英雄、施害者与受害者截然分开。但在陀氏看来,三者于根源处彼此通联:成为英雄的前提,是先成为一个受害者或施害者。这位小说家对自负的强大破坏力有深切感知,因此他强调,只有极度的谦卑才能成就英雄。只有那些被侮辱与被损害的人,或是那些能够忏悔自己对他人的伤害的人,才能真正理解人类的痛楚,才能真正和人类一起受难。

在世人眼中,英雄总是开疆拓土,一往无前。但陀氏笔下的英雄更多地面朝过去,他们的勇气在于修复那些破碎的心。他们可能并不带着枪与剑来到世间,到处伸张正义;他们最大的职责是抚平创伤,他们的"武器"仅仅是接纳与关怀。通常所谓英雄,只有少数人能担得起,因为英雄超越于常人之上。而陀氏心目中的英雄,则是每一个人都可以为之努力的目标:概而言之,这样的英雄就是能发展出精神性自我的个体。人人皆是独一无二的个体，但更重要的是，我们又都分有人性中最深的内核，这让个体可以朝向最高的价值迈进。看一个人是否伟大，其标准不是外在的、可衡量的成就，而是内在的、最高价值的实现。

人们通常认为，英雄有着勇于实践的魄力，这也是我们划分英雄与非英雄的标志。但在陀氏那里，英雄被定义为更具精神力的人。这样的英雄也许不能铲除不义，但绝对可以原原本本地接受人之为人的真相，接受他们所有好的坏的——所有人性能表现出来的。精神力是陀氏生命哲学的关键词，是他处理人生之谜的方法论。在面对层出不穷的罪恶时，精神力更是他保持乐观、肯定生活的力量之源。

后　记

　　伊万·卡拉马佐夫，这是俄罗斯作家陀思妥耶夫斯基所塑造的人物中最扰人的一个。他内心的挣扎体现了人们丧失精神家园的痛苦，这同时也是丧失人生意义的痛苦。罪恶如黑云压城一般，让脆弱的伊万彻底崩溃。这世界令伊万绝望，因为它默许那么多孩童不断遭受折磨。这世界在伊万眼里毫无意义，因为它是如此不可理喻，充满了不公不义。

　　坚定的现实主义倾向，让陀氏必须严肃对待恶的问题。罪恶在世间如此普遍，但作家仍希望为读者传递乐观的讯息：生活值得肯定，人们能够重新找到归属感，重新获取人生的意义。不过，陀氏在阐述这个乐观讯息时，远远不如他在描述现代性的绝望时那么具体、生动。在本书开端，我曾提到过自己的一项写作计划：构建陀氏的乐观主义思想体系。除了描述这一乐观主义的组成部分之外，我更想说明的是：这位小说家的乐观有何依据？在面对无可避免的罪恶时，乐观主义又如何自洽？

　　伊万强调，正是因为持续存在的无辜者的受难，人们才失去了对世界及其创造者的信任。信任的丧失带来的就是无家可归感——现代人成了游荡的异乡人。伊万的否定掷地有声：无论从理智上还是情感上，充满不义的世界都让人难以忍受。

　　为了回应伊万的挑战，陀氏申明：信赖世界，不一定要以世界本身的合理或正义为前提。信赖完全可以有别的依托。为了说明这一点，陀氏带读者沉浸地深入罪恶之中。恶常常伴随着对既有界限的逾越，但并非每一次逾越界限的行为都是恶（或罪）。也就是说，判断某件事是否为恶，并不是看它是否逾越了既定界限。已经建立起来的道德体系，其错误就在于：所有的道德诫命都是在劝阻人们不要跨越界限——这是片面化的表述，而非道德的真谛。逾越行为起源于人们心底的自由与欲望；这种欲望，简单说就是对新世界的渴求。人类的自然天性产生了如此渴求，因为一成不变的自我让人厌恶，我们总在祈求更高的境界。越界行为当然可以导致罪恶，但同时也是大量善行的动机。这是由于，既有界限很可能是不恰当、不公正的。取缔这些错误的界限，并建立新的界限，才是人类文明前进的呼声。

除了越界之外，陀氏也没有忽视人类的另一个真实的需求：渴求秩序、稳定与安全。一切破败都将得到修补，一切病弱都将得到医治，一切僭越都将得到整饬。作为越界行为之后的回归或复返，陀氏强调了重建界限的必要性，它能带给人们以秩序、稳定与安全。作家以从死亡到重生的象征性循环来象征该过程——这里面包含着陈腐者的自我更新。

如此这般的复返和重建，并不需要依赖理性与正义来推动。丰富的自然并不都是合理的或合乎道德的，它本身并无目的和计划。同样，界限的重建也不包含预先设定的目标。这样的循环提供了一种模式或黏合剂，将林林总总的人与事联系起来，投入那巨大的、被称为现实的漩涡或戏剧之中。最重要的是，它能在现实所带来的眩晕中唤醒我们，给我们带来生活的意义。

总结一下陀氏乐观精神的起源：（1）自然中存在着复返与重建的循环；（2）越界行为中无论是受害者还是施害者，都有可能战胜恶，回归普遍的人性。陀氏进而指出，这种可能性（越界而不接近罪恶），正是我们对世界、对他人报以信赖的关键所在。世界是值得信赖的，因为存在着从死亡到重生的循环，以及从复返到重建的循环。人类也是值得信赖的,无论他们曾做过什么,无论他们犯下过、忍受过怎样的罪行,通往更高境界的道路都始终开启。

对更高境界的追求,以及对既已存在的美好的激赏,并非只是本能的冲动——陀氏将其看作人类精神力的最高表达。此类追求也许的确源于某种自然的欲望,比如对美的赞叹。然而在对美的赞叹中,理智与道德是无效的——我们无法抑制地趋向于美,哪怕没有任何前提条件与合理动机。作家坚称,人们对美的敏锐感知是一种明证,它表明:存在着独立于人类的理性与意欲之外的神秘体系。这一事实(对美的敏锐感知)还从象征意义上将人类重新拉回到世界之中——即使是在世界的荒原上踽踽流浪,我们也不是完全的异乡人。对美的赞叹,恰恰证明我与世界之间的内在关联。虽然不能成为世界的主人,但我仍能受到款待,仍能收到生命的神秘礼物。我满怀感激,我将对美的激赏延伸到爱,延伸到信仰与希望之中。换言之,感知美是人们接受其他"无用"之价值的一种预备仪式;而对于人类精神力的成长来说,最为关键的则是爱。对爱的体验,会使我们心怀慈悲,哪怕面对的是自己打心眼里不喜欢的人。神圣之爱甚至能让我们放下芥蒂,接受并祝福那些侵犯者、越界者。

在真正的爱里面,一定包含着信仰的飞跃;因为只有爱能让人相信那些不具形体的力量。陀思妥耶夫斯基是以《圣经》中的方式来理解信仰的:"信就是所望之事的实底,是未见之事的确据。"(《希伯来书》11:1)信仰并不是对教义的占有与固守,而是一种发自内心的态度:愿意信赖可见和不可见的现实。神圣与世俗之间的互通就存在于这样的信赖之中。自然不是一部精密的机器,而更像是一个生机勃勃的有机体,每个毛孔都渗透着力与美。神性也并非超越于此世的存在,而是潜藏在世界的肌理之中,体现在人类生活的方方面面。面对真正具有神性的人,绝不能以理智或道德的范畴来衡量。在作家看来,上帝不是全知、全能、全善的存在,而是和人类一样充满矛盾。约伯的朋友所高声称颂的那个完美的神,并不符合陀氏心中上帝的形象。陀氏的上帝更接近于在旋风中向约伯发声的神。如此这般的上帝兼具创造性与破坏性,给予生命也给予死亡。只有真正的信仰能理解这满是悖谬的上帝,理解他复杂晦涩的创造。

陀氏坦言,现实中绝大部分事物都不尽合理。他更不惮于指出,我们无法仅凭心智来理解生活中所上演的一切。生活的意义纯然是精神性的概念,它包含着存在的欢喜,包含着生命中所有值得肯定的部分。再次强调,陀氏乐观主义的基础,是人类的精神力。生活值得期待,因为人们总有机会提升自我,总有能力变得更富有人性。此乐观精神不会让人得意忘形,因为它关注现实,关注大量存在的恶。陀氏甚至认为,正是对罪恶的深刻体验,才激发了我们精神力的发展,才能让我们克服自我中心的局限,变得更敏锐、更体贴、更仁慈。

对现代社会不切实际的期望终究破灭了,伊万也走向了另一个极端:彻底否认生活的意义。如果世界真的向伊万所抨击的那么荒谬,人类何以能在此间繁衍生息了无数个世纪呢?当然,我们并不认为世界在创造之初就有意义;事实上,意义的形成是一个不可预见的动态过程。伟大的陀翁要告诉我们的是,这世界足够美好、足够强健,其每一个碎片般的局部,都能够被赋予丰满的意义。人们点点滴滴的情感、行动与心境,都可能带来生活中最宝贵的礼物:为碎片般的现实赋予意义。生活中林林总总的心境都可以给生命赋予意义。为落日而欢欣的人不会抱怨人生的荒谬;心中充溢爱意与感激的人不会觉得人生毫无价值;对他人报以无限信任的人也绝不会想到去自杀。只要我们还有能力去感受美与爱,去信赖自我、他人、自然和神明,我们的存在就是值得肯定的奇迹。在变动不居的存在背后,无论有怎样隐秘的目的或计划，也无法摧毁生活的价值。

　　当理性在生命的谜团与悖论面前束手无策之时，信仰就会来拯救我们。只要敢于拥抱信仰，只要还能感激生命，你就不必苦苦求索人生的意义。感激之心，以及感激所带来的回馈的愿望，就是我们从本书开始就苦苦寻觅的黏合剂，它能整合生命中的碎片，让人生变得更值得经历。陀思妥耶夫斯基的人生哲学与乐观主义所形成的基础，就是个体对作为礼物的生命的领受，以及想要去回馈的渴望：不单单是回馈他人以礼物，更重要的是，将自己变成礼物——这，将是我们肯定生活的力量之源。

致　谢

本书的写作得到了多方协助。首先感谢圣十字学院准许我于2005–2006学年进行学术休假，当然还有院系方在2007年春季批准的假期。

本书序言曾以《陀思妥耶夫斯基小说的核心动力》（"On the Central Motivation of Dostoevsky's Novels"）为题，发表于《两面神：文学与哲学交叉研究》（*Janus Head*: *Journal of Interdisciplinary Studies in Literature and Philosophy*）第10卷（2007年夏秋）第1期，第277–292页。本书第五卷曾以《基督献身的意义：再思陀思妥耶夫斯基〈白痴〉》（"The Meaning of Christ's Sacrifice: Reflections on Dostoevsky's *Idiot*"）为题，发表于《菲洛修斯：哲学与神学国际期刊》（*Philotheos*: *International Journal for Philosophy and Theology*），7：2007，第52–79页。感谢以上两刊物的主编对相关文章再版的大力支持。

笔者对书中所提及之画作的解读，得益于其所属机构准许下的复制版本，谨向这些机构或其负责人致谢：德国埃朗根大学图书馆（丢勒《自画像》, Erlangen, Graphische Sammlung der Universität, B 155v）；纽约艺术资源站的埃里克·莱辛（Erich Lessing；拉斐尔《西斯廷圣母》与小荷尔拜因《墓中基督》）、斯卡拉（Scala；卢布廖夫《圣三位一体》《弗拉基米尔的圣处女与圣婴》和伦勃朗《浪子归来》）；布里曼图书馆（伦勃朗

《琼·德曼医生的解剖课》、洛兰《阿喀斯和伽拉忒亚》、罗丹《上帝之手》)。

同样还有很多好友对本书的诞生作出过贡献，我对他们满怀感恩之心。劳勒（Tom Lawler）、缪塞尔（Adam Musser）、格兰登（Michael Grandone）都对本书不同阶段的草稿提出过细致入微的建议；他们是最耐心的读者，也是富有建设性的评论者。格拉妮克（Maria Granik）、卡霍恩（Lawrence Cahoone）、拉纳辛赫（Nalin Ranasinghe）和马特拉克（Richard Matlak）对各个章节亦有贡献，在此一并致谢。

最后，将最深挚的谢意留给我的妻子，亚德兰卡（Jadrank），并献给她这本书。

参考书目

一、陀思妥耶夫斯基本人著作

The Adolescent, trans. Andrew MacAndrew. New York: W.W. Norton, 1981. (Also translated from Russian as *A Raw Youth*.)

The Brothers Karamazov, trans. Richard Pevear and Larissa Volokhonsky. New York: Farrar, Straus and Giroux, 2002.

"The Christmas Tree and a Wedding," trans. David Magarshack, in *The Best Short Stories of Dostoevsky*. New York: The Modern Library, 1979, 89–98.

Complete Letters, ed. and trans. David Lower and Ronald Mayer,. 5 vols. Ann Arbor, Mich.: Ardis, 1987–1991.

Crime and Punishment, trans. Constance Garnett. New York: Dover, 2001.

"The Double," trans. George Bird, in *Great Short Works of Fyodor Dostoevsky*. New York: Harper & Row, 1968, 1–144.

"The Dream of a Ridiculous Man," trans. David Magarshack, in *Great Short Works of Fyodor Dostoevsky*. New York: Harper & Row, 1968, 715–38.

"The Gambler," trans. Constance Garnett, in *Great Short Works of Fyodor Dostoevsky*. New York: Harper & Row, 1968, 379–519.

"A Gentle Creature," trans. David Magarshack, in *The Best Short Stories of Dostoevsky*. New York: The Modern Library, 1979, 241–95.

The House of the Dead, trans. David McDuff. New York: Penguin, 1985.

The Idiot, trans. Henry and Olga Carlisle. New York: Signet Classics, 2002.

The Insulted and the Injured, trans. Constance Garnett. Westport, Conn.: Greenwood Press, 1975.

"The Landlady," trans. David McDuff, in *Poor Folk and Other Stories*. New York: Penguin, 1988, 131–213.

"Mr. —bov and the Question of Art," in *Dostoevsky's Occasional Writings*, ed. and trans. David Magarshack. Evanston, Ill.: Northwestern University Press, 1997.

Netochka Nezvanova, trans. Jane Kentish. New York: Penguin, 1985.
The Notebooks for The Brothers Karamazov, ed. and trans. Edward Wasiolek. Chicago: University of Chicago Press, 1971.
The Notebooks for Crime and Punishment, ed. and trans. Edward Wasiolek. Chicago: University of Chicago Press, 1967.
The Notebook for The Idiot, ed. Edward Wasiolek, trans. Katherine Strelsky. Chicago: University of Chicago Press, 1967.
The Notebooks for The Possessed, ed. Edward Wasiolek, trans. Victor Terras. Chicago: University of Chicago Press, 1968.
"Notes from the Underground," trans. David Magarshack, in *Great Short Works of Fyodor Dostoevsky*. New York: Harper & Row, 1968, 261–377.
"The Peasant Marey," trans. David Magarshack, in *The Best Short Stories of Dostoevsky*. New York: The Modern Library, 1979, 99–105.
Polnoe Sobranie Sochinenii v Tridtsati Tomakh. 33 vols. Leningrad: Izdatel'stvo Nauka, 1972–1990.
"Poor Folk," trans. David McDuff, in *Poor Folk and Other Stories*. New York: Penguin, 1988, 1–129.
The Possessed, trans. Constance Garnett. New York: The Modern Library, 1963. (Also translated from Russian as *The Devils* and *Demons*.)
Selected Letters of Fyodor Dostoevsky, eds. Joseph Frank and David I. Goldstein, trans. Andrew MacAndrew. London: Rutgers University Press, 1987.
"White Nights," trans. David Magarshack, in *Great Short Works of Fyodor Dostoevsky*. New York: Harper & Row, 1968, 145–201.
Winter Notes on Summer Impressions, trans. David Patterson. Evanston, Ill.: Northwestern University Press, 1997.
A Writer's Diary: 1873–1881, trans. Kenneth Lantz. 2 vols. Evanston, Ill.: Northwestern University Press, 1993–94.

二、有关陀思妥耶夫斯基的文献

Bakhtin, M.M. *Problems of Dostoevsky's Poetics*, trans. Caryl Emerson. Minneapolis: University of Minnesota Press, 1984.
Beardley, Monroe C. "Dostoevsky's Metaphor of 'Underground'." *Journal of the History of Ideas*, 3:1942, 265–90.
Belknap, Robert L. *The Genesis of The Brothers Karamazov: The Aesthetics, Ideology, and Psychology of Making a Text*. Evanston, Ill.: Northwestern University Press, 1990.
———. "Memory in *The Brothers Karamazov*," in *Dostoevsky: New Perspectives*, ed. Robert L. Jackson. Englewood Cliffs, N.J.: Prentice-Hall, 1984, 227–42.
———. *The Structure of The Brothers Karamazov*. The Hague: Mouton, 1967.

Berdyaev, Nicholas. *Dostoevsky*, trans. Donald Attwater. Cleveland: The World Publishing Company, 1965.

Cascardi, Anthony J. *The Bounds of Reason: Cervantes, Dostoevsky, Flaubert*. New York: Columbia University Press, 1986.

Catteau, Jacques. *Dostoevsky and the Process of Literary Creation*, trans. Audrey Littlewood. Cambridge: Cambridge University Press, 1989.

Cicovacki, Predrag. "The Enigmatic Conclusion of Dostoevsky's *Idiot*: A Comparison of Prince Myshkin and Wagner's Parsifal," *Dostoevsky Studies* 9:2005, 106–14.

——. "Searching for the Abandoned Soul: Dostoevsky on the Suffering of Humanity," in *The Enigma of Good and Evil: The Moral Sentiment in Literature*, ed. Ann-Therese Tymieniecka. Lancaster, UK: Springer, 2005, 367–98.

——. "Trial of Man and Trial of God: Reflections on Job and Dostoevsky's Grand Inquisitor," in *Destined for Evil? The Twentieth Century Responses*, ed. Predrag Cicovacki. Rochester, N.Y.: University of Rochester Press, 2005, 249–60.

Cox, Roger L. *Between Heaven and Earth: Shakespeare, Dostoevsky and the Meaning of Christian Tragedy*. New York: Holt, Rinehart & Winston, 1969.

Dostoevsky, Anna. *The Diary of Dostoyevsky's Wife*, ed. and trans. Beatrice Stillman. New York: Macmillan, 1928.

——. *Reminiscences*, ed. and trans. Beatrice Stillman. New York: Liveright, 1975.

Efortin, René. "Responsive Form: Dostoevsky's *Notes from Underground* and the Confessional Tradition," in *Gaining Upon Certainty: Selected Literary Criticism of René Efortin*, eds. Brian Barbour and Rodney Delasanta. Providence: Providence College Press, 1995, 291–314.

Fanger, Donald. *Dostoevsky and Romantic Realism: A Study of Dostoevsky in Relation to Balzac, Dickens, and Gogol*. Cambridge, Mass.: Harvard University Press, 1965.

Frank, Joseph. *Dostoevsky: The Mantle of the Prophet, 1871–1881*. Princeton: Princeton University Press, 2002.

——. *Dostoevsky: The Miraculous Years, 1865–1871*. Princeton: Princeton University Press, 1995.

——. *Dostoevsky: The Seeds of Revolt, 1821–1849*. Princeton: Princeton University Press, 1976.

——. *Dostoevsky: The Stir of Liberation, 1860–1865*. Princeton: Princeton University Press, 1986.

——. *Dostoevsky: The Years of Ordeal, 1850–1859*. Princeton: Princeton University Press, 1983.

Freud, Sigmund. "Dostoevsky and Parricide," in *The Brothers Karamazov and the Critics*, ed. Edward Wasiolek. Belmont, Cal.: Wadsworth, 1967, 41–55.

Gibian, George. "Traditional Symbolism in *Crime and Punishment*," in *Feodor Dostoevsky, Crime and Punishment: The Coulson Translation. Backgrounds and Sources. Essays in Criticism*, ed. George Gibian. New York: W.W. Norton, 1964, 575–92.

Girard, René. *Resurrection from the Underground: Fyodor Dostoevsky*, trans. J.G. Williams. New York: The Crossroad Publishing Company, 1997.

Golosovker, Jakov Emmanuilovich. *Dostoevskii i Kant*. Moscow: Izdatel'stvo Akademii Nauk, 1963.

Grossman, Leonid. *Dostoevsky: A Biography*, trans. Mary Mackler. Indianapolis: Bobbs-Merrill, 1975.

Hackel, Sergei. "The Religious Dimension: Vision or Evasion? Zosima's Discourse in *The Brothers Karamazov*," in *Fyodor Dostoevsky*, ed. Harold Bloom. New Haven: Chelsea House, 1988, 211–35.

Hoffmann, N[ina]. *Th.M. Dostojewski. Eine biographische Studie*. Berlin: Ernst Hoffmann, 1899.

Ivanov, Vyacheslav. *Freedom and the Tragic Life: A Study in Dostoevsky*, trans. Norman Cameron. New York: The Noonday Press, 1957.

Jackson, Robert Louis. *Dialogues with Dostoevsky: The Overwhelming Questions*. Stanford: Stanford University Press, 1993.

———. *Dostoevsky's Quest for Form: A Study in his Philosophy of Art*. New Haven: Yale University Press, 1966.

Jones, John. *Dostoevsky*. Oxford: Clarendon Press, 1983.

Jones, Malcolm V. *Dostoevsky and the Dynamics of Religious Experience*. London: Anthem Press, 2005.

———. *Dostoyevsky: The Novel of Discord*. New York: Harper & Row Publishers, 1976.

Kellogg, Jean. *Dark Prophets of Hope: Dostoevsky, Sartre, Camus, Faulkner*. Chicago: Loyola University Press, 1975.

Kirillova, Irina. "Dostoevsky's Markings in the Gospel According to St. John," in *Dostoevsky and the Christian Tradition*, eds. George Pattison and Diane Oenning Thompson. Cambridge: Cambridge University Press, 2001, 41–50.

Kjetsaa, Geir. *Fyodor Dostoyevsky: A Writer's Life*, trans. Siri Hustvedt and David McDuff. New York: Fawcett Columbine, 1989.

Knapp, Liza. *The Annihilation of Inertia: Dostoevsky and Metaphysics*. Evanston, Ill.: Northwestern University Press, 1996.

———. "Mothers and Sons in *The Brothers Karamazov*: Our Ladies of Skotoprigonevsk," in *Dostoevsky: New Perspectives*, ed. Robert L. Jackson. Evanston, Ill.: Northwestern University Press, 2004, 31–52.

Kostalevsky, Marina. *Dostoevsky and Soloviev: The Art of Integral Vision*. New Haven: Yale University Press, 1997.

Kozhinov, Vadim. "The First Sentence in *Crime and Punishment*, the Word 'Crime,' and Other Matters," in *Twentieth Century Interpretations of Crime* and Punishment: A Collection of Critical Essays, ed. Robert L. Jackson. Englewood Cliffs, N.J.: Prentice-Hall, 1974, 17–25.

Lawrence, D.H. "The Grand Inquisitor," in *The Brothers Karamazov and the Critics*, ed. Edward Wasiolek. Belmont, Cal.: Wadsworth, 1967, 78–85.

Leatherbarrow, W.J. *Dostoyevsky: The Brothers Karamazov*. Cambridge: Cambridge University Press, 1992.

Lord, Robert. *Dostoevsky: Essays and Perspectives*. London: Chatto and Windus, 1970.

Lukács, Georg. "Dostoevsky," in *Dostoevsky: A Collection of Critical Essays*, ed. René Wellek. Englewood Cliffs, N.J.: Prentice-Hall, 1962, 146–58.

Matlaw, Ralph E. "Myth and Symbolism in *The Brothers Karamazov*," in *The Brothers Karamazov and the Critics*, ed. Edward Wasiolek. Belmont, Cal.: Wadsworth, 1967, 108–18.

Merejkowski, Dmitri. *Tolstoi as Man and Artist, with an Essay on Dostoevsky*. Westminster: Archibald Constable, 1902.

Miller, C.A. "Nietzsche's 'Discovery' of Dostoevsky." *Nietzsche-Studien* 2:1973, 202–57.

Miller, Robin Feuer. *The Brothers Karamazov: Worlds of the Novel*. New York: Twayne, 1992.

———. *Dostoevsky and The Idiot: Author, Narrator, and Reader*. Cambridge, Mass.: Harvard University Press, 1981.

———. *Dostoevsky's Unfinished Journey*. New Haven: Yale University Press, 2007.

Mochulsky, Konstantin. *Dostoevsky: His Life and Work*, trans. Michael A. Minihan. Princeton: Princeton University Press, 1967.

Morson, Gary Soul. "The God of Onions: *The Brothers Karamazov* and the Mythic Prosaic," in *A New Word on The Brothers Karamazov*, ed. Robert L. Jackson. Evanston, Ill.: Northwestern University Press, 2004, 107–24.

Murav, Harriet. *Holy Foolishness: Dostoevsky's Novels and the Poetics of Cultural Critique*. Stanford: Stanford University Press, 1992.

Oates, Joyce Carol. "Tragic and Comic Visions in *The Brothers Karamazov*," in *The Edge of Impossibility: Tragic Forms in Literature*. New York: The Vanguard Press, 1972, 87–113.

———. "Tragic Rites in Dostoevsky's *The Possessed*," in *Contraries: Essays*. New York: Oxford University Press, 1981, 17–50.

Ollivier, Sophie. "Icons in Dostoevsky's Works," in *Dostoevsky and the Christian Tradition*, eds. George Pattison and Diane Oenning Thomson. Cambridge: Cambridge University Press, 2001, 51–68.

Proust, Marcel. "Dostoievsky," in *On Art and Literature: 1896–1919*, trans. Sylvia Townsend Warner. New York: Carol & Graf, 1984, 381–82.

Rahv, Philip. "Dostoevsky in *Crime and Punishment*," in *Feodor Dostoevsky, Crime and Punishment: The Coulson Translation. Backgrounds and*

Sources. Essays in Criticism, ed. George Gibian. New York: W.W. Norton, 1964, 592–616.

Rice, James L. "Dostoevsky's Endgame: The Projected Sequel to *The Brothers Karamazov*," *Russian History/Histoire Russe*, 33:2006, 45–62.

Rosenthal, Richard. "Raskolnikov's Transgression and the Confusion between Destructiveness and Creativity," in *Do I Dare Disturb the Universe: A Memorial to Wilfred R. Bion*, ed. James Grotstein. Beverly Hills, Cal.: Ceasura Press, 1981, 199–235.

Rozanov, Vasily. *Dostoevsky and the Legend of the Grand Inquisitor*, trans. Spenser E. Roberts. Ithaca: Cornell University Press, 1972.

Scanlan, James P. *Dostoevsky the Thinker*. Ithaca: Cornell University Press, 2002.

Schmidl, Fritz. "Freud and Dostoevsky," *Journal of the American Psychoanalytic Association*, 13:1965, 518–32.

Sekirin, Peter. *The Dostoevsky Archive: Firsthand Accounts of the Novelist from Contemporaries' Memoirs and Rare Periodicals*. Jefferson, N.C.: McFarland, 1997.

Shestov, Lev. *Dostoevsky, Tolstoy and Nietzsche*, eds. and trans. Bernard Martin and Spencer E. Roberts. Athens: Ohio State University Press, 1969.

Shneidman, N.N. *Dostoevsky and Suicide*. New York: Mosaic Press, 1989.

Simmons, Ernest J. *Dostoevsky: The Making of a Novelist*. New York: Random House, 1962.

Slonim, Marc. *Three Loves of Dostoevsky*. New York: Chekhov Publishing House, 1953.

Steiner, George. *Tolstoy or Dostoevsky: An Essay in the Old Criticism*. New York: Alfred A. Knopf, 1971.

Sutherland, Stewart R. *Atheism and the Rejection of God: Contemporary Philosophy and "The Brothers Karamazov."* Oxford: Blackwell, 1977.

———. "Death and Fulfillment, or Would the Real Mr. Dostoyevsky Stand Up?" in *Philosophy and Literature*, ed. A. Phillips Griffiths. Cambridge: Cambridge University Press, 1984, 15–27.

Terras, Victor. *The Idiot: An Interpretation*. Boston: Twayne Publishers, 1990.

———. *A Karamazov Companion: Commentary on the Genesis, Language, and Style of Dostoevsky's Novel*. Madison: University of Wisconsin Press, 1981.

———. *Reading Dostoevsky*. Madison: University of Wisconsin Press, 1998.

Thompson, Diane Oenning. *The Brothers Karamazov and the Poetics of Memory*. Cambridge: Cambridge University Press, 1991.

Thurneysen, Eduard. *Dostoevsky*, trans. Keith R. Crim. Richmond: John Knox Press, 1964.

Vivas, Eliseo. "Two Dimensions of Reality in *The Brothers Karamazov*," in *The Brothers Karamazov and the Critics*, ed. Edward Wasiolek. Belmont, Cal.: Wadsworth, 1967, 55–72.

Wasiolek, Edward. *Dostoevsky: The Major Fiction*. Cambridge, Mass.: MIT Press, 1964.

Zander, L.A. *Dostoevsky*, trans. Natalie Duddington. London: SCM Press, 1948.

Zenkovsky, V.V. "Dostoevsky's Religious and Philosophical Views," in *Dostoevsky: A Collection of Critical Essays*, ed. René Wellek. Englewood Cliffs, N.J.: Prentice-Hall, 1962, 130–45.

Zweig, Stefan. *Three Masters: Balzac, Dickens, Dostoeffsky*, trans. Eden and Ceder Paul. New York: Viking, 1919.

三、其他相关文献

Anders, Günther. *Franz Kafka*, trans. A. Steer and A. K. Thorlby. London: Bowes & Bowes, 1960.

Arendt, Hannah. *The Human Condition*, sec. ed. Chicago: University of Chicago Press, 1995.

———. *The Portable Hannah Arendt*, ed. Peter Baehr. New York: Penguin Books, 2000.

Aristotle. *The Basic Works of Aristotle*, ed. R. McKeon. New York: Random House, 1941.

Auerbach, Erich. "Representations of Reality in Homer and the Old Testament," in *The Bible*, ed. H. Bloom. New Haven: Chelsea House Publishing, 1987, 45–58.

Bachofen, J.J. *Myth, Religion, and Mother Right: Selected Writings of J.J. Bachofen*, trans. Ralf Manheim. Princeton: Princeton University Press, 1967.

Barker, F. *The Tremulous Private Body*. New York: Methuen, 1984.

Beiser, Frederick C. *Schiller as Philosopher: A Re-Examination*. New York: Oxford University Press, 2005.

Belinsky, Vissarion G. *Selected Philosophical Writings*. Moscow: Foreign Languages, 1948.

Berlin, Isaiah. *The Crooked Timber of Humanity*. New York: Alfred A. Knopf, 1991.

———. "The Hedgehog and the Fox: An Essay on Tolstoy's View of History," in *The Proper Study of Mankind: An Anthology of Essays*. New York: Farrar, Straus and Giroux, 1998, 436–98.

———. *The Power of Ideas*. Princeton: Princeton University Press, 2000.

———. *Russian Thinkers*. London: Hogarth Press, 1978.

Brague, Rémi. *The Wisdom of the World: The Human Experience of the Universe in Western Thought*, trans. Teresa L. Fagan. Chicago: University of Chicago Press, 2003.

Buber, Martin. *Good and Evil*, trans. R.G. Smith. New York: Charles Scribner's Sons, 1952.

——. "What Is Man?" in *Between Man and Man*, trans. R.G. Smith. New York: Macmillan, 1965, 140–244.

Burrow, J.W. *The Crisis of Reason: European Thought, 1848–1914*. New Haven: Yale University Press, 2000.

Butler, Ruth. *Rodin: The Shape of Genius*. New Haven: Yale University Press, 1993.

Camus, Albert. *The Myth of Sisyphus and Other Essays*, trans. Justin O'Brien. New York: Vintage Books, 1955.

——. *The Rebel: An Essay on Man in Revolt*, trans. Anthony Bower. New York: Vintage Books, 1956.

Carlyle, Thomas. "Heroes and Hero Worship," in *The Best Known Works of Thomas Carlyle*. New York: The Book League of America, 1942, 159–309.

Cervantes, Miguel de. *Don Quixote*, trans. Samuel Putnam. New York: Random House, 1949.

Chekhov, Anton. *Great Stories by Chekhov*, ed. David H. Greene. New York: Dell Publishing, 1959.

Chernyshevsky, Nicolai G. *What Is to Be Done? Tales about New People*, trans. Ludmilla B. Turkevich. New York: Alfred A. Knopf, 1961.

Colté, Sabina. *Toward Perfect Harmony*, trans. Helen Sebba. New York: George Brazilier, 1970.

Cottingham, John. *Descartes*. Oxford: Blackwell, 1986.

Day, Dorothy. *Selected Writings*, ed. Robert Ellsberg. Maryknoll, N.Y.: Orbis Books, 1992.

Descartes, René. *Philosophical Works of Descartes*, trans. E. Haldane and G. Ross. 2 vols. New York: Dover, 1955.

Douglas, Mary. *Purity and Danger: An Analysis of the Concepts of Pollution and Taboo*. London: Routledge, 1991.

Eliade, Mircea. *Mephistopheles and the Androgyne: Studies in Religious Myth and Symbol*, trans. J.M. Cohen. New York: Sheed and Ward, 1965.

——. *The Sacred and the Profane: The Nature of Religion*, trans. Willard R. Trask. New York: Harcourt Brace Jovanovich, 1959.

Feuerbach, Ludwig. *The Essence of Christianity*, trans. George Eliot. New York: Harper, 1957.

Figes, Orlando. *Natasha's Dance: A Cultural History of Russia*. New York: Henry Holt, 2002.

Frankl, Victor E. *Man's Search for Meaning: An Introduction to Logotherapy*, trans. Ilse Lasch. New York: Washington Square Press, 1965.

Freud, Sigmund. *Civilization and Its Discontents*, trans. Joan Riviere. New York: Dover, 1994.

———. *The Interpretation of Dreams*, trans. James Strachey. 2 vols. London: Hogarth Press, 1958. (Volumes V and VI of the Standard Edition of the Complete Psychological Works.)

———. *Three Essays on the Theory of Sexuality*, trans. James Strachey. London: Hogarth Press, 1953. (Volume VII of the Standard Edition of the Complete Psychological Works.)

Fromm, Erich. *The Anatomy of Human Destructiveness*. New York: Henry Holt, 1992.

———. *The Forgotten Language: An Introduction to the Understanding of Dreams, Fairy Tales and Myths*. New York: Grove Press, 1957.

———. *To Have or to Be*. New York: Continuum, 1999.

———. *You Shall Be as Gods: A Radical Interpretation of the Old Testament and Its Tradition*. Greenwich, Conn.: Fewcett, 1966.

Gerstein, Linda. *Nikolai Strakhov: Philosopher, Man of Letters, Social Critic*. Cambridge, Mass.: Harvard University Press, 1971.

Gilson, Étienne. *God and Philosophy*, sec. ed. New Haven: Yale University Press, 2002.

Girard, René. *Deceit, Desire and the Novel*, trans. Y. Freccero. Baltimore: The Johns Hopkins University Press, 1976.

———. *I See Satan Fall Like Lightning*, trans. James G. Williams. New York: Orbis, 2001.

———. *Violence and the Sacred*, trans. Patrick Gregory. Baltimore: The Johns Hopkins University Press, 1977.

Goethe, Johann Wolfgang von. *Faust: A Tragedy*, trans. Walter Arndt. New York: W.W. Norton, 2001.

Gogol, Nikolay V. *Diary of a Madman and Other Stories*, trans. Ronald Wilks. London: Penguin, 1972.

Gronicka, André von. *The Russian Image of Goethe. Goethe in Russian Literature of the Second Half of the Nineteenth Century*. 2 vols. Philadelphia: University of Pennsylvania Press, 1985.

Hartmann, Nicolai. *Ästhetik*. Berlin: Walter de Gruyter, 1953.

———. *Ethics*, trans. S. Coit. 3 vols. New York: Macmillan, 1932.

Hegel, G.W.F. *Phenomenology of Spirit*, trans. A.V. Miller. New York: Oxford University Press, 1988.

———. *Philosophy of Right*, trans. T.M. Knox. New York: Oxford University Press, 1952.

Herzen, Alexander. "From the Other Shore," in *"From the Other Shore" and "The Russian People and Socialism,"* ed. Moura Budberg. New York: Meridian, 1963, 3–162.

Heschel, Abraham J. *Who Is Man?* Stanford: Stanford University Press, 1965.

Hesse, Hermann. *My Belief: Essays on Life and Art*, trans. Richard and Clara Winston. New York: Henry Holt, 1974.

——. "Zarathustra's Return," in *If the War Goes On*, trans. Ralph Manheim. New York: Farrar, Straus and Giroux, 1971.

Huizinga, Johan. *Home Ludens: A Study of the Play Element in Culture*. Boston: Beacon Press, 1955.

Hyde, Lewis. *The Gift: Imagination and the Erotic Life of Property*. New York: Vintage Books, 1983.

Jung, Carl Gustav. *Answer to Job*, trans. R.F.C. Hull. Princeton: Princeton University Press, 1969. (Volume 11 of the Collected Works.)

——. *Archetypes and the Collective Unconsciousness*, trans. R.F.C. Hull. Princeton: Princeton University Press, 1968. (Volume 9, Part I, of the Collected Works.)

——. *The Undiscovered Self*, with *Symbols and the Interpretation of Dreams*, trans. R.F.C. Hull. Princeton: Princeton University Press, 1990.

Kaufmann, Walter, ed., *Existentialism from Dostoevsky to Sartre*. New York: Meridian Books, 1956.

Knox, Bernard. "Sophocles' Oedipus," in *Sophocles' Oedipus Rex*, ed. Harold Bloom. New Haven: Chelsea House Publishing, 1988, 5–22.

Koestler, Arthur. *The Art of Creation*. London: Picador, 1975.

Lossky, Vladimir, and Ouspensky, Leonid. *The Meaning of Icons*. Crestwood, N.Y.: St. Vladimir's Seminary Press, 1982.

Lotman, Yuri. *Universe of the Mind: A Semiotic Theory of Culture*, trans. Ann Shukman. Bloomington: Indiana University Press, 1990.

Mann, Thomas. *Essays of Three Decades*, trans. H.T. Lowe-Porter. New York: Alfred A. Knopf, 1965.

——. *Past Masters and Other Papers*, trans. H.T. Lowe-Porter. Freeport, N.Y.: Books for Libraries Press, 1968.

Mannheim, Karl. *Ideology and Utopia: An Introduction to the Sociology of Knowledge*, trans. L. Wirth and E. Shils. San Diego: Harcourt Brace & Company, 1985.

Massie, Suzanne. *Land of the Firebird: The Beauty of Old Russia*. New York: Simon and Schuster, 1980.

Merrill, Christopher. *Things of the Hidden God: Journey to the Holy Mountain*. New York: Random House, 2005.

Moyers, Bill D., ed., *Genesis: A Living Conversation*. New York: Doubleday, 1996.

Muchnic, Helen. *Russian Writers: Notes and Essays*. New York: Random House, 1971.

Münz, Ludwig. *Rembrandt*. New York: Harry N. Abrams, 1954.

Murdoch, Iris. *The Sovereignty of Good*. London: Routledge & Paul Kegan, 1970.

Neiman, Susan. *Evil in Modern Thought: An Alternative History of Philosophy*. Princeton: Princeton University Press, 2002.

Neumann, Erich. *The Creative Man: Five Essays*, trans. E. Rolfe. Princeton: Princeton University Press, 1979.

——. *The Origins and History of Consciousness*, trans. R.F.C. Hull. Princeton: Princeton University Press, 1970.

Nicholi, Armand M., Jr. *The Question of God: C.S. Lewis and Sigmund Freud Debate God, Love, Sex, and the Meaning of Life*. New York: Free Press, 2002.

Nietzsche, Friedrich. *Thus Spoke Zarathustra*, trans. R.J. Hollingdale. London: Penguin, 1969.

Northrop, F.S.C. *The Meeting of East and West: An Inquiry Concerning World Understanding*. New York: Macmillan, 1947.

Nouwen, Henri J.M. *Behold the Beauty of the Lord: Praying with Icons*. Notre Dame: Ave Maria Press, 1987.

——. *The Return of the Prodigal Son: A Story of Homecoming*. New York: Doubleday, 1994.

Ouspensky, Leonid. *Theology of the Icon*. Crestwood, N.Y.: St. Vladimir's Seminary Press, 1978.

Ouspensky, Leonid, and Lossky, Vladimir. *The Meaning of Icons*. Crestwood, N.Y.: St. Vladimir's Seminary Press, 1982.

Ovid. *Metamorphoses*, trans. David Raeburn. New York: Penguin, 2004.

Pamuk, Orhan. *Others Colors: Essays and a Story*, trans. Maureen Freely. New York: Alfred A. Knopf, 2007.

Pelikan, Jaroslav. *Fools of Christ: Essays on the True, the Good, and the Beautiful*. Philadelphia: Fortress Press, 1955.

——. *Imago Dei: The Byzantine Apologia for Icons*. Princeton: Princeton University Press, 1990.

Plato. *Collected Dialogues*, eds. Edith Hamilton and Huntington Cairns. Princeton: Princeton University Press, 1978.

Price, Martin. *Forms of Life: Character and Moral Imagination in the Novel*. New Haven: Yale University Press, 1983.

Pushkin, Alexander S. *The Poems, Prose, and Plays of Alexander Pushkin*, ed. Avrahm Yarmolinsky. New York: The Modern Library, 1964.

——. *The Queen of Spades and Other Stories*, trans. Rosemary Edmonds. London: Penguin, 1962.

Rousseau, Jean-Jacques. *Confessions*, trans. Angela Scholar. Oxford: Oxford University Press, 2000.

Rowlands, John. *Holbein: The Paintings of Hans Holbein the Younger*. Boston: D.R. Godine, 1985.

Ruskin, John. *The Art Criticism of John Ruskin*. New York: Da Capo Press, 1964.

Sanford, John A. *Evil: The Shadow Side of Reality*. New York: The Crossroad Publishing Company, 1981.

Schama, Simon. *Rembrandt's Eyes*. New York: Alfred A. Knopf, 1999.
Scheler, Max. "The Meaning of Suffering," in *On Feeling, Knowing, and Valuing*, trans. Harold J. Bershady. Chicago: University of Chicago Press, 1992, 82–115.
———. *The Nature of Sympathy*, trans. Peter Heath. New Haven: Yale University Press, 1954.
———. "Repentance and Rebirth," in *Person and Self-Value: Three Essays*, trans. M.S. Friggs. Boston: Martinus Nijhoff Publishers, 1987, 87–124.
Schiller, Friedrich. *On the Aesthetic Education of Man*, trans. R. Snell. New York: Frederich Ungar, 1965.
Schweitzer, Albert. *The Philosophy of Civilization*, trans. C.T. Campion. Amherst, N.Y.: Prometheus Books, 1987.
Seidlin, Oscar. "Hermann Hesse: The Exorcism of the Demon," in *Hesse: A Collection of Critical Essays*, ed. Theodor Ziolkowski. Englewood Cliffs, N.J.: Prentice-Hall, 1973, 51–75.
Simmel, Georg. "Faithfulness and Gratitude," in *The Sociology of Georg Simmel*, ed. and trans. Kurt H. Wolff. Glencoe, Ill.: Free Press, 1950, 379–95.
Simmons, Ernst J. *Introduction to Russian Realism*. Bloomington: Indiana University Press, 1965.
Sophocles. *Oedipus the King, Oedipus at Colonus, Antigone*, trans. David Green. Chicago: University of Chicago Press, 1991.
Spariousu, Mihai I. *Dionysus Reborn: Play and the Aesthetic Dimension in Modern Philosophical and Scientific Discourse*. Ithaca: Cornell University Press, 1989.
Spear, Athena Tasha. *Rodin Sculpture in the Cleveland Museum of Art*. Cleveland: Cleveland Museum of Art Press, 1967.
Terras, Victor. *A History of Russian Literature*. New Haven: Yale University Press, 1991.
Todorov, Tzvetan. *Facing the Extreme: Moral Life in the Concentration Camps*, trans. Arthur Denner and Abigail Pollak. New York: Henry Holt, 1996.
Tolstoy, Lev N. *Anna Karenina*, trans. Constance Garnett. New York: Barnes & Noble Classics, 1993.
———. *The Death of Ivan Ilych and Other Stories*, trans. J.D. Duff and Aylmer Maude. New York: Penguin, 1960.
———. *War and Peace*, trans. Louise and Aylmer Maude. New York: Simon and Schuster, 1942.
Turgenev, Ivan S. *Fathers and Sons*, trans. Rosemary Edmonds. New York: Penguin, 1965.
Vardy, Peter. *The Puzzle of Evil*. London: HarperCollins, 1992.

Volkov, Solomon. *St. Petersburg: A Cultural History*, trans. Antonina W. Bouis. New York: Free Press, 2002.

Whitehead, Alfred North. *Science and the Modern World*. New York: Macmillan, 1925.

Wilson, A.N. *Tolstoy: A Biography*. New York: W.W. Norton, 1988.

Young, Dudley. *The Origins of the Sacred: The Ecstasies of Love and War*. New York: HarperPerennial, 1992.

Yovel, Yermiyahu. *Spinoza and Other Heretics*, vol. 2: *The Adventures of Immanence*. Princeton: Princeton University Press, 1989.

译后记

用最形象的说法来概括《陀思妥耶夫斯基：肯定生活》这本书，七字足矣：浪子回头金不换。

"浪子回头"的故事是横跨东西方的母题。在西方，其最知名的版本来自《新约》，又经后世不断演绎（譬如书中提到的伦勃朗同名画作）。在中国，笔者首先想到的是唐传奇中的"败子"杜子春，而明代的冯梦龙则进行了更为通俗的演绎。

据说家道中落者能看尽人性，有大感慨。冯梦龙笔下的杜子春就是这样的人。其反思虽不如曹雪芹的《红楼梦》深沉，但绝望或许来得更直接。杜少爷为了一帮朋友、亲眷散尽万金，终至一文不名，却落入了无人相助的凄凉境。于是，他在长安城十二月的酷寒中哀叹："我杜子春岂不枉然！"他生平第一次感受到彻骨之绝望。

后来，杜子春两次得到一个神秘老人的救助，重又腰缠万贯，重又挥霍精光。除了那个老者，仍旧没有任何人愿意帮他——有人认为这是杜少爷绝望的顶峰。但跟他初次落魄时相比，这次的经历仅仅是量的积累。

再后来，是那次如同"南柯一梦"的试炼。杜子春经历了"喜、怒、忧、惧、爱、恶、欲"的七重考验，他表现得意志坚定，但最终栽在了（对梦中幼子的）"爱"上面。"未能忘情"是他试炼失败的原因。在道教传统中，想要修得大道（比如练成仙丹)、成为真人(可以长生不老),远离过剩的爱欲似乎是必经之路。《庄子》中的生死齐一、鼓盆而歌就有这样的苗头(当然在庄周那里,一切都是审美化寓言化的表达),到了后世的道教典籍乃至明清的仙道戏剧、小说,这种倾向就成了程式——李百川《绿野仙踪》中的主人公干脆就叫"冷于冰"(《绿野仙踪》中也有一个叫"金不换"的角色)。

在我看来,杜子春的绝望之巅于此才正式出现:他发现自己仍有爱欲,而想要成仙必须彻底弃绝爱。这很像陀思妥耶夫斯基《白痴》中的罗果仁,他最绝望的时候不是被娜斯塔霞一次次捉弄、背叛,甚至不是他捅死自己挚爱的瞬间,而是当他意识到,只有置对方于死地,才能遏制自己内心奔涌不息的爱欲之时。

《白痴》中没有交代罗果仁入狱后的情况,我们可以参照《罪与罚》中的大学生拉斯柯尔尼科夫和《卡拉马佐夫兄弟》中的大哥德米特里。两人在越界后都能浪子回头、获得重生(越界与重生正是本书作者所高扬的灵魂救赎的两大步骤),靠的正是《陀思妥耶夫斯基:肯定生活》里提及的阶梯:美→爱→信仰→希望。

"美"带来爱欲,爱欲有极大可能引人入歧途(除了梅诗金公爵与阿辽沙等少数天性纯良者)。柏拉图的爱欲上升之路就颇为复杂——道教与佛教干脆劝人弃绝爱欲,也颇有"通天捷径"的意味。但民间道教的故事里存在某种难以化解的悖谬。冯梦龙那篇通俗版杜子春的末尾(唐传奇中的结尾则利落而冷酷,像极了一部拒绝给人安慰的实验电影),主人公一方面要面壁静修,弃绝所有人间的悲喜爱欲(即使看到婴儿被摔碎头颅都不能动容),另一方面又要体恤民生、多行善事、捐建神像——已经修炼得比冰还冷的心,真的能悲悯苍生吗?

也许,那些达致道教真人境界的心灵,已从属于"神意"的范畴,非吾辈可以叵测了。耶稣在十字架上徒劳地呼求上帝时,那个"全能"的上帝似乎也心冷如冰。而陀氏所属的东正教传统中，神意更具母性的温暖与悲悯，更靠近大地——就像风尘女索尼雅对拉斯柯尔尼科夫的爱、梅诗金公爵对人世的悲悯与无奈（想想小说末尾，公爵怎样颤抖地握住刚杀了人的罗果仁的手）、阿辽沙记忆中的母爱，抑或德米特里因一个枕头而感受到的善意……哪怕在冯梦龙笔下，也有一个老者以无限的爱几次托举起堕入深渊的杜子春。当然，老者给予爱的前提是拣选，是从人群中发现有仙骨慧根的少数人。

我们已经谈到了浪子回头或越界重生的两个必要条件：首先是发觉并忏悔自己的罪，体悟到这个罪恶横行的世界里自己并非全然无辜（哪怕是梅诗金公爵与阿辽沙这样的"善好者"）；其次是体悟到那无限的爱意或善意的存在——第一层体悟让我们认识到人的局限（或本书中所谓人本主义的局限），并且不至于充满戾气地指责或报复；第二层体悟引领我们接纳必然的残缺，在神性爱意的感召下超越逻辑去行动，把自己作为礼物回馈给世界，最终接近信仰。

聊到这里，有读者恐怕也想起了一句流行语：认清生活的真相后依然热爱生活。此话之所以被到处引用，是因为它看上去很哲学，又很有信仰。可惜，这块醒目的指路牌并不能带你进入信仰之境。它只是挂着哲学之名的华丽会客厅——隐藏了所有哲学性的反思与探寻。比如，"真相"存在吗？它到底是什么？每个人认识的真相一致吗？个体所认知的真相是否只是盲人摸象（或者用笔者常打的比方，真相是存在的，但其存在的样态是千面怪兽和恒河沙数，没人能完全把握）？是否有人真的能睁开眼睛，就像柏拉图洞穴中的哲人或道教故事中的真人？在这两种人眼中，人性的真相是一种有限与无限的"居间状态"，而大部分人的堕落会导致如此之多的罪恶与苦难（堕落后的世界就像《醒世姻缘传》里提到的明水镇，"善人百中一二，恶者十常八九"）。

而我们自己呢？我们也处在"居间状态"，甚至远低于哲人与真人的境界，也就是说，我本质上也是"浪子""败子"，所谓如何继续热爱生活的问题，就化为了上一段讨论的越界与重生的问题。

作者在序言中发誓要解开的陀氏"乐观主义之谜"（在罪恶横行的世界如何能既认清现实，又不失却信仰？），至此已有了答案。然而，干瘪的答案代替不了意味丰盈的探索过程，最终的觉悟也无法省略个体漫长的战斗。《陀思妥耶夫斯基：肯定生活》这本书，是一种邀请，邀读者翻越内心绝望的山坡，发现那片让人灵魂震颤的风景。

作为译者，每次交出译稿时都未免怀着愧疚。并非所有的不足都来得及修补，倘若本书还能给读者带来精神上些许的收获和愉悦，我应该感谢的是陈希米老师的支持、刘雨潇编辑的专业精神，以及在翻译过程中给予我灵感的运斤文哲沙龙的诸位哲友，当然还有母亲从未止息的爱意和爱人灵魂相守的陪伴。

最后，将这本译作献给已在另一个世界的父亲。

赵翔
2024 年 8 月

Dostoevsky and the Affirmation of Life, 1st edition / by Predrag Cicovacki / 9781412846066

Copyright © 2012 by Taylor & Francis. Authorized translation from the English language edition published by Routledge, a member of the Taylor & Francis Group, LLC. All Rights Reserved.

本书原版由 Taylor & Francis 出版集团旗下 Routledge 出版公司出版，并经其授权翻译出版。版权所有，侵权必究。

Huaxia Publishing House Co., Ltd. is authorized to publish and distribute exclusively the Chinese (Simplified Characters) language edition. This edition is authorized for sale throughout Mainland of China. No part of the publication may be reproduced or distributed by any means, or stored in a database or retrieval system, without the prior written permission of the publisher.

本书中文简体翻译版授权由华夏出版社有限公司独家出版并在限在中国大陆地区销售，未经出版者书面许可，不得以任何方式复制或发行本书的任何部分。

Copies of this book sold without a Taylor & Francis sticker on the cover are unauthorized and illegal.

本书贴有 Taylor & Francis 公司防伪标签，无标签者不得销售。

北京市版权局著作权合同登记号：图字 01-2024-4943 号

图书在版编目（CIP）数据

陀思妥耶夫斯基：肯定生活 /（美）普里德里格·奇乔瓦茨基 (Predrag Cicovacki) 著；赵翔译. -- 北京：华夏出版社有限公司，2025. -- ISBN 978-7-5222-0757-5

I. I512.074

中国国家版本馆 CIP 数据核字第 2024N1W147 号

陀思妥耶夫斯基：肯定生活

著　　者	[美]普里德里格·奇乔瓦茨基
译　　者	赵　翔
责任编辑	刘雨潇
责任印制	刘　洋
出版发行	华夏出版社有限公司
经　　销	新华书店
印　　装	三河市万龙印装有限公司
版　　次	2025 年 1 月北京第 1 版　　2025 年 1 月北京第 1 次印刷
开　　本	880×1230　　1/32
印　　张	12.75
插　　页	16 面
字　　数	320 千字
定　　价	108.00 元

华夏出版社有限公司　地址：北京市东直门外香河园北里 4 号　邮编：100028
网址：www.hxph.com.cn　电话：(010)64663331(转)
若发现本版图书有印装质量问题，请与我社营销中心联系调换。